Die Kostbarkeit der Küsse

DANIELA HECKMANN
Die Kostbarkeit der Küsse

Bibliografische Information der Deutschen Nationalbibliothek
Die Deutsche Nationalbibliothek verzeichnet diese Publikation
in der Deutschen Nationalbibliografie; detaillierte bibliografische
Daten sind im Internet über http://dnb.d-nb.de abrufbar.

© 2015 Daniela Heckmann
Coverfoto: Guido de Nardo b-14.de
Umschlagdesign, Satz, Herstellung und Verlag:
BoD – Books on Demand
ISBN 978-3-7392-5743-3

Inhalt

Élodie und Étienne	7
Patricia, Nicolas und Kendrick	23
Viktoria und Franck	38
Charlotte und Gabriel	50
Jombedie und Rémy	62
Joanna und Aljoscha	85
Gloria, Penelope, Mercedes und Nozomi	88
Afrodita und Belmiro	100
Maya und Magnus	112
Doro und David	120
Emmanuelle und Caruso	123
Salome und Barnabas	129
Caroline und Romain	138
Dexter und Harvey	147
Louna und Mathis	162

Sandy und Amadeus	166
Felicidade und Maicon	172
Emilie und Maximilian	180
Chiara und Tommaso	187
Amrei und Tristan	192
Letizia und Jean-Isidoré	198
Chantal und ihre Freundin Jessica	201
German, Ariana und Belina	207
Gwenaelle-Indiana (Die Gesegnete)	210
Zoey und Liam	215
Malou und Dean	225
Rabea, Isabella und Riley	227
Netty und Hannah sowie Ricardo	243
Jenny und Cedric	253
Felipe und Luis	256

Élodie und Étienne

Sein Atelier befand sich in der Stadt Saint Brieuc im Département Côtes-d'Armor in der Bretagne/Frankreich. Nach der keltischen Bezeichnung wird es auch das »Land am Meer« genannt.
Einen schönen Strand, die Bucht und einen Hafen mit vielen Segelbooten gibt es in dieser Region. Die Bretagne ist die größte Halbinsel Frankreichs.

Étienne Rochefort, ein Mann in den Fünfzigern und gut aussehend, hatte jetzt endlich sein Zuhause gefunden. Er besitzt ein altes Haus am Stadtrand mit einem großen Garten und einem schönen künstlerischen Ambiente. Es hat Pariser Flair, wenn die Tür des Anwesens weit geöffnet wird. Seine Bilder sind Ölgemälde oder Aquarelle sowie Fotografien. Im ganzen Haus sieht man sie an den Wänden oder sie stehen auf dem Boden. Er hatte sich für Landschaften und Menschen interessiert. Da er über eine immense Vorstellungskraft verfügt, stellte er sich einige Bilder vor und hatte sie mit seiner Innenwelt verarbeitet. Manchmal zog er sich auch in diese zurück. Danach spendete ihm seine junge Muse Élodie Ruhe und auch wieder Kraft für neue Kreationen. Er hatte sie in der Stadt angesprochen. Verloren lief sie damals durch den Ort. Étienne war ihr nach kurzer Zeit sympathisch geworden und sie ist einfach mit ihm gegangen, ohne nachzudenken. Sie hatte sich gerade von einem Freund getrennt und war in dieser Hinsicht ziellos. Sehr hübsch sieht sie aus und ist dreiundzwanzig Jahre jung, hat blaue Augen sowie lange blonde und gelockte Haare. Wie eine Venus. Vielleicht war sie die Destination für den seelenvollen Étienne.

Er liebte die Farbe Blau. Sie ist eine kühle Farbe und wirkt beruhigend, erfrischend und erweitert die Sinne. Blau kann in Assoziation mit den gigantischen und unendlichen Ozeanen gesehen werden. Jeder Mensch freut sich doch auch über einen blauen Himmel. Diese Farbe öffnet unsere Seelen und besänftigt zu Ruhe und Frieden. Blau steht auch für Vertrauen. Diese Farbe inspiriert Étienne, wenn er in die blauen Augen von Élodie blickt und sie kühl und zugleich auch rein sind. Kreativität setzt die Energie unserer Gedanken frei und die Sehnsucht, die in uns ist. Er lebte ein »Blaues Leben«. Die Fantasie vitalisierte ihn jeden Tag. Vor allen Dingen, seit Élodie und er sich das Leben teilen. Sie weckt ihn mit ihren heruntergelassen Haaren und einem zärtlichen Kuss. Ihre roten Lippen fühlen sich samtweich an. Die leicht geschminkten Augen und lange weite Kleider schmücken sie mit einigen Holzketten von den Indianern in vielen Farben und Mustern. Abends trägt sie für ihn ein durchsichtiges rotes Kleid. Ihre Knospen und ihre Scham sind genau zu erkennen. Dann muss er sie berühren und intensiv wahrnehmen. Er wird schöpferisch, malt die ganze Nacht und ist der Welt entrückt. Er ist ein Feingeist. Derjenige, der ihn kennt oder seine Werke sieht, kann dies sofort erspüren. Jedoch müssen die Sinne sehen, der Tastsinn und die Intuition aktiviert sein.

Ein Jahr lebte sie schon mit Étienne glücklich zusammen und er hatte viele Bilder von ihr gemalt und der Betrachter konnte sie aus verschiedenen Perspektiven erkennen. Auch die glänzenden Fotografien in Schwarz-Weiß oder Color sind von ingeniöser Kompetenz. Bei ihr musste man noch nichts retuschieren. Er behütet sie mit seinen Argusaugen. Manchmal kommt ihre Freundin Chloé und dann gehen sie am Strand entlang spazieren oder sie fährt mit dem Auto in das Stadtzentrum. Dort besuchen sie dann ein Café und reden über die Bilder und Fotografien. Es gibt aber auch ganz besondere Gespräche von Frau zu Frau und es wird dann viel geflüstert und gelacht.

Étienne wünschte sich, das Élodie sehr lange bei ihm bleiben würde. Er hatte sich an sie gewöhnt und durch ihre Mimik, Gestik und offenen Worte in sein Herz geschlossen.

Seine Frau Marie war vor einigen Jahren an einer unheilbaren Krankheit gestorben und da war er hilflos an ihrer Seite. Er lebte lange in Paris und dann hatte es ihn in die Bretagne, zu diesem Ort, verschlagen. Étienne sehnte sich nach ihrem Tod nach Ruhe und Abgeschiedenheit. Die

Zeit der Trauer war unendlich schmerzhaft für ihn. Marie und Étienne liebten sich sehr, und auch Bilder von ihr hängen im Wohnzimmer an der Wand, neben dem Kamin. Sie ist noch oft in seinen Gedanken und sie hatten glückliche Jahre.

Der Altersunterschied störte Élodie nicht. Es ist ja nur eine Zahl, meinte sie.
Der Herbst ist überraschend gekommen, aber die Temperaturen blieben mild.

»Étienne, was möchtest du zum Abendessen? Lieber Fisch oder Fleisch? Hast du Appetit auf Austern?« »Wenn ich ehrlich bin, bevorzuge ich heute dich. Nein. Du kochst immer so gut. Was magst du heute?« »Fisch mit gebackenen Kartoffeln und Gemüse, wenn es dir recht ist.« »Das hört sich gut an. Gib mir Bescheid. Oder soll ich dir helfen?« »Nein, ich möchte dich heute verwöhnen.« »Du verwöhnst mich täglich, Élodie. Was würde ich ohne dich nur machen?« »Ich bleibe immer bei dir, das weißt du doch. Beruhige dich bitte.« »Danke. Ich verehre dich, meine Liebste.« Sie ging zu ihm und legte ihre Hand auf seine Wange und er küsste ihren Mund. Er lächelte sie an. Den mit der Farbe Blau behafteten Pinsel legte er aus der Hand, fasste unter ihr Kleid und strich an ihrem Bein entlang bis zu ihrem Schoß. »Zeige mir deinen Slip. Ich male dich, nur mit diesem Slip bekleidet. Du bist so schön!« Sie trug einen kleinen Lilafarbenen mit viel Spitze. »Du erregst mich. Ich bin wollüstig, wenn du in meiner Nähe bist.« »Das ist schön. Du machst mich immer glücklich, wenn wir vereint sind. Ich möchte dich gerne einmal nackt fotografieren, im Liegen. Was sagst du dazu?« »Ich werde mich ein wenig verschönern und dann hast du die Kamera. Mache Fotos und gib mir Anweisungen. Das würde mich jetzt reizen. Ich mag deine Ideen.« Étienne war nackt und er konnte sich gut sehen lassen. Seine vollen grauen Haare und seine behaarte Brust sahen sexy aus. Sie knipste einfach, wie es ihr gefiel, und sagte, wie er posieren sollte, und danach sahen sich beide die Bilder an. »Du bist ein Genie, meine Venus. Fantastisch.

Sie gefallen mir. So sehe ich also aus. Ich bin doch noch attraktiv, was meinst du?« »Ja. Kann ich ein Foto von dir in meinem Zimmer aufhängen? Über meinem Bett?« »Ja, Élodie, du bist für mich meine zarte Diva und doch auch eine Femme fatale in unserem großen Bett. Deine Sinne berühren mich stark in meiner Männlichkeit. Ich möchte, dass du immer deine Sinne preisgibst. Jede Emotion sehe ich dir an. Ich verstehe jede und kann damit umgehen. Wenn du einmal traurig bist, möchte ich deine Tränen abküssen und tief in deine Seele eintauchen. Gestattest du es mir?« »Étienne, du kennst mich doch schon sehr gut. Ich weiß, dass ich mich bei dir aussprechen kann und du immer Verständnis für mich hast. Deinen guten Charakter schätze ich sehr und du redest mit mir über alles. Das tut mir gut und deswegen liebe ich dich. Aber was ist, wenn ich nicht mehr die schöne Élodie bin und älter werde?« »Ich liebe dich so wie du bist. Du bist das Geschenk von unserem höheren Wesen im Himmel und ich weiß, dass du meine letzte Gabe sein wirst.« Eine geheimnisvolle Aura umgab ihn. »Geht es dir gut, Étienne?« »Sehr gut, Élodie. Ich hatte etwas Schönes gesehen.« »Was?« Er hielt inne und bat um das Abendessen. Sie speisten in der Küche, und der schwarze Kater Jamie wartete auf ein paar Häppchen. »Du hast wieder großartig gekocht. Es schmeckte vorzüglich. Lass uns jetzt in den Salon gehen und wir können Chansons hören. Möchtest du?« »Ja, Étienne.« »Vielen Dank, mein Schatz. Ich möchte dich jetzt streicheln und küssen. Den Abwasch machen wir später. Ich helfe dir dann.« »Du bist so gut. Besser als mein Vater. Er kümmerte sich kaum um uns.« »Sei nicht traurig. Ich möchte alles für dich sein und du bist für mich die Beste und Schönste. Gott hat dir auch noch die Klugheit geschenkt. Schau mal aus dem Fenster. Wir haben Vollmond. Du magst ihn doch so sehr. Wir sind im Elysium!«

Am nächsten Morgen weckte er sie mit einem Kuss, und die Nacht mit ihr war eine Erquickung aller Sinne gewesen. Sie lag jetzt in einer Hängematte und las in einem Buch von Anaïs Nin. Die heiße Schokolade stand auf einem Tisch neben ihr. Sie duftete nach dem Parfüm Shalimar, wie aus einem Märchen aus 1001 Nacht. Er atmete diesen Duft tief ein und hielt seine Nase lange an ihrem Hals. Sie könnte immer für mich da sein, nur ihre Anwesenheit zählt. Das ist das Wichtigste, dachte er. Élodie inspirierte ihn jede Minute. Das kannte er vorher nicht. Sie sah ihn an. Auf dem Tisch stand für ihn Kaffee, Brot mit Käse und Wurst. Der Künstler wollte morgens nicht bedient werden, da er manchmal keinen Appetit hatte. Er ging in sein Büro und kam mit einem Kunstbuch zurück in den Salon und sah sich die Werke von Paul Gauguin an. Besonders das Ölgemälde »Le germe des Areois« von 1892 und natürlich das Ölgemälde »Tanz der vier Bretoninnen« von 1886 hatten es ihm angetan. Das Farbenspiel faszinierte ihn und auch die Südsee. Paul Gauguin lebte vom 7.6.1848 bis zum 8.5.1903. Er wurde zu einem Wegbereiter des Expressionismus und spielte eine wichtige Rolle in der Entwicklung der europäischen Malerei.

Als Étienne Élodie darüber erzählte, war sie fasziniert von seinem Wissen über diesen französischen Maler. »Ein Kollege aus vergangener Zeit. Gauguin verkörperte Sehnsucht, Kreativität und Inspiration. Das sagt ja auch wieder die blaue Farbe aus.«

Beide zogen sich an, fuhren an den Strand und sahen von den Klippen, wie das Wasser brauste. Er hielt seine Kleine fest und drückte sie an sich. »Hat das Meer nicht eine imposante Kraft? Der Anblick gefällt mir. Aber du bist so liebreizend, das ganze Gegenteil, Élodie. Ich liebe dich.« »Ich liebe dich, mein Étienne.« Sie sahen noch einen Moment auf das Meer und dann nahm er sie in seine Arme und wärmte sie. »Du bist ein so liebevoller Mensch, Étienne. Das sagen auch deine blauen Augen über dich aus. Dein Blick sagt mir, dass du nie zornig zu mir sein könntest.« »Warum auch? Mache dir darüber keine Gedanken. Habe keine Angst vor mir, ich könnte dir niemals etwas antun. Sollte ein Problem anstehen, besprechen wir die Angelegenheit in aller Ruhe.« Diese Worte taten ihr sichtlich gut. Was hatte sie erlebt? Sie nahm seine Hand und legte sie an ihre Wange.

»Ich möchte dich gleich nackt malen, als Ganzfigur, stehend, Élodie. Im Hintergrund sollen die tosenden Wogen und die Gischt zu sehen sein.

Dabei denke ich an einen Leuchtturm in der Bucht bei Brest. Gerne würde ich dazu einen Delphin malen, doch das passt nicht. Wohl aber zu dir. Lasse dein Haar ungekämmt. Du siehst jetzt so aufgewühlt aus und das möchte ich festhalten.« Sie hielten sich an den Händen und der Weg, auf dem sie dann fuhren, brachte sie nach Hause. Zum Abendessen gab es tiefblauen bretonischen Hummer mit einer Tomaten-Wein-Sauce. Das war wohlschmeckend. »Du hast etwas vor, wenn du dieses Essen zubereitest. An was denkst du?« »Male mich doch mit einem Lobster in dem wild brausenden Meer. Male bretonisch, Étienne. Ich bin Bretonin. Zeige allen Menschen, wie schön unsere französische Halbinsel ist. Du liebst das Meer und das Meer liebt dich.« »Das wird ein museales Gemälde.« Er fühlte jetzt, dass dieses Bild etwas Besonderes werden wird.

Sie zog sich aus und er sah ihr dabei zu. Élodie stellte sich an das Fenster und sie sah göttlich aus. Das Bild zeigte das Meer mit den Wellen an einer Steilküste und sie stand nackt vor dem Meer und hielt einen Hummer in der linken Hand. Das Bild war gigantisch geworden und sie lag dann ganz ermattet auf dem Bett. Stunden waren vergangen. Können Sie sich dieses Bild vorstellen, sehr geehrte Leserinnen und Leser? Sie schlief ein und er las weiter in dem Künstlerbuch »Jazz« von Henri Matisse.

Es war schon hell, als er schlafen ging, er kuschelte sich an seine Muse und küsste ihre Hand.

Da er noch lange wach dalag und sich das soeben gemalte Ölgemälde noch einmal vorstellte, kam ihm die Idee, mit Élodie nach Paris zu fahren. Er stand wieder auf. Es war schon zwölf Uhr und er rief seinen besten Freund Laurent an. Das letzte Telefonat mit ihm war vor einem Monat. »Bonjour, mon ami. Hier ist dein Freund Étienne. Wie geht es dir? Arbeitest du momentan an einem Roman?« »Bonjour, Étienne. Ça va? Ich schreibe an einem Roman. Woher weißt du es? Du überraschst mich immer wieder.« »Ich fühle es«, scherzte er. »Ich glaube bald, dass du ein Hellseher bist.« »Nein, ich hatte es mir vorgestellt. Élodie, meine Liebste, habe ich in der letzten Nacht gemalt. Das Ölbild ist wunderschön. Du musst einmal zu uns kommen und dir meine Werke ansehen. Sie schläft noch. Das Malen hatte viel Zeit beansprucht. Ich hatte mir heute Morgen überlegt, ob ich mit ihr eine Reise nach Paris unternehmen sollte. Die kleine Wohnung in der Rue Davioud im 16. Arrondissement habe ich noch.« »Das wäre schön, wenn wir uns einmal wiedersehen. Ich hätte dir so viel zu berichten und zu zeigen bei einem guten Cognac oder Chablis. Du darfst auch ein paar Kapitel von meinem neuen Roman lesen und ich interessiere mich immer für deine Kritik. Aber vielleicht gefällt er dir auch.« »Sei doch nicht immer so pessimistisch, Laurent. Du bist ein guter Autor. Hättest du Zeit für Élodie und mich?« »Selbstverständlich. Wir werden uns jeden Tag sehen und zusammen speisen. Ich freue mich. Rufe mich an, wenn du in Paris bist. Ich werde etwas vorbereiten. Grüße an Élodie. Ist sie noch so schön? Sie tut dir gut, nicht wahr?« »Ja. Sie ist sogar noch hübscher geworden. Sie ist meine geliebte Muse und küsst mich morgens immer wach. So liebreizend ist sie, fragil und subtil – die Krönung! Bis bald, mein Freund. Ich rufe dich dann an. Meine schönsten Bilder werde ich mit meiner Kamera aufnehmen und sie dir dann zeigen.« Er legte den Hörer auf und war nicht mehr müde. Étienne verspürte Heimweh nach seiner Geburtsstadt und Élodie wollte er die Metropole zeigen. Er ging zurück ins Schlafgemach. Ihr graziler Körper war eine Augenweide, so anmutig. Sie wurde wach und sah ihn an. »Wie spät ist es? Möchtest du ein Frühstück? Du musst doch nach dieser Nacht hungrig sein?« Sie ging in die Küche und es gab Baguette mit Honig und Eier mit Bacon. Nichts blieb vom Frühstück übrig und er bat sie noch um eine zweite Tasse Kaffee. »Hatte ich einen Appetit! Ich habe noch nicht geschlafen. Meinen Freund Laurent in Paris habe ich angerufen. Was würdest du sagen, wenn wir nach Paris fahren?« »Großartig, ich freue mich auf diese Reise mit dir zusammen.« »Wir werden viel Spaß haben, Élodie. Laurent wird einiges verwirklichen. Dort habe ich noch eine Wohnung und wir werden viel unternehmen und Freunde treffen.« Sie strahlte ihn an. »Zeigst du mir alles, Étienne? Ich wünsche mir ein schönes Kleid aus Paris. Du suchst es dann aus. Ich möchte dir gefallen und hübsch aussehen.« »Selbstverständlich. Mir kommt gerade eine Idee. Vielleicht können wir meine Bilder in Paris ausstellen. Eine Vernissage wäre ein Traum und du an meiner Seite. Ich müsste mich umhören. Der Frühling wäre die richtige Zeit für diese Ausstellung.« »Kannst du dich von diesen Bildern trennen? Vielleicht hätten dann andere Menschen, auch Männer mich in ihren Häusern. Würde dir das nichts ausmachen?« Da wurde er nachdenklich und musste sich fast eingestehen, sich nicht von seinen Bildern trennen zu können. »Die schönsten bleiben hier im Haus, Élodie. Von denen könnte ich mich nie trennen.« »Ich liebe dich, Étienne. Deine Ideen sind immer so herausragend und du verstehst es, mich oft zu überraschen. Erzähle mir etwas über Laurent.« »Er schreibt Bücher und ist sehr begabt. In meinem Alter ist er und lebt allein. Seine Frau hatte ihn damals verlassen. Er verdiente ihr zu wenig und sie verliebte sich in einen Freund von Laurent und ging fort. Die Tochter blieb bei der Mutter. Er hat jedoch Kontakt zu seiner Tochter Élaine und sie besucht ihn des Öfteren.« »Werde ich sie sehen?« Er hob den Kopf und sah sie müde an.

»Ich werde mich ein wenig ausruhen. Vielleicht schlafe ich auch. Wecke mich aber spätestens um fünf Uhr am Nachmittag. Wir fahren in die Stadt, setzen uns in ein Café und lassen uns mit Kaffee und Torte verwöhnen. Ich möchte dir einen Mantel kaufen, der dich immer wärmt, wenn ich nicht in deiner Nähe bin.« »Wie du das sagst, so melancholisch.« »Nein, so war es nicht zu deuten. Du brauchst ihn. Der Winter ist schnell da.« Élodie war von der Reise nach Paris angetan und stellte sich die neuen Mode-Styles vor. Die Avenue des Champs-Élysées, Arc de Triomphe, La Tour Eiffel, Musée du Louvre, Sacré Cœur de Montmartre musste sie unbedingt besichtigen. Die Vorfreude war groß.

Sie ließ ihn schlafen, bis er von allein erwachte. »Du hast so müde ausgesehen und ich konnte dich einfach nicht wecken. Verzeihe mir. Möchtest du Kaffee und selbstgebackene Waffeln mit warmen Kirschen? Das Rezept habe ich von meiner Oma aus l'Allemagne.« »Ich hatte es schon vernommen. Sie duften so gut, sehen schmackhaft aus und ich nehme auch Sahne dazu.« »Ja, so schmecken sie am besten.« Der Kaffee war stark und den brauchte er jetzt auch. Am Abend ließen sie sich noch eine kräftige Brise um die Nase wehen. Er hatte wohl festgestellt, dass der Wind seine Gedanken irritiert. Die Konzentration war dann eingeschränkt. Zuhause stellte Étienne den Fernseher an und wollte wissen, was es Neues auf der Welt gab. Danach machten sie es sich auf der Couch gemütlich und sahen sich einen Film an. Élodie liebte Filme aus den USA mit George Clooney und Adam Sandler, dem Komiker. Ihre Lieblingsfilme sind Mr. Deeds und Klick.

In dieser Nacht liebten sie sich sehr intensiv, sodass sie über seine Liebeskünste überrascht war. Ihr Verlangen nach Étienne hatte in der Dunkelheit ihren Höhepunkt erreicht. Das Herz der jungen Élodie brannte vor Leidenschaft und sie sprach die lieblichsten Worte für einen Mann und Liebhaber. Die erotische Nacht hinterließ ihre Spuren und Élodie schlief in seinen Armen ein.

Ein Künstler benötigt Zeit zur Zerstreuung, um wieder neue Kraft für das Schaffen zu erlangen. Es gibt auch Schaffenskrisen, doch Étienne kennt dieses Wort nicht. Wenn es nicht weitergeht, beschäftigt er sich mit Lesen, kulturellen Reisen, Freunde treffen und auch TV. Étienne ist im Leben immer optimistisch und lacht auch gerne mit Freunden. Er ist sogar ein guter Witze-Erzähler, wenn er zwei Gläser Wein getrunken hat. Musik von dem Belgier Jaques Brel, Edith Piaf, Serge Gainsbourg/ Jane Birkin, Charles Aznavour und auch Carla Bruni hört er sich an, wenn er musikalisch inspiriert werden möchte.

Als der neue Tag anbrach, wurde Élodie mit einem Petit Dejeuner verwöhnt. Sie freute sich über Croissants und einen heißen Kakao. »Heute packen wir die Koffer und im Morgengrauen fahren wir nach Paris. Ist es dir recht?« »Étienne, ich kann es kaum erwarten, in Paris zu sein. Ich bin so neugierig auf diese Stadt. Verstehst du mich?« »Ja, meine Liebste. Es ist die Stadt der Liebe. Die weiblichste Stadt der Welt. Dort werde ich dich an den schönsten Orten malen.«

»Étienne, wir können losfahren.« Alles war im Auto verstaut. Die Haustür und die Fenster waren dicht verschlossen. Unterwegs pausierten sie auf einem Rastplatz, tranken Kaffee und aßen belegte Baguettes. Es regnete, als sie in Paris ankamen. In seiner Wohnung angekommen, nahmen sie alle Laken von dem Mobiliar. Der Concierge sorgte für Licht und Wasser und das Telefon konnte auch benutzt werden. Élodie ging in die Küche und servierte ihm einen Erdbeertee. »Dein Appartement ist sehr nobel, wie auch dieses Arrondissement. Im Luxus wohnst du also immer?« »Mir gefällt all dieser Komfort hier und in Saint Brieuc. Ruhe dich ein wenig aus.« Er setzte sich in einen Sessel und rief Laurent an. »Hallo, mein guter Freund. Wir sind vor einer Stunde hier angekommen.« »Bonjour, Étienne. Wie war die Fahrt? Habt ihr Hunger?« »Morgen besuchen wir dich. Ist dir fünfzehn Uhr angenehm?« »Gerne. Ich freue mich, euch wiederzusehen.« Sie packte die Taschen aus und räumte alles in die Schränke. Er ging zu ihr und küsste sie. »Sollen wir in einem Restaurant speisen?« »Ich freue mich und trage dann nur für dich mein schönstes Kleid.« »Ziehe dir aber die warme Jacke an.« In einem exklusiven Restaurant ließen sie sich von Ente und Morcheln sowie Reis in Wein gedünstet mit Rosenkohl und Tagliatelle, mit schwarzem Trüffel, kandierten Feigen sowie Crêpes Suzette verwöhnen. Es mundete hervorragend, und der Wein kostete ein Vermögen.

Élodie saß nervös auf ihrem Stuhl und sah ihn öfter an. »Hat es dir gut geschmeckt, meine Liebe?« »Ja danke, ausgezeichnet!« »Warum redest du nicht mit mir?« Ihre Wangen erröteten und sie nahm ihren ganzen Mut zusammen und sagte: »Étienne. Mir ist … Ich bin …« »Du möchtest das Wort ›schwanger‹ sagen. Ich habe es dir angesehen. So gut kenne ich dich.« Er sah sie mit einem verklärten Blick an. »Ich freue mich für dich und mich. Geht es dir gut? Dein Körper wird sich verändern. Du wirst eine gute Mutter. Ich bin doch wohl der Vater?« Sie war sichtlich erleichtert. »Bist du mir böse? Weißt du, was das für Folgen hat? Das Baby braucht Liebe und Zeit. Aber ich danke dir, dass du mich mit dieser Aussage beruhigt hast. Ja Étienne, es ist dein Kind!« »Ich bin glücklich, in meinem Alter noch eine Kleinfamilie zu bekommen. Ich hatte es mir immer gewünscht. Wir heiraten bald. Möchtest du mich heiraten und meine Frau werden, liebe Élodie? Meine Muse wirst du immer bleiben!« »Ja Étienne! Ich bin beseelt.«

Da sprach der Künstler aus ihm: »Ich male dich jeden Monat und dann zeigen wir später unserem Kind wie dick dein Bauch zuletzt war.« Versunken sagte er: »Mein erstes Kind. Ich werde doch noch Vater in diesem Leben. Eine Gnade vom Himmel.«

»Bleib so sitzen, das Licht ist optimal. Ich fotografiere dich. Deine Haare schimmern wie Goldfäden.« Eine Kamera hatte er immer dabei. Ihre Körpersilhouette zeigte eine ganz kleine Wölbung. Oder lag es am Kleid? »Wann bekommen wir unseren Sohn oder unsere Tochter?« »Mitte Juni.« »Lass es dir schmecken. Du brauchst jetzt viel Kraft und Ruhe.« »Es geht mir gut, Étienne! Ich habe ja dich.«

Mit dem Taxi fuhren sie wieder heim und Élodie ruhte sich auf dem Bett aus. Er legte sich neben sie und streichelte ihr Gesicht und ging mit seiner Hand durch das lange blonde Haar. Er strahlte. »Soll ich eine CD einlegen?« »Ja. Sei bitte immer bei mir.« Er zog sie langsam aus, betrachtete ihren jungen Körper und liebte sie mit viel Gefühl. Sie spürte sein Geschlecht und bewegte sich mit ihm im gleichen Rhythmus. Élodie schlief ein. Er skizzierte sie, während sie in Morpheus' Armen lag.

Am Nachmittag trafen sie bei Laurent ein. Die Umarmungen und Küsse waren herzlich. »Mein alter Freund, schön dich zu sehen.« »Ich freue mich auch, Laurent. Du hast dich nicht verändert. Das ist Élodie. Du kennst sie doch noch?« »Wie könnte ich diese Schönheit vergessen. Sie sehen bezaubernd aus, wenn ich das sagen darf.« »Danke, Monsieur Laurent.« Er hatte den Tisch im Salon gedeckt und es gab Apfelkuchen mit Kaffee oder Tee. Sie hatten sich viel zu erzählen und Étienne las in seinem Manuskript und war davon begeistert. Er schrieb an einem Barockroman. Carpe diem. Étienne zeigte ihm Bilder, die er gemalt hatte. »Du bist gut, Étienne. Das hatte ich dir schon immer gesagt. Wir werden uns wegen einer Ausstellung im Frühling informieren. Du hast doch ein wenig Zeit?« »Natürlich Laurent. Wir sind gerade hier. Uns treibt nichts.« Élodie las in einer Zeitschrift und möchte gerne mit Étienne einkaufen gehen. »Morgen werden wir dich vom Kopf bis zu den Füßen neu und hübsch einkleiden. Wir werden schon finden, was du dir wünscht.« »Danke Étienne! Ich freue mich sehr. Gerne möchte ich dich einmal in einem Anzug sehen.« »Ich probiere einige an und du kannst den Favoriten aussuchen. Du hast Recht, ich habe mich schon zu lange leger gekleidet. Anzüge mag ich auch.« »Könnten wir in eine Buchhandlung gehen? Ich möchte gerne Spanisch lernen, um mit dir einen Urlaub auf der immer blühenden Insel Teneriffa zu verbringen. Mein Interesse gilt auch dem spanischen Maler Salvador Dali, der sich wie viele andere mit der Welt der Träume beschäftigte. Ein Bild von ihm zeigt eine surrealistische Darstellung von einer Frau, was sie kurz vor dem Erwachen träumt. Sie lag nackt am Strand und wilde Tiger und ein Elefant auf Stelzen waren zu sehen. Meinen Kopf möchte ich nun mit vielen Gedanken und Informationen füllen. Es sind bestimmt noch Kapazitäten frei und ich möchte mich mit Kunst beschäftigen. Das wäre ein Anfang. Vielleicht ist es die Schwangerschaft, die mich dazu inspiriert?« »Élodie, du überraschst mich! Wir werden heute Abend darüber sprechen. Ich freue mich.« Laurent hörte genau zu, was Élodie sprach.

Es gab zum Dinner eine Zwiebelsuppe, Kaninchen aus dem Backofen mit Kräutern aus der Provence und gebratenen Kartoffeln mit Speck und Zwiebeln sowie einen Merlot. Laurent servierte eine Créme Brûlée zum Nachtisch. Fantastisch mundete es. Der Chef de Cuisine Laurent wurde von beiden gelobt und die Herren tranken noch einen Cognac und so langsam ging es wieder zu ihrem Appartement. In dieser Nacht liebten sie sich nicht. Étienne war zu müde. Élodie lag noch wach in ihrem Bett und dachte an ihr Kind. Wollte sie es wirklich haben? Sie war erst dreiundzwanzig Jahre alt. Mit dem Vater ihres Kindes an der Seite war es wunderbar und er liebte sie so sehr. Aber irgendetwas fehlte ihr.

Am nächsten Tag überschüttete er seine Muse mit Kleidern aus Seide. Blusen, Pullover, Jeans, einen roten Mantel, ein schwarzes Chanel Kostüm, Dessous in allen Farben und Ausführungen, helle und schwarze Strümpfe, Negligés und Leder-Accessoires hatte sie sich ausgesucht. Sie war glücklich und sah in dem Kostüm wie eine Dame aus. »So gefällst du mir, Élodie. Magst du das Kostüm?« Sie umarmte ihren Mann und er hob sie hoch und drehte sich mit ihr im Kreis und stellte sie wieder sicher auf ihre kleinen Füße. Ein Spanischbuch mit einer CD kauften sie in der Buchhandlung und in einem Café redeten sie über die Ideen der aparten Élodie. »Können wir heute einmal ausgehen? Ich möchte mit dir tanzen.« »Ich kann nicht tanzen. Soll ich dich in eine Diskothek bringen? Ich kann dich später wieder abholen? Damit wäre ich einverstanden.« Er brachte sie um zehn Uhr am Abend in die Diskothek »Le Bédyard« und wünschte ihr einen schönen Abend. Er blieb bei Laurent und so gegen zwei Uhr am Morgen wollte er sie wieder abholen.

Um halb drei war sie noch nicht draußen vor dem Eingang und er ging hinein und suchte sie. Sie war nicht auffindbar. Dem Wahnsinn war er nahe. Wo war seine Élodie? Er rief ihren Namen und fragte junge Menschen, die in der Diskothek waren, und zeigte ein Foto von ihr. Was soll ich machen?, dachte er. Er ging zurück zu Laurent und sie blieben die ganze Nacht auf und machten sich Sorgen. »Lass sie. Élodie ist jung und sie braucht auch einmal Kontakt zu jüngeren Menschen.« »Du hast Recht. Ich fahre nach Hause und warte auf sie. Kann ich dich anrufen?« »Natürlich, jederzeit.« Er malte und dachte dabei an ein Kunst-Zitat von Pablo Picasso: »Ich habe nicht alles gesagt, aber ich habe alles gemalt.« Wenn Élodie zurückkommt, werde ich liebevoll mit ihr über alles reden. Sie wird wiederkommen, dachte er. Er wurde unruhig und lief im Zimmer auf und ab. Seine Konzentration für das Malen hatte er jetzt verloren. Er trank ein Glas Wein und dann noch eins. Bald wird sie kommen. Hatte er sie jetzt an einen anderen Mann verloren? Étienne musste sie loslassen und warten, was passiert. Wird sie sich für ihn entscheiden? Er wollte nicht mehr denken müssen.

Élodie rief nicht an und sie kam auch nicht. Er wurde auf eine harte Probe gestellt und in Gedanken war seine Liebste bei ihm. Étienne wartete auf Élodie drei Tage. Jetzt merkte er doch, wie sehr er sie brauchte. Tränen rannen über sein Gesicht. Ihren Seidenschal legte er um seinen Hals und nahm ihren Geruch wahr. Nachdenklich saß er in seinem Sessel und schaute aus dem Fenster. Manchmal zeigte sich die Sonne. Im Tabakladen holte er sich eine Zeitung und überlegte lange, ob er sich Zigaretten kaufen sollte. Er tat es nicht. Er ist ein vernünftiger Mann. Diszipliniert. Als er wieder daheim war, sprach er mit einer Nachbarin im Hausflur und sie lud ihn in ihre Wohnung ein. Sie kochte einen Kaffee. Madame Dupont wollte sich länger mit ihm unterhalten, doch er zog es dann vor, sofort zu gehen. Élodie könnte ja kommen. Er merkte, dass er sich nach ihr sehnte. Es klingelte und dann stand sie vor ihm und erzählte aufgeregt, was sie in den Tagen erlebt hatte und dass es gut für sie war, einmal mit anderen Menschen zusammen zu sein und reden zu können. »Ich weiß es jetzt zu schätzen, dich an meiner Seite zu haben, Étienne. Ich liebe dich und du bist der beste Mann, den ich mir vorstellen kann.« »Ich wusste, dass du einmal ausbrechen würdest, und ich habe es zugelassen. Wer liebt, kommt wieder zurück. Ich hatte mir wohl Sorgen um dich gemacht, aber du bist ja eine erwachsene, junge Frau.« Er nahm sie in seine Arme und küsste sie. Sie umklammerte ihn und hielt ihn ganz fest.

Sie hatte Didiér kennengelernt, der als Model arbeitet, und eine Freundin Jestelle. Sie lernt bei einem Rechtsanwalt und sie wollten sich manchmal abends in einem Bistro treffen. »Kann ich dort hingehen? Macht es dir etwas aus?« »Treffe dich mit jungen Menschen und lade deine Freunde doch einmal zu uns nach Hause ein. Wir beide kochen und dann könnten wir uns bei einem Glas Wein und einer Tasse Kaffee unterhalten.« »Du bist grandios, Étienne. Ich verdanke dir so viel. Später möchte ich auch arbeiten gehen. Ich habe leider eine Ausbildung zur Bürokauffrau abgebrochen. Ich fange nach der Geburt unseres Kindes neu an. Hilfst du mir dann dabei?« »Natürlich, sehr gerne. Tagsüber kann ich auf unser Kind Acht geben und du wirst Bürokauffrau. Wie gefällt dir die Idee, wenn du später Ausstellungen für meine Bilder in ganz Europa arrangierst und realisierst. Traust du dir diese Arbeit zu?« »Ja, du hast mir viel von deiner Arbeit erzählt und ich werde jetzt viel lesen, recherchieren und notieren.« »Mit Laurent werde ich die erste Ausstellung organisieren. Später verdienst du dein eigenes Geld und musst nicht mehr das Gefühl haben, finanziell von mir abhängig zu sein. Ich liebe dich und jetzt noch viel mehr, weil wir ein Kind bekommen. Du warst und wirst immer meine Élodie bleiben. Ich begehre dich, meine Schöne. Ne me quitte pas. Unser erster Kuss ist unvergesslich. Es war am Strand in Saint Brieuc.« »Ich weiß, mein Liebster. Dieser Kuss ist immer in meinen Gedanken.« Ihre Augen funkelten wie Aquamarine.

Sie bekamen einen Sohn und Élodie bestand auf den Namen Étienne junior. Er ist ganz stolz und hatte dieses Ereignis all seinen Freunden, Verwandten und Bekannten mitgeteilt. Die Hochzeit in einem Hotel war sehr luxuriös mit vielen Gästen und der kleine Étienne jr. ist ein lieber Junge und hat blaue Augen. Die Ausstellungen waren ein großer Erfolg für ihn und er ist jetzt überall bekannt. Seine Frau ist eine Schönheit und jeder möchte ein Bild von ihr im Haus haben. Sie absolvierte die Ausbildung mit Bravur und arbeitet jetzt für ihn. Ihr Freundeskreis hatte sich immens vergrößert, da sie nun als Galeristin ihre Berufung gefunden hat und fließend Spanisch und Russisch spricht. Sie hat sich auch als Malerin versucht. Ein Aquarellbild mit einem bunten, fliegenden Schmetterling hatte sie gemalt. Darauf ist sie besonders stolz. Das Bild ist schön anzusehen und hängt in einem goldenen Rahmen im Schlafzimmer.
  Das Ölbild mit Élodie, dem Meer in der Bretagne und dem Lobster, fand einen Kunstsammler. Étienne bedankte sich bei ihm mit einem Champagner-Empfang und er durfte sein Atelier bestaunen. Eine Freundschaft ist daraus entstanden. Antoine stellte Étienne seinen wohlhabenden Freunden vor. Oft wurde er mit seiner Frau zu einem Bankett eingeladen. Eine Nanny blieb dann über Nacht in ihrem An-

wesen. Aus dem kleinen Étienne ist ein junger Mann geworden und er studiert Philosophie an der Sorbonne in Paris. Sie sind stolz auf ihren Sohn.

Beide sind glücklich und leben noch heute. Und von seiner Muse, die sie immer noch ist, wird er jeden Morgen wachgeküsst.

Patricia, Nicolas und Kendrick

Diese Geschichte ist aus der Sicht eines Vaters geschrieben, der seine Familie über alles liebt.
»Vorab möchte ich Ihnen meine Frau Patricia und Kendrick vorstellen. Ich heiße Nicolas.«

Es geht um den behutsamen, immerwährenden und innigen Kuss für unseren Sohn Kendrick. Die Kostbarkeit der Küsse ist uns bewusst geworden, als unser Kendrick zur Welt kam. Wir lieben ihn über alles. Das soll er sein Leben lang wissen, und vielleicht wird er später an uns denken, wenn wir alt sind.

Meine Frau Patricia arbeitet wieder drei Tage in der Woche im Krankenhaus auf der Onkologie-Station. Sie geht wieder arbeiten, weil diese Menschen sie auch brauchen. Von den Vorgesetzen und Patienten bekommt sie Dank und Anerkennung.
Sie sieht vornehm und elegant aus.
Unser Sohn war anfangs bei seiner Oma Sucitty, die immer für uns da war.
Als Fachanwalt für Arbeits- und Strafrecht mit eigener Kanzlei kann ich unsere Wünsche erfüllen. Ich habe zwei Partner und wir teilen uns die Arbeit. Jeder hat seine Sekretärin und eine Dame ist am Empfang, Frau Stein.

Sehr zum Wohle meiner Familie mache ich kaum noch Überstunden. Die Zeit mit meinen Lieben genieße ich und es gibt immer etwas, womit wir den Tag verschönern und ihn richtig intensiv erleben können. Die Zeit ist so kostbar wie Kendrick und Patricia.
Auf dieser Reise mit unserem Sohn ist der Weg vom Baby bis zur Volljährigkeit das Ziel gewesen. Kurz vor Weihnachten hatten wir ihn gezeugt. Meine Frau sagte an dem Tag, dass es heute passieren müsste, und das war am 17. Dezember 1993. Den ganzen Tag verbrachten wir

zusammen. Natürlich im Bett. Meine Frau ist ein Schatz. Sie hat viel Herz und ist klug. An diesem Tag ging ich nicht ins Büro und an dem nächsten auch nicht. Wir waren enthusiastisch und liebten uns. Den Sex hatten wir über 36 Stunden gut verteilt. Sie betete, dass sie schwanger werden würde, und ich wünschte mir auch den Nachwuchs. Ein wertvolles Geschenk von Gott für uns beide.

Am 11.1.1994 war der Schwangerschaftstest positiv und wir konnten es kaum glauben. Ich küsste den Bauch meiner geliebten Frau und streichelte ihn.

Die Schwangerschaft verlief gut und wir gingen zusammen zur Geburtsvorbereitung, um das Hecheln zu üben, und sie ließ sich gynäkologisch stets untersuchen. Alles war in Ordnung. Bei einer Untersuchung beim Arzt wollten wir wissen, ob es ein Junge oder ein Mädchen wird. Ich war schon stolz, dass es ein Junge wird. Einen kleinen Stammhalter. Meine Frau hatte sich neun Monate von mir verwöhnen lassen. Dreizehn Kilo hatte sie zugenommen. Aber sie meinte, dass das Stillen sie wieder schlank machen werde. Sie liebt Tennis.

Am 8.9.1994 so gegen 23.00 Uhr verlor sie das Fruchtwasser und wir fuhren ins Krankenhaus. Ich kann Ihnen sagen, dass ich ganz schön nervös war. Die Kamera war dabei. Ich hielt ihr den Rücken und auch die Hand. Sie schrie und ich litt mit ihr. Ich musste zusehen, unter welchen Schmerzen Patricia unseren Kendrick bekam. Nach den letzten Presswehen gebar sie unseren Sohn. Um 1.05 Uhr am 9.9.1994 erblickte er das Licht der Welt. Ich war froh, dass es keine Komplikationen gab, und hielt ihre Hand. Immer wieder küsste ich sie. Der Arzt untersuchte das Kind. Alles war in bester Ordnung. Er wog 4.320 g und war 53,5 cm groß. Er hat braune Augen und schwarze Haare. Kendrick sah aus wie ein Baby, welches drei Monate alt war, aber nicht wie ein klitzekleiner Kendrick. Wir waren sehr glücklich.

Ich muss Ihnen noch etwas sagen. Sie hatte eine Fehlgeburt. Mit einem Kind war sie schon im dritten Monat. Das hatte uns sehr in Mitleidenschaft gezogen.

Meine Frau meinte, dass wir Kendrick nie auf den Mund küssen werden wegen der Bakterien. Er bekam Küsse auf die Stirn, Wange, Hände. Die »Babysprache« haben wir uns erst gar nicht angewöhnt. Sie wollte es nicht. Wir redeten mit ihm, wie mit einem Erwachsenen. Nach fünf Tagen kamen sie heim. Das Kinderzimmer hatte ich gelb-blau gestrichen und die Kinderzimmermöbel waren aus Buchenholz, mit einer Plane abgedeckt. In der Mitte stand die Wiege mit einem Himmel aus hellblauer Seide. Unser Sohn war ein freundliches Baby und schrie nur, wenn die Windel voll war oder er Hunger hatte. Zwei Monate Babyurlaub gönnte ich mir. Diese Zeit wurde von mir voll ausgenutzt. Das hatte meinen Sohn und mich eng verbunden. Heute noch. Wir drei sind eine Symbiose. Auf das Rauchen verzichtete ich sofort und werde damit nicht mehr anfangen. Das war wohl sehr hart gewesen. Wir hatten auch ein Au-pair namens Klara aus Polen engagiert. Bei uns verdiente sie gut. Viele Au-pairs werden oft ausgenutzt. Sie war achtzehn Jahre jung und man konnte sehen, dass sie Kendrick mochte. Er ist so niedlich, sagte meine Frau. Sie liebt ihn und mich. Wir streiten uns auch selten und oft sind es nur die Kleinigkeiten. Wir lieben beide die Harmonie.

In dem ersten Lebensjahr hatte er sich rasend schnell entwickelt und an seinem ersten Geburtstag konnte er alleine laufen und einige Wörter sprechen. Seine Mutter war stolz. Ich bin froh, dem Kind eine unbeschwerte Kindheit mit allem Luxus bieten zu können, und da wir ihn lieben, wird er hoffentlich ein glückliches Kind werden und viele Freunde haben. Ich werde immer meine Augen offenhalten, dass alles gut geht. Der Start ins Leben für ein Baby ist uns sehr wichtig. Wir hoffen, dass Kendrick seinen Weg geht, und wir geben ihm Hilfestellung so gut wir können. Jeder Mensch muss auch seine eigenen Erfahrungen sammeln. Wir sehen ihm dabei nur zu und schreiten eventuell dann ein.

Das Herz meiner Frau ist ein offenes Buch. Das liebe ich an ihr. Wir lieben und ergänzen uns und sind gefühlvolle Menschen. Bei uns gibt es kein Jammern. Warum auch. Ich kenne so viele Freunde und Bekannte, die immer etwas am Leben und Alltag auszusetzen haben. Wir Menschen als Individuum können unser Leben selbst entscheiden und dann das tun, was wir für richtig halten. Außer bei Krankheiten. Dann haben alle Probleme. Hoffentlich bleiben wir lange gesund. In meiner Anwaltskanzlei läuft alles gut. Meine Partner sind schon Väter geworden und wissen, dass wir jetzt Zeit brauchen. Ich stehe zurzeit in ihrer Schuld. Sie arbeiten für mich mit. Vor vier Jahren haben meine Frau und ich uns das »Versprechen« gegeben. Sie ist die Liebe meines Lebens. Man wünscht sich immer Kinder von der Frau, die die große Liebe des Lebens ist. Die Sichtweise meiner Patricia ist zurzeit immens emotional eingefärbt und die Sehnsucht nach Romantik und Gefühlen macht sich deutlich sichtbar bei ihr. Meine geliebte Patricia. Mit Vorliebe begeben wir uns jeden Tag auf Schmusekurs. Die Musik ist uns auch sehr wichtig.

Ich mag keine Menschen, die mich mit sinnlosem Gerede langweilen. Ich höre mir aber gerne die Probleme meiner Klienten an. Dabei sehe ich nicht nur mein Honorar, sondern ich kann mich in die Problematik dieser Personen hineinversetzen.

Meine Frau hatte mir damals gesagt, dass sie sich in einen kultivierten und exklusiven Mann verliebt hatte, und darauf bin ich stolz. Wir beide haben viel Fantasie und so gestalten wir auch unter anderem unser Sexualleben.

Am sechsten Juli war ein ganz besonderer Tag. Das ist der Tag des Kusses. Meiner Frau gab ich morgens, als der Tag anbrach, einen innigen Kuss voller Leidenschaft, und wir freuten uns schon, als der zuckersüße Kendrick die Augen aufschlug. Wir küssten ihn und er strahlte uns an. Er ist fast zehn Monate alt, und ich wäre urlaubsreif. Mit Patricia, Kendrick und Klara könnte ich mir einen Urlaub auf Hawaii vorstellen. Ich würde gerne einmal wieder surfen. Klara ist dann dabei, damit wir auch einmal ein paar Stunden für uns alleine haben – und Sie wissen schon.

Vielleicht später im Herbst. Hawaii bietet ganzjährig angenehme Temperaturen. Wir hatten uns auch Gedanken über das Essen gemacht. Kinder kommen mit kleinen Portionen zurecht. Mit großen Mengen wären sie überfordert. Damit Kendrick nicht die Lust am Essen verliert, sollte die Menge auf dem Teller überschaubar sein. Bei Bedarf gibt es einen Nachschlag. Er bekommt Säfte mit Mineralwasser gemischt. Wir gaben ihm von Anfang an einen Schnuller. Jeden Tag ist er an der frischen Luft und wir unternehmen einiges. Heute ist ein heißer Julitag und ich hasse diese Affenhitze. Erst abends machten wir alle gemeinsam einen Spaziergang und schwammen im Pool. Wir brauchen das Vitamin D.

Heute hatte ich die Aufgabe, einen mutmaßlichen Schwerverbrecher zu verteidigen. Einige Wochen hatte ich Zeit, mich darauf vorzubereiten. Der Gerichtstermin war um elf Uhr. Meine Frau ist in der Klinik und Klara gibt Acht auf unseren Sohn. Auf sie kann ich mich verlassen.
Die Zeit verging zu rasch.

Wir schenkten Kendrick zu seinem ersten Geburtstag ein Bobby-Car, ein Kinderklavier, Stofftiere, neue Bücher zum Vorlesen und natürlich einen Ball. Vielleicht möchte er einmal Fußballspieler werden. Der Traum eines jeden Vaters. Die Kerze auf dem Kuchen, den Patricia gebacken hatte, blies ich aus und wünschte uns dreien etwas Schönes. Ich sehe mir oft Patricia an. Wenn sie einen Raum betritt, kann man es fühlen. Sie hat eine wirkende Aura wie Greta Garbo oder Romy Schneider. Wenn Patricia schläft und ich später ins Bett gehe, liegt sie da, wie ein Engel.

Wir hatten uns auch schon dazu entschlossen, zum achtzehnten Geburtstag von Kendrick ein Bankett zu geben. Familie und Freunde sind dann herzlich eingeladen.

An seinem zweiten Geburtstag fuhren wir zu einem Vergnügungspark und Kendrick hatte bestimmt seinen Spaß. Das Reiten und mit dem

Karussell zu fahren bereitete ihm sichtlich Freude. Auf dem Weg nach Hause schlief er im Auto ein, natürlich mit Schnuller. Oft schlief er auch mit in unserem Bett und Patricia bereitete ihm noch eine Grießflasche zu, damit er dann die Nacht durchschlief, was auch meistens der Fall war. Wir legten ihm auch ein eigenes Sparbuch an, über welches er mit achtzehn Jahren frei verfügen kann.

Patricia und ich schenkten unserem Sohn zum dritten Geburtstag, aber auch uns, einen kleinen Dackel, den wir Rex nannten. Seine Oma kaufte ihm eine Geige. Wir wollten ihn damals für den Unterricht anmelden. Aber die Musiklehrerin sagte uns, dass er mindestens vier Jahre alt sein sollte. Er ging jetzt auch in den Kindergarten in die »Maus-Gruppe«. Als wir Kendrick den ersten Tag in den Kindergarten brachten und die Gruppenleiterin sich mit ihm unterhielt, war sie erstaunt. Simone war so von seiner Eloquenz angetan, dass sie mit ihm in jede Gruppe ging und ihn vorstellte. Das Niveau seiner Artikulation war bildungssprachlich. Wir staunten, denn für uns war es ja Normalität. Er kann heutzutage noch die Menschen mit seiner Redensart beeindrucken. Bei einem Kindergartenfest im Sommer vor den Ferien gab es eine Aufführung und Kendrick hatte ein hellblaues Kostüm aus Krepp an und verkörperte eine Wolke und er musste einen Satz sagen. Wir waren richtig stolz auf ihn und alle klatschten. Und er kannte mit drei Jahren alle Bankkarten. Einmal rief er ganz laut aus dem Sportwagen: »Mama, da ist ja eine Visa Card.« Die Leute lachten und staunten. In einem Fast Food Restaurant fragte er immer direkt nach zwei Spielzeugen für sich allein. »Kann ich auch zwei haben?«, fragte er uns dann. Kendrick und Rex haben sich aneinander gewöhnt und sind inzwischen unzertrennlich. Dabei dachte ich, wie gut, dass wir unseren Kendrick haben. Scheidungskinder können den Glauben an die Menschen verlieren. Unser Kind ist ein Juwel. Kostbarer als alles andere auf dieser Welt. Gut, dass es die Küsse der Liebe gibt.

Damals, als wir jünger waren, gingen wir tanzen und hörten Musik von Dire Straits und Bob Marley. Es groovte! Diese Zeit, wieder etwas allein zu machen, wird wiederkommen. Jetzt sind wir erst einmal Eltern. Wir dachten auch einmal an ein männliches Au-pair, damit Kendrick kämpfen und seinen Mut beweisen kann. Ich denke, dass wir uns später noch zusätzlich nach einem jungen Mann umsehen werden.

Meine Frau Patricia hat bald Geburtstag und ich habe schon einen Tisch im Restaurant von Pepe Amadorina, dem Avantgarde Koch in Stuttgart, reserviert. Sie liebt Tagliatelle mit schwarzem Trüffel und ein Blauflossenthunfisch-Steak aus Japan sowie ein exquisites Dessert mit Blattgold. Ein Collier mit einem Smaragd und ein neues Auto bekommt sie aber schon morgens daheim. Gerne würde ich sie an diesem Tag zu einem Lotustee in Saigon/Vietnam einladen. Einen Schal aus Lotusblütenseide und ein Parfüm aus den Lotusblüten wären mein Geschenk für sie. Aus den Stängeln der Lotusblume werden sie zu Seide versponnen.

Wir lesen unserem Sohn abends immer Geschichten aus dem Märchenbuch vor. Bei Peter Pan sieht er uns mit großen Augen an. Einschlaflieder dürfen dann auch nicht fehlen. Mit dem Schnuller im Mund schläft er dann meistens ein. Wir lassen ihm ein kleines Steckdosenlicht an.

Aber jeden Tag müssen wir uns doch die Agenda ansehen und einige Termine wahrnehmen. Patricia entspannt sich abends in dem großen Jacuzzi mit einem Bananensaft oder einer heißen Schokolade und blättert dann in einer Frauenzeitschrift. Dezente Musik läuft und Kerzen brennen und duften. Manchmal setze ich mich dazu.

Später wird Kendrick seine Lektüre aussuchen und die Bravo oder eine Hip-Hop-Zeitschrift lesen und Poster aufhängen.

Wie Kendrick erwachsen wurde!

Ich sitze jetzt hier im Büro meiner Kanzlei und schreibe an dieser Geschichte oder auch Story von meiner Kleinfamilie, insbesondere von Kendrick, immer in Abschnitten. Diese bekommt er dann an seinem Tag der Volljährigkeit mit vielen Fotos und Filmen. Warum ich hier schreibe? Wenn ich einmal einen Termin verschieben musste, kam Langeweile auf. Eines Tages fiel mir diese Idee ein, ihm seinen Lebensweg mit uns aufzuschreiben. Zwischendurch gibt es auch Tage, an denen ich nicht schreibe oder ich lese mir das Geschriebene noch einmal durch und bin zufrieden oder ich ändere es. Ich hoffe nur, dass er sich darüber freuen wird. Bin mal gespannt, wie viele Seiten ich schreiben werde. Patricia habe ich davon nichts erzählt. Wenn die Story fertig ist, stelle ich sie ihr vor.

Das Telefon klingelte im Büro. »Hallo Patricia.« »Hallo Nicolas. Ich glaube unser Sohn ist krank. Ihm läuft die Nase und er hat Husten. Vielleicht ist es eine sommerliche Erkältung und ihm ist der Ventilator nicht bekommen.« »Bringe ihn zu Bett und gib ihm etwas Warmes zu trinken. Um sechs Uhr bin ich bei euch.« »Bis bald. Wir brauchen dich.«

Also werde ich jetzt erst einmal heimfahren und schreibe morgen wieder weiter.
    Heute ist ein Tag, hektischer kann er nicht sein.

An seinem vierten Geburtstag gab es Kuchen und die Kerzen blies Kendrick aus. Seine Freundinnen Petra und Anna sowie Thorsten, Christoph und Mateó aus seiner Kindergartengruppe waren eingeladen und meine Frau hatte an diesem Tag keinen Dienst. Die Kinder sahen glücklich aus. Patricia ließ sich auch jede Menge Spiele einfallen und durch Klara hatte sie Verstärkung. Seine Augen strahlten. Er ist ja so ein vernünftiges Kind und emotional. Man kann ihm alles sagen und er versteht es wie ein Erwachsener. Manchmal ist es schon beängstigend. Spielerisch gehen wir die Zahlen durch. 1, 2, 3 … und die Buchstaben bringen wir ihm an einem anderen Tag immer langsam bei. So lernt ein Kind Lesen und Rechnen. Das ist das A und O, oder? An einem Dienstag gingen wir mit ihm zum ersten Geigenunterricht und er hatte Gespür für dieses Instrument, sagte uns die Musiklehrerin. Die Grundübungen für ein Fundament. Der Bogen und die Saiten müssen im Einklang sein. Die Bogenbalance muss er üben und nochmals üben. Seine Genialität machte uns fast Sorgen. Hatten wir ihn zu sehr strapaziert? Zu viel von ihm verlangt oder lag es einfach in seiner Natur? Wir ließen ihn an einem Institut testen und man sagte uns, dass er einfach sehr sprachbegabt und musikalisch sei. Sobald er in die Schule geht, wird er sich der Sprache seiner Mitschüler wieder anpassen. Das nächste Mal muss Klara ihn zum Geigenunterricht begleiten. Sie ist eine Hilfe für meine Frau und mich und wir möchten sie nicht mehr missen. Kendrick mag Klara noch immer.

Der fünfte Geburtstag. Am Morgen hatte ihn ein schönes Fahrrad überrascht. Er wollte es sofort ausprobieren. Der Geburtstagskuchen mit Kerzen war zweitrangig. In der Küche musste ich ihn auf das Rad setzen und er jonglierte mehr, als dass er fuhr. Na ja, damit werde ich noch Zeit aufwenden müssen. Er wollte gar nicht in den Kindergarten. Patricia nahm sich immer an seinen Geburtstagen frei und ich natürlich ab nachmittags auch. Rex bellte. Ihm gefiel das Rad wohl auch. Sein Geigenspiel ist schon viel besser geworden und es macht ihm Spaß. Wird er einmal ein Virtuose auf der Geige? Mich würde es freuen. »Die Musik ist der vollkommenste Typus der Kunst: Sie verrät nie ihr letztes Geheimnis.« Ein schönes Zitat von Oscar Wilde, finde ich. Oma Sucitty war zu Besuch und schenkte ihm eine orangefarbene Uhr. Zu der Zeit war Orange seine Lieblingsfarbe und er zeigte Klara, was er anziehen möchte. Kleinere Rechenaufgaben konnte er lösen. Manche Buchstaben schrieb er in Spiegelschrift. Zum Beispiel das große R. Freitagabend war immer ein Abend der Rituale. Wir sahen uns mit ihm die Mini-Playback-Show an und danach kam im Fernsehen Comedy. Einmal hatte er mir gesagt, dass er Komiker werden möchte. Während des Fernsehens gab es Popcorn und Süßigkeiten. Diese Comedy-Folgen durfte er sich ansehen und auch Disney-Filme. Danach ging er dann brav in sein Bett oder schlief bei uns, was er sich oft wünschte. An einigen Tagen saß er auch zwischen uns auf der Couch, wenn er nicht einschlafen konnte. Wir waren zufrieden mit seiner Entwicklung und dieser Tag war ein schöner Tag für uns.

Als wir Kendrick in seinem Zimmer zum sechsten Geburtstag gratulieren wollten, war er nicht da. Wir erschraken uns sehr und suchten ihn. Er hatte sich doch tatsächlich hinter einem Vorhang versteckt. Er wusste, dass er Geburtstag hatte, und suchte nach dem Geschenk. Wir gingen in den Garten. Am Abend zuvor hatte ich ein Trampolin aufgestellt. Eine Hüpfburg hatten wir uns für zwei Tage von einer Firma ausgeliehen. Jetzt war er ganz nervös und wollte selbstverständlich darauf hopsen. Sie hätten seine glänzenden Augen sehen müssen. An diesem Platz kann er sich so richtig verausgaben. Allerdings kam heute auch Cassian, ein Au-pair aus Frankreich. Er sollte sich jetzt mit Kendrick beschäftigen und ihn fordern und fördern. Wir baten ihn auch, ihm die französische Sprache beizubringen. Nach dem Kindergarten fuhren wir zum Flughafen und holten ihn ab. Er sah sympathisch aus, war auch achtzehn Jahre jung, und er hatte sofort den Kontakt zu unserem Sohn aufgenommen und gefunden. Klara blieb natürlich weiterhin bei uns beschäftigt. Wenn sich alle mögen, werden Patricia, unser Sohn, ich sowie unsere Angestellten nach Hawaii reisen. Bis heute hatten wir darüber nicht mehr gesprochen. Dabei dachten wir auch an uns. In den ersten Jahren ging es einmal zur Nordsee, nach Sylt, oder nach Usedom, eine Insel in der Ostsee, und auch auf der Insel Rügen waren wir. Für die jungen Leute sollte Hawaii eine Überraschung sein. Mal sehen, ob uns dies gelingt. Gegen drei Uhr kamen wieder seine Freunde vom Kindergarten und Schule sowie aus der Nachbarschaft. Bei uns herrschte ein buntes Treiben und die Kinder fanden das Trampolin und auch die Hüpfburg aufregend. Am Abend gab es dann Pommes frites und Würstchen sowie ein dickes Eis. Unser Sohn war wieder glücklich. Eine Windel brauchte er nachts jetzt auch nicht mehr. Das war sein Geschenk für uns.

Klara und Cassian mochten sich. Das sagte ich zu meiner Frau. Sie meinte nur: Hauptsache, sie sind glücklich und vergessen dabei unser Kind nicht. Beide waren erwachsen. Wir waren mit ihnen sehr zufrieden. Aber manchmal denke ich doch an die Zeit zurück, als wir ohne Kind waren. Meine Frau und ich hatten viele Hobbys. Uns fehlt schon ein wenig Zeit für einen Besuch in das Theater oder in ein Museum. Oder einfach nur Tanzen gehen. Eine Weinprobe in dem Städtchen Sauternes in Frankreich genießen. Ich denke, da wir jetzt Verstärkung haben und Kendrick schon nach den nächsten Sommerferien in die Schule geht, werden wir uns auch die Zeit gönnen. Wann war ich zuletzt mit Patricia zum Shoppen gewesen und haben uns anschließend in Düsseldorf in einem netten Restaurant den Gaumen verwöhnen lassen? Sommerschlussverkauf macht glücklich wie Sex, sagt meine Frau. Und hätte ein Künstler eine Vernissage ausgerichtet, wären wir gerne Gäste dieser gewesen.

Heute habe ich Kopfschmerzen. Ich rufe mal Patricia an. »Hallo mein Schatz. Ich bin es, deine andere Hälfte, dein Yang. Wie werde ich meine Kopfschmerzen wieder los?« »Hallo Nicolas. Erdbeeren sind gegen Kopfschmerzen. Sie haben viel Vitamin C. Auch bei Stress reichen zehn dieser Früchte aus. Ich bringe sie dir gleich vorbei. Du musst nicht direkt zur Tablette greifen. Kendrick ist mit Cassian auf dem Spielplatz.« »Ich danke dir, mein Schatz. Bis gleich.« Sie hatten tatsächlich geholfen. Da sehen Sie, was meine Frau so alles weiß.

Ich buchte jetzt die Tickets für das Archipel Hawaii auf Maui. Ein *Insider-Paradise*. Wir checkten zwei Wochen später im Hyatt Regency Maui Resort Spa ein. Wunderbar. Einen Trip nach Honolulu machten wir später auch. Auf Maui gibt es jede Menge Golfplätze und nicht zu vergessen das Surfen im Pazifik. Aloah. Hawaii ist der 50. Bundesstaat von Amerika. Für viele Regisseure ist Hawaii eine phänomenale Filmkulisse. Und wir machten zwei Wochen Urlaub in diesem Paradies. Unsere Familie, so nenne ich alle, die bei uns leben, hatte sich gut erholt, und wir waren zufrieden. Die Sonne schenkte uns eine schöne Bräune auf der Haut. Meine Frau und ich hatten uns im Bett so richtig verausgabt. Diese angenehme Sportart! Das Einzige, was nicht so angenehm war, der lange Flug. Mit einem Lächeln im Gesicht und dem Taxi ging es dann nach Hause.

Es war schön auf Hawaii, doch daheim beginnt sofort wieder das normale Leben mit allem Drum und Dran. Wir lieben unser Familienleben. Kendrick ist ein liebes Kind.

Das Jahr verging schnell. Im Kindergarten wurde Abschied genommen mit einem großen Fest und auch die Großeltern waren eingeladen. Es gab ein Buffet. Wir bedankten uns für die Miterziehung unseres Sohnes. Kendrick wollte jetzt selbstbewusst in die Schule gehen. Er sprach auch schon Französisch und sagte Cassi anstatt Cassian. Wir gingen alle gemeinsam zur Astrid-Lindgren-Grundschule. Mit einem Gottesdienst begann dieser erste Schultag. Er bekam selbstverständlich seine selbstgemachte Schultüte mit Süßigkeiten und Geschenken. Danach ging es in die Klasse 1a. Der Unterricht dauerte eine Schulstunde, und wir hatten auf ihn am Tor des Schulhofes gewartet. Ganz stolz zeigte er uns seine gemalte rote Schultüte. Jetzt hatte der Ernst des Lebens, wie es so schön heißt, begonnen. Drei Tage später war sein siebter Geburtstag. Es gab wieder den leckeren Kuchen mit Gummibären und Schokoladenguss und dieses Mal waren seine Schulfreunde eingeladen sowie sein Freund Maik aus der Nachbarschaft. An diesem Morgen beschenkten wir ihn mit einer PlayStation und einigen Spielen. Von Klara und Cassian bekam er ein Sweatshirt und einen MP3-Player, der gerade auf den Markt gekommen war. Er liebte Musik und sah glücklich aus. Bald müssen wir uns ja schon den Kopf zerbrechen, was wir einem Achtjährigen zum Geburtstag schenken sollen. Er hat alles, was sein Herz begehrt, und er ist gesund. Noch ist er ein liebes Kind und hört auf seine Eltern – meistens. Aber Patricia und ich machen uns schon Gedanken, wenn er in die Pubertät kommt.

Die nächsten fünf Geburtstage verliefen aufregend und wir hatten ihn mit viel Liebe erzogen und manchmal mussten wir auch »nein« sagen. Wir verbrachten unseren Alltag im Berufsleben und wir waren zufrieden. Er war im Schwimmverein und lernte Judo. Mit Kendrick und Cassian ging ich in das Fußballstadion. Sein Herz schlug für Borussia

Mönchengladbach. Wir, die ganze Familie, sind auch im Sommer bei der Königsetappe der Tour de France gewesen. Auf der Alpe d'Huez mit 21 Serpentinen waren wir bei der Ankunft dabei. Der Berg ist 1.860 m hoch. Einmal waren Kendrick und ich allein in einem Flugzeugsimulator. Das Erlebnis war für uns beide gigantisch. Aber wie oft wären wir an diesem Tag schon tot gewesen. Angeln ist unser Hobby geworden. Dabei können wir uns auch gut entspannen. Aber leider ist die Zeit für unsere Trips begrenzt. In den Urlaub fuhren wir aber jedes Jahr gemeinsam. Unsere beiden Au-pairs sind noch bei uns und wir haben sie fest angestellt und sie bekommen ein gutes Gehalt. Cassian sprach jetzt ein brillantes Deutsch und Klara sowieso. In der Schule gefiel es Kendrick und er war ein guter Schüler. Was uns nur verblüffte, er artikulierte sich immer sehr gut. Er besuchte danach das Gymnasium und interessierte sich für Sprachen. Englisch, Französisch und Latein. Die naturwissenschaftlichen Fächer hatten es ihm auch angetan. In Mathematik war er stets gut. Für Mädchen interessierte er sich noch nicht. Er hatte jetzt zwei gute Schulfreunde, mit denen er sich auch nachmittags traf, und wir hatten ja Hilfe. Er ist schon ein kleiner Virtuose und Rex ist auch immer dabei.

Als sein dreizehnter Geburtstag bevorstand, wurde er ab diesem Tag etwas mürrisch und einiges war ihm egal geworden. Boris und Michael waren seine besten Freunde. Ich sagte immer: »Die Drei von der Tankstelle«. Er redete mit uns nicht mehr so viel und wollte nur noch chillen. Seine Zimmertür war immer geschlossen. Wir mussten Acht geben, dass er seine guten Noten in der Schule behielt. Manchmal habe ich eingegriffen und bin etwas lauter geworden, was ihn etwas erschreckte, weil er diese Seite nicht von mir kannte. Ich kann ganz böse werden, wenn es sein muss. Eine Zeit lang lief er mit seinen Freunden an den Häusermauern herauf und sprang wieder herunter. Er zeigte mir einmal ein Video auf seinem Handy. Kendricks Zimmer war jetzt mit neuen Möbeln ausgestattet. An der Wand hingen Poster von Rappern und jungen Mädchen. Einen neuen Fernseher hatte er und wir schenkten ihm einen komfortablen Computer mit allem Zubehör. Darüber freute er sich dann doch und bedankte sich mit einem Kuss. Den selbstgebackenen Kuchen gab es noch immer, aber ohne Gummibären. Wir wussten, dass er jetzt eine schwere Zeit durchmacht, und hatten manchmal Mitleid, nein Mitgefühl mit ihm. Meine Frau servierte ihm sogar manchmal das Essen in seinem Zimmer. Ein Kind erleuchtet jedes Haus, weil es immer das Licht anlässt. Er erzählte uns fast nichts mehr, was uns etwas traurig stimmte. Er war manchmal etwas unterkühlt und abweisend. Aber wir liebten ihn immer. Ging es Ihnen auch so, dass man sich dann fragt: Was habe ich falsch gemacht? Er ließ ein Jahr etwas in der Schule nach und dann bekam er sofort Nachhilfeunterricht. Es wurde wieder besser. Eltern müssen sich in die Angelegenheiten der Kinder involvieren. Er gab an dem Samstag dieser Woche eine Party und lud seine Freunde ein. Doch wir merkten, dass wir die Hilfe von Cassian und Klara bald nicht mehr benötigen würden. Zum Ende des Monats verließen sie uns und ihr neuer Auftrag war in der Schweiz. Sie liebten sich. Ich schrieb für sie ein exzellentes Zeugnis. Anerkennung und Lob hatten sie verdient. Uns gegenüber waren Cassian und Klara loyal.

Die nächsten Jahre waren etwas anstrengend mit Kendrick, doch wir haben die Zeit gemeistert. Leider ist sein allerbester Freund Boris weggezogen. Aber sie haben sich oft besucht.

So, jetzt fahre ich heim. Morgen schreibe ich dann die Schlussphase. Die Woche war bis jetzt sehr arbeitsreich gewesen, doch morgen ist Freitag und da habe ich ab mittags Zeit zum Schreiben. Die Geschichte soll ja einmal zum Schluss kommen.

Longboard fahren – auch unter Nicht-Hipstern mittlerweile ein anerkanntes Fortbewegungsmittel. Das mag unser Kendrick. Er ist so tollkühn und widerstandsfähig. Seit seinem siebzehnten Geburtstag hatte sich die Pubertätskrise gelegt. Er absolvierte seinen Führerschein und war glücklich. Wir führen wieder ein kontinuierliches Leben zu dritt.

Jetzt reden wir viel miteinander und jeder kann sich auf den anderen hundertzehnprozentig verlassen. Er lässt sich auch wieder küssen. Später möchte er Lebensmittelwissenschaften studieren. Er macht sich seit geraumer Zeit Gedanken über das, was die Menschen essen oder nicht essen sollten. Patricia denkt schon mit Schrecken daran, wenn Kendrick aus dem Haus geht. Wir werden ihn vermissen. Aber der Kontakt wird immer bestehen bleiben.

Sein achtzehnter Geburtstag war etwas Besonderes in seinem Leben. Jedenfalls für uns. Jetzt ist er erwachsen auf dem Papier, aber er wird immer unser Kind bleiben. Nach dem Geburtstagsfrühstück mit Bacon und Eggs sollte er die große Garage öffnen. Wir schenkten ihm einen neuen Kleinwagen in schwarz mit Alufelgen. Er freute sich, umarmte und küsste uns. Wir küssten ihn und freuten uns mit Kendrick. Patricia schenkte ihm dazu ein neues Smartphone. Als er aus der Schule kam, rief er sofort seine Freunde an und machte mit ihnen eine Spritztour. Er ist ein souveräner Fahrer und achtet auf jede Kleinigkeit. Da können wir ihm vertrauen. Und er hat die ganzen Jahre über auf seiner Geige gespielt. Er ist gut.

Die Geschichte hat jetzt ein Ende und wir wünschen unserem Sohn ein glückliches und gesundes Leben. Denk manchmal an deine Eltern, an deine Mutter, lieber Kendrick. Lebe dein Leben sukzessiv. Stück für Stück wie bei einem Puzzle.
»Demut ist die Bescheidenheit der Seele.« Das sagte schon Voltaire.«

Diese Kuss-Geschichte schrieb ich für meinen Sohn Raphael. Ich liebe ihn sehr. Sein Name bedeutet: Gott heilt. Engel der Heilung.

Viktoria und Franck

Für das Mode-Label »Esprit de l'époque«, exklusive Jeansmode, arbeite ich als Managerin, und mein einziger Chef, Herr Dr. Wenzel, lud zum obligatorischen Herrenabend am Freitag ein.

Von Franck wurde ich in ein Hotel zu einem Philosophie-Abend am Wochenende, genauer gesagt am Samstag, eingeladen. Er weiß, dass ich ohne die Philosophie nicht leben kann.

Danach gingen Franck und ich, ich heiße Viktoria, in ein Fünfsternehotel in Berlin. Franck hatte diese Suite für eine amouröse Nacht reserviert und sich etwas davon versprochen. Er wollte mich überraschen und endlich den ersten Kuss von mir, den er sich schon so lange erhofft hatte.

Wie alles anfing.

Jeden Tag gibt es in unserer Firma, in der ich als Managerin und Designerin für exklusive Jeansmode, von der Jeanshose über das Jeanskostüm bis zum Jeansmantel von sportlich bis elegant mit Lycra und Lurex, Accessoires sowie Schmuck tätig bin, Meetings, Konferenzen, Präsentationen, strategische Sitzungen für An- und Verkäufe von kleinen Modehäusern und Boutiquen, Beteiligung an Sitzungen für Marketing und Logistik selbstverständlich, Ziele des größtmöglichen Umsatzes sowie Börsengeschäfte. Priorität hatten die Finanzgeschäfte.

Ich habe einen Sekretär, der einen Mann für jede Situation repräsentiert, und ich schätze ihn auch sehr als Berater. Er heißt Franck und kennt mich besser als mein Mann. Kinder habe ich keine. Eine Karriere hatte ich schon immer vor Augen gehabt und angestrebt. Meine Eltern waren arm, und als Dreizehnjährige hatte ich mir vorgenommen, später einmal viel Geld zu verdienen. Koste es, was nötig war. Bis hierher hatte ich es jetzt gebracht. Ich bin in der Chefetage die einzige Frau. Mit kurzen blonden Haaren laufe ich leicht und immer optimistisch durch das Leben. In meinem Gesicht funkeln braune Augen und Make-up. Nagellack in einem Korallenrot gehört dazu. Dreiundfünfzig Jahre bin ich jung, und leider hat das Leben auch bei mir schon sichtbare Spuren hinterlassen. Kleine Lachfalten an den Augen! Ich führte ein turbulentes Leben und es gestaltete sich immer als sehr erlebnisreich mit vielen Höhen und Tiefen. Heutzutage sind es oft die Höhen. Ich trage meistens ein Kostüm in allen Farben oder einen Hosenanzug mit einem figurbetonten Schnitt und aus edlen Stoffen.

Meine neueste Kreation ist eine Jeans in ganz feinen blauen Streifen, hell bis dunkel, leicht ausgestellt mit drei kleinen Reißverschlüssen vorne eingenäht, goldener Stickerei mit einer edlen Uhr auf der rechten, vorderen Hosentasche und ein blauer Lackledergürtel mit der gleichen Uhr-Schnalle. Dazu eine Lederjeanstasche und die passenden neuen Lederjeanspumps von Gordanielson. Ein schwarz-weiß längs gestreiftes Jeanskostüm sollte es auch sein und ein breiter weißer Gürtel kann um die Taille gelegt werden, damit sie besser zur Geltung kommt. Alles ein Hingucker. Trendy. Die Inspiration von Jeansmode hatte mich mit an die Spitze gebracht. Der kreativste Ort ist ganz einfach mein Bett. Es muss dann dunkel und still sein. Ich schließe die Augen und die Gedanken werden freigesetzt. Aber manchmal denke ich auch an nichts und schlafe ein. Musik oder auch der Fernseher kann dann sehr inspirierend sein.

Madame Marot brachte ihren Sohn Franck in dem mondänen und bekannten Seebad Deauville in der Normandie zur Welt. Sie arbeitete damals als Personalassistentin in einem großen Hotel. Sein damals junger Vater wollte sein Leben mit ständigen Kicks verbringen. Ihm fehlte die Reife, eine Familie zu beschützen. Ein Frachtschiff brachte ihn nach Kolumbien und dort wollte er sich irgendeinen Job suchen und abends bei einem Joint stoned sein, um jeder Verantwortung zu entfliehen. Anfangs bekamen sie manchmal eine Postkarte. So wuchs er ohne Vater auf und Franck akzeptierte in der Pubertät keinen Mann. Sein bester Freund war für ihn sein Pferd Zeus. Seine Mutter war ein Leben lang seine wichtigste Bezugsperson. Er liebt seine Mutter sehr. Sie ist eine starke Frau und ersetzte mit Abstrichen auch den Vater. Laurianne, so heißt sie, blieb in Frankreich und arbeitet jetzt als persönliche Sekretärin für einen Selfmade-Millionär, der Yachten an reiche Geschäftsleute verkauft oder vermietet. Vielleicht heiratet sie diesen Mann. Seine Mutter ist auch viel im Ausland tätig. Madame Marot und Franck haben einen innigen Telefonkontakt. Er besucht sie auf der ganzen Welt. Franck ist ein Einzelkind und damals war auch seine Großmutter anwesend. Bei dem Einstellungsgespräch erzählte er mir ganz offen und doch vertrauensvoll, wie er gelebt und welche Menschen sein Leben geprägt hatten. Für ihn war es wohl damals wichtig, mir seine Kindheit, Pubertät und die häuslichen Verhältnisse mitzuteilen. Er sollte mir jetzt zeigen, welche Kräfte und Ideen in ihm sind und ob er Prioritäten festlegen kann. Ich wollte ihn fördern sowie fordern und das Wichtigste in unserer Branche wird er im Laufe der Jahre kennenlernen, weil ich hoffe, lange mit ihm zusammen arbeiten zu können. Ich denke, er sieht mich als Mentorin, was ich für ihn gerne sein möchte.

Franck ist sehr zurückhaltend und introvertiert. Er arbeitet oft neun Stunden täglich für mich. Das verbindet zwei Menschen. Mein Mann Jean-Baptiste ist Franzose und arbeitet bei einem Pharmakonzern in leitender Position. Wir sehen uns selten und so gibt es auch keine Streitereien. Allerdings lege ich meine Hand für ihn nicht ins Feuer, was hübsche Frauen anbelangt. Wir hatten damals vereinbart, dass sich jeder sexuell frei fühlen sollte. Ich liebe Sex, aber ich möchte oft auch nur kuscheln und dass jemand in meine Seele eintauchen würde und zugleich feststellt, wer ich wirklich bin. Nach einem anstrengenden Arbeitstag sehne ich mich nach Streicheleinheiten und einem heißen Ölbad.

Franck kennt mich gut und hört mir immer genau zu. Er ahnt schon oft im Voraus, was ich mir gerade wünsche oder an was ich denke, und liest mir jeden Wunsch von den Augen ab. Er ist ein Mann mit unsagbaren Gefühlen und rascher Auffassungsgabe. Der Arbeitsplatz kann sehr intensive Beziehungen mit sich bringen und manchmal kann die Liebe des Lebens dort gefunden werden.

Ich wusste, dass er sich den sehnsüchtigen Kuss erhoffte. Doch ich weiß, es wird keinen geben. Es ist ein unerreichbarer Kuss. Was denkt der junge Mann mit seinen neunundzwanzig Jahren von mir. Ich könnte seine Mutter sein. Doch Franck himmelt mich an. Sie sind eine toughe Frau, sagte er mir oft. Ich denke, Macht und Geld machen sexy, oder ist er mit einem Ödipuskomplex behaftet?

Aber was hatte ich noch für Wünsche? Wenn ich Franck nicht hätte, muss ich mir eingestehen, fehlte mir etwas. Ich denke, er ist vielleicht doch der Ersatz für ein Kind. Oder so etwas Ähnliches. Ich weiß es nicht.
  Beruflich habe ich alles erreicht und dieses Gefühl der Unabhängigkeit und Freiheit gibt mir Macht und Selbstbewusstsein. Ich weiß, welche Dinge in meinem Leben an erster Stelle stehen. Und die Zufriedenheit ist wichtig in meiner Lebensplanung.
  Mit den innigen Küssen sollte man sparsam umgehen. Wer verdient schon einen Kuss? Für mich ist er etwas Besonderes. Mehr als Sex. Sex kann man mit einigen haben. Der Kuss braucht Liebe! Und ich liebe Franck nicht, aber ich mag ihn sehr. Er ist einfach ein Teil meines Lebens geworden, neun Stunden täglich.

Er hatte mir einen Kaffee mit Milch und Zucker gebracht, den ich gerne annahm. Ja! Mit Milch und Zucker. Er soll ja schmecken und ich bin kein Kalorienzähler, sondern ein Gourmet. Ich unterschrieb noch schnell ein paar Briefe und zeichnete eine Einladung ab. Damit hatte Franck meine Zusage für den Herrenabend der Chefetage abgegeben. In meinem Büro stehen auch noch eine Liege zum Relaxen mit Vibration und ein kleiner Kleiderschrank mit allen Kleidungsstücken, die ich für verschiedene Anlässe mir dann heraussuche. Auf der Schrankfront ist ein großer, beleuchteter Spiegel mit Intarsien integriert.

Wir pflegen, Franck und ich, einen netten Umgangston. Ob er meine dominante Ausstrahlung gut findet, tangiert mich nicht. Aber ich mag sein Lächeln, und das Gesicht war stets glatt rasiert. Er roch immer so gut nach einem Parfüm mit Zedernholz. Wir kennen uns schon seit fünf Jahren. Als Volontär hatte er bei mir angefangen. Warum hatte er seine Karriere nicht fortgesetzt? Ist er in dieser jetzigen Position glücklich? Warum mache ich mir so viele Gedanken um Franck? Ich bestand aber darauf, dass er immer einen Anzug mit Hemd, Krawatte und Designerschuhen trug. Übrigens war er der einzige Sekretär in dieser Firma. Hildegard aus der Personalabteilung und Ute vom Verkauf beneideten mich, weil nur ich einen Sekretär hatte und ihn damals persönlich einstellte.

Die Herren schätzen mich überwiegend und mit den meisten Kolleginnen und Kollegen komme ich zurecht. Eine Zicke bin ich nicht, bei mir zählen Denken und Handeln.

Meine Eltern hatten mir wenigstens den richtigen Vornamen gegeben. Der Name bezieht sich auf die römische Siegesgöttin. Unsere Firma ist hierarchisch gut strukturiert. Ich stehe ganz oben mit auf dem Siegertreppchen. Es ist ein schönes Gefühl, wenn ich auf ein Studium Finanzwesen, Mode-Ideen und viele Innovationen zurückblicken kann und so respektiert werde.

Meine lauten Gedanken befinden sich jetzt hier auf dem Diktiergerät. Ich könnte jetzt alles löschen und nochmals von vorne anfangen. Aber das tue ich nicht. Ich stehe zu allem. Was beschäftigt mich so sehr? Alles stimmt doch. Ich komme noch darauf.

Franck ist ein guter Zuhörer. Er spricht nur, wenn er gefragt wird oder es etwas Wichtiges gibt.

Dieser Mann darf sich später im Hotel bis auf den Slip ausziehen und muss in einen Bademantel schlüpfen. Meinen Nacken und die rotlackierten Füße kann er massieren, mich überall liebkosen und meinen Körper streicheln, eine erotische Konversation beginnen und auch den Fernseher mit Musikvideos anschalten. Ich mag die heißen Rhythmen der farbigen Tänzer. Den Room Service nicht zu vergessen. Ich liebe süße Überraschungen.

Er ist mir behilflich, wenn ich meine Riemchenpumps anziehe, berät mich in Sachen Kleidung, Make-up und Parfüm, ruft meinen Friseur an und besorgt das, auf was ich Appetit habe. Vor allen Dingen steht immer eine kleine Schale mit meinen Lieblingspralinen, Champagnertrüffel, auf dem Tisch. Er schreibt die Tagesordnungen, Angebote und Rechnungen, Korrespondenz, erledigt Telefonate und macht Termine. Ja, so wie es ein Sekretär beherrschen muss.

»Frau Wagner.« Das bin ich auch. »Sie müssen um zehn Uhr nächsten Dienstag am Flughafen sein und treffen die Franzosen gegen drei Uhr.« »Danke, Franck. Den Termin habe ich mir notiert.« An meinem letzten Geburtstag begleitete mich Franck in ein Museum für impressionistische Malerei und in ein nobles Restaurant mit französischen Speisen. Er schenkte mir eine Perlenkette, die ich eigentlich nicht hätte annehmen dürfen. Aber ich hatte es getan und mich gefreut. Jedoch wurde ich nachdenklich, da Perlen ja Tränen bedeuten. Aber da wollen wir mal nicht abergläubisch sein. Ich werde Franck zu meinem ständigen Begleiter für den Job und privat befördern.

Der Herrenabend.
Ich trug ein dunkelblaues Kostüm von Chanel, und im Foyer des Hotels war schon Herr Dr. Wenzel. Wir gingen alle zusammen zu dem Raucherzimmer in der obersten Etage, unserem Ort für den Herrenabend. Im Nebenzimmer nahmen wir ein Drei-Gänge-Menü zu uns. Es wurden zuerst gratinierte Jakobsmuscheln mit einer Limetten-Hollandaise, ein Steak vom Kobe Rind auf gebratenen Pfifferlingen und Zucchini an

Kartoffel-Bonbons und als Dessert ein Schokoladen-Soufflé mit Himbeertrüffelfüllung serviert. Dazu trank ich einen Chablis. Es gab Torte. Ich wunderte mich. Georg, unser Personalchef, hatte Geburtstag. Natürlich aß ich ein großes Stück Buttercremetorte und trank Kaffee dazu. Normalerweise rauche ich nicht. Nur an den Herrenabenden glühten die Zigaretten. Denn dann habe ich immer eine Schachtel dabei. Das Dinner war deliziös, und als wir ins Raucherzimmer zurückgingen, bot mir Herr Dr. Wenzel eine echte kubanische Cohiba-Zigarre an, die ich genüsslich an diesem Abend paffte. Franck war in seiner Penthouse-Wohnung. Hier ist nicht sein Platz. Ich trank jetzt einen Portwein und beteiligte mich beim Pokern. Keiner konnte so gut bluffen wie ich und dabei verzog ich keine Miene. Es klopfte und Georg sollte die Tür öffnen. Zu guter Letzt, eine spärlich bekleidete junge Dame zeigte sich und tanzte für ihn. Sechs Herren, nein, fünf Männer und meine Wenigkeit waren dort fast immer anwesend. Eine gerade Zahl ist gut, dann ist keiner übrig.

Es bildeten sich zwei kleine Gruppen und ich war mal da und dort. »Kommen Sie zu uns, Viktoria. Fliegen Sie am Dienstag nach Paris?« »Ja, Gerd. Möchten Sie mit mir fliegen? Wir könnten dann zusammen die Firma Bellier besuchen und über die neuen Finanzpläne sowie Mode sprechen. Sagen Sie Franck Bescheid, wenn er Ihnen ein Ticket buchen soll.« »Danke, Viktoria. Ich überlege es mir.« Gerd und Georg hörte ich ungeniert zu, wie sie über Ute sprachen. Gerd hat ein Verhältnis mit Ute, wie sich herausstellte. Sie treffen sich immer am Mittwoch in einem kleinen Hotel zu einem Dinner mit dem besonderen »Nachtisch«. Sie soll eine Nymphomanin sein. Müssen Männer immer so übertreiben? Wenn das Agnes, die Frau von Gerd, wüsste. Aber ich halte mich aus Tratsch-Geschichten heraus. Ich habe Franck. Ob die Firma das Verhältnis zwischen Franck und mir kennt, weiß ich nicht. Ich stehe zu Franck und Heimlichkeiten gibt es nicht. Die Belegschaft wird bestimmt schon über uns gesprochen haben. Aber keiner hat den Mut, mich anzusprechen, und Franck sagt nichts über uns.

Danach gingen wir in den Wellnessbereich und ließen uns massieren und schwammen im Pool. Jeder brachte an diesem Abend seine Badesachen mit. Später besuchte ich noch die Sonnenbank und trank ein kaltes Mineralwasser, um wieder etwas nüchtern zu werden. Wir unterhielten uns und in der Hotelbar tanzten wir zum Abschluss des Abends eine Rumba. Herr Dr. Wenzel hoffte, dass es uns gefallen hatte, und verabschiedete sich mit einem Augenzwinkern. Er ist schon vierundsechzig Jahre und seine Firma ist für ihn das Wichtigste. Und auf seine Chefetage kann er sich ganzjährig verlassen. Wieso dachte ich jetzt an Franck? Ich rief ihn an. Zu jeder Uhrzeit war er für mich erreichbar. »Hallo Franck. Ich bin es. Der Herrenabend hat sich aufgelöst.« »Hallo Frau Wagner. Wo sind Sie? Geht es Ihnen gut?« »Bitte Franck, kommen Sie zum Hotel und bleiben Sie die Nacht bei mir. Mein Mann ist nicht da. Ich hatte zwar einen schönen Abend, aber ich möchte jetzt nicht allein sein.« »Vermissen Sie mich etwa? Ich bin sprachlos.« »Es gab viel zu trinken. Ich warte in der Lounge auf Sie.« »Bleiben Sie, wo Sie sind. Bin gleich da.« Wie lieb er doch ist. Ich möchte heute Nacht auf keinen Fall allein sein. Wer will das schon?

Bei mir zuhause.
   Ich gab den Code für das Anwesen ein und sofort erstrahlte es und wir setzten uns vor den Kamin und er zündete ihn an. Unser Haus ist luxuriös, was auch sonst. Ich hatte es mit einem Innenarchitekten einrichten lassen. Das war ein gutes Feng Shui. Es hat ein gutes Chi. Für alles gibt es ein Feng Shui. Sogar die Lebensmittel müssen harmonieren. Franck bereitete uns einen Espresso zu. Er stellte ein Glas Wasser daneben. Mein Sekretär saß in einem Sessel mir gegenüber und sah mich an. Die CD spielte kuschelige Songs und ich bat ihn zu mir auf die grüne Ledercouch. Er wartete auf ein Zeichen, doch ich ließ ihn zappeln. »Was kann ich Gutes für Sie tun, Madame?« Ich wollte nur kuscheln. Ich nahm seine Hand und er streichelte meinen Hals, die Wange und nahm meine Hand, deren rotlackierte Nägel er sich ansah. Er schaute dezent auf mein Dekolleté und dabei blieb es auch. »Ziehen Sie sich

aus, Franck. Ich möchte mir Ihren jungen Körper ansehen.« Franck tat dieses. Er gab nie Widerworte. Er ist groß, schlank und hat schwarzes Haar, leicht gewellt. Seine Haut war gebräunt und mit seinen grünen Augen sah er mich lüstern an. Der enge Slip fiel und seine Männlichkeit war eine Sünde wert. Ich zog ihn in unser Liebesnest und er durfte mich ausgiebig in jeder Hinsicht glücklich machen. Er überraschte mich stets zu meiner größten Zufriedenheit. Ich muss wohl eingeschlafen sein und Franck war fort. Er hatte mir einen Zettel geschrieben. »Liebe Chefin. Mit Ihnen hat mir der Sex gut gefallen. Sie waren eine Sexbombe. Danke. Wenn Sie mich brauchen, Anruf genügt. Den Kaffee werde ich Ihnen dann servieren. Ihr ergebener Franck.« Einen Kuss hatte ich ihm in dieser Nacht nicht gegeben und in der Zukunft auch nicht. Dieser Arbeitstag war definitiv Vergangenheit. Fünf Uhr schlug die schwere Standuhr in der Frühe und jetzt war Wochenende. Ich schlief einige Stunden. Sodann beschäftigte ich mich in unserem Haus.

Philosophie-Abend.
Franck hatte die Karten für diesen Abend reserviert. Er trug einen dunkelblauen Anzug aus reiner Seide und ein rotes Etuikleid schmückte mich. An meinem Handgelenk glänzte eine goldene Uhr mit Diamanten. Die Halskette mit den besonderen schwarzen Zuchtperlen diente zur Verschönerung meines Dekolletés. Wir saßen in einer Runde und jeder durfte seinen Kommentar zum Thema »Glück« vortragen. Danach wurde das »Glück« von einigen Anwesenden erläutert und definiert. Fast jeder hatte eine andere Vorstellung von der Beseligung. Der Philosoph Professor Weiß leitete diesen Abend. Auch ein Autor namens Claus Winterwald bekam eine Einladung. Er hielt eine Lesung seines neuen Buches über die Religionen der Migranten und auch Flüchtlinge. Einige hatten das Glück, aus ihrem Heimatland fliehen zu können. Herr Professor Weiß sprach danach im Großen und Ganzen darüber, was Sokrates, Platon und Aristoteles aus der Antike, Immanuel Kant aus der Neuzeit, der russische Schriftsteller Lew Nikolajewitsch Tolstoi aus dem 19. Jahrhundert und Ludwig Wittgenstein aus dem 20. Jahrhundert

niedergeschrieben hatten. Die Augen der anwesenden Damen und Herren strahlten inquisitive Gefühle aus. Sie waren von Neugier erfüllt und ihre positive Mimik war nicht zu übersehen.

»Sie sehen bezaubernd aus, Frau Wagner, wenn ich mir das erlauben darf. Ihr Duft, er ist von Chanel, oder? Eine anspruchsvolle Frau ist immer gewinnbringend für die meisten Menschen. Sie sind das für die Firma und für mich, Frau Wagner.« »Sie sind ja ein Gelehrter. Die Welt wird Ihnen gehören, wenn Sie sie erspürt haben. Und manchmal sollte man sogar stumm wie ein Clownfish sein. Die Ruhe ist immer vorrangig. Diese Fische strahlen eine intensive Leuchtkaft aufgrund ihrer Farben aus.« »Sie sind so intelligent, ungewöhnlich, so undurchsichtig und spannend, Madame.« »Ich muss Ihnen etwas anvertrauen.« »Ein Geheimnis kann ich für mich behalten.« »Ich werde Ihnen eine angemessene Gehaltserhöhung geben.« »Danke, vielen Dank.« »Sie tun so viel für mich, Franck. Ich zeige Ihnen einmal die Sehenswürdigkeiten von Mailand. Haben Sie Interesse?« »Ja, sehr gerne. Danke. Sie sind eine kulinarische Expertin, Madame. Das wollte ich Ihnen schon lange sagen.« Eine herzliche Konversation führte ich mit meinem Sekretär. Ich hatte ihn immer im Visier. »Bleiben Sie bitte immer die gleiche liebenswerte Chefin, Frau Wagner.« »Danke. Ich brauche viel Bewegungsfreiheit. Hatten Sie das schon bemerkt?« »Ja. Sie suchen manchmal die Ruhe in der Menge.« »Genau. Das braucht jeder. Denken Sie immer daran, Franck.« »Ich bewundere Ihre Stärke. Ich tue alles für Sie.« »Jedem Menschen ist das Denken erlaubt und Emotionen sollten die Personen zeigen können. Ich mag die Art, wie Sie mich verehren als auch begehren, und Sie riechen wieder gut.« Jetzt wusste er, dass ich weiß, dass er mich über alles mag, vielleicht sogar in mich verliebt ist. Ich denke, dass es jetzt der richtige Zeitpunkt dafür war, es auszusprechen.

Schmetterlinge vermisse ich jedoch in meinem Bauch. Aber vielleicht bin ich ja noch bei den Raupen oder den Puppen und die Metamorphose überrascht mich. In meiner beruflichen Karriere bin ich arriviert und freue mich auf meine eigene Kraft und Verstand. Franck gab mir einen Handkuss. »Männer können so liebenswerte Menschen sein.« Er sagte nichts. Ein verlegenes Lächeln war bei ihm zu entdecken.

Manchmal möchte ich ein Mann für einen Tag sein und in viele Rollen schlüpfen, um einmal andere Erfahrungen erleben zu können. Was ich da alles erleben würde? Wunderbar – allein dieser Gedanke. Die Gefühlswelt, der fordernde Sex und die Arbeit sowie die bessere Vergütung. Und Männer denken nicht so viel. Fantastisch. Ich könnte stundenlang in diesen Gedanken schwelgen. Bei mir gibt es keine Gedanken- oder Fantasiearmut.

Die Suite.
    Franck wurde jetzt nervös. An der Rezeption ließen wir uns die Karte für das Zimmer geben. Im Aufzug: »Was möchten, oder besser gesagt, was erhoffen Sie sich von mir, Franck? Warum haben Sie Ihre berufliche Karriere nicht weiter angestrebt?« »Ich möchte sagen können, Ihr Kuss hat mein Leben verändert. Seit fünf Jahren erhoffe ich diesen. Wenn unsere Zungen sich berühren würden.« »Mein Lieber, ich bin verheiratet.« »Aber Sie hatten doch Sex mit mir. Warum haben Sie mich nicht geküsst?« »Aus Prinzip.« Franck sah mich mit traurigen Augen an. »Ich möchte keinen anderen Job. Ich brauche Sie.« Meinen Slip ließ ich mir jetzt von Franck ausziehen und setzte mich auf ein barockes Kanapee. Wir sprachen nicht mehr. Er saß vor mir und sein Kopf berührte meinen Schoß, bis ich einen Orgasmus hatte. Unsere Geschlechter fanden zueinander und er liebte mich bedingungslos mit Hingabe, bis ich Tränen in seinen Augen sah. Dann gab ich ihm doch einen Kuss, aber nur einen Wangenkuss. Er strahlte jetzt und war glücklich. Franck küsste mich auf die Stirn. »Sie werden immer einen Sekretär Franck haben und vielleicht berühren sich einmal unsere Lippen.« Franck kuschelte noch mit mir und dann wollte er gehen. »Ich werde Sie in Ihrem Apartment besuchen, Franck. Möchten Sie das?« »Sie sind herzlich willkommen, Madame. Ich freue mich sehr. Sie mögen doch die italienische Küche,

nicht wahr?« »Sehr gerne, danke.« »Ich freue mich immer, wenn ich in Ihrer Nähe bin. Darf ich hoffen?« Ich gab ihm keine Antwort und sah ihn lächelnd an. Wir hatten schon Sonntag. Ein Taxi brachte mich heim. Franck konnte ausschlafen und ich erwartete gegen Mittag meinen Mann Jean-Baptiste aus New York zurück. Mein Mann und ich küssen uns selbstverständlich. Wie wild. Und unersättlich ist Jean auch in meinem roten Bett, wenn er anwesend ist. Rot ist für mich eine Energiefarbe; sie gehört zu meinem Leben.

Kennen Sie auch das Gefühl, manchmal einen Mann nicht küssen zu können oder zu wollen, obwohl Sie mit ihm schlafen möchten? Ich denke da an eine Prostituierte, die alles macht, außer auf den Mund zu küssen. Denn Küssen hat etwas mit Liebe zu tun. Aber vielleicht, wenn ich noch älter bin und Jean mich verlässt, küsse ich den jungen Mann Franck. Ich weiß, ich beeinflusse ihn und spiele gerne mit den Männern. Es macht Spaß – aber auch nachdenklich.

Warum hatte ich heute so vieles infrage gestellt und mich mit dem »Sein« so beschäftigt?
  Eine indianische Weisheit, ein Zitat sagt: Ein Baum spiegelt das Sein. Er wandelt sich. Verändert stellt er sich selbst wieder her. Und bleibt immer der gleiche.
  Stoisch erwarte ich mein geheimes Schicksal. Und was fehlte mir, was ich mich primär immer gefragt hatte?

Gar nichts. Alles ist gut.

Warum sucht sich Franck nicht eine nette, junge Frau? – Er möchte nur mich!

Je pense à toi, Franck.

Charlotte und Gabriel

Willkommen in der Stadt Goldmünstern!

Ist das ein unmoralisches Angebot? Was sagen Sie dazu?

Die Damen, die jeden Tag viele Stunden im Beruf verbringen, brauchen Entspannung, Konversation, Kultur, kulinarische Köstlichkeiten und guten Sex. Charlotte hat das Etablissement »Fontaine de la jeunesse archipels« für die Damen gegründet und eröffnet.

Mit viel Mut, Innovationen und Kraft ist sie die Geschäftsfrau mit dem nötigen Geld geworden. Sie hatte dabei auch an sich gedacht, verwöhnt zu werden, und setzte es in die Tat um. Ihr schwebte ein Imperium der Entspannung vor. Doch auch der Spaß sollte nicht zu kurz kommen und so entschied sie sich noch für den Umbau einer kleinen Diskothek und einer kubanischen Bar mit einem echten Chevrolet in Pink von 1953 sowie ein Restaurant mit erstklassigen internationalen Speisen. Die Südstadt versprüht schon bereits am Tag die Atmosphäre eines »Jazzy evening«. Und dort liegt auch das Etablissement der geschäftstüchtigen Charlotte.

Der Stresslevel ist hoch und so wollte sie den ermattenden Damen eine erstklassige Regenerierung und Glücksgefühle anbieten. In dem großräumigen Clubhaus werden Entspannungsbäder mit Rosenblüten oder Mandarine, auch mit dem beruhigenden Lavendel angeboten sowie eine Ölmassage mit heißen Steinen in duftiger Umgebung. Es gibt eigentlich alles, was das Damenherz begehrt. Die Herren sind gebildet, kultiviert und in allen Altersklassen für die Damen anwesend. Sie haben auch verschiedene Nationalitäten. Es sind ausgesuchte Männer, die Charlotte eingestellt hatte. Sex wird in vielen Varianten angeboten. Blümchensex, Rollenspiele und Bondage.

Ebenso sind Saunen, Whirlpools und ein Swimmingpool sowie ein

Raum für Meditation, der inneren Einkehr, vorhanden. Gesichtsmasken, ein Make-up und ein Hair-Styling sind im Preis integriert. Wenn dieser Tag und auch der Abend beendet ist, fühlen sie sich jung und schön und haben eine außergewöhnliche Ausstrahlung. Die Dame ist an diesem Tag die Königin und ein Mann übernimmt die Verführung. Sie werden begehrt werden. Die Ladies können die Herren auch für einen Besuch ins Theater oder Oper buchen. Außerhalb gibt es jedoch keine Amüsements, sondern nur Kultur. Auf das Smartphone muss bei Charlotte verzichtet werden. Es gibt sogar eine Kinderbetreuung für den ganzen Tag. An alles ist gedacht.

Nur männliches Personal hatte Charlotte eingestellt. Jede Dame sollte von einem Gentleman verwöhnt werden. Ihre Freundinnen waren enthusiastisch, als der Club eröffnet wurde.

Der sympathische und maskuline Gabriel war ihre erste Wahl. Welch ein Hochgenuss. Er ist neunundzwanzig Jahre jung und ein durchtrainierter Sportler. Kennengelernt hatte Charlotte den Brasilianer im Urlaub an der Copacabana. Dort gibt es die schönsten Männer, meint sie. Charlotte sprach ihn charmant an und sie gingen zusammen in ein exklusives Restaurant. Dort erzählte sie ihm bei einem Dinner von ihrer Idee und er war sehr angetan von der Art des Jobs und des Verdienstes. Nach zwei Wochen flog er mit ihr nach Goldmünstern, suchte sich ein Apartment und half bei der Organisierung der Geschäftsidee. Auf ihn möchte sie nie mehr verzichten müssen. Sich die Show der Chippendales nur ansehen und Scheine in den Slip zu stecken, war ihr zu wenig. Auch Herren sind käuflich. Als Objekt der Begierde können auch sie angesehen werden. Charlotte hat eine kleine schwarze Mappe mit jeweils einem Ganzkörperfoto in einem Anzug und Portraits sowie das Alter, der Bildung sowie Stärken der Herren angelegt. Fragen der Kundinnen werden beantwortet. Fast alle.

Die Auswahl war anfangs nicht groß. Sie musste diese Männer suchen und sie davon überzeugen, wie schön dieser Job sein kann. Mit Charme und Niveau gelang es ihr meistens auf Reisen, einige nette, gepflegte und eloquente Männer zu finden, die dann auch noch gefühlvoll mit den Kundinnen umgehen und vielleicht Gedanken lesen können. Sehr wichtig ist Sex. Wer aktiv, passiv oder auch dominant ist, entscheidet die Frau. Ein Geheimnis zu achten, ist das ganze Geheimnis. Sie nennt ihre männlichen Angestellten »Kreative Entertainer« und für manche Frau ist er ein Inspirator oder auch ein Muso.

Da gibt es David, einen smarten, jungen Mann aus einer Nachbarstadt, vierunddreißig Jahre jung, und Malik mit seiner schokoladenbraunen Haut aus Tansania, der achtundzwanzig Jahre jung ist. Der virile Louis aus Frankreich ist fünfundvierzig Jahre und kann sich die Damen aussuchen. Alle lieben ihn mit seinem schönen Akzent. Der intellektuelle Ludwig ist ein gefragter Mann und er ist einundfünfzig Jahre. Gaspard ist Belgier und liebt die Frauen. Alle sind von ihm angetan. Er hat ein Master-Kommunikationsdesign-Studium absolviert und Kunst in Antwerpen studiert. Dabei spielt sein Alter von vierundfünfzig Jahren keine Rolle. Er ist ein wahrer Gentleman, sehr zuvorkommend und gefühlvoll. Seine weiche charismatische Stimme ist einzigartig. Er zeigt sich mal gelassen und dann strahlt er wieder positive Energie aus. Jeder ist auf seine Art ein Mann des Verlangens und man könnte schon süchtig nach ihnen werden, wenn Stunden mit ihnen verbracht wurden. Sie spricht die Herren mit dem Vornamen an und sie ist Madame Charlotte. Sie selbst hatte mit allen Angestellten Sex und mit ihnen eine Nacht verbracht und sie getestet, damit es keine bösen Überraschungen gibt. Sie war sehr zufrieden und könnte viel aus dem »Nähkästchen« plaudern. Aber sie ist seriös und die Chefin. Das Personal mag Charlotte. Sie ist immer gut gelaunt und im besten Alter.

Es gibt einige schöne Zimmer in einem japanischen Ambiente oder die »Platin Suite« sowie ein ganz kühles Zimmer. Sie nennt es das »Iglu-Studio«, und auch ein Zimmer wie aus Tausend und einer Nacht ist kreiert worden. Am meisten gebucht werden die Königinnen Suiten aus der Jugendstilepoche und auch das Rokoko-Zimmer. Überall hängen

Fotografien männlicher Akte und ein Gemälde von dem berüchtigten Marquis de Sade im Eingangsbereich. Die Einrichtung ist mondän und exklusiv. Insgesamt hat Charlotte für den Verwöhnungsbereich dreizehn Herren einen Anstellungsvertrag unterschrieben. Sie ist abergläubisch. Die Masseure geben den Damen Streicheleinheiten und ein stilsicherer Transvestit berät die Damen in der clubeigenen Boutique Mappilono einschließlich Schuhen und Accessoires. Die neueste Ware ist trendy und kommt aus Paris. Sie hatte festgestellt, dass einige Damen neu eingekleidet den Club verlassen möchten. Die weiblichen Gäste schenken nach Belieben noch zusätzliches Geld ihren Liebhabern oder Einladungen zu erstklassigen Events. Dadurch wird das Etablissement immer bekannter. Das Konzept ist einmalig, und da sie vor diesem Imperium als Innenarchitektin ihr Geld verdiente, gab es auch Kredite von der Bank.

Sie hofft, dass diese Verwöhnoase schnell schwarze Zahlen schreibt und sie sich gut amortisiert. Die meisten Damen sind reiche Geschäftsfrauen oder Damen aus der Chefetage. Aber auch ganz normale Frauen, die einmal aus ihrem stupiden Alltag herausmöchten, kommen zu ihr und die Kinder werden mitgebracht. Mit dem Erzieher Noah vergeht der Tag schnell. Viel zu schnell. Diese Ladys wollen meistens nur verwöhnt werden, reden und beanspruchen die Pools und Saunen. Mit einem fremden Herrn im Restaurant zu dinieren, stellen sie sich charmant vor. Sie schätzen besonders die Aufmerksamkeit und suchen sich seltener einen kreativen Entertainer. Den haben sie ja zuhause. Meistens. Viele der Damen sind Singles.

Manche Frauen kommen unsicher in diese Stätte der Ruhe und Entspannung. Die Anspannung fällt, sobald die Herren sich vorstellen, und es ist oft Sympathie auf den ersten Blick. Die Lady schaut ihm in seine Augen, ein kurzes Gespräch und die Stimme ist oft maßgebend. Alles andere folgt von allein. Purer Genuss. Das verriet ihr einmal eine Kundin. Auch die molligen, kurvigen Damen sind begehrt. Gabriel nimmt die Dame an die Hand und sie wünscht sich gefühlvolle Berührungen.

Subtil geht es weiter. Sobald der erste Kuss ihre Lippen berührt hat, möchte sie ihn ganz, aber sehr langsam. Von zwölf bis vierundzwanzig Uhr ist das Haus geöffnet. In der Suite wird ein anregendes Ölbad zu zweit zelebriert mit Kerzen und Champagner. Der Madame und dem ausgesuchten kreativen Entertainer wird ein opulentes Menü im Restaurant serviert. Dabei kommen sie sich näher und sie wartet ganz neugierig auf seine Gabe, die immer zufriedenstellend nach den Wünschen der Frau erfolgt. Sie können sicher sein, dass die Wände der Zimmer vollisoliert sind und Musik, dezentes Licht sowie auch gewünschte Strahler auf die erregten Körper gerichtet werden. Das runde und sich drehende Bett ist in jedem Zimmer dunkelrot. Und alles zusätzlich noch bei romantischem Kerzenschein.

Freitagmorgen. Um halb zehn Uhr saß Charlotte an ihrem Schreibtisch und ging die heutige Liste der Kundinnen noch einmal durch. Alles muss gemanagt werden und es soll ja keine Reklamationen geben. Charlotte ist für den kaufmännischen Teil verantwortlich und verteilt die Termine. Eigentlich ist sie ein Multitalent und muss sich um alles kümmern. Den Rest gibt sie dem Steuerberater und dem Finanzamt. Seit acht Uhr ist sie auf den Beinen. Sie trägt ein weißes Mohairkleid mit schwarzen Pumps und ihre Nägel sind weiß lackiert. Ihr Make-up ist wie immer dezent und das Parfüm Coco hinterlässt eine Duftwolke und kommt den Mitarbeitern entgegen. Ein Glas Latte macchiato hielt sie in der Hand, als Gabriel in ihr Büro kam. »Guten Morgen, Madame Charlotte. Wie geht es Ihnen? Haben Sie gut geschlafen? Der letzte Abend war lang.« »Hatte sich für heute Frau Wilmsson angemeldet? Sie braucht eine besonders zärtliche Behandlung.« »Ich stehe ihr sehr nahe. Sie können sich auf mich verlassen. Wenn sie uns verlässt, geht es ihr sicherlich sehr gut. Ich behandele sie wie eine Königin.« »Das ist unser Motto, Gabriel. Essen wir heute Mittag zusammen? Es gibt auch noch Geschäftliches zu bereden. Natürlich, wenn es sich einrichten lässt.« »Ich rufe Sie an, Madame.«

Für den heutigen Tag wurden alle Herren reserviert und jede Frau wünschte sich den vollständigen Service. Es war der sechste Dezember und jeder dachte an einen »Nikolaus«. Ein frühweihnachtliches Flair lag über dieser »Fontaine de la jeunesse archipels«. Im Eingangsbereich stand ein geschmückter Weihnachtsbaum, behangen mit Päckchen. Zum Abschied dieses Tages bekam jede Kundin einen exklusiven Schal als Geschenk. Zuvor war Gabriel für Frau Wilmsson in bester Stimmung. Sie sah hinreißend in ihrem azurblauen Kleid aus. Er schenkte ihr einen galanten Handkuss und führte sie in das Restaurant. Ein besonderer Brunch wurde ihnen serviert. Sie sah in seine schwarzen Augen und hörte seinem portugiesischen Akzent zu. Sie besitzt das Gidon Hotel und kennt sich im Wellnessbereich gut aus. Sie tranken Champagner an der Bar und sie strich Gabriel über die Hand. Er musste nicht mehr viel hinzufügen und sie wünschte sich ein Mandarinenölbad und eine wohltuende Massage von ihm. Seine schmalen Finger, er hätte ein Dieb im großen Stil sein können, massierten ihren weißen Körper. Das Iglu-Studio suchte Frau Wilmsson für ihren inzwischen heiß gewordenen Körper aus. Sie benötigte eine Abkühlung, überall. Er sah ihre aufreizenden, schwarzen Dessous und freute sich, eine aparte Dame verführen zu können. Gabriel zog sie langsam aus und streichelte dabei ihren Busen. Die diamantfarbigen Strümpfe, die an dem seidenen Hüftgürtel befestigt waren, rollte sie langsam herunter. Seine Potenz war nicht mehr zu bändigen und sein Blick ähnelte einem starken Tiger. Er nahm ihre Hand und führte sie zu dem einladenden Bett. Die High Heels ließ sie an, die ihre Beine optisch noch verlängerten. Sie zog Gabriel zu sich und als er über ihrem Körper lag, fasste sie in seinen weißen, engen Slip. Sie öffnete ihre Schenkel und sein Penis strich an ihrem eingeölten Bein entlang zu ihrem Schoß. Sie stöhnte. »Bitte Gabriel, beeilen Sie sich. Ich kann nicht mehr warten.« »Ja, Madame.« »Sie können mich Lucia nennen.« »Angenehm, Lucia.« Die Vereinigung beider Geschlechter war gigantisch für ihren Körper und ihre Sinne. Sie spürte sein ganzes Gewicht in ihrer Vagina und beim zweiten Orgasmus war sie seine Königin. In seinen starken, gut duftenden Armen lag sie und wartete auf das langsame Verebben des Höhepunkts. »Gabriel. Sie sind der einzige Mann, bei dem ich multiple Orgasmen bekomme. Ich danke Ihnen sehr. Auf den nächsten Besuch mit Ihnen freue ich mich schon jetzt.« »Danke Lucia, das ist ein großes Kompliment. Sie machen es mir aber auch in jeder Hinsicht leicht. Ich mag Sie. Aber das beruht auf Gegenseitigkeit, oder?« Sie lächelte ihn dankbar an. Und für ihn war das eine Befriedigung und Bestätigung, ein guter Liebhaber auf Zeit zu sein. »Trinken wir noch etwas oder haben Sie Appetit, Lucia?« »Austern und ein Salat wären schön.« »Ich denke, dass wir uns einen guten französischen Weißwein verdient haben«, und schmunzelte. »Würden Sie danach noch mit mir die Boutique aufsuchen? Mit einem neuen Kleid möchte ich das Haus verlassen. Eine ›neue‹ Frau sollte ihr Hotel in schöner Ausschmückung wieder übernehmen.« »Sehr gerne. Ich werde Sie zur Boutique begleiten.« Es war gegen zwanzig Uhr, als Charlotte Frau Wilmsson die Rechnung ausstellte. Sie bezahlte mit der Kreditkarte. Und wieder eine zufriedene und hoffentlich auch wiederkommende Kundin. In einem schwarzen Etuikleid und schwarz-weißen High Heels verließ sie das Establissement. Der Verkäufer der Boutique hatte Frau Wilmsson gut beraten und Gabriel befürwortete diese Wahl. Er bekam von dieser Lady ein extra Trinkgeld und eine Einladung zu einem Mode-Event mit dem Designer Mathéo Legardin in ihrem Grandhotel. Sie kommt wieder, das weiß er, und zu dem Defilee geht er mit Madame Charlotte. Zum Abschied küsste sie Gabriel auf die Wange. Küssen gehört in der »Fontaine de la jeunesse archipels« zum Service dazu. Die Damen möchten auf die Küsse nicht verzichten. Bei einigen Frauen ist es der innige oder der zarte, eventuell auch der fordernde und leidenschaftliche Kuss. Kurz nach Weihnachten werden bei Lucia Wilmsson Weine und Champagner von namhaften Winzern ausgestellt und Charlotte bestellt ausgesuchte Weine bei ihr.

    Manchmal möchten sich die Damen mit den Herren privat treffen. Doch da gibt es eine klare, aber nette Absage.

Gaspard bekam an diesem sechsten Dezember Besuch von der Malerin Fleur. Sie genießt die vollen zwölf Stunden mit dem studierten kreativen

Entertainer. Sie sieht in ihm Inspiration und er ist wahrlich ein Muso. Wie er spricht, sich bewegt, seine Mimik und Gestik sowie sein Humor sind ansteckend. Fleur hat sich für diesen reifen Mann entschieden. Von Anfang an war es Vertrautheit auf den ersten Blick. Er kennt die Wünsche der Frauen. Seine Frau hatte ihn verlassen, da er zu viele Geliebte hatte, und so entschied er sich, bei Charlotte zu arbeiten. Er hatte damals ihr seriöses Inserat gelesen und war sehr angetan. Gaspard hat ausgezeichnete Manieren und spricht fließend Schwedisch, Englisch und Deutsch. Der Preis des wöchentlichen Amüsements spielt bei der sympathischen Fleur keine Rolle. Sie verkauft viele ihrer Bilder und hat eine besondere Technik für die Farbmischungen entwickelt. Sie verwendet auch Blut von Rindern und ebenso die Tinte von den Tintenfischen. Mit Strass-Steinen und weichem Leder arbeitet sie gerne und so malt und schmückt sie ihre Blumenbilder an verschiedenen Orten in allen Ländern. All ihre gemalten Bilder duften, wenn sie fertiggestellt sind. Es sind Rosenbüsche, Felder mit Sonnenblumen oder Lavendel und subtile Orchideen oder Lilien. Diese sind etwas Besonderes. Fleur hatte schon einige Ausstellungen in Belgien und Frankreich. Da er auch Künstler ist, führen beide ausgiebige Gespräche, und Gaspard möchte nur noch die Damen lieben. Vielleicht ist er sexsüchtig? Er hat noch nie versagt.

Das hatte er damals Charlotte mitgeteilt und die Kundinnen sind von ihm überrascht.

Er sagt, was er denkt. Diplomatisch ist er immer und dabei galant. Beide waren im Whirlpool und tranken einen Cocktail. Sie waren nackt und sahen sich an. Gaspard erzählte eine Geschichte aus seinem Leben und Fleur fing an zu lachen. Es ging natürlich um eine Frau. In der Königinnen-Suite brauchten sie nur die Bademäntel auszuziehen und er legte sie auf das Bett. Fleur ist so wie ihr Name. Ganz zart. Als er ihren Schoß benetzt hatte und eingedrungen war, musste sie an seine Geschichte denken und lachte erneut. Der Akt musste unterbrochen werden. »Ich muss an etwas anderes denken. Ich kann ansonsten unseren Sex nicht genießen. Erzählen Sie mir etwas Trauriges, Gaspard.« »Ich kenne nichts, was traurig in meinem Leben war. Vielleicht, dass meine

Frau mich verlassen hat«, und da musste er lachen und sie lachte aus Sympathie weiter mit. »Ich liebe das Leben, Fleur, und Sie mag ich sehr.« »Gaspard, ich freue mich jede Woche, nein schon am Abend, wenn ich gehe, Sie bald wiederzusehen. Ich vermisse Sie schon, wenn wir uns verabschieden und Sie mich küssen. Die Sehnsucht ist tief in meiner Seele und ich sterbe fast, wenn ich Sie verlassen muss. Vielleicht kennen sich unsere Seelen aus einem anderen Leben. Wollen Sie mehr Geld?« »Geld habe ich genug. Ich liebe meinen neuen Beruf und mache alle Frauen glücklich. Das ist meine Berufung.« Sie wurde wieder ernst und hatte sich gefangen. Dieser Aufenthalt sollte lange in ihrem Gedächtnis bleiben, denn sie hatte ihn in ihr Innerstes blicken lassen. »Lieben Sie mich, Gaspard. Ich bin Ihre Untergebene. Dominieren Sie mich. Ich möchte fühlen, was Sie mit mir machen werden.« »Lassen Sie sich fallen und genießen Sie, Fleur.« Er fesselte ihre Handgelenke und ihre Füße, verband ihre Augen und nahm einen Eiswürfel. Dieser glitt über ihre warme Haut und sie erschrak. Er legte sie auf die Seite und drang von hinten in ihren Schoß ein. Seine Hand lag auf ihrem Gesicht und die Atmung wurde schneller. Seine teilrasierte Schambehaarung und Achselhaare verströmten einen angenehmen Duft. Er lag noch immer hinter ihr und legte seine Hand auf ihren Busen. Er küsste immer wieder ihren Nacken. Ein Augenblick der Stille. Eine Gänsehaut überkam sie und dann setzte sie sich auf ihn und bestimmte die Bewegungen in ihrem Geschlecht. Er ist so gut, dachte sie. Ihn würde sie sofort heiraten. Nein, er mag alle Frauen. Aber für eine Zeit lang ist sie seine Königin. Sie tranken zum Abschluss einen edlen Rotwein aus Südafrika und sie dachte an eine Safari mit Gaspard. Sie wird ein Safari-Ölbild malen und der Löwe stellt Gaspard dar. Er wird in zweifacher Größe das Bild beherrschen. Sie drückte ihn beim Abschied fest an ihren Körper und weinte. Aber sie ist glücklich, ihn bald wieder zu sehen und wollte ihm das Bild dann zeigen. Madame Charlotte freute sich über die inspirierte Kundin und möchte auch dieses Ölbild bewundern. Gaspard tut mir gut, dachte Fleur und verließ beschwingt das Etablissement »Fontaine de la jeunesse archipels«.

Auch Louis ist ein gefragter Mann bei Charlotte. Wenn die schwarzhaarige Madame Camille den Raum betritt, geht ein Raunen durch das Foyer. Louis stand pünktlich am Empfang und folgte ihren Blicken. Sie trug einen langen schwarzen Mantel mit einem Gürtel um die schmale Taille gelegt. Sie war eine dominante Erscheinung. Und was sie wohl darunter trug? Louis macht das, was Camille sich wünscht. Es geht immer streng zwischen den beiden zu. Er genießt es aber auch, wenn die Rollen einmal getauscht werden. Im Herzen ist sie eine liebevolle Frau. Camille ging mit Louis umgehend in die »Japanische Suite«. Auf dem Weg zum Zimmer legte sie ihm Handschellen an. Sie ist oft nach Japan geflogen, um bei einem Meister die Fesselkunst zu erlernen. Nach dem dominanten Akt möchte sie stets von Louis verwöhnt werden. Ihre Befriedigung steht auch in direkter Verbindung mit der Züchtigung. Er muss sich fesseln lassen, auch wenn er oft davor ein Magendrücken verspürt. Sie genießt die Momente, wenn die Seile angelegt werden und seine Gesichtszüge sich verändern. Er vertraut ihr. Sie beherrscht die Technik. Er wollte sie küssen, doch er muss warten, bis sie es ihm erlaubt. Er darf nichts sagen. Louis spürte einen Druck im Intimbereich. Sie hatte ihn blitzartig gefesselt und er schwebte in der Luft. Nach drei Minuten werden die Seile von den Schultern, Armen und Beinen gelöst. Louis hatte dabei oft einen Orgasmus und die Erregung ist noch lange zu spüren. In der großen Badewanne mit Lavendelöl konnte sie noch die Druckstellen der Seile erkennen. Für Louis und Camille ist es eine Bereicherung. Das kannte er bisher nicht. Sie nahm seinen Kopf und küsste ihn liebevoll. »Ich danke Ihnen, Louis, dass Sie dieses Spiel wieder mit mir ausprobiert haben. Es verleiht mir einen Kick und Orgasmen.« »Ihre Zufriedenheit liegt mir am Herzen und ich möchte Sie glücklich sehen. Ich gebe Ihnen Träume und ein hoffentlich angenehmes Gefühl.« Im Bett übernahm er die Führung und jetzt zeigte er ihr, was in ihm steckte. Nämlich ein intelligenter Mann, der die Frauen bis an die Grenzen bringt. Er war hinter ihr, hielt ihre Lenden und vögelte sie fest, dass sie laut stöhnte. »Ich komme. Sie bitte auch, Louis.« »Wenn

Sie es möchten?« Er wurde schneller, drehte sie auf den Rücken und sie hielt sich an seinen Handgelenken fest. Die Tränen standen ihr in den Augen vor Glückseligkeit. Er nahm sie dann in die Arme und küsste sie zärtlich. »Sie sind eine sehr erotische Frau, Camille.« Sie lächelte und schmiegte sich an seinen Körper.

Natürlich werden immer Kondome benutzt. Sextoys bereichern das Liebesspiel. Verliebt sein in den kreativen Entertainer? Ein Albtraum der Damen. Die Herren haben aber auch eine charismatische und maskuline Ausstrahlung! Es wird richtig geflirtet und die Männer geben alles. Einmal hatte sich eine Frau, sie hieß Amber, in Malik verliebt. Sie ertrug es nicht mehr, ihn wieder am Abend verlassen zu müssen und einen anderen Mann wollte sie nicht. Der starke Liebeskummer ließ sie in eine andere Stadt ziehen. Amber schrieb später einen Brief an Madame Charlotte, dass sie ihr Herzblatt Ethan kennengelernt hatte.

Die Kundinnen geben Empfehlungen weiter. So lange wie alle Damen ihren Spaß in dem Etablissement haben und die Herren ihre Männlichkeit an die Damen verschenken, gibt es nur glückliche Frauen. Und so soll es ja auch sein. Der Club »Fontaine de la jeunesse archipels« existiert seit drei Jahren. Madame Charlotte hatte sich in den Finanzinvestor John verliebt und verbringt mit ihm die wenige Zeit daheim in ihrem Haus. Diese Zeit nimmt sie sich so oft sie kann und dann wird ihre große Liebe John verwöhnt. Er ist glücklich und stolz auf Charlotte. Sie hatte ihn während eines Urlaubs in Dubai kennengelernt und wurde von ihm mit viel Goldschmuck luxuriös beschenkt. Doch auch er ist geschäftlich viel auf Reisen. Dann ist das Wiedersehen immer ein Event.

Ist dieser Service für die starken und auch sensiblen Frauen unmoralisch? Nein. Er ist eine Bereicherung für die Damenwelt in Goldmünstern. Sie denkt daran, zu expandieren.

Die Abschiede der Menschen in der »Fontaine de la jeunesse archipels« sind am Abend immer sehr theatralisch! Nicht selten kam am nächsten Tag die Frau zurück, um dem Mann ihre Liebe erneut zu schenken, auch wenn die Zeit begrenzt ist.

Sur l'amour, mesdames et messieurs!

Jombedie und Rémy

Weg der Erleuchtung – Die andere Bewusstseinsebene

Eine Reise zu den Wurzeln zu sich selbst. Jombedie hörte das jüdisch-israelische Lied »Hava Nagila« (Lasst uns glücklich sein, lasst uns fröhlich sein). Es ist ein Lied der Feier im Judentum und die Menschen tanzen dabei im Kreis. Jombedie assoziierte es mit Melancholie. Für sie war es ein Lied, bei dem das Herz sehr schwer wird. Sie fragte sich, woher kenne ich dieses Lied? Ist es ein Teil von mir? Sie fühlte etwas Unbeschreibliches in ihrem tiefen Inneren.

Jombedie und Rémy sind ein glückliches Paar und leben in der Provence, in Grasse. Da, wo es immer gut duftet und die Mairosenblätter ab sechs Uhr in der Frühe gepflückt werden. Millionen Blütenblätter warten auf ihre Verarbeitung. Der lateinische Name ist Rosa Centifolia. Sie ist eine Essenz von dem berühmten Parfüm Chanel N°5, dem meistverkauften Duft der Welt. Lavendel-Felder sind überall zu sehen im August sowie im September und duften einzigartig. Auf der ganzen Welt leben zirka eintausend Menschen, die dreitausend verschiedene Düfte wahrnehmen können. Jombedie hätte vielleicht auch eine »Supernase«. Sie möchte an einem Workshop teilnehmen.

Rémy und seine Frau besitzen eine chemische Reinigung für Bekleidung und auch für andere Textilien. Sie parfümieren dezent die Bekleidung. Rémy und Jombedie fragen immer die Kundinnen, ob die Bekleidung mit dem Rosen- oder Lavendelduft behandelt werden soll. Es gibt sogar einen dezenten Vanilleduft für Allergiker.

Er sitzt auf der Terrasse seines Hauses und Jombedie serviert ihm ein Rindersteak mit Kroketten und einen Salat aus dem heimischen Garten. Die Tischdecke hat ein Teppichmuster wie aus dem Heiligen Land

Israel. Ein Kelim ist ein Teppich oder Wandbehang und so sieht die gemusterte Tischdecke aus. Gelom heißt er auf Hebräisch. Die Decke musste sehr alt sein, da sie sie von ihrer Mutter geschenkt bekam und diese von ihrer Mutter.

Und viele fragten sie nach ihrem außergewöhnlichen Namen. Jombedie wollten wissen, aus welchem Land er stammt. Sie wusste es nicht und ihre Mutter Deborah machte aus diesem Namen ein Geheimnis.

Jombedie hielt einen Fächer gegen die Hitze in der Hand und trank einen kalten Orangensaft. Rémy hielt sich lieber an ein Gemisch aus Wein und Wasser.

»Rémy, kennst du dieses Lied?« »Nein, mein Schatz, mir gefallen unsere Chansons. Wusstest du, dass deine Mutter mit Schutzengeln spricht?« »Hast du es gehört? Wann denn?« »Als sie das letzte Mal bei uns war, abends in ihrem Bett. Ich glaube, sie ist sehr gläubig. Sie spricht ja nicht viel. Sie hat etwas ›Unheimliches‹ an sich.« »Ja. Der blaue Davidstern bildet sich aus zwei ineinander verwobenen Dreiecken. Sie trägt ihn versteckt unter ihrem Kleid. Er ist als Schild zu sehen, zur Verteidigung, denke ich.« »Ich habe es gesehen. Ja. Dies macht mich schon neugierig.« »Über das Heilige Land werde ich mich einmal informieren. Meine Gedanken erzähle ich dir dann, mein lieber Rémy. Es wird sich alles zusammenfügen.« Das Heilige Land ist weit von uns entfernt, dachte sie. »Gibst du mir eine Tasse Kaffee? Mein Kreislauf ist nicht in Schwung. Wusstest du, dass die erste Kultivierung, also eine Kaffeeplantage, im heutigen Jemen zu finden war? Es war Wildkaffee.« »Wo liest du so etwas, Rémy?« »Das Fernsehen sendet oft interessante Dokumentationen.« Jombedie war in Gedanken versunken und dachte daran, ob sie vielleicht eine Jüdin ist oder jüdisches Blut in sich trägt, was natürlich nicht schlimm für sie wäre. Sie dachte an die Klagemauer in Jerusalem und an eine Bar-Mizwa. Die Klagemauer ist die direkte Verbindung zu Gott. Es gibt auch etwas Mystisches unter den Hebräern. Die Kabbala. Der Rabbi möchte nicht, dass sich die Gläubigen damit beschäftigen.

Sollte sie eigene Grenzen überschreiten, um Träume und Visionen zu erleben? Sie legte sich in einen Liegestuhl und hatte einen unheimlichen Traum. In diesem Traum musste sie über einen Friedhof gehen und sah auf die Grabsteine. In hebräischen Schriftzeichen waren sie beschrieben. Jedoch konnte sie keine Namen mit unseren Buchstaben erkennen. Wer waren die Toten? Sie erschrak und wachte auf. »Hast du den Teufel gesehen? Du siehst so verwirrt aus?« »Es ist schon gut. Möchtest du mit mir jetzt spazieren gehen?« »Ja warte. Ich ziehe mir die Schuhe an.« Sie liefen in das Stadtzentrum und setzten sich auf eine Terrasse mit vielen Gästen. Sie fühlte sich jetzt sicher. Da kam Victor und erzählte den beiden, dass seine Frau seit vorgestern im Krankenhaus liegt. Sie fuhren zu dritt ins Hospital und Béatrice hatte ihre Operation schon überstanden. Ihr wurden die Gallensteine entfernt. Jombedie saß auf ihrem Bett und strich ihr über den Kopf, die Stirn, genauer gesagt zwischen den Augenbrauen, und massierte die Füße an bestimmten Stellen. Nach einer Weile sagte Béatrice, dass sie keine Schmerzen mehr hätte. Jombedie wunderte sich über diese Äußerung. Was man sieht, kann man glauben. Ich habe doch nichts getan, dachte sie. Konnte Jombedie durch Handauflegen Menschen heilen? Was war mit ihr los? Sie wusste es selbst nicht. Jombedie spürte aber eine Veränderung in ihrem Körper und Geist. Sie bekam ungeahnte innere Kräfte. Sie war in diesem Moment eine ganz ruhige Person geworden – wie ihre Mutter. Hatte ihre Mutter jetzt die »Kräfte« an sie weitergegeben? Jombedie musste ihre Mutter sprechen. Sie sollte kommen und sie wollte, dass sie ihr alles erzählt. Sie weiß etwas, dachte sie nachdenklich. Diese Frau hat ein Recht darauf, zu erfahren, wer sie wirklich ist. Warum hatte sie nie ihren Vater gesehen? Die Mutter hatte ihr nur einmal gesagt, dass ihr Vater ein liebevoller Mann war. Wo war er jetzt?

Ihre Mutter kam zwei Tage nach dem Anruf, strich ihr über den Arm und lächelte sie mit einer glänzenden Aura umgeben an. »Mutter, ich möchte dich so viel fragen. Hör gut zu.« Jombedie ließ das Lied Hava Nagila abspielen, weil sie es so gerne mag trotz der Traurigkeit, wie sie es nannte, und auf einmal sang ihre siebenundsiebzigjährige Mutter dieses Lied auf Hebräisch mit. Jombedie weinte. Sie war sprachlos. »Woher kennst du es, Mutter?« »Ich kenne es schon immer. Ich weiß nicht, woher ich es kenne.« Die Mutter sang es in fröhlicher Stimmung. Jetzt konnte sich ihre Tochter vorstellen, dass sie vielleicht schon im Mutterleib dieses Lied hörte, wenn sie es sang. Sie bekam immer eine Gänsehaut, wenn sie eine Kirche betrat, einen Chor oder Orgelmusik hörte. Die mystischen und sentimentalen Lieder sagen die Wahrheit. Jombedie glaubte schon immer an Gott und die Engel, die jeden Menschen beschützen müssen und sei es nur für eine Weile. Gibt es also doch eine Seelenverwandtschaft? Bestimmt. Wir stammen alle von Adam und Eva ab. Im Grunde sind wir alle Hebräer. Allein über siebzig Prozent der Vornamen haben den Ursprung aus Hebräa. Sie fragte sie weiter. Dann erzählte sie ihr, dass ihre Familie im Zweiten Weltkrieg Juden versteckt hatte und sie dann, wenn die Soldaten wieder gegangen waren, sie dieses Lied sangen. Zu dieser Zeit war sie ein kleines Kind. Diese Familien redeten zusammen und aßen gemeinsam. Sie teilten alles mit ihnen. Keiner der versteckten Juden wurde von den Nazis entdeckt. Was für ein Glück. Die Juden, die für eine Zeit da waren, beteten, hielten die Hände ihrer Familienangehörigen und ihrer Familie. Sie hatten alle ein unbeschreibliches Gefühl und ihr Denken veränderte sich. Sie waren andere Menschen geworden. Für alles waren sie dankbar und brachten es auch zum Ausdruck. »So war das mein Kind.« Ihre Mutter war, als sie erwachsen war, zum Judentum konvertiert. Ein Zitat von Nathan Söderblom: Fromm ist der, für den es etwas Heiliges gibt. Und wieder: Nathan, Nathaniel ist ein hebräischer Name. Diese Mutter beklagte sich nie, obwohl sie all dieses unfassbare Leid der Menschen mit ansehen musste und auch selbst damals in Gefahr war. Ihre Wohngegend wurde bombardiert und der Tod war sichtbar geworden. Hatte Jombedie durch die Schwangerschaft der Mutter vielleicht diese Erlebnisse in ihrem Unterbewusstsein festgehalten? Das Blut der Mutter floss auch in ihrem Körper. Sie haben gleiche Allele.

Ihre Mutter verriet ihr, dass sie sich jüdisch fühlt. Alles muss zu Gehör gebracht werden. Wie tief verwurzelt waren ihre Körper und Seelen mit dem Heiligen Land Israel? Fließt auch jüdisches Blut in ihnen? Was wissen sie oder ihre Mutter über ihre Vorfahren? Ihre Ahnen kamen natürlich aus Frankreich und aus einem slawischen Land.

Rémy und seine Frau fühlen sich in Frankreich wohl. Er liebt seine Frau über alles und zeigt es ihr jeden Tag durch Kleinigkeiten. Ihre Mutter sagte ihr, dass sie nach Israel geht. Sie wird sich dort eine kleine Wohnung suchen und für alle beten. In Jerusalem möchte sie sterben. Dieser Satz beflügelte sie sogar und das Gesicht strahlte. Sie wollte heim und packen. »Mutter, wir werden immer an dich denken und schreib uns die Adresse.« »Ja, ja. Ich habe dort eine Freundin, Leah, und ich werde erst einmal bei ihr wohnen. Du bist auf dem richtigen Weg, mein Kind. Um dich muss ich mir keine Sorgen machen und dein Mann ist angenehm wie immer.« »Bon voyage, maman«, sagten Jombedie und Rémy. Rémy ergänzte noch, dass er sich für das Lob bedankt und er sie auch liebt. Sie winkten der Mutter zu und wussten, dass sie sie vielleicht zum letzten Mal gesehen hatten.

Jombedie und Rémy respektierten sich so wie sie waren und Kompromisse gab es nicht viele. Beide waren sich oft einig. Sie aßen zu Abend und besuchten die Nachbarn Amélie und Armand. Diese Nachbarn wohnen in einem Haus auf der anderen Straßenseite. Mit Amélie kann Jombedie über alle Themen des Lebens sprechen. Sie ist ein spiritueller Mensch und konnte sich in ihre Freundin hineinversetzen, als sie ihr die ganze Geschichte über ihre Mutter erzählte. Sie schlug ihr vor, wenn sie das alles so sehr interessiert, zu dem bekannten Hypnotiseur Monsieur Léon Degresse nach Paris zu fliegen. Er war ein Spezialist der Reinkarnation, der Seelenwanderung, im gleichen Sinne auch mit der Wiedergeburt. Sie wollte ihre Freundin nach Paris begleiten. Jombedie machte dies alles sehr nachdenklich und irgendwie auch neugierig. Sie tranken einen Anislikör auf der Veranda. Es war kühler geworden.

Sie rief am nächsten Tag ihre Mutter in Valbonne noch einmal an und fragte nach ihrem Vater. »Jombedie, meine liebe Tochter. Er war ein guter Mann, aber er ist kurze Zeit später wieder nach Nordamerika zurückgegangen. Ich sollte ihn begleiten. Aber dieses Leben dort konnte ich mir nicht vorstellen. Ich war mit Frankreich verbunden. Er war ein Indianer, ein Schamane (Diyih) und er konnte in einen anderen Bewusstseinszustand eintreten und noch mit den anwesenden Menschen kommunizieren. Die Menschen nannten ihn auch Medizinmann. Sein Leben hatte mich sehr beeinflusst. Es war sehr mystisch und ich hatte seine Kompetenzen und Gefühle mit meinen vermischt. Er ist dein Vater, Jombedie, und er gab dir deinen Namen. Er bedeutet: Die Vollendung. Sein Name ist Atius Tirawa und bedeutet: Der große Geist. Er war vom Stamm der Apachen. Ich hatte ihn auf einer Reise in Amerika kennengelernt, in Arizona. Und er ging mit mir nach Frankreich. Ich weiß noch, als ich ihn hier neu eingekleidet hatte. Es gefiel ihm für einige Zeit und wir waren glücklich. Er tat mir so gut, als ich noch jung war. Wir liebten uns. Doch zwei Jahre nach deiner Geburt ging er zurück, weil er wieder zu seinem Volk gehen musste. Er sagte, dass er zurück müsse, um seinem Volk wieder zur Seite stehen zu können. Sie brauchten ihn.« »Also ist mein Name von den Indianern?« »Wenn du genau in den Spiegel siehst, erkennst du Gesichtszüge deines Vaters mit den hohen Wangenknochen und deine Hautfarbe ist leicht dunkler. Ich wollte nicht, dass du vielleicht darunter leidest.« »Ich bin also Französin und trage indianisches Blut in mir?« »Ja, mein Kind. Ich habe noch immer seine letzte Adresse und ein Foto seit fünfundvierzig Jahren in meiner Handtasche. Das ist alles, was mir geblieben war. Aber ich schicke es dir, noch bevor ich nach Israel fliege. Möchtest du ihn aufsuchen? Ich weiß aber nicht, ob er noch unter den Menschen weilt. Vielleicht lebt er in einem Reservat?« »Danke, meine liebe Mutter. Warum hast du mir nie von meinem Vater erzählt? Meine Seele ist jetzt glücklich und doch bin ich traurig, dass ich in der Kindheit keinen Vater hatte. Ich hätte ihn gerne damals gesehen. Sah er so aus, wie Indianer aussehen?« »Ja.« »Jetzt verstehe ich einiges.« Diese seltenen gemeinsamen

Wurzeln – meine Mutter und mein Vater. Was für eine Vermischung des Blutes, dachte sie und erzählte es Rémy und Amélie. Die Spiritualität und Religiosität von beiden ist in mir, dachte sie weiter. Sie setzte sich in den mit fliederfarbener Seide bezogenen Sessel und dachte über ihr Leben nach, die ganze Nacht. Sie saß da und schlief nicht, sondern stellte sich ihren Vater bildlich vor und sprach mit ihm. Jetzt werde ich auch schon verrückt. Aber ich führe keine Selbstgespräche. Wer hat schon einen Indianer zum Vater? Ich muss ihn irgendwann einmal besuchen. Jombedie fiel wieder das Lied Hava Nagila ein. Das Lied muss eine wichtige Bewandtnis haben, und sie beschloss, mit Amélie nach Paris zu reisen. Kann ihr der Mann helfen?

Sie mag auch die Musik von Leonard Cohen, ein älterer Sänger, geboren in Montreal/Kanada. Er ist von jüdischer Abstammung, wie sie herausfand, und seine Musik ist auch melancholisch, ja schon fast depressiv. Aber sie mag seine Songs, und als sie zum ersten Mal ein Foto von ihm sah und seine Augen begutachtete, wusste sie, dass er anders ist. Ist sie auch eine Seherin? Jombedie sieht in die Gesichter und weiß, woher sie kommen. Diese Fähigkeit kannte sie schon seit längerem und sie hat auch das Gefühl für besondere Momente. Sie saß einmal in einem Café, winkte einer älteren Dame zu und sprach sie dann an. Sie hatten sich angeregt unterhalten, als ob sie sich lange kennen würden. Der Nachmittag war etwas Besonderes für sie. Diese Dame hatte sie vorher noch nie gesehen. Sie bekam von der Frau, ohne dass diese lange überlegte, die Telefonnummer.

Sie verabschiedete sich von ihrem Mann, versprach schnell anzurufen und gab ihm einen langen Kuss. Amélie stand vor ihrer Tür. Armand brachte die Damen zum Flughafen nach Nizza. Sie bedankten sich bei Armand und er gab seiner Frau einen Kuss.

Sie checkten im Hotel Les Hauts de Passy – Trocadero Eiffel im 16. Arrondissement in Paris ein. Das Hotel gefiel ihnen und sie bestellten den

Zimmerservice. Sie bekamen ein Omelett mit Crevetten sowie einen gemischten Salat und tranken Orangensaft und Kaffee dazu. Jombedie war jetzt nervös, und gegen achtzehn Uhr sollten sie bei dem renommierten und berühmten Monsieur Degresse im gleichen Arrondissement eintreffen. Er erklärte ihr vor einer Woche am Telefon, dass er zirka drei Mal in ihre Seele blicken müsse und dann auch Fragen stellt, während sie in tiefer Trance, in einem starken Dämmerzustand sei. »Hast du Angst?« »Nein. Ich bin einfach gespannt, was gesehen und gehört wird.«

Mit dem Taxi fuhren beide Frauen zu Monsieur Degresse. Jombedie trug ein türkisfarbiges Seidenkleid und Amélie hatte sich ein blaues Baumwollkleid mit weißen Tupfen angezogen. In Paris schwitzten alle Menschen. Es war der neunte August. Sie klopften an seine Tür und ein gutaussehender Mann öffnete ihnen. Jombedie konnte sofort sehen, dass er ein Franzose mit indischen Wurzeln war. »Bonjour! Kommen Sie herein, meine Damen. Wer ist Madame Jombedie?« »Ich bin es und es freut mich, Sie kennenzulernen, Monsieur Degresse.« »Ich dachte mir sofort, dass Sie es sind. Soll Ihre Freundin dabei sein?« »Ja. Bitte.« »Wir fangen mit einer Hypnose an. Sie werden in einem ständigen Wachbewusstsein sein und vielleicht erleben Sie das Überraschungsmoment. Morgen beginne ich mit der Reinkarnation von drei Epochen.« »Können Sie mir dazu etwas sagen, erklären?« »Bei mir sind Sie in guten Händen und wir werden herausfinden, was Sie alles so sehr beschäftigt. Sie werden überrascht sein, wenn Sie es erfahren.« Ihre Augen funkelten wie Rauchquarze. Sie gingen in einen Raum, der einem Tempel ähnelte. Antike Vasenmalerei, Grünpflanzen und bunte Pflanzen wie im Regenwald befanden sich dort verteilt und ein künstlich angelegter schmaler Fluss verlief durch das Zimmer in die anderen. Sie konnten über eine kleine Brücke gehen. Alles muss fließen, meinte Monsieur Degresse. Jombedie sah auf einen geschmückten Altar mit einem großen, goldenen, indischen Buddha, sitzend auf einem Sockel und von Edelsteinen umgeben. Monsieur Degresse sagte, dass es der Buddha Mahayana ist. Ein Buddha des unendlichen Lichtes. Ein indischer Teppich aus Kaschmir-Seide in Pastelltönen lag unter ihnen. Viele rote Lichter waren an der Decke zu sehen, die wie kleine Sterne aussahen. Eine breite Couch aus schwarzem Leder mit einer weißen Satindecke stand in der Mitte. Rechts davon zwei Sessel und in diesem Zimmer roch es nach Mystik, wie in einer Kirche, die geweihräuchert wird. Ganz leise Musik, die die Trance mit beeinflusste und die sympathische Stimme von Monsieur Degresse waren zu hören. Amélie nahm Platz in einem Sessel. Zwei Gemälde aus der Antike Griechenlands in den Stilepochen »Frühe Klassik« und »Reicher Stil« waren zu sehen. Malereien von Tieren und Tempelbauten. Sie fühlte sich in diesem Raum wohl. Monsieur Degresse bat sie, sich auf die weiße Satindecke zu legen. Mit seiner sanften Stimme erklärte er ihr jetzt, dass Hypnose der Schlüssel zum Unterbewusstsein ist. »Das Unterbewusstsein ist der Ort, an dem unsere Erinnerungen, Wünsche und Ängste verborgen liegen. Es steuert alle körperlichen Vorgänge wie die Atmung, das Schwitzen und Frieren. Die Hypnose ist ein Schlüssel, ja ein äußerst machtvolles Werkzeug. Hypnose kommt aus dem Griechischen – Hypnos – und es bedeutet so viel wie Schlaf. Das ist ein Zustand von höchster Konzentration und Selbstversunkensein. Sie sind dann in ihrer eigenen Welt versunken. Ich kann mit Ihnen in der Hypnose sprechen. Ihr Körper schläft, doch Ihr Geist ist wach. Allein wenn man tief in Gedanken versunken ist, nennt man das schon Trance. Tagträumen ist auch Trance. Sie brauchen keine Angst zu haben, denn Sie müssen innerlich dazu bereit sein. Wir fangen jetzt an und wenn ich zurückzähle von drei bis eins, sind Sie ganz entspannt und wach. Sie können mich dann wieder richtig wahrnehmen.« »Ja. Ich bin bereit.« Er holte jetzt ein Pendel aus seiner Tasche und bat um Konzentration. Das Pendel bewegte sich langsam, aber immer im gleichen Takt, und Jombedie schloss dann bald die Augen. Sie atmete ruhig.

Das Pendel zeigte seine Wirkung. »Jombedie. Denken Sie jetzt einmal an Ihren Mann Rémy. Sehen Sie ihn? Ich denke, ja. Gehen Sie zurück in Ihre Kindheit. Sie sind ein siebenjähriges Mädchen. Was machen Sie gerade?« »Ich bin mit meiner Mutter am Frühstückstisch und sie belegt mir die Schulbrote.« »An was denkst du jetzt?« »Meine Mutter sieht etwas traurig aus, als ob sie jemanden vermisst. Ich bin doch da, ihre Tochter Jombedie. Sie ist so schön und jung. Ich liebe sie. Wo ist Vater? Ich kann ihn nirgends sehen und Dinge von ihm sind auch nicht vorhanden. Das macht mich traurig.« Sie sprach mit der Stimme eines siebenjährigen Mädchens. »Meine Schulfreundin Janette holt mich ab und wir gehen in die Schule.« »Sie sind jetzt zwei Jahre alt. Was sagt Ihre Mutter?« »Ich lag in ihren Armen und sie küsste mich und sprach von einem Indianer.« »Das ist dein Vater!« Kurze Pause. »Ich kann ihn sehen. Er hat lange Haare und seine Stimme ist sanft. Ich sah, wie ihm Tränen über das Gesicht flossen. Er nahm mich und küsste mich ganz lange. Worte der Verabschiedung. Verlass mich nicht, Vater. Ich brauche dich. Ich weine auch. Mutter kommt und wischt unsere Tränen mit einem Taschentuch weg und küsst uns beide. Er gab mich wieder an meine Mutter zurück. Er geht fort!!« »Drei, zwei, eins.« Sie erwachte. »Das war ein aufregender Traum.« »Nein, Jombedie, das war die damalige Realität. Wie fühlen Sie sich jetzt? Sie sehen so nachdenklich aus.« »Ich habe meinen Vater gesehen. Mein Unterbewusstsein hat ihn mir gezeigt. Ich bin so glücklich, dass ich ihn sehen konnte. Sieht er wirklich genauso aus? Danke, Monsieur Degresse.« »Ja, so ist er in Ihrer Erinnerung geblieben.« Sie hatte glänzende Augen und ihre Seele war friedlich. »Morgen kommen Sie bitte etwas früher. So gegen vier Uhr am Nachmittag. Das ist die beste Zeit, um tiefer in Ihre Seele blicken zu können. Bis morgen. Auf Wiedersehen.« »Auf Wiedersehen. Bis morgen, Monsieur Degresse.« Sie gab ihm ihre feuchte Hand, was ihr unangenehm war, und wischte sie vorher an ihrem Kleid ab. »Ich habe jetzt Hunger und Durst. Gehen wir in eine Brasserie.« Amélie nahm ihren Arm und freute sich für sie. »Das war aber höchst interessant, Jombedie. Dieser Mann ist eine Koryphäe auf diesem Gebiet. Dein Gesicht strahlt. Du bist glücklich, oder?« »Ja, Amélie. Ich muss jetzt sofort Rémy anrufen und du deinen Mann. Sie warten auf unseren Anruf.« Rémy freute sich, endlich die Stimmer seiner Frau zu hören, und sie erzählte ihm alles. In der Reinigung war nicht viel los und er schloss früher das Geschäft. »Mit Armand gehe ich gleich in unser Bistro und ich werde immer an dich denken, meine Liebe. Bis bald.« Die Frauen speisten in einem vornehmen Restaurant und die Gedanken waren immer bei Monsieur Degresse. Was er alles bewirken kann? Sie war in Gedanken versunken und hörte und sah nichts in dem Eiscafé. Amélie blickte sie an und ließ sie in dieser Stille allein. Ihre Freundin bestellte sich einen Nougat-Becher und für ihre Freundin ebenso. Als der Kellner kam und es ihnen servierte, bedankte sie sich für die Aufmerksamkeit und redete mit Amélie über einen Besuch in das Montmartre-Viertel. Sie brauchte Ablenkung und sie fuhren mit dem Taxi dorthin. Sie liefen die berühmten Treppen hinauf und konnten von weitem die Basilika Sacré-Cœur sehen. Auf dem Place du Tertre stellen Künstler ihre Portraits aus. Jombedie nahm sich ein kleines Bild mit einer Balletttänzerin mit. Es war ein pastellfarbiges Aquarell und dieses Mädchen verkörperte Grazilität und Eleganz. Sie verliebte sich sofort in dieses Bild. Beide besuchten ein Bistro und wollten einen Anislikör zum Abschluss des Abends genießen. Der Fußboden war mit Malereikunst von Edgar Degas, Paul Cézanne, Paul Gauguin, Vincent van Gogh und anderen auf einigen Fliesen zu sehen. Sie trauten sich kaum, diese beleuchteten Kunst-Fliesen zu betreten. Viele Personen waren fasziniert von dieser Idee, die schöner war als ein roter Teppich.

In ihrem Hotel angekommen, war Jombedie froh, endlich die schwarzen Pumps ausziehen zu können, und stellte sich unter die lauwarme Dusche. Sie verwöhnte ihre Haut mit der Maja-Myrurgia-Seife, die mit der spanischen Tänzerin. Dieser Duft war selten geworden. Sie benutzte zu Hause ein Stück Opium-Seife, die ihre Mutter zwanzig Jahre lang in einem Schrank aufbewahrt hatte. Es war ein Geschenk von ihr gewesen. Amélie sang unter der Dusche das Lied »Déranger les Pierres« von Carla Bruni. »Was machst du, Jombedie?« »Auf dem Bett liege ich und rufe jetzt meine Mutter an.« »Hallo Mutter. Wie geht es dir? Wann genau fliegst du?« »Übermorgen, in der Frühe. Pass gut auf dich auf und auf Rémy. Ich hoffe, ihr kommt mich besuchen, wenn ich meine eigene Wohnung habe. Ich rufe dich an. Und das Foto von deinem Vater und die Adresse habe ich heute an dich abgeschickt.« »Danke. Natürlich kommen wir zu Besuch. Einen guten Flug und einen schönen Gruß an deine Freundin Leah. Ich vermisse dich schon jetzt.« Die Mutter hatte aufgelegt. Sie hasste große Abschiede. Sie ist so gläubig, als wenn eine Muslima unbedingt nach Mekka reisen müsste. Soll sie in Ruhe ihre richtige Heimat Israel aufsuchen.

Am nächsten Morgen frühstückten sie auf dem Balkon. Sie trug heute ein schwarz-weißes, längs gestreiftes Kleid mit einem schwarzen Gürtel und setzte einen kleinen Hut auf. »Du siehst heute wie eine Dame aus.« Den Fächer nahm sie später mit. Amélie zog eine luftige lindgrüne Hose mit einem Oberteil aus weißem Chiffon an. »Das steht dir sehr gut.« Es war schon gegen Mittag und sie besuchten den Eiffelturm. Und das bei dieser Hitze. Sie machten Fotos als Andenken an einen schönen Trip in diese Metropole. »Morgen fliegen wir wieder nach Nizza, heim zu unseren Männern. Ich freue mich, Armand zu sehen.« Sie schwieg und wusste, dass gleich wieder etwas Neues auf sie zukommt. »Fahren wir. Monsieur Degresse wird uns erwarten.« Er stand schon in der Tür und bat die beiden Damen in sein Haus. »Monsieur Degresse, ich möchte sehen, was im Zweiten Weltkrieg passierte. Da war meine Mutter noch ein Kind und mich interessiert einfach alles. Ich möchte nicht nur drei Epochen erleben, sondern die ganze Vergangenheit. Geht das?« »Ich versuche es. Zu anstrengend darf es nicht werden. Ich möchte starke Beeinträchtigungen Ihrer Seele und Kopfschmerzen verhindern.« Jombedie legte sich wieder auf eine Satindecke, weil sie den Körper kühlte. Das Pendel bewegte sich wieder. Ihre Augen waren geschlossen. »Jombedie, wir gehen weiter zurück.« »Ich sehe meine Geburt. Vater nahm mich dann in den Arm und küsste mich.« »Wir gehen weiter zurück.« »Meine Mutter, sie ist eine Lehrerin in einer Schule und gibt Unterricht. Sie bringt den Kindern das Lesen bei.«

»Wir gehen weiter zurück, viel weiter.« »Ich sehe mich. Kann das sein? Oder ist sie eine Doppelgängerin? Ich befinde mich in Israel! Sie spricht: ›Chaim, gehen wir heim. Du hast jetzt Gott dein Gebet an der Kotel vorgetragen. Unsere Kinder warten auf uns mit dem Abendessen. Aaron und Rachel sind gute Schüler. Sie werden dich einmal bestens vertreten in deinem Lebensmittelgeschäft.‹ ›Ava, du bist eine gute Ehefrau. Du gibst immer Acht, dass keinem von uns etwas passiert. Danke.‹ Er gab ihr zu Hause einen intensiven Kuss.« »Drei, zwei, eins.« Sie erwachte. »Sehen Sie, Monsieur Degresse. Ich lebte einmal in Israel und war mit Chaim verheiratet. Der Name bedeutet: Auf das Leben. Also war ich eine gute Ehefrau und Mutter. Aber das Lied habe ich nicht gehört. Doch jetzt glaube ich an eine Reinkarnation. Ja. Es gibt sie. Das war ich doch, oder? Meine Mutter lebte also auch schon einmal in Israel. Das würde alles erklären. Sie ist wieder auf dem Weg dorthin.« »Ja, Madame, das waren Sie. Das Lied ›Hava Nagila‹ ist noch nicht so alt. Abraham Zvi Idelsohn, ein jüdischer Musikforscher gab zu dem instrumentalen Song den Text dazu. Er wurde 1882 in Lettland geboren und starb 1938 in Johannesburg/Südafrika. Es ist ein hebräisches Volkslied, das es auf der ganzen Welt gibt, wo Juden leben.« »Mutter kennt dieses Lied schon eine Ewigkeit.« »Madame Jombedie. Entschuldigung. Madame Chevalier und Madame Montand. Trinken Sie bitte mit mir einen alkoholfreien Cocktail. Sie mögen doch Grenadine Sirup mit Orangensaft?« »Danke, sehr gerne, Monsieur Degresse.« Er bereitete die Getränke zu und stellte eine silberne Schale mit Gebäck auf den Tisch. Er sah etwas angespannt, nein nervös aus, dachte Jombedie. Sie war nicht müde und bedauerte, dass am nächsten Tag ihre letzte Begegnung mit ihm wäre. Er sagte nichts, sondern lächelte seine Klientin an. Jombedie erzählte von ihrem Mann Rémy und dass sie ihn vermisst. Amélie nickte mit dem Kopf. Sie meinte natürlich ihren Mann. »Heute war es nicht so heiß wie gestern. Gefällt Ihnen Paris?« Beide sagten: »Oui, Monsieur.« »Kommen Sie bitte morgen gegen zehn Uhr in der Frühe. Passt Ihnen diese Zeit?« »Ja, wir sind pünktlich.« Sie liefen zum Hotel.

Viel Kleidung war nicht einzupacken und so setzten sie sich noch in die Hotellobby. Einen Kaffee bestellten sie sich. Ein Herr saß am Nebentisch und Jombedie fühlte sich von ihm beobachtet. Er war jung und sie lächelte errötend. Er kam sofort zu ihnen herüber und stellte sich als Jean-Luc Legrand vor. »Sie warten doch hoffentlich nicht auf Ihre Männer, meine Damen?« Sie mussten lachen. »Wir hatten heute den Eiffelturm besucht. Eine schöne Aussicht. Der fehlt uns in Grasse, aber dafür duftet es bei uns immer.« Im Restaurant bestellte er für die Damen einen Aperitif und lud sie zum Dinner ein. Zuerst gab es ein Carpaccio vom Lamm. Eine kalte Lauchsuppe folgte sowie eine Dorade mit einem frischen Salat und einem bekömmlichen Basmatireis. Ein Erdbeersorbet war das Dessert. Dazu getrunken wurde ein Chablis. Jean-Luc erzählte, dass er auch Paris nur geschäftlich besucht hatte und am nächsten Morgen abreist. Er verdiente sein Geld mit dem Verkauf von antiquarischen Büchern. Er bat die Damen um ihre Telefonnummer. Doch das war dann zu viel des Guten.

Jombedie schlief schnell ein. Der Wein hatte sie überwältigt. Um acht Uhr in der Frühe weckte sie ihre Freundin. Heute trug Jombedie ein besonders feines Strickkleid. Es war rot mit Intarsien und auf dem Rücken waren drei breite Träger wie Tempelsäulen angebracht. Amélie zwängte sich in eine enge Jeans und ein T-Shirt mit einer giftgrünen Baumpythonschlange umwickelte sie. Ein grausiger Anblick, aber das sieht man ja nur in Paris. »Amélie, schau mal so, als wenn die Schlange dich erwürgt.« »So?« Das Shirt kaufte sie gestern auf dem Weg ins Hotel. »Komm. wir fahren zu Monsieur Degresse.« Sie hielt ein Taxi an. Er stand schon wie am Vortag in der Türe und sah sie freundlich an. Das gleiche Zimmer, das Pendel.

Heute sollte es in die griechische Antike gehen. Hatte sie schon einmal in dieser Epoche gelebt, verweilt? »Was haben Sie? Geht es Ihnen nicht gut?« »Ich schaffe es heute nicht, ich bin nicht bei der Sache. Es geht wirklich nicht. Mein Mann und meine Stadt warten auf mich. Ich muss zurück. Was ich sah, war genial, aber mir reicht es so, wie es jetzt ist.« »Madame Chevalier. Bitte, verlängern Sie um einen Tag Ihre Reise.

Morgen möchte ich Ihnen die Zukunft zeigen. Es ist sehr wichtig.« Sie verließen das Haus und bedankten sich bei Monsieur Degresse und verabschiedeten sich von ihm.

Irgendetwas hatte aber Jombedie in seinen Augen gesehen. Nichts ist mehr so, wie es einmal war! Was soll ich machen?, dachte sie. Amélie schlief und sie stieg in ein Taxi und fuhr zu Léon Degresse. Er freute sich, sie zu sehen, und gab ihr einen Handkuss. Das Pendel bewegte sich und Jombedie wollte ängstlich in die Zukunft blicken. »Was sehen oder hören Sie?« »Mutter, liebe Mutter. Sie lag in ihrem Bett. Sie ist tot. Ein ausdrucksloses Gesicht sah sie. Jombedie weinte. Schreie, die unerträglich sind. Schmerzen. Die Geburt eines kleinen Jungen. Ich halte meinen Sohn im Arm. Wo ist der Vater? Nein, nicht noch einmal die gleiche Tragödie. Ich erkenne Sie, Monsieur Léon. Aber?!« »Aufwachen. Drei, zwei, eins. Sie sind die Liebe meines Lebens. Ich hatte mich direkt am ersten Tag in Sie verliebt. Sie sahen so bezaubernd aus. Heute sind Sie eine Kaiserin. Sie haben etwas an sich, was ich als göttlich bezeichnen möchte.« »Monsieur Degresse. Ist es wahr? Bekomme ich ein Kind von Ihnen? Mein Mann Rémy ist mein Mann.« »Bitte sagen Sie Léon zu mir. Er wird immer Ihr Mann bleiben, Jombedie. Aber ein Kind von uns beiden – von Ihnen und mir – wird ein Mensch von höchster Spiritualität und Intelligenz sowie allen Fähigkeiten wie Denken, Intuition und Sehen als auch einer ausgeprägten Rhetorik sein. Vielleicht entsteht durch das Kind eine neue Religion und es hat die Macht der Götter, wie damals in der griechischen Antike und in Rom. Er wird verehrt werden und er hat Charisma. Die Menschen werden ihn lieben. Was für eine Kraft in ihm stecken wird. Wir, die Eltern verhelfen einem neuen Menschen zu einer Wiedergeburt. Es ist eine Seelenwanderung. Bei seiner Geburt wird ein Mensch sterben. Die Seele des kleinen Babys wird unsere Seelen – ihre und meine – mit seiner vollkommenen Seele vereinigen. Das ist traurig, dass ein Mensch dann stirbt, aber so ist das Leben. Er muss geboren werden für die Menschheit, glauben Sie es mir.« Ist er jetzt verrückt, durchgeknallt? Was redet er da? Sie musste sich eingestehen, dass sie sich ja mit Léon gesehen hatte. »Kommen Sie mit mir in das goldene Zimmer. Es ist der Ort, an dem wir es ›machen, ja tun müssen‹. Wie ich sah, werden Sie unseren Sohn Jadoo lieben.« »Was wird mein Mann sagen? Sie sind auch Inder. Ihr Aussehen.« »Das wird nicht auffallen, glauben Sie es mir. Sagen Sie ihm, es sei sein Kind. Ich wünsche mir nur, dass Sie mich mit Jadoo besuchen. Schicken Sie mir bitte immer aktuelle Fotos. Das reicht mir. Sonst erhebe ich keine Ansprüche. Ich kann Ihnen vertrauen, das weiß ich.«

»Ich hatte den Tod meiner Mutter gesehen. Wann wird das denn sein?« »Warten Sie es einfach ab. Besuchen Sie sie noch einmal. Bald.« »Léon. Ich sah auch ein Kind, das bei den Indianern in Nordamerika lebt.« »Ja. Ich weiß. Es wird Ihr zweites Kind. Ihren Vater sah ich und er ist schon ein alter Mann, aber seine Tochter braucht eine Mutter. Seine junge Frau ist verstorben. Sie hatte Krebs. Besuchen Sie ihn. Sie werden auch ihn zum ersten und letzten Mal sehen. Sie bleiben einige Zeit da und haben viel zu besprechen. Auch wie sein Leben verlief und die Zeit mit Ihrer Mutter. Sie werden alles verstehen. Der nächste Kreis schließt sich und so wird es immer weitergehen.« »Ich sah auch, wie man Sie umbringen möchte, Léon. Wird es geschehen? Ich fühlte es im Herz, im Kopf und in den Händen.« »Vielleicht.« »Das ist alles zu viel für mich. Meine Kräfte verlassen mich.«

»Das goldene Zimmer schenkt Ihnen wieder Kraft. Kommen Sie, Madame.« Das ganze Mobiliar war mit Gold überzogen und die Textilien waren aus goldenem Stoff. Ein Deckenventilator drehte sich über dem großen goldenen Bett. Léon brachte eiweißreiches und proteinhaltiges Essen, Obst und Saft sowie Mineralwasser. Er trinkt keinen Alkohol und raucht nicht. Sie nimmt auch keine Genussmittel zu sich. Kaffee und manchmal einen Anislikör gönnt sie sich. Ihre Sinne sind glasklar, wie das Wasser im Indischen Ozean.

Jombedie saß auf der Bettkante und sah ihn an. Sie wusste, dass es jetzt passieren würde. Sie war dazu bereit. Er zog ihr das rote Kleid langsam aus und betrachtete sie genau. Sie hatte einen wunderschönen Körper und schwarze lange Haare. »Legen Sie sich bitte auf das Bett.« Er zog sich aus. Er könnte ein Adonis sein, stellte sie sich vor. Seine schwarzen Haare schimmerten etwas bläulich und seine Lippen waren leicht dunkel sowie seine Haut. Sie war nackt und er sah den behaarten Venushügel. »Sie sind schön, Madame.« Ein leidenschaftlicher Kuss lag auf ihrem Mund und sie erwiderte ihn mit ihrer sinnlichen Zunge. Er legte sich über sie und strich mit seiner Hand über ihren Schoß. Seine Männlichkeit sollte jetzt den besonderen Menschen zeugen. »Und wenn heute nicht meine fruchtbaren Tage sind?« »Das sind sie, Jombedie. In Ihrem Monatszyklus gibt es nur fruchtbare Tage. Es liegt leider an Rémy.« Sie wurde traurig, doch dieser Hypnotiseur berührte sie so, dass sie wieder ein strahlendes Lächeln besaß. Er streichelte sie überall und drang zärtlich in sie ein. Ihre Vulva ähnelte einer sich öffnenden Orchidee. Schenken ist die Sprache ohne Worte. Beide stöhnten und sie hielten sich an ihren Händen fest. Ihre Schenkel lagen über seinen Schultern und er vollzog den Akt. Nur Engel und Vögel können fliegen. »Sie müssten es merken.« »Ja. Es passiert. Ich habe ein schönes Gefühl und einen Orgasmus hatte ich auch.« »Ich werde Sie immer lieben, Jombedie. Kommen Sie bald mit Jadoo wieder. Ich habe Geduld und kann warten.« Sie aßen jetzt im Bett weiter und erholten sich von dem intensiven Liebesakt.

»Wer ist Inder? Ihre Mutter oder Ihr Vater?« »Meine Mutter. Sie ist in Jaipur geboren.« »Das wollte ich schon immer fragen. Könnten Sie bitte indische Chillout Music laufen lassen? Das wäre jetzt sehr schön für mich.« »Sehr gerne, ich liebe diese Musik. Denken Sie jetzt nicht an Ihren Mann. Unsere Körper vereinigten sich, weil es so sein sollte. Rémy wird sich über das Geschenk freuen. Sie brauchen kein schlechtes Gewissen zu haben. Alles ist gut und läuft in den richtigen Bahnen. Ich werde für Sie beten. Wenn ich Ihnen ein Geheimnis verraten kann, ich bete schon seit dem ersten Tag, an dem wir uns kennenlernten. Ich sah Ihre Augen und wusste, dass Sie die Auserwählte sein müssen. Haben Sie Vertrauen zu mir. Sie werden immer glücklich sein. Ich vermisse Sie jetzt schon, wenn Sie gleich mein Haus verlassen werden. Bitte rufen Sie mich auch manchmal an. Bitte.« Seine Augen sahen traurig aus.

Jombedie zog sich wieder an und saß in einem Sessel. Die indische Musik hatte sie noch lange in ihren Ohren. Auch sie hörte sich etwas traurig an. Sie überlegte und kam zu dem Entschluss, dass sich Musik von den verschiedenen Arten der Religionen oft melancholisch anhörte. Ganz gleichgültig ob es um den Buddha, den Shiva, Allah, den Gott der Juden, die Orthodoxen und auch den Gott der Christen ging. Sie gab ihm zum Abschied die Hand. Er konnte nicht anders und umschlang sie mit seinen Armen und küsste sie auf die Wange. »Denken Sie manchmal an mich, Jombedie.« »Das werde ich bestimmt. Ich trage ja höchstwahrscheinlich unser Kind unter meinem freudigen Herzen.« Ein Taxi brachte sie zum Hotel. Der Tag hatte die Nacht abgelöst, und Amélie war überrascht, als sie das Zimmer betrat. »Wo warst du denn? Bei ihm?« »Ja.« »Was hast du die Nacht bei ihm gemacht? Ich hatte mir schon Sorgen gemacht.« »Ich erzähle es dir in Grasse.«

Armand und Rémy standen draußen am Zoll und warteten auf ihre Frauen. Sie begrüßten sich stürmisch. Kleine Geschenke, ein antiquarisches Buch über das Mittelalter für Rémy und einen Eiffelturm für Armand. »Bitte lies dieses Buch, Rémy, es ist wichtig für uns. Es handelt von dem Zeitalter der Entdeckungen, der Renaissance und der Glaubenskämpfe.« »Ich werde es lesen und berichte dir darüber.«

Das Leben ging den gewohnten Gang. In der Reinigung war nicht so viel zu tun und so erlebte Jombedie Tagträume und Amélie erzählte sie über den Abend mit Léon. Doch nicht, dass sie miteinander geschlafen hatten. Sie konnte ihr unmöglich erzählen, Sex mit ihm gehabt zu haben. Aber vielmehr beschäftigten sie die Reinkarnationen und die gesehene Zukunft. Nach fünf Wochen war der Schwangerschaftstest positiv und Rémy war glücklich, doch noch Vater zu werden. Amélie war auch darüber erstaunt und freute sich mit ihr. Jombedie rief Léon an, und sie hörte noch, wie er sagte, dass eine Person einen Moment auf ihn warten müsste. »Madame Jombedie Chevalier. Sie sind es, oder?« »Ja. Monsieur Degresse.« Er stieß einen kleinen unüberhörbaren Schrei aus. »Ich freue mich, dass es einen Jadoo gibt. So werden Sie ihn doch nennen. Bitte.« »Ja. Jadoo ist ein schöner Name. Ich höre täglich indische Tempelmusik.« »Das freut mich, Madame. Bleiben Sie gesund und melden Sie sich bitte wieder.« Sie legte auf. Ihr Gesicht strahlte und sie fühlte sich beflügelt und wollte mit ihrem Mann in vier Wochen nach Jerusalem fliegen. Das Ticket holten sie nach einer Woche ab. In Jerusalem angekommen, fuhren sie mit dem Taxi zu der Wohnung ihrer Mutter. Sie hatte eine kleine Dreizimmerwohnung in einem größeren Haus. Die Mutter freute sich, die beiden zu sehen. Doch sie machte einen kränklichen Eindruck. »Was ist los, liebe Mutter. Geht es dir nicht gut?« »Ich fühle mich immer so müde und habe nur noch wenig Kraft. Vielleicht kommt bald der Tag des Abschieds.« Jombedie sah sie betroffen an, nahm sie in den Arm und drückte sie vorsichtig an ihren Körper. Sie aßen zu Abend und erzählten über das Leben. Jombedie trug jetzt immer das Foto ihres Vaters und die Adresse bei sich. Ihrer Mutter zeigte sie den Mann, den sie einmal liebte. Sie lächelte. Ihre Kette trug sie jetzt auf der Bluse. Sie legte sich auf ihr Bett und wollte sich kurz ausruhen. »Ihr könntet doch einen kleinen Spaziergang machen und wenn ihr wiederkommt, bin ich voller Kraft.« Sie liefen los und kamen nach einer Stunde zurück und die Mutter lag immer noch in ihrem Bett. »Mutter, wir sind wieder da. Stehe auf. Ich mache uns eine kalte Limonade. Mutter, komm, wach auf.« Sie beugte ihren Kopf an den ihrer Mutter und hörte sie nicht mehr atmen. Jombedie schrie laut auf und ihr Mann kam. »Sie ist tot. Wie ich es gesehen hatte.« Nach der Beerdigung flogen sie wieder heim und sie war sehr traurig. Sie sah wie Rémy weinte. »Rémy, ich muss meinen Vater besuchen. Wir müssen dorthin. Die Reinigung wird geschlossen. Ich möchte ihn unbedingt kennenlernen. Die Schwangerschaft verlief bis jetzt normal.«

Es war ein langer Flug nach Arizona und sie trug vorsichtshalber Thrombosestrümpfe. Im Flugzeug konnte sie manchmal ein paar Schritte laufen. Die Maschine landete auf dem Flughafen in Phoenix. Von da aus ging es mit einem Bus weiter zu der Adresse, die ihre Mutter damals aufgeschrieben hatte. Es war ein kleines Haus und sie klopften an die Haustür. Ein alter Mann stand vor ihnen und fragte sie freundlich, wen sie suchen würden. Dieser Indianer hatte sich kaum verändert, außer dass er Falten im Gesicht hatte. »Ich bin es, Jombedie, deine Tochter.« Er zog sie an seinen Körper und küsste ihre Haare. Ihm liefen die Tränen an den Wangen herunter und er fragte, ob es Deborah gut gehe. Sie erzählte ihm, dass sie in Israel waren und was dort leider passierte. Er trug eine blaue Hose und ein indianisches Hemd aus Hirschhäuten. Die Haare hingen lang mit einem breiten Stirnband herunter. Dann kam ein Mädchen, die ihnen etwas zu trinken anbot. Sie nannte ihn Vater. In dem bescheidenen Wohnzimmer hatte Jombedie viel mit ihm zu bereden und Rémy hörte aufmerksam zu. Yara, seine Tochter, stellte er ihnen vor und erzählte auch, dass seine Frau gestorben sei. Sechs Tage blieben sie dort und sie wollte auch wissen, warum er sie verlassen hatte. Das Volk, sein Volk, brauchte ihn damals. Und so hörte sie auch seine Version. Es waren zwei gleiche. Er war in den paar Tagen so sehr an ihrem Leben interessiert, dass es ihm dann schwergefallen war, sie wieder gehen zu lassen. Sie hatten Yara mit nach Grasse genommen und er gab ihnen Adoptionspapiere mit. In sechs Tagen mussten sie ihr Leben dem anderen mitteilen. Sie schliefen wenig. Seine Töchter lagen im Arm ihres Vaters. Was für ein sentimentales Gefühl. Als sich die Abreise näherte, flossen nur noch Tränen. »Kannst du nicht mit uns kommen, Vater?« »Ich werde hier meinen Lebensabend verbringen und hier sterben. Ich denke, da ich dich jetzt gesehen habe, kann ich es zulassen. Ich hatte immer auf diesen Tag gehofft, dich noch einmal zu sehen, und wusste, dass du kommen würdest. Mein Wunsch ist in Erfüllung gegangen und ich bin den Geistern dankbar.« Rémy musste seine Frau von ihrem Vater wegreißen. Sie wollte ihn festhalten, und Yara war auch traurig, ihren Vater verlassen zu müssen, und dieses Mädchen sollte eine gute Ausbildung genießen und in Frankreich glücklich werden – bei ihrer großen Schwester. Die beiden Frauen verstanden sich gut. Das Taxi fuhr langsam los, der Vater stand in der Tür und winkte. Er wusste, dass es ein Abschied für immer war.

In Grasse angekommen, fuhren sie am nächsten Tag zum Amt für Ehe- und Adoptionsrecht und in den Papieren des Vaters war aufgeführt, dass Jombedie und Rémy das junge Mädchen Yara adoptieren wollten und auch sollten. Alles wurde legalisiert. Jetzt war sie Mutter von einem Kind, welches gleichzeitig ihre Halbschwester war. Das zweite Kind wuchs stetig in ihrem Bauch.

Das Leben lief weiter. Durch Zufall las sie die Zeitung »Le Parisien« in einem Café mit Amélie und Yara. Sie las und sagte dann laut: »Monsieur Léon Degresse ist knapp einem Attentat entgangen. Man wollte verhindern, dass ein bestimmtes Kind gezeugt und geboren wird.« Deswegen drängte er darauf, sich mit mir zu vereinigen, dachte sie. In hohen politischen Kreisen wurde darüber spekuliert und dies sollte verhindert werden. »Jombedie, du wolltest mir doch alles erzählen. Bitte, jetzt ist die Zeit, es mir zu erklären. Von wem ist das Kind?« Sie erklärte es ihr kurz und knapp und jetzt musste sie mit Rémy darüber reden. Wird er mich verlassen, dachte sie. Amélie hatte sie gut verstanden und gab ihr Recht, das Richtige getan zu haben. Sie ist spirituell und glaubt auch an die Reinkarnation, an eine Wiedergeburt.

Am Abend sprach sie mit ihrem Mann und dieser streichelte ihr die Wange und sagte ganz ruhig, dass er es geahnt hatte. »Ich bin unfruchtbar, meine liebe Frau. Aber es ist schön, dass wir ein Baby bekommen, und ich glaube auch an das, was du glaubst. Ich liebe dich, immer. Bleib bei mir, Jombedie.« »Natürlich, immer, Rémy.« Am nächsten Tag rief sie Monsieur Léon Degresse an und erkundigte sich nach seinem Befinden. »Mir geht es gut, Madame. Ihnen auch? Ich denke immer an Sie. Überall kann einem alles genommen werden. Es ist nie zu spät für die guten Dinge im Leben.« »Ja. Ich denke, dass wir richtig gehandelt haben.«

Yara ging in die Schule und lernte fleißig. Der Bauch wurde immer dicker und dann kam der Tag der Niederkunft. Im Krankenhaus wurde ein Kaiserschnitt vorgenommen. Dem Kind durfte es an nichts fehlen. Er, der kleine Jadoo war gesund, und mit Skype konnte Léon das Baby sehen. Er weinte vor Glück und sie schickte ihm immer Fotos. Ein Jahr später flog sie wieder nach Paris. Der richtige Vater und der Ziehvater waren sehr stolz auf ihren Nachwuchs. Jombedie blieb bei Rémy, was auch sonst. Zwei Kinder zu haben ist anstrengend, aber auch wunderbar. Léon küsste den kleinen Jadoo und hielt ihn ständig auf dem Arm und sang ihm indische Kinderlieder vor. Sie blieb eine Woche. »Jombedie, er wird so, wie ich es Ihnen damals verkündet hatte. Dieses Kind steckt voller Religiosität, Spiritualität und Intelligenz. Er wird etwas Besonderes sein. Die Rhetorik wird ihn durch sein Charisma an die Spitze der Menschheit bringen. Es lebe die neue Religion und Philosophie. Sie wird sich später entwickeln. Wir werden es noch erleben! Der Name der neuen unendlichen Religion und Weltanschauung wird sich

∞∞∞∞∞∞∞∞∞∞∞∞
Hypnos∞Palingenese
∞∞∞∞∞∞∞∞∞∞∞∞

nennen.« »Woher wissen Sie es, Léon.« »Jadoo kann sich von nun an immer schneller weiterentwickeln. Bitte schicken Sie mir Fotos und kommen Sie immer mal wieder nach Paris. Ich möchte unseren Sohn aufwachsen sehen. Sie sehen, ich hatte Glück und bin damals nicht gestorben. Der kleine Jadoo war an der Seite seines Vaters. Dieser Weltveränderung steht kein Mensch mehr im Wege. Götter werden immer bei uns sein und uns begleiten, Jombedie. Es ist vollbracht mit diesem besonderen, unserem Kind.« »Was sind Sie, Léon? Sind Sie ein Halbgott, oder was? Erzählen Sie es mir bitte. Ich habe ein Recht, es zu erfahren. Es ist unser Sohn.« »Ich lebe schon einige Hunderte von Jahren hier auf der Erde und dann zuletzt in Paris, weil ich wusste, dass irgendwann die Frau kommt, die mit mir das Weltreich verändert, und eine neue Religion/Philosophie ins Leben gerufen wird und Jadoo ist der Heilige, der Herrscher. Sie sind jetzt auch unsterblich. Ich werde Ihnen die Welten meiner Macht zeigen, die letzten Jahrhunderte, die Unterwelt, Zwischenwelt und das Glück, unsterblich zu sein. Das neue letzte Goldene Zeitalter hat begonnen. Denken Sie an das goldene Zimmer, in dem wir Jadoo gezeugt hatten. Die Menschen werden anfangen zu glauben. Er wird ein Imperium errichten und viel reisen, Vorträge halten, und Menschenmassen suchen nach ihm. Jeder soll von seiner Weisheit erfahren und alle werden glauben. Der Glaube hat Priorität. Beten ist wie lieben. Alles wird sich zum Positiven ändern. Die Welt wird dann im Reinen sein.«

Sie küsste ihn. Ein Kuss der Liebe, Anmut und Güte.

Alles wird sich zusammenfügen!

Joanna und Aljoscha

Wir brauchen Streicheleinheiten und Körperkontakt!

Joanna lebte in Bochum und hatte zurzeit keinen Freund. Sie war blond, blauäugig, war neunundzwanzig Jahre jung, schlank und geschminkt. Die gern bevorzugte Frau eines Mannes.

Sie hatte Nackenschmerzen, die bis in den Rücken zogen und weiter bis zur Lende ausstrahlten. Sie besorgte sich einen Behandlungsschein vom Hausarzt und rief bei einem Physiotherapeuten, der auch gleichzeitig Chiropraktiker war, an. Wie praktisch. Am nächsten Tag war der erste Besuch. Sie lag auf der Liege, die Rotlichtlampe wärmte ihre Muskeln auf und es kam ihr vor, als ob sie eine Anwendung in einer Wellnessoase gebucht hatte, und sagte dieses auch dem muskulösen Testosteronmann. Das sah sie in einem kurzen Moment. »Von wegen Wellnessoase. Wenn Sie hier herausgehen, wird Ihnen jeder Knochen schmerzen, den ich berührt habe.« Es tat sehr weh. Er hatte Recht. Joanna hätte am liebsten bei der ersten Behandlung in die Kopflehne gebissen und hielt oft die Luft an. Er sagte nur lakonisch: »Nicht die Luft anhalten. Weiteratmen. Hier wird gearbeitet. Sie wollen doch bald wieder fit sein!« Dieser Mann hatte eine immense Kraft. Und das macht er den ganzen Tag! Wo nimmt er diese Kraft her? Wie neugeboren verließ sie für leider nur einige Momente die Praxis. Danach war sie drei Tage »out of order«. Noch nie hatte Joanna solch einen Muskelkater gehabt. Sie hätte sich am liebsten ins Krankenhaus einweisen lassen. An seinem Hemd war ein Namensschild: Aljoscha Persic. Er zog sogar den Büstenhalter am Rücken herunter und stand dicht hinter ihr.

Nach der ersten Anwendung nahm sie die Wellnessoase sofort zurück. Joanna wusste nicht mehr, wie oft sie das Wort »Aua« gesagt hatte. »Haben Sie auch die Fenster geschlossen, damit keiner das Lamentieren hört?« »Ja. Solange wie man es bis zur anderen Straßenseite nicht hört, ist das okay. »Ich habe mir gestern extra für Sie die Haare kurz schneiden lassen, damit Sie besser an meinen Nacken kommen.« Sie dachte daran, was dieser Mann sich täglich für Gestöhne wegen unerträglicher Schmerzen anhören musste. Danach ging sie aus der Praxis. Hatte er Wut an ihr ausgelassen? Beim nächsten Termin war er der Chiropraktiker und die komplette Wirbelsäule knackte und ebenso bei der übernächsten Sitzung schmerzte alles im Lendenwirbelbereich. Mit angezogenen Beinen, Luft ein- und ausatmen und es knackte wieder. Danach ist man ermattet und wünscht sich nur noch zuhause im Bett zu liegen. Erst am vierten Tag nach einer Sitzung fühlte Joanna sich besser. Außerdem hatte er ihr mitgeteilt, dass sie eine »Großbaustelle« sei. Sehr nett, oder? Heute war Hektik in der Praxis. Es war Montag. Eine kleine Rötung war unter dem Busen, die mit Salbe eingerieben war. Sie dachte, er knetete sie über dem Shirt. Ruckzuck, und seine Hände schoben das T-Shirt hoch und er stand hinter ihr und strich über den Rücken. Seine Hände fühlten sich scharf wie ein Rasiermesser an. Beine anwinkeln und wieder knackte es. Ein Stöhnen und Seufzen. Die anderen Patienten hätten denken können, da ist Sex im Spiel.

Bei der vorletzten Behandlung musste Joanna in einen anderen Raum. Sie fragte sich sofort, warum? Jetzt war sie im Keller von »Marquise de Sade«, einer Folterkammer. Nein, aber sie dachte daran, dass Herr Persic ein kleiner Sadist sein könnte. Das musste für ihn doch eine Befriedigung sein, seine Patienten schachmatt zu setzen. Jede Berührung der Muskeln und Knochen taten weh. Am liebsten hätte sie ihn getreten. Sie bat ihn, aufzuhören, doch er machte weiter und sie krallte sich in das Badetuch. »Tut es weh, wenn Sie am Freitag meine Kopfgelenke einrenken?« »Der Kopf bleibt dran.« Das war eine knappe Mitteilung. Nach dieser jetzigen Behandlung hatte sie fünf Tage Muskelkater. Ein Feiertag lag dazwischen. Aber nicht nur das. Der Schwindel, weswegen sie eigentlich schon bei dem ersten Termin auf Behebung hoffte, breitete sich aus. Ist das normal? Sie dachte, wenn die Kopfbehandlung erfolgreich war, gehe ich nie mehr dorthin. Nein. Sie ist kein Masochist.

Bei dem letzten Termin, es war die achte Behandlung, renkte er ihr den Nacken ein. Als sie sich auf den Rücken legen wollte, wurde ihr wieder schwindelig. Aljoscha sah, wie sehr sie lädiert war, und schaltete drei Gänge zurück, und er zeigte Mitgefühl. Der Chiropraktiker bemerkte, dass sie jetzt schnellstens Hilfe brauchte, und behandelte ihren Nacken. Ein neues Rezept holte sie vom Orthopäden ab, und von da an war er netter zu ihr, denn er hatte eingesehen, dass sie diese Physiotherapie unbedingt brauchte und Schmerzen hatte. Der Kopf blieb dran.

Sie verführte ihn trotz aller Schmerzen. Da sie noch jung war, schien sie ihm zu gefallen. Er küsste sie auf den Mund und sagte ihr seinen Vornamen. »Ja, Aljoscha. Deinen Namen hatte ich gelesen.« Sie war die letzte Patientin an diesem Tag. Blondinen haben es manchmal doch leichter im Leben. Die Behandlungskabinen sind nur mit Vorhängen voneinander getrennt. Ein gewisser Nervenkitzel war dabei. Ihr fehlte jedoch die Romantik.

Physiotherapeuten haben Kraft, das kann sie nur bestätigen.

»Das war eine anstrengende Zeit mit dir. Meine Nackenmuskulatur ist immer noch locker. Bis nächstes Jahr, Aljoscha. Ich komme wieder.«

Gloria, Penelope, Mercedes und Nozomi

Gloria war als Flugbegleiterin auf dem Langstreckenflug von Frankfurt nach Tokio mit dem Airbus A 380. Es war morgens 6.30 Uhr. In Japan ist es dann 13.30 Uhr. Die letzte Nacht hatte einen Schimmer von Übernächtigung hinterlassen. Da half auch heute kein starker Kaffee. Die weiße Uniform mit einem dunkellilafarbigen Tuch stand ihr gut und sie trug den Rock immer etwas kürzer. Die weißen Pumps waren nicht zu hoch und eine Strumpfhose in einer Diamantfarbe ließen ihre Beine noch schöner aussehen. Ein etwas dunkleres Make-up, ein intensiver Duft von Patchouli und Rosen sowie ein roter Lippenstift brachten ihr Gesicht zum Strahlen. Blaue Augen und die schwarzen Haare, die zu einer Hochsteckfrisur verziert waren, ergaben einen schönen Kontrast. Als Schmuck trug sie eine Halskette in Regenbogenfarben mit einem großen Saphir und ein Armband aus rotem Leder mit dem Goldaufdruck »Single«. Das war sie zwar nicht mehr, aber Gloria liebte die Accessoires und wollte wissen, ob die Menschen sie mögen.

Das Flugzeug befand sich jetzt in 10.000 m Höhe und das Frühstück musste bald serviert werden. Sie und ihre Kollegin Mia brachten zuerst dem Piloten Nestor und dem Co-Piloten Kaito das Frühstück, welches reichlich und köstlich ausgefallen, aussah. Die Gäste saßen inzwischen ruhig und angeschnallt in einer bequemen Sitzposition und wurden mit Bildschirmen, Musik und Zeitschriften beschäftigt.

Eine junge Frau fiel ihr schon beim Boarding auf. Sie saß in der dritten Reihe am Gang. Wunderhübsch war ihr apartes Gesicht mit blonden langen Haaren und dunkelbraunen Augen. Eine auffällige Handtasche fiel Gloria sofort auf. Der Regenbogen steht auch für Homosexualität unter Frauen als auch Männern. Gloria ist Lesbierin.

Ihre Freundin Mercedes lag noch im Bett und schlief, dachte sie. In drei Tagen wird sie wieder zurück in Frankfurt sein. Tokio ist eine sehr interessante Hauptstadt und dort pulsiert das Leben. Ihre Freundin Nozomi wollte sie vom Flughafen abholen. Sie ist so jung und hübsch. In der Nacht wird sie zusammen mit der schönen Japanerin in ihrem Bett schlafen. Mercedes weiß nichts von dem Verhältnis zu Nozomi. Das ist ihr Geheimnis. Ihre japanische Schönheit zieht am Abend gerne einen Kimono an und mit langen Haarnadeln, Gloria nennt sie »Makkaroni«, hält sie ihre langen Haare zusammen. Sie hat kleine Füße in den traditionellen Schuhen. Gloria und Nozomi kennen sich schon seit drei Jahren. Nozomi bedeutet »Hoffnung«. Tokio ist für Gloria schon zur zweiten Heimat geworden. Sie führt eine Beziehung mit beiden Frauen. Das passiert vielleicht, wenn man sich ständig auf Weltreisen befindet. Sie mag alle Kontinente, besonders Asien.

Gloria richtete ihren Blick öfter in die dritte Reihe.

Sie träumt von Sex mit sympathischen Frauen, die wissen, was sie wollen. Dann ist sie auf der Jagd. Da muss man sich nicht ständig artikulieren. Das Betasten der Haut, Anweisungen geben und Gestik reichen ihr eigentlich. Ihre geschmeidige Konstitution unterstreicht ihre Feminität. Sie strahlt geistig-seelische Festigkeit und Sicherheit aus. Sie verkörpert den Mann in einer Beziehung. Ihre geliebte Freundin wird ihr bestimmt Sushi servieren. Ein Thunfischsteak mit Sojabohnen und Shiitakepilzen sowie Glasnudeln hatte sie versprochen. Gloria liebt diese Zusammenstellung. Als Dessert Litschis und ein Erdbeereis. Dazu Chillout Music, grünen Tee und Sake, ein aus Reis hergestellter japanischer Wein. Ihre Freundin Nozomi hat »heilende Hände und Füße«. Wenn Gloria nach einem langen Flug bei ihr angekommen ist, erhält sie eine spezielle Massage. Dann wird das Bett zur Wellnessoase. Warmes, duftendes Öl wird in die Haut eingerieben und die Muskeln entspannen sich überall. Gloria ist dann körperlich wieder in bester Verfassung, denn Nozomi stellt sich auf ihren Rücken und dann knackt es, bis sie sich wieder fit fühlt. Dieses erspart ihr einen Chiropraktiker. Gloria leidet unter dem Jetlag einen Tag lang. Nozomi ist fünfundzwanzig Jahre jung und arbeitet als Sekretärin bei einem Steuerberater. Ihre Freundin Mercedes ist achtundzwanzig Jahre und sie lehrt und erzieht Kinder in der vierten Klasse einer Grundschule. Beide Frauen sind für Gloria angemessene Partnerinnen und haben ihren speziellen Reiz.

Die junge Frau in der dritten Reihe hatte sie verzaubert. Wie kann sie einen Kontakt knüpfen? Wie wird sie wohl heißen? Gloria wird ihr das Frühstück bringen und sie dann in ein Gespräch verwickeln. Sie hatte die Brüste sehen können, die von einem Büstenhalter getragen wurden. Zarte rosa Spitze konnte sie erkennen. Gloria war schon immer sexuell aktiv und hat eine gute Figur sowie einen klugen Kopf zu bieten. Wenn, dann liebte sie eine Frau richtig bis in die Unendlichkeit. Alles Leben hat seine Bestimmung. Wir sind auf der Welt, um uns zu verlieben. Geistig und körperlich und vor allen Dingen mit den Augen.

Sie stand jetzt mit dem Frühstückstablett vor dieser Dame. »Guten Morgen. Möchten Sie Tee oder Kaffee?« »Kaffee bitte. Ich habe immer Flugangst und bin froh, wenn wir die bestimmte Flughöhe erreicht haben. Deswegen habe ich gerne einen Sitzplatz am Gang.« »Sie müssen keine Angst haben. Unser Pilot ist sehr erfahren und routiniert. Sie haben eine schöne Handtasche. Sie gefällt mir sehr gut.« Sie lächelte sie an. »Die Handtasche habe ich in Paris gekauft und sie ist mein Favorit. Wie heißen Sie? Gloria Sommer sehe ich auf Ihrem Namensschild. Ich bin Penelope Serrazin.« »Ich hatte mir eine Tasche aus milchigem Plexiglas mit Gold- und Lederstreifen, kleinen Lackhenkeln und einem Clipverschluss in Paris gekauft. Der neueste Trend.« »Ich sehe, dass Sie eine schöne Halskette in Regenbogenfarben tragen. Wo haben Sie sie gekauft?« »In Frankfurt in einem Spezialgeschäft.« »Ich verstehe. Könnten Sie mir die Telefon-Nummer des Geschäfts aufschreiben? Möchten Sie auch meine Telefon-Nummer, Frau Sommer?« »Ja, sehr gerne. Wie lange bleiben Sie in Tokio?« »Zwei Tage. Es ist eine Geschäftsreise.« Sie wohnte unweit von Frankfurt. »Darf ich Sie Gloria nennen?« »Ja. Hier sind beide Nummern aufgeschrieben. Wir sehen uns später noch einmal. Aber jetzt muss ich weiter das Frühstück ausgeben.« Sie lächelten sich an und Gloria sprach leise den Namen Penelope. Ja, der Name passt zu ihr, bis auf die blonden Haare. Den Zettel legte sie in ihre Handtasche in ein Seitenfach und zog den Reißverschluss zu, als ob dieser unter keinen Umständen verloren gehen dürfe. Als das Frühstück verteilt war, hatte die Crew eine kleine Pause bis zum Abräumen. Einige Passagiere wollten jetzt noch etwas schlummern und baten um ein kleines Kissen oder Decken. Einige Kinder waren auch an Bord und wurden von dem Flugbegleiter Nils unterhalten. Er kann gut mit Kindern umgehen.

Gloria ist zweiunddreißig und hat keine Kinder. Daran gedacht hatte sie schon, aber der Beruf ist kinderuntauglich. Vielleicht später einmal mit einer netten Partnerin. Das Kind austragen möchte sie aber nicht. Das überlässt sie dann der Geliebten.

Mit Penelope hätte sie gerne einen Prosecco an der Bar getrunken. Das Frühstück war abgeräumt und es gab jetzt warme Tücher für die Hände. Penelope hatte einen frischen Orangensaft bei Mia bestellt. Gloria ging durch die Reihen und sah nach dem Rechten. In Gedanken war sie schon bei Nozomi und freute sich, sie nach zwei Wochen wieder in die Arme schließen zu können. Sie hat eine schöne weiße, pudrige Haut und schwarze Haare wie Ebenholz und sie machte sich immer hübsch für Gloria. Ihre Homosexualität lebten sie in der Wohnung aus. Japan ist zwar modern, aber ihre Eltern und Familie wissen nichts von ihrer Zuneigung zu Frauen.
 In Japan zählt der Shintoismus und Buddhismus zu den größten Religionen. Nozomi hat einen Altar mit einem Buddha und zündet täglich Räucherstäbchen an. Es duftet angenehm. Ein weiterer, großer Buddha steht auf einem Podest im Wohnzimmer. Gloria streichelt immer seinen Bauch und wünscht sich etwas Schönes. Sie hat einen Shiva in ihrem Apartment und einen chinesischen Buddha. Zwei Vasen aus der Ming-Dynastie, handbehalt, schmücken ihr Wohnzimmer. Das sind zwei echte, chinesische antike Luxusvasen. Sie sind sehr kostbar, eine Geldanlage.

Die Arbeit war getan und sie war müde. Gloria wollte mit Penelope noch einmal reden und ging zu ihr. »Wir landen gleich. Geht es Ihnen gut? Kann ich Ihnen noch einen Kaffee servieren?« »Danke, Gloria. Mir geht es gut, und ich freue mich, wenn Sie wieder in Deutschland sind. Ich möchte Sie gerne anrufen, und wenn Sie möchten, lade ich Sie zum Abendessen bei mir daheim ein. Möchten Sie?« »Ja gerne, Penelope. Dann trinken wir den Kaffee bei Ihnen zuhause.« Gloria verabschiedete sich von ihr und wünschte einen schönen Aufenthalt in Tokio. Auf dem Rückflug würden sie sich leider nicht wiedersehen, aber sie nahm die Einladung an. Manchmal hat sie Mercedes gegenüber doch ein schlechtes Gewissen. Aber so ist Gloria nun einmal. Sie ist in ihre Frauen verliebt.

Ihren Trolley zog sie hinter sich her und die Tür des Zolls ging auf. Sie umarmte Nozomi und küsste sie auf den Mund. Beide umarmten sich und das Antlitz von Nozomi strahlte ihr entgegen. Gloria überreichte ihr einen neuen Duft von Chanel und sie bedankte sich. Sie fuhren in eine Bar und tranken einen Cocktail mit Wodka, Litschi-Wein und Früchten sowie einer Kugel Erdbeereis. Köstlich. Gloria küsste sie immer wieder auf den Mund und umarmte ihre große Liebe. In dieser Bar hatten sie sich damals kennengelernt, und es dauerte den ganzen Abend, bis Nozomi es zuließ, von Gloria geküsst zu werden. Heute waren sie ungestört. Sie tanzten eng umschlungen und sie streichelte ihre Wange. Nozomi sagte ihr, dass sie ihre Angebetete so vermisst hatte. »Ich liebe dich, Gloria.« »Ich liebe dich, meine Hoffnung. Wo warst du die ganze Zeit, während ich um die Welt geflogen bin? Warum kommst du nicht nach Deutschland? Bei uns gibt es genug japanische Firmen.« »Ich überlege es mir einmal. Lass uns jetzt gehen. Ich möchte für dich kochen und dann werde ich dich in meinem Bett verwöhnen.« Nach dem deliziösen Abendessen, es war ihr Lieblingsmenü, gingen die beiden in die große Badewanne und streichelten sich. Nackt und gut duftend fühlte sich Gloria am wohlsten. Sie trugen jetzt beide einen Morgenmantel aus schwarzer Seide. Nozomi öffnete den Mantel und massierte sie zärtlich und küsste immer wieder ihren Körper. Ihre Lippen waren dunkelrot.

Gloria lag jetzt nackt auf dem roten Laken und spreizte ihre Beine. Nozomi spürte ihre Erregung und brachte sie zu einem Orgasmus. Sie wechselten die Position und Gloria beugte sich über ihre Freundin und liebkoste ihr Geschlecht. Sie atmete laut. Dabei sahen sie sich einen erotischen Film an. Jetzt floss der Sake. Sie liebten sich die ganze Nacht und schliefen glückselig ein. Bis übermorgen konnte sie mit ihrer Freundin die Tage und Nächte verbringen.

Mercedes war anhänglich und sehr verliebt in Gloria. Sie tat alles für ihre Partnerin, dachte Gloria in diesem Moment. Mercedes liebte sie mehr. In einer Partnerschaft gibt es immer einen Partner, der mehr Liebe in die Beziehung investiert.

Nozomi hatte sich Urlaub genommen. Am nächsten Tag kaufte Gloria ihrer Freundin ein schönes Seidenkleid in einem Brombeerton mit einer passenden Handtasche. Sie speisten exklusiv in einem Restaurant und abends waren sie im Kino. Dort wurden Filme auch mit englischen Untertiteln gezeigt. Danach trafen sie noch Freundinnen von Nozomi und die Unterhaltung führte von der neuesten Mode bis zum Sex. Ihre Freundin Mariko wäre gerne mitgegangen, um die beiden Frauen auch lieben zu können. Die Nacht gehörte wieder den beiden jungen Damen. Sie liebten sich wie in einem Rausch und sagten sich Worte der Leidenschaft. Nicht nur zärtliche. Nozomi ist eine außergewöhnliche und intelligente Partnerin. Gloria muss sich darüber Gedanken machen, wie es weitergehen soll. Die Zuvorkommenheit und Loyalität von Nozomi waren es wert, sie zu lieben. Sie konnte sich auch an diese asiatische Kultur anpassen. Nozomi zeigt viel Herzenswärme. Das waren die Gedanken von Gloria. Ist sie mir treu?, dachte sie?
  Penelope wird heute nach Frankfurt fliegen. Aber sonst dachte sie nicht an die junge Frau.

Bis zu ihrem Rückflug liebten sie sich innig. Der Sex unter liebenden Frauen ist sehr intensiv und liebevoll. Aber eine von den Damen gibt oft den Ton an. Die Rollen sind schon verteilt. Gloria hatte eine dominante Rolle. Sie genoss sie sehr und bekam immer das, was sie sich wünschte. Oft hatte sie ausgefallene Ideen und sie probierten dann die Spiele aus.

Der Tag des Abflugs kam und Nozomi schenkte ihr ein goldenes Armband mit ihrem Namen in japanischen Schriftzeichen. »Damit du an mich denkst, Gloria. Vergiss mich nicht. Ich liebe dich.« »Ich werde immer an dich denken und ich liebe dich auch. Wir sehen uns bald wieder.« Der Taxifahrer fuhr los und sie winkte Nozomi noch einmal zu, bis sie nicht mehr zu sehen war. Ihr Weg führte sie direkt zum Flugzeug und etwas Melancholie stieg in ihr auf. Jetzt freute sie sich aber auf Mercedes, die sie zurückerwartete. Im Duty-free-Shop hatte sie eine Flasche Chanel N° 19 für sie gekauft. Gloria fand den Duft himmlisch.

Mercedes öffnete die Tür und fiel Gloria um den Hals. In Spitze war sie gehüllt und trug fast ein Hauch von Nichts. Eine Duftwolke kam ihr entgegen. Sie küssten sich beherzt und Mercedes führte sie ins Wohnzimmer. Eisgekühlter Champagner stand auf dem Tisch. Sie reichte ihr eine Schale mit dem köstlichen Getränk und sahen sich dabei in die Augen. Gloria hatte jetzt nicht mehr an Nozomi gedacht. Jetzt ist sie bei Mercedes und legt den Schalter einfach nur in die andere Richtung. Sie konnte sich schnell an andere Umstände anpassen. »Das ist genau mein Duft, Gloria. Danke.« »Ich wusste, dass er dir gefällt, meine Liebe.« »Wie war dein Flug?« »Gut. Womit hast du die letzten Tage verbracht?« »Ich habe mich um meine sechsundzwanzig Kinder bemüht und versucht, ihnen etwas beizubringen. Aber das war gar nicht so einfach, sie zu braven Kindern zu erziehen. Doch es ist mein Bedürfnis. Mit dir hätte ich gerne ein Kind, Gloria. Hattest du einmal daran gedacht?« »Ich weiß nicht. Ich bin so viel unterwegs. Vielleicht später, wenn ich auf Kurzstrecken mitfliege. Ich möchte ja das Kind auch aufwachsen sehen.« »Ja. Das wäre schön.« Mercedes konnte nicht so gut kochen. Aber durch ihre Art, wie sie einfache Speisen servierte, schmeckte ihr auch eine Suppe aus der Dose oder auch ein Pfannkuchen. Heute hatte sie Essen bestellt. Es klingelte an der Tür und es gab eine Pizza mit Meeresfrüchten. Gloria öffnete ihre Uniform. Mercedes zog sie mit Bedacht aus und sah ihr immer wieder ins Gesicht. Sie lächelte sie an und dann zog sie Gloria nieder auf den Boden und entkleidete sie sekundenschnell. Gloria trug einen Büstenhalter und einen String-Tanga in einem zarten Hellblau. Sie liebten sich auf der Couch. Durch Streicheleinheiten und eine besondere Technik brachte Gloria sie zum gewünschten Orgasmus. Der Champagner ging zur Neige und sie tranken noch ein Glas Pflaumenwein, den Gloria mitgebracht hatte. Im Bett kuschelten sie sich aneinander und schliefen beschwipst ein.

Am nächsten Mittag fuhr Gloria zu ihrer Wohnung und war froh, einmal allein zu sein. Den ganzen Nachmittag verbrachte sie mit Nichtstun und machte sich ein paar tiefgekühlte Lammkoteletts mit einer Pfeffersauce zum Abendessen. Sie wollte diese Nacht allein sein. Nach dem Essen ging es unter die Dusche, der Fernseher wurde angestellt und sie ließ sich von einem Abenteuerfilm mit Harrison Ford in ihrem Bett berieseln. Sex wollte sie heute nicht, doch sie dachte nach ein paar andächtigen Minuten an Penelope und überlegte, ob sie sie anrufen sollte. Nein. Heute wünscht sie sich absolute Ruhe. Morgen wird sie Penelope anrufen. Den Film hatte sie nicht zu Ende gesehen. Sie war eingeschlafen.

Gegen acht Uhr wachte sie auf. Gloria trank einen Kaffee und aß ein Marmeladenbrot. Jetzt rief sie Penelope an. »Hallo, guten Morgen. Hier ist Gloria. Wie geht es dir, Penelope?« »Gut. Danke. Ich freue mich über deinen Anruf. Wie war der Rückflug?« »Ich bin gestern Mittag angekommen und hatte gefaulenzt. Wie war dein Rückflug?« »Es war in Ordnung. Ich bin froh, wieder Boden unter den Füßen zu haben. Wann sehen wir uns? Hast du heute Abend Zeit, das versprochene Abendessen mit mir zu genießen? Ich würde mich sehr freuen.« »Ja. Wann soll ich denn da sein und wie lautet die genaue Adresse?« »So gegen neunzehn Uhr. Es ist die Girschallee 139. Bis heute Abend. Ich wünsche dir einen schönen

Tag.« »Danke. Bis später. Magst du Champagner?« »Gerne.« Gloria legte ihr Mobiltelefon zur Seite. Was sage ich Mercedes, dachte sie nun.

Gloria hoffte, dass sie heute der sympathischen Penelope einen Zungenkuss geben kann. In einem Blumenladen kaufte sie weiße Rosen und in einem bekannten Wein- und Spirituosengeschäft verlangte sie eine Flasche französischen Rosé Champagner. Sie rief Mercedes an und musste für den Abend das Treffen leider absagen. Sie überlegte sich eine Ausrede. Ihre Schwester brauchte sie unbedingt. Mercedes wünschte ihr einen schönen Abend und wollte Gloria am nächsten Tag anrufen, noch bevor sie wieder einen Langstreckenflug nach Thailand vor sich hatte. Gloria hatte schon ein schlechtes Gewissen. Immer diese Notlügen. Warum habe ich eigentlich so viele Freundinnen? Kann ich mich nicht einmal auf eine Frau konzentrieren? Ich muss vielleicht mein Leben ändern.

Der Abend nahte. Gloria trug ein kurzes weißes Kostüm sowie rote High Heels. Im gleichen Ton war die Handtasche. Die dunklen Haare hingen lang herunter und große Ohrringe mit Perlen, und ein Ring mit einem Smaragd schmückte ihren zierlichen Finger. In der einen Hand hielt sie die weißen Rosen, in der anderen den Champagner. Ganz gelassen sah sie der Begegnung mit Penelope entgegen. Sie stand vor einer noblen Villa und klingelte. Es ertönte ein lauter Gong. Gloria hörte das Klacken von dünnen Absätzen. »Hallo Gloria. Ich freue mich, dass du da bist. Herzlich willkommen.« »Guten Abend, Penelope. Ich freue mich, dich wiederzusehen.« Sie trat ein und beide gingen in das exklusiv ausgestattete Wohnzimmer. »Nimm Platz, Gloria. Ich komme gleich wieder.« Sie saß auf einer weißen Ledercouch und ein goldener Glastisch stand vor ihr mit weißen Lilien. Sie sah sich überall um und es gefiel ihr sehr. »Schön ist dein Haus. Extravagant. Ich halte noch immer alles in den Händen. Das ist für dich.« »Danke. Ich liebe weiße Rosen. Sie bedeuten immer einen Neuanfang.« Gloria lächelte und Nervosität breitete sich jetzt doch aus. Die Gastgeberin ging noch einmal in die Küche und sprach mit dem gemieteten Koch über das Dinner. Der Tisch war im Esszimmer exklusiv gedeckt. Sie konnte es von ihrem Platz aus sehen. Penelope sah gut in dem schwarzen langen Kleid aus. Der Champagner wurde gekühlt, und Penelope bot ihr einen Aperitif an und lächelte. Was erwartet mich? Was verbirgt sich hinter dieser Frau? Ihr Instinkt sagte ihr, dass noch etwas Besonderes geschehen musste. Sonst war sie immer diejenige, die den Ton angab. Sie hatte ein komisches Gefühl. Sie ließ alles auf sich zukommen und entspannte sich. Sie verlor Gedanken an Mercedes und Nozomi. Penelope saß nun Gloria mit übereinandergeschlagenen Beinen gegenüber. »Ich habe noch einen Gast eingeladen. Sie wird wohl alleine in der Küche speisen müssen. Es stört dich doch nicht?« Sie schwieg. Was war denn das?, dachte Gloria. Penelope überrascht mich. Wie wird der Abend wohl enden? Sie überkam eine Gänsehaut und erotische, ausgefallene Gedanken machten sich Platz in ihrem Kopf. Lag sie da richtig? Sie war allein durch ihre ausschweifenden Gedanken sexuell erregt. Wie lange war das schon her, dieses extreme Gefühl verspürt zu haben? Sie ist doch eine kluge Frau. Und da gab es jetzt eine, die vielleicht noch durchtriebener war als sie? »Das Dinner wird gleich serviert. Magst du die französische Küche? Komm mit mir.« Sie nahm Gloria bei der Hand. Diese Hand war heiß. »Magst du noch etwas trinken?« »Gleich beim Essen, Penelope.« Der Koch servierte einen Muscheltopf, Rochenflügel mit Kapernbutter und ein Huhn mit Feigen, Pistazien und Maronen aus der Provence, verschiedene Käsesorten, eine Mirabellen-Mandel-Tarte und zu guter Letzt eine Crème Brûlée. Dazu tranken sie einen Cabernet Sauvignon. »Es mundet hervorragend, Penelope.« Sie nickte. Das muss ich auch einmal ausprobieren und mir einen Koch mieten, dachte Gloria. Nach kurzer Zeit servierte Penelope einen Blue Curaçao mit Sekt, Zitroneneis, Sahne und Erdbeeren. Sie unterhielten sich über das Fliegen. Gloria erzählte spannende Anekdoten, die sie erlebt hatte. »Was machst du denn beruflich, Penelope?« Sie lächelte nur und wollte es ihr später sagen.

Es klingelte an der Tür und Penelope öffnete diese. Eine Frau in aufreizenden, schwarzen Dessous unter dem Mantel nahm in der Küche Platz. Der Koch servierte ihr das Essen und sie behielt den geöffneten Mantel an. Gloria und Penelope gingen in die Küche. Die Frau wurde von Penelope nur kurz mit einem »Guten Abend« begrüßt und sie aß das wohlschmeckende Huhn. Der weibliche Gast wurde als Loulou vorgestellt. Was sollte das alles? Das ist mir neu. Die beiden gingen wieder ins Wohnzimmer. Penelope setzte sich zu Gloria auf die Couch und streichelte ihre Wange und den Hals. Dann gab sie Gloria einen langen Kuss auf den Mund. Dabei spreizte Gloria leicht die Beine. Penelope befühlte dabei den Strumpfansatz und ihre andere Hand verspürte eine erregte Vagina. Gloria folgte Penelope in den Keller. Sie setzte sich auf einen Barhocker und die Gastgeberin füllte zwei Gläser mit Whisky. »Wir trinken auf unser Wohl, Gloria, und auf einen schönen Abend.« Ein Blick signalisierte Gloria, auf dem Ledersofa Platz zu nehmen. Penelope kam zu ihr, und die blonde Schönheit zog den Reißverschluss ihres Kleides herunter. Sie war völlig nackt. Gloria sollte sie küssen und streicheln. Penelope sah ihr dabei genau zu und stöhnte. Ihren Finger ließ sie in den Mund der erregten Gloria gleiten. Gloria trug eine kurze weiße Korsage mit einem French Slip. »Die Korsage steht dir sehr gut. Kennst du dich mit Bondage aus Japan aus? Ich werde dich damit beim nächsten Rendezvous überraschen. Ich denke, es wird dir gefallen.« »Du machst mich jetzt neugierig. Ich freue mich auf den kommenden Abend, Penelope. Ich kann es kaum erwarten.« Gloria wollte sich darüber informieren. Ob es ihr dann noch gefällt? Loulou wurde gerufen und sollte beide Frauen liebkosen, was sie auch gerne nackt tat. An diesem Abend war Loulou eine Dienerin, die weiß, was Frauen sich wünschen. »Diese Nacht werde ich nie vergessen, Penelope.« »Es gibt noch ganz viele weitere, wenn du möchtest, Gloria.« »Ja gerne. Ich habe jede Sekunde in meinen Kopf und Körper festgehalten.« Die Damen lernten sich richtig kennen und sie waren auf der gleichen Wellenlänge. Jetzt habe ich schon drei Gespielinnen, dachte Gloria. Wo das noch hinführt? Aber auf Penelope wollte sie nicht mehr verzichten. Das war ihr klar geworden. Der Sex mit ihr und Loulou war außergewöhnlich. Ein loderndes Feuer hatte sich in ihr entfacht, wenn sie nur an Penelope dachte.

Nach einem kurzen Schlaf im Bett von Penelope wollte sie dann doch heim. In ihrem Bett wollte sie sich ausschlafen und verabschiedete sich mit einem herzlichen Kuss. »Ich rufe dich an, Penelope.« »Ja, tue das.« Sie weiß bis heute nicht, was sie beruflich macht. Vielleicht hat sie ja im Keller ein spezielles SM-Studio mit Bondage für ihre Kundinnen und Kunden. Sie wollte aber darüber nicht länger nachdenken. Der Abend war schön mit einer devoten Frau in einem verruchten Ambiente. Sie weiß jetzt wohl, dass sie nie nur eine Partnerin haben wird. Womöglich in zehn Jahren. Aber mit wem?

Manchmal muss man auch einige Schritte weiter gehen, um an sein Ziel zu kommen. Der Kuss von Penelope war heiß und sie selbst auch.

Man kann auch an seine Grenzen gehen! Ist man wirklich von Natur aus, also genetisch lesbisch, oder ist es manchmal auch die Neugierde, etwas anderes auszuprobieren? Beides wird möglich sein, denkt Gloria.

Afrodita und Belmiro

Ein Märchen. – Möchten wir nicht alle diese Fiktion erleben?

König Dom Manuel der II. wurde am 15. November 1889 in Lissabon geboren. Er besitzt viele Vornamen, nämlich ein Dutzend. Von 1908 bis 1910 regierte er und ging dann ins Exil nach England. Mit diesem König endete die 771-jährige Geschichte der portugiesischen Monarchie. Er starb am 2. Juli 1932. Sein Ebenbild glich Amor – dem aus der römischen Mythologie. Die Frauen werden ihn alle begehrt und sich ihm imaginär genähert haben.

Seit zwei Jahren gibt es wieder eine neue Monarchie in der portugiesischen Metropole. Es regiert jetzt der König Dom Henrique der III. mit seiner Frau, der Königin Luisa. Die Menschen lieben das Königspaar und am sechsundzwanzigsten April ist ein Nationalfeiertag. Das war der Tag der neuen Monarchie. Der Palast ist architektonisch ein Meisterwerk und liegt etwas außerhalb von Lisboa.

Seit dieser Zeit gab es endlich wieder neue Arbeitsplätze für die ausgesuchte Bevölkerung und sie durften als Hofangestellte in ihre Dienste treten. An diesem Apriltag gibt es ein Fest, ein ausgiebiges Abendessen für die notleidenden Menschen der Stadt. Der König weilt dann unter ihnen und spricht mit seinem Volk. Sie verehren ihn. Auch die hübsche Afrodita bekam eine Einladung des Königshauses und ließ sich für wenig Geld ein neues Kleid in der Farbe Karminrot schneidern. König Dom Henrique der III. hat zwei Söhne; Kronprinz Batista und Prinz Belmiro. Vielleicht werde ich die Prinzen sehen, dachte die junge Frau.

Sie ist Balletttänzerin, jedoch ohne Engagement. Ein junger Mann, Cássio, war ihr Freund, doch er nahm es mit der Liebe nicht so genau. Eines Abends saß sie allein in einem kleinen Weinlokal und trank einen Vinho Verde. Ihre Seele war traurig und sie starrte auf den Fußboden.

Marcio, ein älterer, gebildeter Mann, sprach sie an und setzte sich an ihren Tisch. Er fragte vorher, ob er das dürfe. Sie nickte mit dem Kopf und sah ihn an. Ihr Gesichtsausdruck zeigte eine Gleichgültigkeit, weil sie so betrogen worden war, und sie träumte von »Schwanensee«, dem Klassiker von Pjotr Iljitsch Tschaikowsky, und sah sich über die Bühne schweben. Marcio hielt inne und wartete ab, bis sie zu ihm sprach: »Desculpe-me senhor. Ich war in Gedanken.« »Sie brauchen sich nicht zu entschuldigen. Es geht Ihnen nicht gut, das kann ich sehen. Warum? Ich heiße Marcio.« »Ich bin Afrodita. Mein ganzes Leben hat sich verändert. Es gibt keine Richtung mehr, die ich noch kenne. Vielleicht ist es ein Neuanfang?« »Bestimmt. Lassen Sie es zu.« Er gab ihr seine Telefonnummer, damit sie sich nicht so allein auf dieser Welt fühlen sollte. Es gibt Zuhörer, die ein Mensch braucht. Wir sind nicht für das Alleinsein geschaffen. Es gibt natürlich auch Einzelgänger, die aber doch manchmal einen Menschen benötigen. Sie verabschiedete sich von dem Herrn und wollte ihn anrufen. Am nächsten Morgen frühstückte sie mit Galão und lauwarmen Natas sowie einem Espresso. Sie las in einer alten Zeitschrift und bis zum Nachmittag ließ sie sich von der trägen Sinnlichkeit der Stadt stimulieren und brauchte nur am offenen Fenster zuzuhören. Die Straßenbahn Linie 28 unterbrach die Ruhe. Afrodita wohnte in dem Altstadtviertel Alfama. Es ist die Perle Lissabons.

An dem Tag, an dem sie vielleicht den König sehen wird, wollte sie für ihn tanzen und erhoffte sich durch diese einmalige Gelegenheit, manchmal am Hofe für die Königsfamilie tanzen zu dürfen und ihr Können unter Beweis zu stellen. Welch ein Antlitz und eine Grazie sie doch ausstrahlte. Am Moskauer Staatsballett wurde sie ausgebildet und darf sich auch Primaballerina nennen. Nur für diesen Wunsch hatte sie das Land verlassen und war glücklich, wieder in Portugal leben zu können. Da sind ihre Wurzeln und ihre unsterbliche Seele her. Ihre Familie lebt auf dem Lande in einem kleinen Dorf mit dreitausend Menschen. Der Vater ist nach Norwegen gegangen, um Geld zu verdienen, damit die Familie im Wohlstand leben kann. Für einen Monat, meistens im

Januar, besucht er jedes Jahr seine Familie. Für sie war die Familie ihr einziger Halt und die beste Freundin Analice.

Sie ging in ein kleines Café und traf dort ihre Freundin. Von dem königlichen Dinner am nächsten Sonntag erzählte sie ihr. Analice freute sich für Afrodita und wünschte ihr viel Glück. Durch die kleinen Gassen liefen sie und trafen Herrn Marcio. Sie gingen zu ihm und er freute sich, seine Prinzessin zu sehen. Marcio lud die Damen zu einem Kaffee ein. Er dachte da eher an sich, um in der Nähe von seiner heimlichen Liebe zu sein. Es war für ihn Liebe auf den ersten Blick. Aber er weiß, dass es nur eine platonische Liebe sein wird. Er wollte sie nur manchmal sehen. Nein oft. Sie nur mit seinen Augen begehren. Insgeheim stellte er sich doch einen körperlichen Akt der Vereinigung vor. Das Gespräch suchte er und Afrodita sah ihn melancholisch an. Sie mochte ihn und legte ihre Hand auf seinen Unterarm. Er war außer sich vor Freude und bedankte sich bei ihr mit einem verführerischen Lächeln. Analice konnte nur zusehen. Er sprach Afrodita etwas stockend an. Seinen ganzen Mut setzte er dann ein. »Einige Tage mit Ihnen, Afrodita, könnte ich mir vorstellen. Ich möchte nur in Ihrer Nähe sein und Ihren Herzschlag hören. Sie inspirieren mich sehr und dabei könnte ich dann meinen neuen Liebesroman beginnen. Wären Sie gerne anwesend und würden mir Gesellschaft leisten? Bitte!« »Ja, Marcio. Ich werde Sie mit künstlerischen Eingebungen begleiten. Kennen Sie die Musik von Lana Del Rey? Ich liebe das Lied ›Summertime Sadness‹ – aber nur die Melodie. Ich bringe die Musik mit.« Bei einem Portwein kamen diese drei Personen in ein schönes Gespräch und sie erzählte ihm von der Einladung am Hofe. Er war überrascht. Marcio suchte ihren Blick. Ein vom Schicksal umarmter Mann? »Marcio. In fast jedem Buch schreibt man über die Liebe.« »Ja, Afrodita. Die Liebe ist ein Elixier.« »Ich glaube an die Wirklichkeit des Geistes. Kultur sollte ein Vorzug für die Menschen sein. Manche sehen etwas auf eine bestimmte Art und Weise und manche sehen nichts. Was fühlen Sie?« Er war auf diese Frage nicht vorbereitet. Nach ein paar Sekunden meinte er: »Beim Überraschungsmoment hinterlässt der

Mensch einen wahren Eindruck.« Eine Röte sah sie in seinem Gesicht. Er bestellte bei dem Ober schnell einen Likör. Zur Beruhigung. Analice verließ die beiden nach einer Weile und er rückte näher. Näher an seine neue Freundin. »Haben Sie Probleme, Afrodita? Sie sehen unglücklich aus. Kann ich Ihnen helfen? Ich habe Geld übrig. Ich kann Ihnen die Miete für die Wohnung bezahlen und Sie müssen essen. Was machen Sie beruflich?« »Ich bin eine Primaballerina, doch leider arbeitslos.« »Eine manchmal brotlose Kunst. Haben Sie schon beim Nationalballett nachgefragt? Aber Sie sind noch jung und das Glück wird Ihnen bald zuteilwerden.« »Marcio, mit dem Problem arbeitslos zu sein, muss ich alleine zurechtkommen. Aber danke für das Angebot. Marcio nahm sich vor, dem König Dom Henrique den III. einen Brief zu schreiben und er wollte ihn bitten, dass sie am Hofe vortanzen darf, und hoffte, dass der König diese Fähigkeit schätzte. »Tanzen Sie einmal nur für mich, Afrodita?« »Ja. Bestimmt.« Sie liebt die Musik von Ana Moura, obwohl sie ein bisschen trist klingt. Als sie noch in Cássio verliebt war, hörten sie gemeinsam diese Fado-Soul-Musik. Er flüsterte ihr dann die Worte »Eu te amo« (»Ich liebe dich«) ins Ohr. »Küsse mich, bevor du gehst, zu.« Und sie gab ihm immer einen Kuss. Die Gefühlvollen, die ihren Partner lieben und eine Gänsehaut bei dem Lied »Ave Maria« bekommen, sind Geschöpfe, die auch geliebt werden möchten. Was die Menschen sich Positives vorstellen, müsste Wirklichkeit werden. Das hätte ein unvorstellbares Ausmaß für alle. Die Fantasie ist ein großes Gut. Freue sich der, dem sie gegeben wurde. Beide verließen das Weinlokal und sie ging mit zu ihm nach Hause. Er besaß ein Haus. »Sie sind reich, Marcio! Haben Sie schon immer Bücher geschrieben? Sind Sie ein Akademiker?« »Ich war verheiratet. Meinem Beruf als Geigenbauer bin ich bis zum Tod meiner Frau nachgegangen. Möchten Sie ein Stück von Johann Strauß hören? Ich liebe die Walzer. Sie klingen so beschwingt. Danach habe ich mich zurückgezogen und fing an zu schreiben – bis heute. Ich habe meine Ängste und Wünsche für die Zukunft in einem Heft aufgeschrieben.« »Haben Sie keine Kinder?« »Leider nein. Gott hat uns keine geschenkt. Was darf ich Ihnen zu trinken anbieten, eine Cola oder ein Mineralwasser?« »Ja. Bitte ein Wasser. Bitte spielen Sie für mich einen Walzer.« Er holte seine Geige aus dem Kasten und legte den Bogen an die Geige. Sie hatte ihren Kopf mit den Händen abgestützt und hörte nachdenklich zu. Wie schön es doch klingt, dachte sie. Er spielte weiter und sie tanzte in dem gleichen Rhythmus und er sah sie erstaunt an. »Sie sind eine Primaballerina, Afrodita, und Ihr Parfüm riecht so verführerisch.« Er konnte sie sogar aus einem fast toten Blickwinkel wahrnehmen. Sie ist eine subtile, fragile und auch eine telegene Person, dachte er. Sie setzte sich zu Marcio auf das dunkelblaue Samt-Sofa und gab ihm einen kleinen Kuss auf die Wange. »Danke. Es hat mir sehr gut bei Ihnen gefallen. Ich muss Sie jetzt verlassen. Morgen werde ich Sie anrufen, so gegen Mittag.« Er brachte sie zur Tür und sein Gesicht strahlte. Liebe und Freunde kennen kein Alter. Jeder ist so, wie er ist. Kompromisse wären sinnlos bei diesem kurzen Leben. Sie wird eine gewisse Zeit brauchen, bis sie sich an mich gewöhnt hat. Ich habe das Gefühl, dass ich sie schon lange kenne. Jeder kennt bestimmt dieses Déjà-vu-Erlebnis. Marcio wollte eine Vertrautheit zu diesem schönen Geschöpf aufbauen. Ich kann mich an meinem Sieg, ihr näher gekommen zu sein, berauschen, dachte er. Seine Gedanken waren bei Afrodita, die er immer in seinem Kopf hatte. Die nächsten Nächte war sie immer in seinen Träumen und er wachte mit ihr auf. Doch die Vorstellung an diese Frau, die er nicht besaß, machte ihn traurig. Er sah sie lächelnd in ihrem blauen Kleid und den dunklen Augen in seinem Haus stehen. Sie stand da und dann war sie schnell wieder entschwunden. Was für Trugbilder. Er setzte sich an seinen Schreibtisch und schrieb einen Brief an den König Dom Henrique den III.

Afrodita legte sich auf ihr Bett und sinnierte über diesen Tag. Er war sehr angenehm, dieser ältere Mann, und für ihn war sie bestimmt betörend. Mit einer geschmeidigen Bewegung schlüpfte sie in ein champagnerfarbiges Negligé. Sie drehte sich auf die andere Seite und schlief zufrieden ein. Einen Kaffee und Brot zum Frühstück. Die Sonne schien jetzt schon ganz energisch in ihr Zimmer. Sie wollte sich eine Arbeit als Kellnerin in einem Café suchen und das Glück war mit ihr. Afrodita konnte sofort anfangen. In der Mittagspause rief sie Marcio an und erzählte ihm von der Anstellung im Café. Er freute sich und auch insgeheim wieder nicht. Er kann sie dann kaum sehen, vielleicht abends. Marcio lud Afrodita zum Dinner in ein Nobelrestaurant ein. Um neunzehn Uhr wollten sie sich treffen. Sie schminkte sich äußerst attraktiv und hatte dunkelrote Lippen. Ihr Duft war intensiv und das neue rote Kleid hatte sie sich für diesen Abend angezogen. Im Restaurant Bocca in der Rua Rodrigo da Fonseca gibt es die mediterrane Küche mit den portugiesischen Weinen bis hin zu Weinen aus Spanien bis Neuseeland. Er lief vor, wartete bis sie saß, und nahm dann selbst Platz. Er sollte für sie mitbestellen. Sie vertraute ihm. Er sah sie den ganzen Abend an und las ihr jeden kulinarischen Wunsch von den Augen ab. Zuletzt tranken sie im Restaurant einen Kaffee und er dachte darüber nach, dass sich ein warmes Getränk positiv auf ein Rendezvous auswirken könnte. Sie ist glücklich, dachte er. Danach ein kleiner Spaziergang und das Taxi brachte sie heim und danach ließ er sich nach Hause fahren. Zuvor bekam er einen Kuss auf seine Lippen und sie streichelte seine silbergrauen Haare. Ja, so jung war er auch nicht mehr, doch er fühlte sich wie ein Dreißigjähriger. Seine Fantasie kannte in dieser Nacht keine Grenzen. Wie gerne hätte er sie mit seiner Männlichkeit berührt und ihre Scham geküsst. Gedanken sind ja still. Keiner braucht sie zu hören. Er war glückselig und gab ihr in Gedanken immer wieder Küsse auf den Mund, den Busen und den Bauch. Liebe macht schön. Das ist wissenschaftlich bewiesen und weil man es sehen kann. Er war ein Schutz für sie. Afrodita war unsagbar zufrieden mit sich selbst. Es kostet Energie, sich zu verlieben. Für den Kopf bedeutet verliebt sein Stress. Dafür gibt es aber Glückshormone jeder Art. Er ging schlafen und träumte wieder von ihr. Doch die Sehnsucht nach dieser schönen Frau quälte ihn.

Der Tag nahte, dass Afrodita den Königspalast aufsuchte. Sie war schon ganz aufgeregt und sie bat Marcio um Verzeihung, dass sie ihn in den nächsten Tagen nicht treffen könne, ihn aber jeden Tag anrufen werde.

Später werden sie sich wiedersehen. So zehrte er von ihren täglichen Anrufen.

Sie hatte sich schön gestylt und trug das rote Kleid. In eine Tasche packte sie ihre Ballettschuhe, ein rosa Tutu aus vielen Lagen Tüll und dünne goldene Strumpfhosen. Ein Ring, damit sie ihre langen Haare zu einem Krönchen stecken konnte, lag auch in der Tasche. Mit dem Taxi und der Einladung fuhr sie zum Königspalast. In einem riesigen Raum standen Tische und Stühle und auf einem Podest hoch oben saß die ganze Königsfamilie – auch die Prinzen Batista und Belmiro. Der Saal war schön geschmückt und etwa zweihundert Menschen waren gekommen und verneigten sich vor dem König Dom Henrique dem III. und der Familie. Leise Fado-Musik konnten die Gäste wahrnehmen, und es wurde jetzt aufgetragen. Es gab Fisch, Kartoffeln und Bohnen sowie eine Puddingcreme mit Nüssen.

Das köstliche Abendessen war eingenommen. Ein Raunen ging durch den Saal. Der König stand auf und hielt eine kurze Rede. Seine Familie stellte er ihnen vor. Man hatte sie aber auch schon im TV sehen können. Die Prinzen erhellten optisch diesen Raum. Afrodita hatte einen Brief mit ihrer Telefonnummer einem Hofangestellten überreicht und bat, dass dieser an die Königliche Majestät weitergeleitet wird. Der Herr versicherte ihr, dass König Dom Henrique der III. diesen Brief erhalten werde. Jetzt war sie nervös und dachte, dass dies nicht mehr rückgängig gemacht werden könnte. Sie erinnerte sich an Marcio. Er verstand sie und hatte eine beruhigende Wirkung auf diese Schönheit. Afrodita verließ den Palast und traf sich mit Marcio in einem Fado-Lokal am Hafen in einem modernen Ambiente. Sein Lächeln konnte er nicht verstecken und berührte ihren Handrücken. Sie wollte am Abend nicht allein sein und hatte das Bedürfnis, ihm alles zu erzählen. »Sie müssen jetzt geduldig sein. Ich glaube an Sie. Möchten Sie noch etwas trinken?« »Nein danke, Marcio. Das opulente Dinner im Könighaus war sehr gut.« Sie gingen zu ihm nach Hause. »Dann haben Sie Ihr Tutu nicht anziehen müssen? Wäre es Ihnen angenehm, für mich zu tanzen? Sie sehen so entzückend aus, Afrodita.« »Sie machen mich verlegen. Aber ich werde nur für Sie mein rosa Tutu anziehen.« Sie schwebte in verschiedenen Figuren anmutig durch sein Haus. Er klatschte und meinte, dass dies eine sehr schöne persönliche Vorstellung war. Er gab ihr einen Umschlag und bat sie, ihn erst zu Hause zu öffnen. Sie bedankte sich mit einem Streicheln seiner Wange. Diese liebenswürdige junge Frau hatte einen neuen Freund gefunden. Er tat ihr gut, war intelligent und feinfühlig. Sie war in der Welt der Gedanken zu Hause und sie sprach mehrere Sprachen fließend. Sollte ich nicht mehr tanzen können, arbeite ich als Dolmetscherin im Ausland. Das erzählte sie alles Marcio. Sie verließ ihn und rief Analice an. »Hast du dich in Marcio verliebt? Er ist alt. Was gefällt dir an ihm?« »Das verstehst du nicht. Warte, bis du einem älteren Mann begegnest. Wir hatten uns noch getroffen.« »Sehen wir uns morgen, Afrodita?« »Selbstverständlich. Ich arbeite nur bis um drei Uhr.« »Komm zu mir. Ich koche für uns und dann sehen wir uns einen schönen Film an. Oder sollen wir ins Kino gehen?« »Ich komme zu dir und wir werden sehen. Lassen wir uns überraschen.« Sie dachte jetzt an den Briefumschlag. Sie öffnete ihn und konnte es nicht glauben. Eintausend Euro lagen darin. Sie rief ihn noch so spät an und er freute sich, sie zu hören. »Danke, Marcio. Aber Sie müssen mir kein Geld geben. Was bedeutet Geld? Ihre Anwesenheit ist mir das Wichtigste.« »Ich habe es Ihnen gerne gegeben. Sie bedeuten mir so viel. Schlafen Sie gut, Afrodita.« »Gute Nacht, Marcio.« Die Dunkelheit lag über der Stadt. Sie war noch ganz aufgewühlt und konnte nicht schlafen. Sie nahm sich das Buch »Lola« von Regine Deforges aus Frankreich. Es ist ein Buch der erotischen Abenteuer. Nach ein paar Seiten fielen ihr die Augen zu.

Sie erwachte mit den Gedanken an Cássio. Sie hatte diese Krise noch nicht überstanden. Doch sie dachte schnell an das Könighaus, den König Dom Henrique den III. und den Prinzen Belmiro. Er sah gut aus. Nur eine Tasse Kaffee. Ihr Mobiltelefon meldete sich mit einem Mozart-Klingelton. »Hallo, ich bin Afrodita.« »Gute Frau. Sie hatten mir einen Brief geschrieben, den mir ein Hofangestellter gegeben hatte. Außerdem bekam ich auch von einem Herrn einen Brief, der mir von Ihren geschätzten Tanzkünsten berichtete. Ich möchte Sie einladen. Könnten Sie heute Abend um neunzehn Uhr kommen? Ein Wagen wird Sie abholen. Ich mag auch die Künste Ballett, ein Konzert mit Geigen, Violinen und Cellos sowie die Malerei.« »Vielen Dank, Eure Majestät. Ich komme sehr gerne.« Es wurde aufgelegt. Freudentränen und ein großes »Ja«. Das Unterbewusstsein sagte ihr, dass sie schwitzen müsste, und sie rief nach einem Geistesblitz sofort Marcio da Costa an. Er wünschte ihr für den Abend viel Glück.

Sie nahm ein Sandelholzbad und ihre Haare wusch sie mit einem Shampoo, welches Glanz versprach. Ein dezentes Make-up sowie eine Halskette mit einem Saphir ihrer Großmutter betonten ihre Schönheit. Sie trug das karminrote Kleid und packte ihre Tasche. Der Chauffeur öffnete die Tür und sie stieg in das große Auto. Sie betrat den Palast und sofort war Hofpersonal zur Stelle. Man führte sie in einen schönen Salon mit Bildern von Lisboa. Der Maler Carlos Botelho lebte bis 1982. Er war einer der bedeutendsten Maler Portugals und vielseitig kreativ gewesen. Er beherrschte die Geige. Wie Marcio, dachte sie. Große Perserteppiche, goldenes Mobiliar und Sessel aus Seide sowie große Kronleuchter waren zu sehen. Einige große Palmen, Grünpflanzen und Orchideen platzierten sich dazu. Sie liebte den Luxus für diese kurze Zeit im Palast. König Dom Henrique der III. holte seine Frau, die Königin Luisa, und die Prinzen Batista sowie Belmiro und stellte seiner Familie die anmutige Afrodita vor. Sie machte einen Hofknicks, betrat mit der Königsfamilie den Speisesaal und sie aßen nur Kostbarkeiten. In dem Salon war Parkettboden und Musik. Sie zog sich um und die Musik von Tschaikowskys »Schwanensee« begann. Sie schwebte gen Himmel. Der Bühnentanz besteht aus den Körperbewegungen im Raum, der Gestik und Mimik. Die junge Frau blickte in erstaunte Gesichter. Nach der Vorstellung war der König außer sich vor Freude. »Sie sind eine Primaballerina und ab sofort beim Nationalballett engagiert. Ich gebe Ihnen eine Empfehlung meinerseits mit.« »Danke, Königliche Hoheit,

Majestät. Vielen Dank.« Sie wurde heimgebracht, und als sie ihre Tasche auspackte, fand sie einen Brief von dem Prinzen Belmiro. Er wollte sie am Samstag der nächsten Woche außerhalb von Lisboa am Morgen gegen neun Uhr vor der Cristo-Rei-Statue am Südufer des Flusses Tejo treffen und eine Reise nach Porto arrangieren. Sie hatte keine Telefonnummer und konnte weder ja noch nein sagen. Sie musste, ja sie wollte Belmiro treffen. Er ist zwar nicht der Kronprinz, aber ein schöner Mann. Ihr Bestreben ist immer die Schönheit. Der schönste Mann bekommt ihr Herz. Das ist so. Aber ihre Gedanken wurden wieder klar und so rief sie spät Marcio an. »Afrodita. Das freut mich, dass ich Sie demnächst am Nationalballett bewundern kann.« »Danke, Marcio. Ich hatte mich gefreut, dass auch Sie dem König einen Brief geschrieben hatten. Wie kann ich mich da revanchieren?« »Gehen Sie mit mir morgen in ein schönes Restaurant. Mögen Sie?« »Sehr gerne, Marcio. Schlafen Sie gut. Ich melde mich.« Sie legte sich in ihr Bett und dachte an den Prinzen. Was hatte er vor? Was möchte er von mir? Ich bin nur eine Tänzerin. Licht von der anderen Straßenseite schimmerte in ihr Zimmer.

Afrodita erwachte und konnte sich noch an einen langen ausgestreckten Arm vom Himmel her erinnern, dessen Hand sie ergreifen sollte. Sie erschrak. Wer streckt mir seine Hand entgegen? Vielleicht Marcio oder Belmiro? Die nächsten Tage verbrachte sie mit dem Geigenspieler und Analice. Ihrem Vater hatte sie geschrieben und er antwortete ihr. Ihre Mutter und zwei Brüder kommen im Juni zu Besuch. Sie hofft, dass sie dann Zeit für die Familie hat.

Der Tag nahte, um Belmiro zu treffen. Sie fuhr mit dem Taxi zu der Cristo-Rei-Statue. Er sah sie und lief ihr entgegen. »Eure Hoheit. Oder wie soll ich Sie ansprechen?« »Einfach Belmiro. Ich freue mich, dass Sie gekommen sind, Afrodita. Sie tanzen göttlich. Ich möchte in Ihrer Nähe sein. Erlauben Sie es mir?« »Ja. Ich bin überrascht, dass Sie mich einfache Frau sehen möchten. Gibt es da keine Prinzessinnen?« »Die wohnen im Ausland.« Beide mussten lachen. »Haben Sie einen Freund?« »Nein, nicht mehr. Er ist aus meinem Leben verschwunden. Fast. Doch ich habe einen älteren Freund vor kurzem kennengelernt. Er heißt Marcio.« Sie liefen zu einem Auto und er fuhr in den Norden. »Dürfen Sie mit mir in der Öffentlichkeit stehen?« »Eigentlich nicht, aber ich habe nichts zu verbergen. Oder sollte mich jemand auf der Straße oder in der Stadt töten?« »Was sagen Sie da? Sie sind aber eine imposante Person. Was haben Sie in Porto vor? Was werden wir erleben?« »Lassen Sie sich überraschen. Wie gefällt Ihnen die Fahrt?« Er nahm ihre Hand und küsste diese. Sie wollte sich dem Tag einfach hingeben und ihn genießen und auf alles vorbereitet sein. Alles? In Porto angekommen, bekamen sie eine Suite im Nobelhotel Amazonita. Sie staunte und konnte es fast nicht glauben, dort zu sein. Sie zogen sich die Schuhe aus und legten sich auf das Bett. Er bestellte den Room-Service und sie bekamen die schönsten kulinarischen Speisen. Sie waren wieder allein und er fragte sie, ob er sie küssen dürfe. Sie bejahte die Frage und er gab ihr einen Zungenkuss, der sie an Cássio erinnerte. Schon lange wurde sie nicht mehr so intensiv geküsst. »Wenn Sie etwas nicht mögen, Afrodita, sagen Sie es mir bitte. Sie hatten mich von der ersten Begegnung an überrascht. »Lieben Sie mich, Afrodita?« »Das geht mir alles zu schnell, Belmiro. Sie sind ein sehr heißblütiger Portugiese und haben Feuer in Ihrem Körper. Das sagen Ihre Augen und Ihr sinnlicher Mund. Wissen Sie, was Ihr Name bedeutet? Der Schöne.« »Was Sie alles über mich wissen. Darf ich Sie noch einmal küssen?« Sie schloss die Augen, um seine Zunge auf ihrer zu schmecken. Sie liebten sich. Er kannte sich mit dem Liebesspiel, dem Kamasutra und Tantra aus, was sie überraschte. Er war ein guter Liebhaber. Rosa Champagner und sein Blick brachten sie in Verzückung, in einen ekstatischen Zustand, und ließ sie wie in einem Rausch schweben. Es war ein empirisches Hochgefühl.

Im Restaurant speisten sie und tranken den lieblichen und manchmal auch gefährlichen Portwein, um wieder in diese Liebesatmosphäre hineinzugleiten. Sie wurde fast bewusstlos. Sie bat, schlafen zu dürfen. Als sie in seinen Armen lag, hörte Belmiro sie nur noch leise atmen, und als sie erwachte, vernahm sie Musik. Er küsste sie und Afrodita umarmte ihn. Seinen Körper streichelte sie so zärtlich, dass er wieder bereit für das Liebesspiel war. Dann schliefen sie gemeinsam ein und träumten vielleicht von der großen Liebe. Dieses Wochenende hatten beide nicht vergessen und sie verabredeten sich so oft es ging. Sie verließ nicht den netten Marcio und auch ihre Freundin Analice sah sie immer.

Aber zuerst wollte sie am nächsten Morgen mit dem Empfehlungsschreiben des Königs Dom Henrique dem III. sich beim Nationalballett vorstellen. Sie zeigte ihre Tanzkünste und musste von da an jeden Tag proben und in drei Monaten sollte »Schwanensee« aufgeführt werden.

Seinem Vater hatte Belmiro von seiner Liebe zu Afrodita erzählt und er konnte gut verstehen, dass er sich in diese hübsche Frau verliebt hatte. Da sein Bruder Batista der Kronprinz ist, durfte er seine Angebetete heiraten und sie bekamen ein kleines Schloss. Sie wurde seine Prinzessin.

Mit dem Kuss fängt vielleicht eine neue, große Liebe an. Küssen wir doch jeden Tag und jede Nacht. Immer. Es muss nicht nur ein Märchen bleiben.

Maya und Magnus

Sie hatte ihre geliebte Mutter wegen massiver Krankheitsbilder verloren.

Es war am achten September zwischen vier und fünf Uhr am Morgen. Sie erlitt einen Schlaganfall, der tödlich war. Doch die Sonne schien an diesem Tag und diese zeigte sich von ihrer besten Seite. Maya hatte einen geliebten Menschen verloren und fühlte sich unendlich hilflos. Wie traurig und einsam ihre Welt jetzt aussah. Sie hatte sich nicht mehr verabschieden können. Ein Gespräch mit ihrer Mutter war jetzt unmöglich geworden. Allein der Gedanke, nie mehr mit ihr reden zu können, hat sie fast um den Verstand gebracht. Wie gerne hätte Maya ihre Hand gehalten, als das Ende nahte. Doch sie kam zu spät. Ihrer Mutter hätte sie noch wichtige Worte ins Ohr geflüstert und dabei ihre Haare gestreichelt. Sie wird sie immer im Herzen tragen. Ihre Seele und ihr Geist bleiben vielleicht auf dieser Welt, zumindest in ihren Gedanken. Bitte liebe Leserinnen und Leser, denken Sie daran, dass Sie sich auf jeden Fall von der Person, die bald sterben muss, persönlich in einem Gespräch verabschieden, auch wenn es Ihnen schwerfällt. Das ist so wichtig. Zeigen Sie dem Menschen, wie sehr sie ihn lieben. Auch für die Zeit danach kann es für Sie von Bedeutung sein. Sie leiden vielleicht etwas weniger. Halten Sie die Hand des todgeweihten Menschen und spenden Sie Trost. Das müssen Sie tun. Maya ist untröstlich, ihrer Mutter nichts mehr sagen zu können, kein einziges liebes Wort. Nichts kann rückgängig gemacht werden. Maya vermisst seit jenem Tag ihre Mutter. Auf der Beerdigung, es war eine Erdbestattung, war ein rotes Rosenmeer zu sehen. Tränen liefen bei der ganzen Familie. Mutti liebte rote Rosen und manchmal sprach sie zu Lebzeiten, dass eine rote Rose auf dem Grab liegen sollte. Aber doch nicht so schnell! Wenn ein Mensch stirbt, ist das Buch des Lebens zu Ende geschrieben, und das ganze Wissen eines jeden Menschen verschwindet für immer. Nur die Erinnerung an schöne Zeiten bleibt den Hinterbliebenen.

Bei der Beerdigung hielt Martin, der Sohn von Maya, seine Mutter fest und die bekam Kraft zum Durchhalten der schönen Rede, durch ihn. Es war ihre erste Beerdigung und Maya fand die Organisation des Bestattungshauses und die Worte der Ansprache empathisch. Sie fühlte sich ihrer Mutter nahe und vielleicht hatte sie ihr diese Kraft geschickt.

Es ist ein ruhiger Platz, dieser Friedhof, und manchmal setzte sie sich auf eine Bank und war in Gedanken versunken. Sie stellte sich vor, ihre Mutter sitzt neben ihr auf einer Bank. Sie sprach mit ihr im Geiste, doch Maya bekam nie eine Antwort, kein Zeichen.

Wie glücklich sie damals war, wenn sie ihre Mutter in ihrem schönen Kleid sah und ihr die Haare kämmte. Nur sie durfte ihre langen grauen Haare kämmen.

Maya hatte ihr an einem Wochenende ihre Kurzgeschichten vorgelesen und Mutti meinte, dass sie diese doch endlich verlegen lassen sollte.

Maya bekam anfangs auf diesem hellen Friedhof ein Gefühl der Freude und Kraft. Für einen Moment war die Trauer nicht mehr fühl- und sichtbar. Ihre Mutter war eine liebenswerte Frau und ihr Herz erreichte jeden Menschen. Sie war ein fröhlicher Mensch und ihre Tochter Maya war ihr erstes Kind. Maya bedeutet: Ursprung der Welt.

Wir scheuen uns, über den Tod zu reden. Es ist ein Tabuthema. Es ist wirklich schwierig, schon allein darüber nachzudenken. Er gehört zum Leben dazu, doch wir schieben ihn beiseite. Ein Testament ist wichtig für die Hinterbliebenen oder ein Bevollmächtigter bei der Bank des alten Menschen oder Sterbenden. Mögen Sie alle lange leben und glücklich sein! Man muss das Beste aus der kurzen Zeit des Lebens machen. Lieben Sie. Seien Sie mit der Welt im Einklang. Reichen Sie Ihren Mitmenschen die Hand. Sie werden dankbare Hände schütteln und ein nettes Wort kann die Menschen erreichen. Ihr Gegenüber wird sich mit Worten und einem Lächeln äußern. Die Augen eines Menschen sprechen eine besondere Sprache. Ja. Ganz einfach. Die Wahrheit. Alles geht über die Augensprache. Das hat Maya gelernt.

Wie wird die sterbende Mutter die letzten Minuten verbracht haben? Sah sie dieses »weiße Licht«, wovon einige erzählen, die fast schon einmal gestorben sind? Was fühlte ihre Mutter? Maya hofft auf die Erlösung der Qualen und den inneren Frieden. Wir werden geboren, um dann irgendwann zu sterben. Tag und Stunde weiß keiner. Niemand bleibt für immer am Leben und das beruhigt alle Menschen. Für kein Geld der Welt ist ewiges Leben gegeben.

Die Blumen verwelkten auf dem Grab, die Schleife mit den Namen ihrer Kinder und ihres Enkelkindes verblasste. Vierzehn Tage waren vergangen und die Grabplatte in Herzform wurde verankert. Ein Grabstein ist die endgültige Identität eines Menschen in der allerletzten Phase, der Ruhestätte. Einem Friedhofsgärtner hatte Maya den Auftrag gegeben, jährlich drei Mal die Pflanzen zu wechseln. Das Grab sollte immer ansehnlich und gepflegt sein. Sie fand ihn sehr sympathisch. Er hatte diese bestimmten Augen und sie wusste, dass er ein Mensch mit Herz ist. Sie hatten sich öfter auf dem Friedhof unterhalten. Sein Vater hatte schon vor dreißig Jahren Gräber bepflanzt. Er half seinem Vater, seitdem er zehn Jahre alt war. Dieser Mann verzichtete sogar auf einen Vertrag und meinte, dass er ihr vertrauen würde und die Rechnung an ihre Adresse schicken wird. Sie meinte: Eine Frau – ein Wort.

Dann ging sie an einem Dienstag auf den Friedhof. Sie sah sein Auto, und ein Grab bekam ein neues Kleid. Die Herbstausstattung. Sie lief zum Grab ihrer Mutter und sah, dass er diese Grabstätte in einen schönen grünen und bunten Zustand verziert hatte, und zwar in Tropfenform. Maya lief zu Herrn Thiermann und sprach ihn an. »Hallo, wie geht es Ihnen? Das Grab haben Sie schön geschmückt. Es gefällt mir.« »Hallo. Geht es Ihnen auch gut? Man erkennt, dass es Ihnen besser geht.«

Es war Oktober und die Kraniche, die »Vögel des Glücks«, machten sich auf den Weg gen Süden, vielleicht nach Frankreich oder Spanien. Dann wird es wieder neue »Glücksvögel« unter den Kranichen geben.

Der normale Alltag stellte sich bei ihr ein, doch ein Gedanke an die Mutter bleibt für immer. Sie wacht morgens auf und möchte die Mutter anrufen, greift zum Telefonhörer und legt dann wieder auf. Sie plagten Albträume – keine Verabschiedung von Mutti.

An Allerheiligen ging sie zum Grab. Es wurde bald dunkel und sie stand dort und sprach mit ihr, dass sie sie Weihnachten vermissen werde und ihr sehr fehlt. In ihrem blauen Wollmantel setzte sie sich auf eine Bank und blickte um sich. Viele Kerzen brannten und die Menschen besuchten ihre verstorbenen Angehörigen. Sie sah auf die Grabsteine und bekam einen Schrecken, wie jung manche verstorben sind. Jeden Tag kann es mich treffen, dachte sie und ängstigte sich.

Maya lief zum Ausgang in Richtung Kapelle und da sprach sie ein Mann leise, aber nervös an. »Guten Tag, entschuldigen Sie bitte, ich suche das Grab meines Vaters. Er ist vor zwei Tagen beerdigt worden und ich konnte leider nicht an der Beerdigung teilnehmen, weil ich den Menschen, die nicht aus Syrien flüchten können, helfen musste. Es ist für mich eine Berufung, beim Deutschen Beigen Kreuz den Menschen in Not zu helfen. Vater war dreiundachtzig Jahre alt und wir hatten noch vor einer Woche telefoniert. Da ging es ihm gut. Geschwister habe ich keine, und ich muss sagen, dass ich mich jetzt, in diesem Moment allein fühle. Wen haben Sie besucht?« Er sah erschrocken und hilflos aus; sein Sprachfluss war enorm. »Meine Mutter. Mir gefällt es, dass Sie anderen Menschen helfen. Das Elend dieser Welt ist *immensurable*. Sie werden sicherlich schlimme Erinnerungen an Syrien haben.« »Zuvor war ich im Jemen. Ich helfe gerne anderen Menschen. Darf ich fragen, wie Sie heißen?« »Maya.« »Ich bin Magnus. Suchen Sie bitte mit mir das Grab meines Vaters? Es muss hier irgendwo sein. Meine Mutter ist sehr schwach und bat mich, allein zu gehen. Ihre Beine wollen nicht mehr so, wie sie es sich vorstellt.« »Gerne. Es ist schon so dunkel, aber dieses frische Grab wird schnell erkennbar sein.« Nach ein paar Minuten sahen sie es und er legte dort Blumen nieder und sprach leise mit ihm. Seine Tränen konnte er nicht verbergen und suchte Halt an Mayas Schultern. Er drückte sie an sich. Sie ließ es zu und kannte dieses Gefühl der Verabschiedung.

»Entschuldigung Maya, ich wollte Ihnen nicht zu nahe treten. Doch es tat gut.« »Ist schon gut, Magnus. Sollen wir in einem Restaurant etwas trinken und vielleicht auch essen? Sie sehen hungrig aus und können mir alles erzählen. Ich bin ein guter Zuhörer.« In einem kleinen Restaurant bestellten sie einen Wein und Pasta. Sie saßen sich gegenüber und er sah immer wieder in ihre braunen Augen. Sie nahm seine Hand und bat ihn das zu sagen, was ihn am stärksten bewegt. Er berichtete über hilflose Frauen und Kinder. »Sie sind auch Arzt? Da konnten Sie direkt helfen.« »Ja. Es gab Menschen, denen man nicht mehr helfen konnte. Das war schlimm für mich. Und dann hörte ich von meinem Vater. Aber schneller konnte ich nicht in Deutschland sein. Jetzt werde ich erst einmal einige Wochen hierbleiben und mich um Mutter kümmern, die jetzt allein ist. Ich denke an ein betreutes Wohnen und vielleicht entscheide ich mich für eine Oberarztstelle in einem Krankenhaus. Ich werde auch nicht jünger und hatte schon lange darüber nachgedacht, nicht mehr ins Ausland zu gehen.« »Magnus, das ist allein Ihre Entscheidung. Denken Sie aber an Ihre Mutter. Sie hat nur noch Sie.« Er sah nachdenklich aus. Magnus bestellte noch Kaffee und er fragte mutig nach ihrer Telefonnummer. »Sie können mich immer anrufen. Ihre Mutter braucht Sie jetzt sehr. Verwöhnen Sie die Liebe. Mütter haben es immer verdient.« »Kann ich Sie morgen anrufen, Maya?« »Ja, gerne.« Sie fuhr heim und sah sich die Fotoalben an. Ein heißer Kirschtee wartete, getrunken zu werden. Dabei dachte sie an Magnus und kam zu dem Entschluss, ihn vielleicht näher kennenlernen zu wollen. Er war eine kräftige Erscheinung mit kurzen grauen Haaren und einer gebräunten Haut. Die Sonne hatte sich in sie eingebrannt. Wie er wohl ohne Bart aussieht?, dachte sie. Weitere Gedanken an ihn verschwendete sie nicht. Maya hatte noch so viele Formalitäten zu erledigen und einen Termin bei der Bank. Als Ablenkung wollte sie einen Damen- und Herren-Stammtisch gründen und konzeptualisierte ein Schriftstück. Neue Menschen können guttun und jeder Tag ist ein Tag der Veränderung und des Lernens. Sie las den dritten Teil der Trilogie »Kinder der Freiheit« von Ken Follett.

Ein Klingeln an der Tür weckte sie am Morgen. Der Postbote hatte ein Paket für sie. Endlich waren die neuen Stiefel da. Eine Postkarte aus Kreta, genauer gesagt aus Iraklio, hielt sie in der Hand. Eine Freundin hatte ihr geschrieben und mitgeteilt, dass sie den Mann für ihr Leben kennengelernt hatte und erst einmal eine Weile dort bleibt. In Griechenland ist bestimmt ein wärmeres Klima als hier, dachte sie und spürte imaginäre Sonnenstrahlen auf ihrem Gesicht. Die Stiefel passten gut zu ihrer Garderobe. Sie waren bequem. Das Telefon läutete. »Hallo, guten Morgen, Maya. Ich bin es, Magnus. Was machen Sie heute?« »Guten Morgen, ich bin noch nicht lange auf und habe Termine. Aber ab sechzehn Uhr stehe ich zur Verfügung.« »Haben Sie …, möchten Sie zu mir und meiner Mutter kommen? Ich habe ihr von Ihnen erzählt. Sie wollte den Menschen kennenlernen, der so behilflich war, Vaters Grab zu finden. Mögen Sie Apfelkuchen?« Er gab ihr seine Telefonnummer und die Adresse. »Darf ich Sie abholen?« »Ich freue mich über Ihre Einladung. Ich komme zu Ihnen.« In einem schönen Anwesen wohnten Mutter und Sohn. Eine hohe Buchsbaumhecke umgab die Villa und ein großes Tor öffnete sich beim Klingeln. Sie fuhr langsam und parkte vor dem Haus. Er stand vor der Villa, kam ihr entgegen und gab ihr die Hand. Er schaute auf ihre feinen Lederhandschuhe und lächelte sie an. »Mutter erwartet Sie. Sie hört wohl nicht so gut. Sprechen Sie bitte lauter.« Eine feine ältere Dame in einem beigen Cashmere-Kleid und einer breiten goldenen Halskette sowie eleganten Schuhen streckte ihr die Hand entgegen und bat sie, Platz zu nehmen. Sie bot ihr einen bequemen Sessel an. Frau von Auerbach verwickelte sie in ein Gespräch und Magnus goss den Kaffee ein. Den Kuchen platzierte er auf dem Dessertteller. Goldene Kerzenleuchter standen auf einem weißen Tischtuch und ein

Bukett Orchideen. Sie bedeuten: Ich lege dir die ganze Welt zu Füßen, hatte sie am nächsten Tag in einem Buch herausgefunden. »Mein Sohn hat für Sie den Tisch gedeckt und auch die Blumen ausgesucht. Erzählen Sie etwas über sich.« »Ich bin selbständige Fotografin für Fotos aller Art wie zum Beispiel Portraits, Familie, Events, Hochzeiten, Baby, Beauty und Pass-Fotos. Es ist eine interessante Aufgabe und mir gefällt der Kontakt zu den Menschen. Meine Mutter habe ich im September verloren, sie fehlt mir. Ich freue mich auf den Frühling. Das ist die schönste Jahreszeit für mich. Alles lebt und blüht. Sie sind mir sehr sympathisch, wenn ich das sagen darf.« »Das sind Sie auch für mich, Frau ...?« »Maya de Rossi. Mein Vater stammt aus Italien.« »Angenehm.« Nach dem Kaffee gab es noch eine Beerenauslese aus der Pfalz. Magnus saß auf der Couch und sah seine Mutter an und auch Maya. Ja. Sie verstanden sich gut, die beiden Damen, und Frau von Auerbach wollte Maya wiedersehen und sie bat um einen erneuten Besuch am kommenden Samstag. Sie wünschte sich Fotos. »Ich bringe meine Kamera mit und Sie werden überrascht sein.«

Die Zeit bis Weihnachten verging schnell und sie hatten ein enges Band geknüpft. Sie waren fast unzertrennlich. Magnus wollte mehr. Das hatte sie schon lange gespürt. Nach der Bescherung an Heiligabend in der Nacht sollte es passieren. Er schenkte ihr ein Rubin-Collier. Sie übergab ihm eine Uhr mit zwei Zifferblättern und Zeitzonen. »Möchtest du heute Abend bei mir bleiben? Ich bitte dich, sag nicht nein.« Seine Augen sahen fast traurig aus. »Magnus, ich denke, du bist ein guter Mensch und ich mag dich, doch ich kann es nicht.« »Warum nicht?« »Ich brauche Zeit. Später erzähle ich es dir. Später.« Er war traurig und sie nahm ihn in ihre Arme und küsste seine Lippen.

Sie musste immer an Magnus denken. Bald sollte sein Wunsch in Erfüllung gehen.

Silvester stand vor der Tür und seine Mutter war bei ihrem Bruder in der Schweiz. Er hatte Karten für eine Silvesterparty bestellt und in einem Hotel fand der Event statt. Sie hatte Champagner getrunken und wurde liebreizend. Sie erzählte ihm in kurzen Sätzen von ihrer letzten Beziehung. »Ich bin anders, ich heiße Magnus von Auerbach. Ich habe mich in dich verliebt, Maya. Seit dem ersten Tag, als ich dich ansprach.« »Gib mir Zeit, bitte.«

Das neue Jahr war da und sie fuhren zu ihr nach Hause. Rosenblätter hatte sie auf dem Fußboden zu ihrem Schlafzimmer bis auf das Bett verteilt und sie zündete die Kerzen an. Der Champagner stand im Kübel auf dem runden Tisch und dezente Liebesmusik war zu hören. »Ich liebe dich, Maya. Für eine Stelle als Oberarzt in der Chirurgie habe ich mich beworben. Ich bleibe bei dir. Möchtest du das?« »Ja. Bitte bleib immer bei mir, Magnus. Schenke mir jeden Tag dein Vertrauen. Tue mir bitte nicht weh. Meine Seele wäre sonst untröstlich.« »Du hast einen schönen Körper. Jeden Tag bekommst du meine Küsse.«

Sie schworen sich ewige Liebe. Noch heute sind sie ein Paar. Ihr Wohnsitz ist sein Anwesen und seine Mutter lebt bei ihnen. Jeden Tag hat die alte Dame Besuch von gebildeten und großherzigen Menschen. Keiner ist allein. So soll es doch sein!

Doro und David

Dieses Liebespaar hatte sich mit jungen neunzehn Jahren in der legendären Diskothek »Scotch-Club« kennengelernt. An der Theke hatte David sie angesprochen und für sie ein gewünschtes Bier bestellt. Er sah maskulin aus und es war für Doro Liebe auf den ersten Blick. Doch leider musste sie sich in ein paar Tagen einer Operation unterziehen und er versprach, sie im Krankenhaus zu besuchen. Die Operation hatte sie hinter sich und David rauschte in ihr Krankenzimmer und brachte immer Rosen mit. Er liebt mich, dachte sie freudestrahlend, und seine Küsse waren herzlich. Die ältere Dame, Frau Lützenkirchen, die im ersten Bett lag, sagte ihr, dass er in sie verliebt sei. Sie spüre dieses und Doro freute sich über ihre Aussage. Sie lebte allein und nach der Entlassung aus dem Hospital kam er zu Besuch und die Rosen bekam sie noch immer. Sie erhielt immer so viele, dass sie nur in einem Eimer Platz fanden, und sie dufteten nach Liebe, Leben und Freiheit. Er übernachtete bei ihr und verschenkte sein Herz und seine Männlichkeit. David war ihr erstes sexuelles Vergnügen, auf das sie bis dahin gewartet hatte. Er war der Auserwählte mit einem wesentlichen Charakter. Diese erste Liebesnacht hatte sie nicht vergessen und viele andere auch nicht. Ihr Leben mit David war die Erfüllung.

Er verließ die Stadt und Doro ging mit ihm. Sie wollte immer an seiner Seite sein. Diese junge Frau hat zu ihm aufgesehen und fühlte sich bei ihm geborgen und lernte viele seiner Freunde und die Familie kennen. Beide fanden einen Arbeitsplatz und machten den Führerschein. Schöne Reisen ins Ausland waren das Ziel und immer der Sonne nahe. Kulinarische Köstlichkeiten lernten sie kennen. Die persönliche und berufliche Entwicklung wuchs immens.

Eine Yamaha 500 XT Enduro, ein Geländemotorrad und zuletzt einen Mercedes 230 nannten sie ihr Eigentum. Mit dem Motorrad waren sie am Wochenende mit Freunden unterwegs. In einer Kurve, in Richtung der Niederlande, mussten sie sich so auf die Seite legen, dass die Knie den Boden berührten. Sie wusste, dass er das Motorrad gut steuerte, und hatte keine Angst. Ihnen war nichts geschehen.

Es wurden immer viele Feste gefeiert und Einladungen ausgesprochen. Das Leben mit David war nie langweilig. Nach getaner Arbeit in der Firma tranken sie am späten Nachmittag immer Kaffee und aßen ein Stück Kuchen. Ja, das war schon ein Ritual. Jeden Tag. Seine Küsse waren intensiv und gefühlvoll.

David schenkte ihr zu besonderen Anlässen schönen Goldschmuck mit Diamanten, den sie noch heute trägt. Täglich. Sie denkt an die vielen schönen Fotos im Album. Sie spielten zusammen Volleyball.

Das Leben war für sie täglich eine neue Herausforderung. Sie hatten damals nach ein paar Monaten geheiratet. Leider waren es nur acht glückliche Jahre. Sie entwickelten sich immer weiter und so mussten sie sich trennen.

Doro und David sind heute Mitte fünfzig. Man sah sich dann nur noch selten.

Wären sie zusammengeblieben, wie hätte dann ihr Leben heute ausgesehen?!

Jeder hat jetzt einen neuen Partner. Das Leben von Doro gestaltete sich als sehr bewegt.

Doro hat einen Sohn namens Florian, der aus einer anderen Beziehung stammt. Er suchte einen Job und eine Ausbildung. Sie telefonierte mit Firmen und da fiel ihr David ein. Doro war ganz nervös, als sie ihn angerufen hatte. Die Telefonnummer stand noch in einem alten Telefonbuch. Das Herz schlug ihr bis zum Hals und sie fasste all ihren Mut zusammen. »Hallo David, hier ist Doro. Wie geht es dir? Ich habe eine Frage?« David bemerkte ihre Anspannung. Er war lieb und hilfsbereit. Florian bekam zuerst einen befristeten Arbeitsvertrag. Eine Ausbildung zum ersten August folgte. Sie bedankte sich und war glücklich. Er hatte sich für Florian eingesetzt. Sie haben David vieles zu verdanken.

Florian ist begeistert, dass er in dieser Firma ausgebildet wird. Danach möchte er ein Studium absolvieren.

Sie dachte immer, Jahr für Jahr, an Davids Geburtstag im November. Die erste große Liebe ist doch immer etwas Besonderes und hält ein Leben lang. Auch wenn es nach langer Zeit nur noch Freundschaft ist oder eine Begegnung ab und zu durch Zufall.

Doro denkt, dass sie immer mal in Verbindung bleiben. Sie hat seinen Körper von damals noch vor Augen und sie weiß, dass er nie ohne sie war. Ihren Namen trägt er vielleicht noch heute, wenn auch ganz schwach, auf seinem Unterarm. Sie war also überall dabei, obwohl sich damals ihre Wege trennten. Was hätte diese Hautpartie jetzt Interessantes zu berichten? Sie war immer ein Teil von ihm »in schwarzen Lettern«. Vielleicht.

Sie mag ihn noch heute als Freund und er hat sich optisch kaum verändert. Jetzt sind sie reifer und etwas weiser. Beruflich hat er all seine Chancen genutzt und eine Bilderbuchkarriere in dieser Firma gelebt und seine Frau kann stolz auf ihn sein.

David ist ein Mensch mit viel Enthusiasmus, Kraft, Beharrlichkeit und Diplomatie. Seine Herzensgüte ist groß und seine Mitmenschen lieben ihn dafür.

Doro ist nicht mehr so schlank, aber sie hat schon einige Kilos verloren. Was Medikamente alles anstellen können?!

Aber die Hauptsache ist doch, dass alle Menschen glücklich und zufrieden sind. Doro ist es.

Emmanuelle und Caruso

Kalter Wind war zu spüren. Der Winter ist hier angekommen, aber ihre Gefühle waren heiter.
Die Januar-Geschichte!

Sie konnte sich noch an die erotischen Emmanuelle-Filme der achtziger Jahre im Kino, in der Spätvorstellung, erinnern. Wie ist die Zeit nur so rasend schnell an uns vorbeigeflogen? Diese Filme hatten damals bei ihr aufregende Eindrücke und schöne Gefühle hinterlassen. Sie trug auch diesen französischen Vornamen und ist ihren Eltern dafür dankbar. In ihrem Leben wurde sie mit dieser erotischen Emmanuelle oft in Verbindung gebracht und die Männer blickten in ihre Augen. Sie bejahte immer das Leben und liebte es nuancenreich. Sie stellte sich manchmal vor, diese erotische Schauspielerin zu sein, und fühlte sich dann wieder jung und feminin. Sie ist Kosmetikerin und hat ein kleines Studio mit zwei Aushilfen. Edle und teure Cremes verwendet sie, färbt Wimpern und Augenbrauen. Auch Pickel werden entfernt. Nur das Beste für die Dame. Parfüms aus Kalifornien verkauft sie auch. Wenn eine Kundin das Behandlungszimmer verlässt, ist sie eine andere Frau, die dann zehn Jahre jünger aussieht. Emmanuelle ist eine Frau in den Vierzigern mit Jeans und Lederjacke oder in einem schicken Kleid. Sie selbst besucht auch öfter eine Wellnessoase und lernt dann manchmal nette neue Kundinnen kennen. Zur richtigen Zeit am richtigen Ort sein. Glück braucht man selbstverständlich auch. Jede Frau muss sich überall sehen lassen, sich für Neues interessieren und Menschen in Gespräche verwickeln. Ein Anfang, aus dem viel entstehen kann. Fast immer.

Doch auch sie spürt, wenn ihr Körper und Geist nicht im Einklang sind, und spricht dann von einem »Urlaub vom ich« und meditiert. Bei einem Spaziergang an der klaren, frischen Luft erholt sie sich und ihr Lungensystem sowie ihren Kopf – das geheimnisvolle Gehirn – ebenso. Mit einer köstlichen Tasse Kaffee genießt sie den Feierabend. In dieser kalten Jahreszeit muss sich eine Frau besonders pflegen und verwöhnen lassen.

Sie hatte nie aufgehört zu lieben.
Da gab es einen Mann, der sich Caruso nannte. Er wusste nicht, dass sie sich in ihn verliebt hatte.

Caruso Hansen repariert Autos in einer Werkstatt für asiatische Kraftfahrzeuge; auch ihren Kombi. Sie kennen sich flüchtig seit vier Jahren. Er fuhr sie jetzt am Morgen mit einem Firmenwagen nach Hause, weil das Auto im Laufe des Tages generalüberholt werden sollte und drehte sich eine Zigarette. Beide saßen dicht nebeneinander. Es trennten sie vielleicht fünfundzwanzig Zentimeter. Er machte gewisse Anspielungen und meinte, dass doch die Sonntage so langweilig sind. Warum sagte er ihr das? Sie wusste nicht, was er im Schilde führte, und Emmanuelle traute sich nicht, ihn anzusprechen. Vielleicht hat er eine Freundin? Die Konversation war stockend und sie wollte nicht aufdringlich erscheinen. Er war undurchschaubar. Caruso hatte etwas an sich, was Emmanuelle nicht richtig einordnen konnte. So etwas macht sie dann sehr erfinderisch, um es aufzudecken. Er wollte im Winter mit dem Caravan bis zum Senegal fahren. »Ich nehme Sie dann bis Ghana mit«, meinte er. Ihre damalige Mitarbeiterin Florence hatte sich dort niedergelassen. Aber das wäre ein Umweg, dachte sie. Was bedeutet das? Sie hätte sich gerne auf ein Abenteuer nach Afrika mit ihm eingelassen. Er holte sie später von zuhause ab. Die TÜV-Plakette war am Nachmittag auf dem Auto zu sehen.
Eine Einladung zum Essen in einem Restaurant wollte sie ihm in den Briefkasten der Autofirma einwerfen. Sie bat um Rückruf, weil er ihre Mobilnummer hatte.

Mit einem imaginären Schritt war sie in einem Paralleluniversum und stellte sich die Geschichte so vor:

»Hallo Emmanuelle. Ich bin es. Ihre Einladung nehme ich gerne an.« »Haben Sie am nächsten Sonntag schon etwas vor? Ich nicht. Mögen Sie die chinesische Küche?« »Ich liebe chinesisches Essen und nächsten Sonntag passt es. Sechs Uhr am Abend?« »Ja. Ich freue mich. Ich hole Sie von daheim ab und ich fahre, Caruso.« »Danke, bis Sonntag.«

Emmanuelle zog sich an diesem Abend sehr feminin an und ihre Kurven wurden betont. Sie trug ein schwarzes Kleid mit einem weißen Bolero darüber und schwarze Pumps. Ein auffälliges Make-up begleitete sie den Abend. In der kleinen schwarzen Handtasche befand sich nur das Nötigste. Er trug eine Jeans und ein Jackett mit einem weißen Hemd. Sie mochte seine Frisur. »Wie geht es Ihnen? Haben Sie auch so einen Appetit?« Sie dachte: Ja auf dich, du Fremder. »Ja, ich habe den ganzen Tag nichts gegessen. Am Wochenende ist immer ein Buffet angerichtet. Ich freue mich auf Gambas, Krokodil- und Lammfleisch. Sie müssen das alles probieren. Köstlich.« »Das werde ich alles ausprobieren.« Er sah sie manchmal durchdringend an. Sie saßen an einem schönen kleinen Tisch und tranken Wein und Wasser. »Sie sehen heute bezaubernd aus. Sie müssen sich immer so kleiden, Emmanuelle. Das ist sehr sexy und doch elegant.« »Danke. Sie sehen auch anders aus als sonst in Ihrer Arbeitskleidung. Wir sollten öfter ausgehen.« Sie lachte ihn an, aber nicht aus. »Ich möchte mich noch einmal für diese Einladung bedanken und Ihren Brief habe ich bei mir. Möchten Sie einmal ein Quad fahren? Aber nicht in der Wüste, so wie auf dem Bild im Brief?« Sie nickte. Das Gespräch wurde intensiver und er trank den Wein und sprach jetzt immer mehr und direkter. Er lachte sie an und fühlte sich wohl. Sie kam mit einem Nachspeisenteller für zwei Personen. Gebackene Bananen, Bananenbällchen, frische Ananas, Orangen, Melonen und Eis befanden sich auf dem Tisch. Er nahm die Ananas und ließ sie davon abbeißen und fütterte sie mit den Bananenbällchen. Er war wie umgewandelt. Der Mann, der sonst nicht viele Worte brauchte, beeindruckte sie. Er war richtig redselig.

»Was machen wir nach dem Essen, Emmanuelle?« Er war jetzt mutig. Sie wollte bezahlen, doch er bezahlte das Dinner. »Sie sind so anders als sonst, Caruso. Ich muss lachen. Tut mir leid. Ich kann nicht anders. Sind Sie es wirklich? Oder sind Sie jetzt jemand anderes?« »Ich bin es, Caruso.« Sie lachte schon wieder. »Entschuldigung. Ich komme gleich wieder.« Sie ging lachend zur Damentoilette und wischte sich die Tusche aus dem Gesicht. Was soll Caruso über mich denken? Mit ernster Miene betrat sie wieder das Restaurant, und er fragte, ob das Lachen jetzt ein Ende hat. »Hatten Sie mich angelacht oder ausgelacht?« Er war jetzt unsicher geworden. »Manchmal überkommt es mich und dann ... Sie sehen es ja. Aber jetzt ist alles in bester Ordnung. Könnten wir jetzt bitte gehen? Ich muss hier weg.«

Sie stiegen in das Auto und fuhren los. Emmanuelle wollte ihn an seinem Haus herauslassen und da bat er sie, noch auf eine Tasse Kaffee mitzugehen. »Die berühmte Tasse Kaffee.« Sie lachte in sich hinein. Er schloss die Tür auf. Seine Hände berührten ihre und er gab ihr einen Kuss. »Herzlich willkommen in meinem Haus und in meiner Welt.« Sie küsste ihn. Er hielt sie fest am Arm und zog sie in das Wohnzimmer. Sie hatte dabei schon den ersten Schuh verloren und warf im Sitzen den zweiten in die Luft, der eine kleine Lampe traf, die dann umfiel. Er hielt das Feuerzeug in der Hand und wollte eine Kerze anmachen. Doch dann meinte er, dass es vielleicht besser sei, keine Kerze anzumachen, weil sonst vielleicht das Haus abbrennen könnte. Sie lachte schrill. Es war ihr nicht einmal peinlich, so lachen zu müssen. »Was haben Sie mir in das Mineralwasser getan, Caruso?« Er sprach über das gut ausgewählte Restaurant. Da sie nicht aufhörte, bekam sie eine leichte Backpfeife. Jetzt war sie auf einmal ruhig und baff. »Ich danke Ihnen, Caruso. Sie haben mich befreit. Dafür bekommen Sie jetzt den Kuss Ihres Lebens.« Sie küsste ihn ganz fest und lange, dass er bald nach Luft schnaubte, weil er Raucher ist und husten musste. »Emmanuelle, Sie sind eine Spaßkanone. Ich möchte auch so lachen können wie Sie. Sie tun meiner Seele gut. Ich kann von Ihnen noch viel lernen.« Wie

Recht er doch hatte, dachte sie. Natürlich bin ich eine Spaßbombe mit Mineralwasser. Wie wird es dann erst einmal mit Alkohol sein? Sie bat um ein Glas Wein. Seine Augen leuchteten, weil sie Alkohol trinken wollte. Er hatte den Wein und eine Flasche Jägermeister auf den Tisch gestellt. Er füllte schnell ihr Glas immer wieder voll. »Ich bin gleich so voll wie dieses Glas hier. Und weg damit.« Das Glas wurde nach hinten geworfen, so wie es die Russen mit ihrem Wodka zelebrieren. Sie war nicht betrunken, sondern spielte es ein bisschen. Sie wollte sehen, wie patent er jetzt war.

Er sprach noch einmal von der Reise nach Afrika und konnte sich dann doch vorstellen, mit Emmanuelle ein Reisemobil zu mieten und dann in Richtung Paris–Dakar zu fahren. »Caruso, das ist die beste Idee des heutigen Abends. Ich liebe Abenteuer, gleich welcher Art. Du bist auch ein Abenteuer. Entschuldigung, ich habe jetzt ›du‹ gesagt. »Ich bitte darum, nenne mich nur beim Namen.« »Angenehm, ich heiße Emmanuelle. Ich bin die heiße Erotikdarstellerin aus den gleichnamigen Filmen von damals. Hast du das schon bemerkt?« »Du bist so heiß, ich möchte mit dir schlafen – jetzt. Möchtest du es auch?« »Ja. In meiner Handtasche sind Kondome. Nehme bitte die Packung heraus. Reichen zehn aus?« »Ich denke, die müssten genügen. In meinem Nachtschränkchen finden wir auch noch welche.« Sie lachte herzlich. Er hielt sie an der Hand und küsste sie wieder ganz zärtlich, ohne Worte. Die fehlten ihm jetzt wohl auch. Emmanuelle setzte sich auf das Bett. Sie zog sich aus und er bestaunte ihren durchtrainierten Körper. »Das mache ich alles für die Männer, mein lieber Caruso, und natürlich für mein Ego. Ich muss als Kosmetikerin ein Vorbild sein.« Er zog sich aus und drückte fest ihre Brüste. Ah, ein Busenfetischist. Sie sah dabei auf seine Männlichkeit. Die Vereinigung beider Körper war heftig, heiß und zum Schluss orgiastisch. Seine Perseveranz und seine Eloquenz waren außerordentlich. Er konnte sich mit ihr gut unterhalten, nämlich mit Ah ... Oh ... Ja ... Mehr ... Ein intelligenter Autofachmann, mit dem man gerne zusammen sein möchte. Jetzt sprach sie mit ihm ganz normal und er erschrak, als sie so nüchtern wirkte. »Du verträgst aber ganz schön viel, Emmanuelle.« Sie nahm seinen Kopf in ihre Hände und küsste seine Stirn und den Mund. »Du bist gut im Bett, Caruso. Genau so hatte ich mir das heute Abend vorgestellt.« »Da bin ich ja zufrieden. Ich mag dich sehr. Und wir machen die Fahrt zu dem schwarzen Kontinent. Versprochen. Aber hoffentlich bekommst du keine Lachkrämpfe mehr. Das verunsichert mich schon ein wenig. Ich möchte dir gerne etwas Schönes kaufen. Liebst du Pelzmäntel?« »Ja. Ein Webpelz tut es auch. Im Blaufuchs-Design wäre schön. Ich freue mich, Caruso, dass du Spaß verstehst und ich mit dir lachen kann. Wenn man lacht, kann keiner böse sein. Du bist mein Dandy.« Er bedankte sich für das Kompliment, und in dieser Nacht bis zum nächsten Abend wurden alle Kondome verbraucht. Es gab nur kurze Pausen. Ein Sex- und Kussmarathon war angesagt. Damit sie bei Kräften blieben, leerten sie den Kühlschrank, nahmen Traubenzucker und tranken viel Milch.

Bevor Emmanuelle dann gehen musste, erzählte er ihr noch seine Vorlieben beim Sex. »Sie gefallen mir alle, Caruso. Wir werden sie nacheinander ausprobieren. So viel Zeit haben wir doch?« Jetzt lachte er, aber nur kurz. Die Reise begann im März und bis dahin wärmte sie der Blaufuchsmantel oder er.

So hatte Emmanuelle sich eine Zeit mit Caruso vorgestellt. Der Spaßfaktor darf nie zu kurz kommen!

Salome und Barnabas

»Mein Schatz. Endlich bist du von deiner inneren Reise bei mir angekommen. Geht es dir jetzt gut?«

Sie hatten sich damals beim Klettern in einer Halle kennengelernt. Salome ist siebenunddreißig Jahre jung, hat kurzes rotes Haar, blaue Augen und ist eine zierliche
Person. Sie absolvierte ein Studium für Europäische Kunstgeschichte in Heidelberg am Neckar, wo sie auch mit ihrem Mann Barnabas wohnt. Er ist neununddreißig Jahre alt. Auch er studierte in der gleichen Stadt Journalismus. Das Ehepaar kennt sich seit ewigen Zeiten und ihre Beziehung hält schon so lange, da sie viel kommunizieren und gemeinsam ihre Freizeit mit Judo, Fallschirmspringen, Handball, Klippenspringen, Schwierigkeitsklettern, Snowboarden und dem Trekking verbringen. Nach Dienstschluss unternehmen sie immer eine aufregende Sportart. Sie sind auch schon öfter nach Acapulco in Mexiko geflogen, um dort von den Klippen zu springen. Obwohl sich der Körper am Abend und natürlich am Wochenende nach Erholung sehnt, entscheiden sie sich meistens doch für die Bewegung. Extremsport kann auch beim Abschalten helfen. Die Arbeitswelt ist zu schnelllebig und stressig. Abenteuer brauchen beide und oft muss die Angst überwunden werden und dann überrascht sie die Freude. Sie lieben die Abwechslung in den Sportarten. Beide sind distinguiert und immer bedacht, Neues zu erfahren. Es ist fast wie eine Sucht. Ihre Familie und Freunde bewundern die beiden in ihrer Zweisamkeit und vielleicht sind sie auch manchmal ein bisschen neidisch. Kinder haben sie nicht, aber Salome hätte gerne ein Baby. Heidelberg ist eine wunderschöne Stadt und sie möchten dort für immer bleiben.

Es war Freitag und sie wollten sich abends in dem »Indianer« bei Salsa, Tortillas und Tequila treffen. Das ist ein US-amerikanisches und mexikanisches Restaurant. Es hat auch eine Bar. Dort treffen sie sich jeden Freitag. Salome stand vor der Tür und wartete auf ihren Mann. Sie sah ihn schon zu ihr hineilen und er gab ihr einen Kuss auf den Mund. Er war ein Gentleman und rückte ihr den Stuhl zurecht. Barnabas saß Salome gegenüber und strahlte sie an. Seine kleine, süße Frau sah zufrieden aus. Ihr Temperament brachte täglich viele Emotionen mit sich. Sie war die Emanation einer starken Persönlichkeit. Das liebte er an ihr. Für ihn war sie eine erhabene Frau. Er hob sie unbewusst immer auf ein Podest. Sie konnte ihn auch des Öfteren überraschen und sprühte nur so voller Ideen. Anmutig lief sie durch das Leben, und die Männer sahen hinter ihr her, was Barnabas mit Argwohn empfand. Aber das Gefühl, überall von Männern umwoben zu sein, genoss sie im Geheimen.

»Meine Liebste, wie war dein Tag? Jetzt fängt unser Wochenende an. Freust du dich?« »Ich konnte es kaum erwarten, dich wiederzusehen. Ich liebe dich, Barnabas. Du machst mich immer glücklich und ich danke dir dafür. In der letzten Nacht warst du exorbitant. Du hast mich dadurch sehr beseelt.« »Trinkst du noch einen Tequila Sunrise? Zum Abschluss? Dann fahren wir mit dem Taxi heim.« »Ja, gerne. Dieses Getränk ist wohlschmeckend und du bist deliziös, Barnabas.« Sie tranken und sahen sich lüstern an. Was uns diese Nacht bescheren wird?, dachte Salome.

Von Anfang an sah sie es als ein gutes Zeichen, dass sie biblische Vornamen trugen. Barnabas, Sohn des Trostes und auch heiliger Barnabas genannt. Schutzpatron der Städte Mailand und Florenz. Salome – die Friedreiche, Friedenstiftende, Weise.

Der Journalist braucht Charakterstärke und Mut. Man muss wissen, was Menschen interessiert. Er muss für Schlagzeilen sorgen. Die Menschenwürde bleibt aber unantastbar. Der Zeitungsleser sucht den Anspruch und Themen von zentraler Bedeutung. Gute Recherchen muss er richtig in Szene setzen. So sieht das berufliche Leben für ihren Mann Barnabas aus.

Die Europäische Kunstgeschichte beinhaltet die bildenden Künste, die Architektur, Fotografie und einige weitere. Sie ist Publizistin im Presse- und Verlagswesen. Salome engagiert sich zudem noch für die Denkmalpflege und ist bei der Stadtverwaltung im Ausschuss. Sie hat ein Faible für Kunst und Antiquitäten und so ist die Wohnung der beiden auch eingerichtet.

Zuhause zogen sie sich schon im Wohnzimmer die Kleidung aus. Sie waren etwas beschwipst. Er hörte sie unter der Dusche singen und dann kam Salome nackt in das Schlafzimmer. Barnabas küsste ihre intimste Hautpartie und verschwand ebenfalls im Bad. Sie legte sich auf das Bett und spreizte ihre Beine und dachte an ein ausgiebiges Vorspiel. Er war schon sehr erregt, wie sie sehen konnte, und sie zeigte ihm, was sie sich wünschte. Er tat einfach alles, was sie ihm sagte. Sie gab zufriedene Laute von sich und er wurde dann von ihr verwöhnt. »Gefällt es dir eigentlich, was ich mit dir mache? Oder hättest du es vielleicht lieber anders? Ich liebe deine Vulva. Vor allem mit der ausgiebigen Lubrikation. Dann muss ich einfach in dich eindringen. Es sieht so schön aus. Mein Puls rast dann und du bist so aufregend, mein Schatz. Erinnerst du dich noch, was ich letzten Freitag mit dir gemacht habe?« Er bekam eine Intim-Massage und gluckste vor Freude. Die Nacht gehörte dem liebenden Paar. Barnabas holte eine Flasche Beaujolais und schenkte diesen in zwei rote Römer-Bleikristallgläser. »Ich trinke auf dein Wohl, Salome. Es war schön mit dir heute Nacht.« Und ihre Finger berührten sich langsam und zärtlich. »Ich habe den Abend mit dir genossen. Danke, Barnabas.«

Am nächsten Morgen brachte sie ihm das Frühstück ans Bett, sie legte sich dazu und bediente sich auch von dem Tablett. Er fütterte sie mit Blaubeeren und Himbeeren. »Dein Kaffee mundet mir immer gut. Hast du ein neues Rezept?« »Ich gebe ein bisschen Kardamom dazu.« »Interessant. Ja, es schmeckt etwas exotisch. Was machen wir heute?« Nachdenklich sah sie ihn an. »Wie wäre es, wenn wir unsere Fallschirme ins

Auto packen? Möchtest du? Ich ziehe mich jetzt an und dann können wir sofort zum Sportflughafen, dem Sprungzentrum fahren und uns sechzig Sekunden aus 4000 m Höhe fallen lassen. Glückshormone pur, Salome.« Sie fuhren los und waren richtig aufgeregt, endlich wieder springen zu können. Lange hatten sie es nicht mehr gemacht. Jeder hatte zwei Sprünge und dann ging es beflügelt mit einem hohen Adrenalinspiegel nach Hause. Sie kümmerte sich um die Wäsche und er nahm sich die Zeitung. Sie las danach in einem Buch über Psychologie. Das Abendessen bereitete sie später zu und er ging in sein Büro und arbeitete am Computer. »Ich muss noch einiges recherchieren. Sag mir bitte Bescheid, ich komme dann und decke den Tisch.« Es gab ein Thunfisch-Tatar mit Avocado und Mango, ein Straußensteak mit Süßkartoffeln und Trüffel. Ein Mohn-Vanille-Dessert mit Mascarpone zum Abschluss. Er hatte den Tisch gedeckt und Salome servierte ihm das köstliche Dinner. »Hervorragend, ausgezeichnet, meine Liebe. Du kannst so wohlschmeckend kochen. Das hätte auch deine Berufung sein können.« »Danke für das enthusiastische Lob. Du weißt ja, es muss bei mir immer perfekt sein.« Beide verließen das Esszimmer und setzten sich auf die schwarze Ledercouch. Die war ein Einzelstück und sie liebte dieses breite Sofa mit vielen Kissen. Ein französischer Spielfilm mit Gérard Depardieu. Ein alternder Sänger, der es doch noch schaffte, eine nette, junge Frau mit nach Hause zu nehmen. Für eine lange Zeit. Sie hatte ihn schon einmal gesehen. Wenn es gute Filme sind, sieht sie sich diese auch öfter an. Barnabas streichelte Salome nach dem Film und meinte: »Hättest du mich genommen, wenn ich es gewesen wäre? Könntest du dich in einen älteren Mann verlieben?« »Ich weiß es nicht. Vielleicht. Warum nicht?« Er küsste sie auf die Stirn und fragte sie leise, ob Lust in ihr aufkommen würde. »Fühle mal meinen Busen. Gehe mit deinen Fingern in meinen Slip. Was fühlst du?« »Du bist erregt. Und wie. Darf ich dich mit der Zunge dort berühren?« »Ja. So ist es gut. Die Zeit bestimme ich. Jaaah.« Sie bekam Orgasmen, die sie noch lange spürte. Sie befriedigte ihn mit ihren schmalen, lackierten Fingern. Den zweiten Orgasmus hatte er in ihr auf der Couch. »Gehen wir in unseren Keller, Salome?« »Ja. Du darfst mit mir machen, was du willst.« Sie hatten sich einen SM-Raum eingerichtet und jetzt war er komplett ausgestattet. Das hatte seine Zeit gedauert. All ihre Neigungen und Fetische konnten sie ausleben. Salome wollte bestraft werden und er tat es. Dieses Gefühl der Züchtigung erregte sie sehr. Sie sagte ihm, was er mit ihr anstellen sollte. Es war schon fast wieder hell und ein Morgenrot war zu erkennen. Erschöpft gingen sie schlafen. Aber ein zufriedener und ausgeglichener Gesichtsausdruck machte sich bei dem Paar bemerkbar. Gegen Mittag standen sie auf. Heute war ein Sabbat.

Chopin hörten sie. Die junge Frau kuschelte sich in die Kissen auf der Couch und er las, was auch sonst. Salome langweilte sich an diesem Sonntag. Gedanken über ihre Zukunft brachte sie ins Wanken.

»Weißt du, Barnabas, deine ganze Art, wie du mit mir die ganzen Jahre umgegangen bist, nerven mich. Du bist mir einfach zu brav. Ich habe dich oft manipuliert, seitdem wir uns kennen. Du merkst gar nichts. Dein spezieller Sex und diese doofen Rollenspiele langweilen mich auf Dauer. Ich möchte Sex mit einer Frau als Abwechslung. Und hätten wir nicht diese gemeinsamen Sportarten gehabt, hätte ich dich längst verlassen. Nur wegen der Leute, der Familie und Freunde bin ich noch bei dir. Sie hatten uns ja alle immer so angesehen, als ob wir Angelina Jolie und Brad Pitt seien. Auch bei denen wird nicht alles super oder rosig sein. Du bist so ein Langweiler und was hast du im Leben erreicht? Mir ist das alles zu wenig. Und immer dieses intellektuelle Geschwafel zwischen uns. Mir reicht es, wenn ich mich im Job gehoben artikulieren muss. Mir geht alles gegen den Strich! Ich glaube, ich benötige eine Auszeit. Und warum haben wir noch kein Kind? Wegen dir. Du willst keins und du kannst es nicht ertragen, wenn du mal nicht die Nummer ›Eins‹ bist. Du hast Angst, mich zu verlieren, und sagst immer zu allem ›Ja und Amen‹. Hab doch einmal endlich den Mut, das auszusprechen, was dir Unbehagen bereitet.«

Er wollte sie nicht unterbrechen und hörte ihr gut zu. Er sah sie die ganze Zeit an, ließ sie weiterreden und blieb cool.

»Wenn ich einen anderen Mann haben wollte, wäre ich schon weg – es gibt genug, die mit mir zusammen sein wollen. Ich habe immer Rücksicht auf dich genommen. Manchmal hätte ich dir am liebsten das Seil vom Fallschirm angeschnitten.« Jetzt reichte es ihm.

»Bist du jetzt fertig, Salome?« »Nein. Wie konnte ich es nur so lange mit dir aushalten. Allein deine Eltern sind unerträglich. Deine saturierte Familie. Die Neureichen. Sie hatten Glück im Spielcasino und bei Galopprennen. Unsere besten Freunde Mia und Philipp haben schon Mitleid mit mir. Ich habe, nein, ich muss die Ideen haben. Von dir kommt nicht viel. Ich denke, dein Beruf als Journalist frisst dich auf. Suche dir doch bei einer anderen Zeitung einen Job. Im Ausland. Du sprichst Englisch und Französisch. Ich gehe mit dir. Tue etwas. Nämlich einmal nur etwas für dich. Du opferst dich für mich und vergisst dich dabei. Du tust zu viel für mich, Barnabas.« »Sollen wir uns trennen? Willst du mich verlassen? Ich brauche dich, Salome.« »Ich bin kein Engel. Ich bin es – Salome, deine Frau. Meine heile Welt sieht anders aus. Komme aus dir heraus und verändere dich. Mir zuliebe. Sei wieder der Mann, der du am Anfang einmal warst, den ich damals kennenlernte. Der vor Ideen sprühte. Hab ich dich jetzt wachgerüttelt?« Er saß da wie ein Häuflein Elend. »Du hast Recht. Es muss etwas Neues bei mir hereinbrechen. Hilfst du mir dabei?« »Manchmal. Du musst es auch wirklich wollen.« »Ja. Das hatte mir so imponiert. Deine Art, dein Wesen. Was du sagst, denkst, fühlst und bist.« »Denk mal in Ruhe über alles nach. Nicht heute, nicht morgen – in der nächsten Zeit. Was möchtest du wirklich? Sei mutig und sage es mir dann. Vielleicht möchtest du ja eine andere Frau?« »Nein, ich liebe dich, Salome. Für mich war alles normal und ich war zufrieden. Bis jetzt. Ich möchte dich nicht verlieren. Was soll ich tun?« »Mit dir stimmt etwas nicht. Die Wochenenden sind genau verplant. Ich möchte auch einmal etwas ganz Banales und Spontanes machen. Zum Beispiel spontan in den Urlaub fahren. Du musst alles so lange im Voraus planen. Wir sind noch keine fünfzig. Eine Party mit Freunden wäre gut oder ein Besuch im Swinger-Club. Hauptsache, wir unternehmen einmal etwas anderes. Und die Idee muss von dir kommen. Ich weiß, dass du Sicherheiten brauchst. Es gibt aber für rein gar nichts eine Garantie. Bei dir müssen es immer die altbewährten Dinge sein. Mach einmal etwas Neues. Du verpasst sonst etwas. Warum bin ich nicht so oft zu Hause? Ich halte es manchmal nicht mehr aus und deswegen engagiere ich mich für so viele Dinge. Ich brauche den Kontakt zu vielen anderen Menschen. Den Austausch der Gedanken, Gefühle und Erfahrungen.«

Jetzt wurde er laut. Sie hatte ihn da, wo sie es sich gewünscht hatte. »Hör mir jetzt einmal gut zu. Ich habe immer Rücksicht auf deine Jobs genommen und dir jeden Wunsch erfüllt. Du kannst mich jetzt nicht wie einen Hund treten. Sollten wir jetzt in einer Krise sein, müssen wir diese bewältigen.« Er musste nämlich auch einmal sagen, wo es langgeht. Barnabas zog sie an den Haaren und schüttelte den Kopf hin und her. »Ich kann ganz andere Sachen mit dir machen.« »Dann tue es.« Er schubste sie und seine große Hand drückte er in ihr Gesicht. Er war ganz wild geworden. »Du alte Kuh. Auch ich habe die Nase von dir gestrichen voll. Dieser ganze Sport widert mich an.« Er nahm eine Vase und warf sie mit aller Wucht auf den Boden. »Du hättest jetzt auch von mir aus die Vase sein können. Ich könnte dich so irgendwo gegenprallen lassen. Ja.« »Hast du jetzt jede Contenance verloren, Barnabas?« »Meine Interessen wären andere. Ich würde gerne in die Oper gehen und auch hätte ich Lust, eine Pferderennbahn zu besuchen und auf ein gutes Pferd zu setzen. Ja. Wie meine lieben Eltern. Und ein Haustier hätte ich auch gerne. Einen Dobermann-Welpen. Ich arbeite eh viel daheim. Auf die Spaziergänge würde ich mich freuen. Auch einen besten Freund werde ich mir suchen. Nur für mich. Mit ihm ginge ich ins Fußball-Stadion und in eine Kneipe. Schach müsste er spielen können und wir trinken dabei einen Cognac. Ich bin es satt, immer nur die exzellenten Dinner essen zu müssen. Lieber esse ich Grünkohl mit Kartoffeln und Speck.«

So langsam öffnete er sich und sie merkte, dass es ihm guttat. Er muss manchmal manipuliert werden, dann geht es ihm vielleicht bald gut. Sie wollte ihn jetzt nicht mehr provozieren. Sie setzte sich auf seinen Schoß, streichelte seine Wange und küsste ihn ganz fest. »Was war das jetzt? Warum hast du so mit mir gesprochen und mir viele unschöne Dinge gesagt?« »Du musstest geweckt werden. Wir müssen uns verändern und auch mal getrennte Wege einschlagen.« »Also doch eine Trennung?« »Nein, jeder muss auch einmal das tun, allein, was er möchte.« Er zog sie aus und wollte sie jetzt nehmen.

»Du bekommst jetzt unser Kind. Wir lieben uns so oft, bis du schwanger bist, und ich suche mir wirklich einen anderen Job. Ändern wir einmal alles. Würdest du mit ins Ausland gehen?« »Ja, Barnabas.« »Wir suchen uns ein neues Haus, wenn wir hierbleiben. Der Sex mit dir ist sehr gut und für diese Diskussion muss ich dich nach meiner Methode bestrafen. Lass dich überraschen. Aber bitte sprechen mit mir weiter im gehobenen Stil. Das brauche ich doch täglich und für meinen Beruf.« »Ja. In Ordnung.« »Bitte definiere mir immer alles.«

Am nächsten Freitag trafen sie sich vor der Bar »Infusion« und probierten eine »Bloody Mary« mit Wodka, Tomatensaft und Tabasco. Danach bestellte er zwei Strawberry Daiquiri. Sie besuchten das Nachtkino, aßen Popcorn und Eis. Samstag waren sie bei Freunden zu einer Party eingeladen und dort wurde getanzt zu Musik der neunziger Jahre. Eine Motto-Party war angesagt. Es hatte beiden viel Spaß bereitet und sie waren ausgelassen und geredet wurde fast gar nicht, außer mit den Freunden. Sich einfach dem Abend hingeben. Am Sonntag besuchten sie die Neueröffnung eines Coiffeur-Salons des Franzosen Pierre Lacroix, der zu einem Sekt-Empfang eingeladen hatte und einen kostenlosen, trockenen Haarschnitt anbot. Salome hatte Eintrittskarten bekommen. Der Salon war gut besucht und sie unterhielten sich angeregt mit den Gästen.

Salome kochte jetzt Hausmannskost und Barnabas fand eine neue Herausforderung bei einer Nachrichtenagentur. Dafür musste er eine weitere Anfahrt akzeptieren. Er fing an, neue Freunde zu suchen, und fand sie. Für sich allein.

Die Konversationen hatten immer Niveau, doch Salome wollte manchmal nicht zu viel diskutieren.

Beide hatten sich verändert. Sie arbeitete nicht mehr so viel und bereitete sich auf das Mutterwerden vor. In ein paar Monaten sollte das Baby auf die Welt kommen. Der Name stand schon fest. Der Sohn soll Aaron heißen. Und einen Welpen durfte sich Salome aussuchen.

»Mein Schatz. Endlich bist du bei mir angekommen.« Sie mussten wieder zueinander finden. Ihre Seele ist nun gereinigt und das Leben der beiden hat nun neue Varianten. Er küsste Salome von ganzem Herzen.

War das noch ein Dialog? Wenn Frauen einmal reden, dann sind sie in ihrem Element und finden kein Ende. Kommt der Mann noch zu Wort? Es muss immer geredet werden.

Beide Partner sollten ihre Meinung in verschiedenen Richtungen kundtun und manchmal über ihr Leben nachdenken, ob vielleicht eine Veränderung angebracht ist.

Caroline und Romain

Im Mund hatte Caroline eine koffeinhaltige Kult-Nuss aus Afrika mit stimulierender Wirkung. Sie wollte aufbleiben und eine Geschichte zu Ende bringen. Sie ist sehr experimentierfreudig und das muss man in diesem literarischen Genre der Erzählkunst sein. Aber sie hat so viel mitzuteilen und weiß oft gar nicht, wo sie anfangen soll. Die Themen sind breit gefächert und oft vermischt.

Myrrhe ist ein Balsamgewächs. Denkt Caroline an ihre Seele, müsste diese einbalsamiert werden, damit ihr kein Schaden zugefügt werden könnte. Die Seele ist schnell angegriffen. Durch die Worte »Ich liebe dich nicht mehr« kann sie zerbrechen.

Sie blickt melancholisch aus dem Fenster in die Dunkelheit. Der Regen fällt auf die Wiese und es ist menschenleer auf der Straße. Ihre Gedanken erfassen Traurigkeit und Einsamkeit. Doch ein Liebeskuss verbindet zwei Menschen für einige Zeit. Vielleicht für immer. Es gibt viele Arten des Zusammenseins. Es kann Freundschaft, Liebe oder auch eine platonische und musische Liebe sein. Dem Buch kann sie alles anvertrauen und einschließen. Sie schreibt schnell, damit kein Gedanke verloren geht.

Obwohl so viele Menschen bei uns sind, wie Familie, Verwandte, Freunde und Fremde, sind wir doch von Anfang an allein. Sogar im Mutterleib liegen wir allein. Bei der Geburt, nachdem die Nabelschnur durchschnitten ist, sind wir allein in unserem Bettchen. Zuvor hielt die Mutter für kurze Zeit das Baby im Arm und streichelte es. Kinder, deren Eltern kein gutes wohlergehendes und eher armes Leben bestreiten, haben einen ausgeprägten Gerechtigkeitssinn. Besonders ab dem dreizehnten Lebensjahr. Kinder von wohlhabenden Eltern sind oft allein, weil beide Eltern arbeiten und manchmal selten Zeit für die Förderung des Nachwuchses haben. Die Nachkömmlinge können fordernd, aufmüpfig sein oder ziehen sich zurück, geben viel Geld aus, weil sie auch viel davon bekommen. Vielleicht sind sie auch selbstbewusster. Oder manchmal werden sie auf Internate geschickt. Dann übernimmt diese Institution die komplette Erziehung. Oft ist es für die Kinder nicht gut, einfach abgeschoben zu werden. Oder die Erziehung war den Kindern überlassen und sie setzen alles durch. Jeder einzelne Mensch lebt irgendwie sein eigenständiges Leben, unerheblich welchen Alters sie sind.

Wir sterben allein, jeder für sich. Da geht keiner mit uns in den Tod. Unsere Hand hält vielleicht ein Mensch auf dem Totenbett, bis wir mit Schmerzmittel und Morphium friedlich eingeschlafen sind. Mit Würde sollten wir diese Welt verlassen. Der Mensch hat dann seinen Glanz verloren. Was kommt dann? Das Leben ist doch eigentlich eine triste Angelegenheit, wenn wir es aus dieser Perspektive sehen. Passen die Menschen um uns herum eigentlich zu uns, oder akzeptieren wir sie so, wie sie sind? Passen unsere Kinder zu uns? Lieben wir sie wirklich und lieben sie uns auch? Oder besteht da eine Akzeptanz? Fühlen wir uns durch die Nähe der Kinder zufrieden? Auf jeden Fall müssen wir unsere Kinder lieben. Sie brauchen uns. Wie definiere ich Traurigkeit und Einsamkeit? Was machen wir auf dieser Welt? Was ist wichtig? Wünschen wir uns manchmal, dass die Kinder in die weite Ferne reisen? Nein. Oder möchten wir andere Länder erleben? Ein Autor denkt daran, vielleicht irgendwann nicht mehr schreiben zu können. Es bereitet ihm Angst, wenn er sich länger mit diesem Gedanken aufhält. Man muss sich also ständig erneuern, experimentieren, neue interessante Wege einschlagen und andere Menschen kennenlernen. Langeweile wäre der geistige Tod. Dann bleibt uns nur der Weg, richtig zu leben, in vollen Zügen. Ja. Mit dem Zug reisen. Das wäre auch eine Art, neue Menschen kennenzulernen. Auf Reisen fühlt sich Caroline besser und mental vernetzen sich dann neue Ideen. Caroline schreibt nüchtern, nur mit Mineralwasser oder einer Tasse heiße Schokolade. Sie wirft öfter jeden Ballast von sich und beginnt neu. Das geht nur mit einem klaren

Kopf und sortierten Gedanken. Nach einer Traurigkeit müssen wir uns selbst wieder aufmuntern, sobald die Kraft zurückgekommen ist. Aber sind wir wirklich glücklich, oder nur für den Moment? Es heißt, dass es im Allgemeinen nur glückliche Momente gibt.

Leben heißt Kampf und der Kampf um das Erleben und Überleben erfordert Initiative und sehr viel eigene Kraft.

Manchmal kann für den Anfang auch schon eine neue Frisur, ein Parfüm oder ein Paar Schuhe einiges in unserem Leben ändern. Wir müssen uns belohnen! Es darf auch ein Eis mit Sahne sein. Das Unterbewusstsein eines Mannes sucht die Frau mit einem angenehmen Duft.

Das Leben könnte auch sehr schnell zu Ende gehen. Dann, wenn wir es am wenigsten erwarten. Für eine Weile sind wir da. Vielleicht mit Gottes Gnade werden wir achtzig oder auch neunzig Jahre alt. Aber schon Kinder und junge Leute müssen wegen Krankheiten oder eines Unfalls diese Welt verlassen. Menschen werden misshandelt und gequält oder missbraucht. Das ist so ungerecht und ein nichtswürdiges Benehmen. Es ist verachtenswert. Wem können wir die Schuld geben? Allen Peinigern.

Wir haben alle Angst vor dem Älterwerden. Sollte ein Mensch bis ins hohe Alter geistig fit sein, lesen, schreiben und über vieles nachdenken, bleiben wir zumindest jung im Kopf. Das macht uns dann gelassener und wir sehen viele Dinge nicht mehr so, wie in jungen Jahren. Wir sehen über einiges hinweg und können uns den anderen Menschen offener mitteilen. Ältere Menschen haben so gesehen nicht viel zu verlieren, außer den Familien- und Freundeskreis. Die älteren Menschen haben vielleicht nicht mehr die körperliche Bewegungsfreiheit wie früher, doch der Kopf funktioniert immer, wenn wir natürlich keine Krankheiten haben, die den Kopf blockieren. Wir brauchen alle Gehirnjogging und es tut der Seele gut. Bis ins hohe Alter können wir immer dazulernen. Das ist doch ein positives Resultat.

An was können wir uns erfreuen? Geld allein kann es nicht sein, darf es nicht sein. Die Gesundheit ist die beste Voraussetzung für ein langes Leben und das positive Schicksal muss auf unserer Seite sein. Beten kann helfen. Bauen wir uns geistig eine zweite Welt auf. Gefällt uns die Realität nicht mehr, tauchen wir für eine kurze Weile, vielleicht einen Tag oder für ein paar Stunden, in unser Paralleluniversum ein, bis alles wieder erträglicher ist.

Caroline setzt einmal im Jahr, an ihrem Tag, als sie Romain kennenlernte, im Spielcasino immer einen kleinen Chip auf die Drei und hört dann auf. Das ist ihre Lieblingszahl. Sie trägt dann immer das lilafarbene Kleid, dass Romain ihr damals kaufte. Auch wie die Heiligen Drei Könige oder Weisen aus dem Morgenland – Caspar, Melchior und Balthasar, eine Trilogie, vielleicht ein komplettes Gemälde in drei Teilen oder eine Buch-Trilogie und die Heilige Dreifaltigkeit. Die Drei hat eine geistig-religiöse Bedeutung und zeigt eine geistig-seelische Schöpferkraft an.

Das Gute liegt meist ganz nah. Sehen Sie sich um. Wie oft kann Musik der Seele Trost spenden? Mit dem Lied »The Sound of Silence« (Der Klang der Stille) von Simon & Garfunkel verändern sich bei Caroline Gedanken und die Sichtweise. Lassen Sie sich nicht von Melancholie, Angst und Depressionen lähmen!

Caroline macht eine Pause.

Sie trinkt eine heiße Schokolade in der Küche. Wie gut sie doch schmeckt. »Romain, komm doch bitte zu mir. Lese dir meine traurigen Gedanken einmal durch. Wie findest du es? Sag es mir dann.« »Meinst du, dass die Cola-Nuss hilft, aufzubleiben? Caroline, auf der Welt gibt es schon so viel Elend und du schreibst noch darüber? Fällt dir nicht etwas Fröhliches ein?« Sie sagte nichts und sah, wie er las und mit dem Kopf nickte. Ihre Tochter heißt Candy und geht in die Vorschule. Ab mittags ist Mademoiselle Babette da und kümmert sich um Candy. Sie haben ein Anwesen in Nanterre, einem Vorort westlich von Paris, am Ufer der Seine. Romain verdient sein Geld als Architekt.

Es ist gleich Mitternacht und sie denkt an ihren Mann, ob er sie wirklich liebt. »Wie gefällt es dir bis jetzt? Ich wende die Geschichte in das Positive um. Sie wird ein gutes Ende bekommen. Liebst du mich, Romain? Hast du tiefe, innige Gefühle für mich? Ist es die Einfachheit, das schon lange Zusammensein oder ist es einfach bequem mit mir?« Er dachte etwas länger nach. »Erst einmal liebe ich dich, Caroline, und unsere Candy. Mit dir gestaltet sich mein Leben erquickender. Du bist mal lieb, nachdenklich und sagst alles, was du denkst. Doch du bist auch diplomatisch. Das ist deine Stärke und du tust keinem weh. Es ist eine gute Mischung und du hast Ideen, bist mitfühlend oder auch impulsiv. So eine Frau, die viele Elemente in sich vereinigt, ist selten. Ich habe das Glück, dich ›mein‹ nennen zu können. Ich liebe dich wirklich von ganzem Herzen, meine liebste Caroline. Und man kann ja nicht nur glücklich sein, sondern die anderen dunklen Gedanken müssen auch einmal angesprochen werden. Es ist schon interessant, welche Gedanken du dir über das Leben machst.« »Romain, das waren schöne Worte von dir. Ich liebe dich auch, meistens«, und sie lachte dabei. Er gab ihr einen zärtlichen Kuss. »Candy schläft bestimmt. Schaust du nach ihr?« »Ja.« Er gab ihr das Manuskript wieder und sie las sich alles noch einmal durch. In dieser Geschichte ist sie sehr nachdenklich, setzt sich mit dem Leben auseinander, einfach mit allem. Sie hinterfragt alles. Aber Romain war nicht mehr in der Lage, so spät mit ihr zu diskutieren. Morgen ist auch noch Zeit. Er lag im Bett und sie legte sich dazu und streichelte seinen Kopf. Sie schlief mit einem Gedanken an einen schönen neuen Tag ein und hatte es nicht geschafft, ihr Werk mit der Cola-Nuss zu Ende zu bringen.

»Guten Morgen, meine kleine Candy.« »Guten Morgen, Mama und Papa.« Mit dem Teddy kam sie in das Bett der Eltern und sie legte sich zu ihnen. Sie kuschelten mit ihr und Romain hob sie hoch und ließ sie fliegen. Sie lachte vor Freude. Es war Samstag und ein schönes Wochenende stand bevor. Nach dem Frühstück schaute Caroline in den Garten. Sie sah den Regenbogen. Er ist ein atmosphärisch-optisches Phänomen, der als kreisbogenförmiges farbiges Lichtband wahrgenommen wird. Die Wunder des Himmels. Und wie kam das ganze Wasser auf unsere Erde? Die Sonne wird heute lange scheinen, dachte sie.

Fabrice, der Freund der Familie, stand vor der Tür. Sie tranken Kaffee. Candy spielte mit ihrem Puppenhaus. »Wie geht es deinen Eltern, Fabrice? Haben sie sich von dem Jetlag erholt?« »Ja. Heute Abend bin ich bei ihnen zum Essen eingeladen. Mutter kocht Boeuf Bourguignon und sie haben Freunde eingeladen. Bestimmt werden beide viel Interessantes erzählen. Am Montag fliege ich geschäftlich nach Quebec/Ontario in Kanada. Ich partizipiere am Gewinn eines Holzkonzerns.« »Großartig. Bringst du uns dann auch frische Lachse mit?« »Gerne, Caroline. Ich werde daran denken.« Der Standkicker aus Holz wurde von den beiden Freunden ausprobiert. Er war neu. Damit kann man seine Geschicklichkeit trainieren. Der Fernseher war eingeschaltet. Fabrice verließ die Kleinfamilie am Nachmittag, nachdem sie eine Apfeltarte mit Creme fraîche fast verspeist hatten. Sie wünschten ihm eine gute Reise und dass er sie bald wieder besucht. Candy machte ihren Nachmittagsschlaf. »Romain, hast du Lust auf Sex? Ich möchte dich verwöhnen.« »Ich dachte, du fragst nie danach. Ich freue mich, deine warmen Hände auf meiner Haut zu spüren. Stört es dich, wenn ich ein Glas Wein trinke?« »Nein, Cheri. Ich küsse dich auch mit dem Geschmack von roten Trauben.« Sie liebten sich sehr zärtlich. »Du bist so feinfühlig und ich könnte dich den ganzen Tag küssen.« »Ich liebe dich, Romain. Ich denke, wir werden immer zusammen sein.« »Ich liebe dich, meine Caroline.« Die Zeit drehte sich so schnell und Candy stand vor der Tür und kam nicht herein. »Warte, meine Kleine, ich bin gleich da.« Sie gab ihm noch einen Kuss und im Bademantel stand sie im Flur. Candy bekam einen Joghurt mit Kirschen und durfte sich einen Zeichentrickfilm ansehen. Währenddessen gingen Caroline und Romain unter die Dusche und streichelten sich. »Es war schön mit dir, Romain. Danke.« Er lächelte sie an. Einen Jogginganzug zog sie sich an, nahm sich wieder das Skript und las es noch einmal. Ein paar kleine Änderungen und sie setzte die Story fort. Die Leserinnen oder Leser sollten wirklich in der Stimmung sein, ein Buch zu lesen. Man ist sonst schnell abgelenkt.

Manchmal schreibt man, »unfrei und doch glücklich« zu sein. Geht das? Wir brauchen Mut, um uns durchzusetzen. Was haben wir nicht gesagt? Letzte Nacht schlief Caroline ein und träumte die Geschichte von der Welt, die stehenbleibt. Alle blieben wie sie sind. Junge blieben jung, Alte alt und Kinder blieben auch Kinder. Schwangerschaften gab es nicht mehr und neue Babys wurden auch nicht mehr geboren. Es gab nur noch die jetzt lebenden Menschen auf dieser Welt. Panik herrschte auf unserem Planeten. Die Menschheit könnte dann keine Veränderungen mehr auf dieser Welt erleben. Was wäre, wenn jetzt eine neue Zeit »Null« beginnen würde? Wie würde sie aussehen? Sie erwachte, weil die Angst sich in ihre Gedanken einschlich.

Interessant ist doch die magische Anziehung zweier verwandter Seelen. Jeder denkt, den Menschen für das Leben gefunden zu haben und es wird geheiratet.
    Später ein Kuss, ein Atem, fast schon ein Ausdruck von Kummer. Es kann etwas dazwischen kommen. Die Vorstellung, ins pekuniäre Nichts zu steuern, ängstigt alle Menschen. Hält dann die Ehe oder Beziehung diese Komplikationen aus?

Können wir uns mit dem, was wir lesen, identifizieren? Mit gesenktem Blick schrieb sie die Geschichte weiter. Eine Kleinigkeit könnte unser Leben für immer verändern. Ein vielleicht guter oder unschöner Gedanke.

Etwas beschäftigt Caroline doch so sehr und macht sie traurig. Im Teletext las sie, dass Feldhamster vom Aussterben bedroht seien und nichts zu fressen haben. Das hatte sie wütend gemacht. Von Armut betroffene Menschen gibt es schon viel zu viele. Da denken doch tatsächlich Menschen an Feldhamster? Durch Krankheit oder Arbeitslosigkeit stürzen die konsternierten Menschen in die Isolation. Es gibt die »Tafel« Les Restos du Coeur (Die Restaurants des Herzens), die hauptsächlich Arbeitslose in den Wintermonaten nutzen. Aber es dürften vor allen Dingen keine hungernden Menschen mehr im 21. Jahrhundert leben und vielleicht deshalb bald sterben müssen. Sie denkt, dass für alle Menschen, ob in Afrika, Asien oder sogar bei uns in Europa, genug zu essen da sein muss. Sie bittet die Vereinten Nationen, dass kein Mensch mehr sterben muss, nur weil es keine Lebensmittel für sie gibt. Es gibt genug Lebensmittel. Jeder Mensch muss das Recht auf ausreichende Nahrung haben! Wo bleiben da die Menschenrechte? Caroline möchte sich auch nicht mehr die verhungerten Kinder im TV ansehen müssen. Es ist beschämend. In der UNO müssten nur Philanthropen anzutreffen sein. Das ist ein Appell an die reichen Länder und an barmherzige Personen. Und ein Dankeschön an die Menschen, die diese Projekte unterstützen!

Caroline weiß auch, dass in den Wüsten nichts wächst. Deswegen ist die Hilfe dringend erforderlich. Die Lebensmittel und Hygieneartikel müssten von seriösen Beauftragten verteilt und an die richtigen Gebiete auf der Welt, den hungernden und armen Menschen, den Frauen und vor allen Dingen den Kindern, abgegeben werden. Die Güter müssen unbedingt dort ankommen. Caroline würde sofort in diese Länder reisen und ihnen helfen. Die UNO ist doch mächtig und muss etwas gegen den Hunger auf der Welt unternehmen. Was meinen Sie dazu, liebe Leserinnen und Leser?

Das Abendessen wurde eingenommen und Romain arbeitete in seinem Büro. Caroline brachte ihm einen Mokka und Candy musste ins Bett. Sie las ihr noch eine Geschichte vor und wäre fast mit ihr eingeschlafen. Sie sah die Sterne am Himmel und es sollten Kometen in dieser Nacht zu sehen sein. Sie wünschte sich einen Kometen als Halskettenanhänger. Das Universum hatte sie schon immer fasziniert. In ihrem Zimmer schrieb sie das Ende der Geschichte. Sie ließ ihre Herzensgedanken schweifen und öffnete im Geiste ihre Arme für Candy, Romain und die ganze Welt. Morgen werde ich es ihnen sagen. Was hatte sie ihnen zu sagen? Sie fühlte sich jetzt glücklich, weil ihr Mann sie liebt.

Ihr nächstes Buch soll ein spiritueller Roman werden. Ein Buch über phänomenale Aktivitäten, Esoterik, Voodoo, Sonnengötter, indische und ägyptische Götter, Tempelbauten, Mythologie, Astrologie, Träume, bildende Künste, Musik, Schamanen, Magie und Philosophie. Oder etwas ganz anderes. Und gefällt Ihnen das eigene Sternzeichen nicht, dann adoptieren Sie doch einfach das, welches Sie sein möchten.

Romain war zu seiner Frau ehrlich, als er sagte, dass er sie bedingungslos liebt. Und sie liebt Romain so, wie er ist. Candy hatte nach sechs Monaten einen kleinen Bruder namens Alexandre bekommen. Das war die Überraschung, die sie ihnen damals noch gesagt hatte.

Glauben wir doch an den Kuss der Liebenden, die Unsterblichkeit der Seele und an den Weltfrieden! Der Glaube versetzt angeblich Berge. Glauben wir doch an die Kraft, die in uns steckt, und die Hoffnung gehört immer dazu. Auch wenn das Leben nicht immer einfach ist.

Dexter und Harvey

Diese Geschichte ereignete sich in London.
  Dexter hatte sich zwei Mal verliebt und für ihn waren es die schönsten Erlebnisse mit der größten Befriedigung. Es kommt auf die Feinheiten und die Transparenz an. Alles muss sich ergeben. Kiss me, Darling!

Dexter und Harvey waren zwei extrovertierte junge Männer mit aufregenden Berufen. Dexter war ein hervorragender Charakterdarsteller. Er spielte in vier Kinofilmen die Hauptrolle und liebte die Dramaturgie und den Anspruch, ja die Herausforderung. Er war ein smarter Mann mit schwarzen Haaren sowie einem Alter von sechsunddreißig Jahren. Dexter war ein gefeierter Star und wurde geachtet und geliebt.

Harvey war der ruhende Pol und bekam seine Honorare als Designer für Möbel und Beleuchtungen. Er hatte schon viele exklusive Möbelstücke und Lampen gefertigt und
  Kundinnen und Kunden schwärmten von ihm und gaben seine Visitenkarte gerne an Freunde und Geschäftsleute weiter. So häufte sich das Geld auf dem Konto. Seine blonden langen Haare hatte er zum Pferdeschwanz gebunden, und die braunen Augen strahlten, wenn er Dexter in seinen Armen hielt. Er mag es, lieber im Hintergrund zu agieren.

Sie hatten sich beim Poloturnier kennengelernt. Seit fünf Jahren leben sie zusammen in einem schönen Anwesen in South Kensington. Dort fühlen sich beide wohl und haben viele Freunde. Diese wissen, dass sie homosexuell sind. Im März wollen sie heiraten, weil dann die Partner gleichgestellt sind. So wie heterosexuelle Paare.

Sie saßen auf der großen Ledercouch, die Harvey für das Wohnzimmer nach seinen Vorstellungen herstellen ließ. Das ganze Haus war für Weihnachten geschmückt und die Beleuchtung war eine Pracht.

»Wir werden es im März richtig krachen lassen. Ich freue mich schon, wenn wir den Bund der Ehe geschlossen haben, mein lieber Harvey. I love you.« »Dexter, darauf hatten wir auch lange warten müssen? Du hast ein schönes Lederhemd an. Mit den Fransen steht es dir besonders gut. Wer hat es kreiert?« »Elliott Willows.« »Ihm werde ich auch einen Besuch abstatten.«

Zuvor hatten beide andere Partner. Dexter war mit Samuel liiert und Harvey mit Cole. Als sie noch sehr junge Männer waren, liebten sie auch Mädchen. Doch schnell bemerkten sie, dass sie sich zu Männern hingezogen fühlten. Es liegt in den Genen. Jeder sollte seine Sexualität so ausleben können, wie sie Gott ihnen in die Wiege gelegt hat. Die Menschen denken, dass die Homosexualität mittlerweile akzeptiert wird, doch in Europa herrscht die Homophobie.

Zurzeit spielt Dexter einen Ritter im Mittelalter, 17. Jahrhundert. Er kämpft für Gerechtigkeit und König George III. möchte ihn töten lassen. Doch die Königstochter Gada liebt diesen Ritter. Dexter mag seine Schauspielkollegin Julia und Bob, der seinen besten Freund mimt.

Die Partys unter den Schauspielern sind immer etwas Besonderes und oft exzessiv. Sex and Drugs and Rock 'n' Roll. Auf der letzten Motto-Party mussten alle Gäste in einem Outfit aus den sechziger Jahren erscheinen. Ebenso war die Bar dekoriert. Dexter trug so einen Anzug und Julia ein Kleid, wie es Marylin Monroe gefiel. Harvey gibt Acht auf seinen Mann. Abends soll er in seinem Bett liegen.

Er hatte Violet eingestellt, die seine Sekretärin ist. In seinem Haus sind auch die Büros. Sie gibt ihm manchmal auch Tipps, wie er Dexter noch überraschen kann. Schauspieler sind richtige Diven. Egal ob männlich oder weiblich. Alles muss sich um sie drehen. Das ist nicht immer einfach für Harvey. Er hat jedoch Hände wie Samt und verwöhnt ihn jeden Tag. Dexter genießt die Stunden mit ihm und Harvey beruhigt ihn auch immer wieder, wenn er sich nicht konzentrieren kann und doch manchmal Lampenfieber bei Events hatte. Harveys Stimme hat Charisma. Eine Wohltat für alle Empfindungen.

Am Set gibt es manchmal auch lustige Episoden und man verliebt sich manchmal in den Filmpartner. Das Leben ist wie Wellen im Ozean. Jede Welle ist anders, einzigartig und oft aufregend. Jeder kommt dann irgendwo an einem schönen Ort an.

An Heiligabend hatten sie Kinder armer Eltern sowie einen Mann, der auf der Straße lebt, eingeladen. Der Besuch hatte die Adresse des Anwesens. Joe, der Obdachlose, war über fünfzig Jahre alt und zwei Mädchen im Teenageralter waren eingeladen. Viele Geschenke wird es geben. Die Hilfe der Hausangestellten werden sie in Anspruch nehmen müssen. Wie immer. Sie serviert das Dinner und um die Getränke kümmert sich Harvey. Die Geschenke suchen Dexter und Harvey zusammen aus. Die Weihnachtstage sind wirklich ein Fest der Liebe.

Doch die beiden können sich auch streiten, wobei Harvey der Klügere ist. Was wäre Dexter ohne Harvey. Er weiß gar nicht, was er an diesem liebevollen Menschen wirklich hat. Weiß er es zu schätzen? Harvey hat viel zu tun und die Zeit zum Grübeln fehlt. Wie schnell kann man zu einem großen Vogel mit gebrochenen Flügeln werden? Seine Seele ist rein. Die gefühlvolle Liebe erweckt sie jeden Tag auf das Neue.

Dexter hört gerne Musik von Nelly Furtado und Rihanna. Auch französische Chansons liebt er und romantisch kann er auch sein. Sie saßen noch immer auf der Couch. »Harvey, hattest du schon einmal an ›die andere Seite‹ gedacht?« »Nein Dexter. Da möchte ich noch nicht hin. Hier bin ich sehr glücklich mit dir. Geht es dir nicht gut? Hast du ein Problem? Mir kannst du es sagen. Ich bin immer an deiner Seite. Egal was es ist, spreche immer mit mir, wenn du Hilfe benötigst.« »Manchmal … Ich glaube, dass ich manchmal depressiv bin und es herunterspiele. Ich denke dabei nicht an einen Suizid, das nicht. Mein Beruf als Schauspieler, ist das wirklich ein Beruf? Ich hätte vielleicht doch besser

Informatik studieren sollen. Doch jetzt kann ich Rollen spielen, die mir gefallen und immer in eine andere Person schlüpfen. Das macht schon Spaß. Aber ist man, wenn keine Rollen mehr kommen, ein altes Eisen, wie man so sagt? Das Altern holt dich ein und auf was blicke ich dann zurück? Ich denke an dich, Harvey. Ich bin glücklich, dass wir Joe und die beiden Mädchen eingeladen haben. Bringst du sie wieder zurück?« »Natürlich, Dexter. Ich bringe alle heim, und Joe wird in einem Hotel Weihnachten erleben. Das ist meine Überraschung für ihn. Du weißt, ich gebe ihm immer Geld. Ja, schade, dass er aus dem Berufsleben abgestürzt ist. Ich denke gerade darüber nach. Sollen wir ihm einen Job geben. In meinem Büro könnte er mir helfen?« »Die Idee hört sich gut an, Harvey. Überlege es dir.« »Wenn wir arbeiten, müssen wir nicht mehr so viel denken, Dexter. Beschäftige dich mit einem Hobby, wenn es die Zeit erlaubt, und liebe mich aufrichtig.« »Komm her. Ich gebe dir einen Kuss. Er wird so sein, dass er dich immer an mich erinnert.« Dexter küsste Harvey mit viel Gefühl und umarmte ihn dabei. Sie zogen sich im Schlafzimmer aus und gingen duschen. Harvey liebkoste seinen Mann und er spürte seine Liebe sowie sein Feuer, seine Leidenschaft. Harvey machte sich aber Gedanken um Dexter. Er hatte sich ihm offenbart. Braucht er Hilfe? Ist seine Psyche erkrankt? Er wollte sich jetzt auf das Gefühl der Impulse konzentrieren. Sie liebten sich innig und es war eine lange Nacht geworden.

Am nächsten Morgen begann der letzte Arbeitstag für beide. Dexter trank schnell einen Kaffee und aß ein Sandwich. Harvey saß am Tisch und las »The Times«. Er hatte anfangs drei Semester Betriebswirtschaft studiert und dann einen Design Abschluss absolviert. Seine künstlerischen Ideen sind jetzt sein Traumjob. Er ist selbstbewusst, kreativ und innovativ. Er ist ein Mann der Hingabe in jeder Hinsicht. Sein Sternzeichen: Schütze. Ja, die in jede Richtung schießen können. Sein Lieblingsgewürz: Zimt im Kaffee und auf Crêpes. Zimt kann die Blutzuckerwerte und den Cholesterinspiegel senken. Es ist ein Naturheilmittel. Für Harvey ist das »Sein« sehr wichtig. Das »Haben« ist eine schöne

Geste des Lebens und nichts passt besser zusammen als die Euphorie und die Leidenschaft!

Violet kam in die Küche und trank einen Kaffee mit Harvey. »Sag mir bitte ehrlich: Soll ich mir die Haare blondieren lassen? Sehe ich dann sexy für die Männerwelt aus?« »Violet, bitte bleib so, wie du bist. Du bist eine aparte Frau und sei ehrlich, die Männer sehen hinter dir her. Was für ein Parfüm benutzt du?« »Chanel Mademoiselle. Gefällt es dir?« »Es duftet so gut. Ich benutze Guerlain Homme. Es ist in einem architektonischen Flakon. Deshalb hatte ich es eigentlich gekauft. Es gefällt Dexter. So, wir müssen jetzt ins Büro. Bitte die nächste Türe rechts, Violet.«

Dexter rief Harvey an und meinte, dass er sich sehr auf den Abend mit ihm freut. »Du tust mir so gut.« »Ich vermisse dich auch.« Harvey lieferte einen exklusiven und außergewöhnlichen Tisch mit Innenleben und Beleuchtung »Japanischer Garten« an eine Kundin. Sie war von dem Modell fasziniert. »Thanks, Mister Beckmann. Der Tisch sieht entzückend aus und die Technik ist phänomenal. Meine Freundin wird neidisch auf diesen einmaligen Tisch sein. Darf ich Sie Harvey nennen? Ich überweise Ihnen das Geld nach Weihnachten. Trinken Sie noch ein Glas Champagner mit mir?« »Sehr gerne, Miss Grantham. Sagen Sie Harvey zu mir. Sie haben eine schöne Villa. Meine damals für Sie kreierte Lampe steht an einem schönen Platz. Haben Sie gutes Licht?« »Ja. Sie gefällt mir noch immer. Haben Sie Interesse, mit Ihrem Freund bei uns Silvester zu feiern? Wir geben eine Party für die Upper Ten.« »Ich frage Mr. Bancroft und rufe Sie dann nach Weihnachten an. So, jetzt muss ich aber losfahren. Im Büro wartet noch Arbeit auf mich. Fröhliche Weihnachten, Miss Grantham.«

Er fuhr noch zu einem Juwelier und holte einen Ring für Dexter ab. Er war mit einer besonderen Gravur. »Für meine größte Liebe«. Violet sollte eine Uhr von Cartier bekommen. Sie ist so fleißig und eine richtige Freundin für ihn geworden. Der Tag ging zur Neige und er übergab ihr das Geschenk und wünschte Violet schöne Weihnachten und einen guten Rutsch ins neue Jahr. Sie bedankte sich mit einem Kuss. Für sie war heute der letzte Arbeitstag in diesem Jahr. Er ging zu Molly, ihrer Hausangestellten und Köchin, und besprach mit ihr die Weihnachtstage. Die Vorratskammer war voller Köstlichkeiten. Molly war eine sehr gute Köchin. Sie beherrschte auch die französische Küche. Jetzt hatte er die Zeit gefunden, es sich auf der selbst kreierten Relax-Liege bequem zu machen, und schlief ein.

Dexter kam so gegen acht Uhr heim und brachte eine Flasche Whisky mit. Er weckte ihn nicht und wartete, bis er erwachte. Danach nahmen sie zusammen das Dinner ein. Es gab ein mariniertes Strauߟen-Steak mit Pommes frites und einen gemischten Salat sowie ein Grieß-Mandel-Dessert. Ein Glas Whisky schenkte Dexter ein und er prostete ihm zu. »Auf ein schönes Weihnachtsfest, Harvey. Lass dich überraschen. Dein Geschenk bekommst du in der Frühe, ach nein, wenn wir aufstehen.« Harvey lachte ihn an und gab ihm einen Kuss. Er wusste noch, was er geträumt hatte. Es war jedenfalls kein schöner Traum und er sprach nicht darüber. Die Männer haben alles, was ihr Herz begehrt. Auf große Geschenke verzichten sie und freuen sich, andere Menschen glücklich zu machen. Nach der Hochzeit sollen die Flittertage in St. Moritz in der Schweiz stattfinden. Sie wollten Skifahren und auf der Alm und im Hotel schöne und ruhige Abende verbringen. Die Reise ist schon gebucht. Die reichsten Menschen leben in London. Ein angenehmer Gedanke.

Sie sahen zusammen TV und später ging Harvey noch einmal in sein Büro. Er machte sich Gedanken über die Zukunft. Er stellte für einen Augenblick die Hochzeit infrage. Ist er wirklich der richtige Mensch für mich? Er dachte jetzt schnell wieder an seine Bilanzen und blätterte in den Akten. Dexter war müde und er schlief auf der Couch ein. Es herrschte absolute Ruhe in dem Haus. Molly hatte sich auf den Heimweg gemacht. Harvey legte später sein Geschenk für Dexter unter den Tannenbaum. Nein, es waren natürlich mehrere Geschenkkartons. Keiner hält sich daran, dass ein Geschenk reichen würde. Harvey legte sich in sein Bett und las in einem Buch. Es war eine Crime Story. Er hörte, wie Dexter unten im Haus herumlief. Auch er legte seine Päckchen unter den Baum, so wie Harvey es als Kind schon in Deutschland erlebt hatte. Sie beschenkten sich seit Jahren an Heiligabend am Morgen. Harvey ist Deutscher und ist in Dortmund geboren. Borussia Dortmund ist sein Favorit. Harvey hat inzwischen die britische Staatsbürgerschaft. Dexter freute sich schon jetzt, in der Frühe in Harveys Gesicht zu sehen. Er summte ein Liebeslied »You and I« von den Scorpions. Er machte einen Hechtsprung in das Bett und landete direkt neben Harvey und küsste ihn. Das stabile Bett hatte auch Harvey entworfen. Dexter streichelte seinen ganzen Körper und sie liebten sich. Sie wünschten sich eine gute Nacht und schliefen ein.

Jeder packte am Morgen seine Geschenke aus und es gab viel zu lachen und Freude lag auf ihren Gesichtern. Sie waren im Moment sehr glücklich. Molly sollte sich ihre Geschenke ansehen. Sie war überrascht über eine Handtasche und ein edles Kostüm. »Für mich? So ein teures Geschenk. Danke Dexter, danke Harvey.« Sie wollte sich heute beim Kochen selbst übertreffen. »Fröhliche Weihnachten, Dexter. Wir haben zwar erst morgen Weihnachten, aber ich möchte es schon heute sagen. Ich liebe Weihnachten.« »Dir auch, Harvey.«

Es klingelte um Mittag und Joe kam gewaschen und in alter, aber sauberer Kleidung ins Haus. »Ein schönes Weihnachtsfest wünsche ich uns allen. Wie geht es euch, Männer?« »Gut«, kam es wie aus einem Munde. Die beiden jungen Damen kamen kurze Zeit später. Die gleiche Zeremonie, nur dass sie von Ruby und Grace geküsst wurden und sich für die Einladung bedankten.

Weihnachtsmusik war zu hören und sie tranken ein Glas Sherry. Die Mädchen bekamen eine Cola. Jeder freute sich über die Geschenke. Schöne Bekleidung kann man immer gebrauchen. Jetzt saßen alle am Tisch im Esszimmer und Molly servierte eine Kürbissuppe mit Rahm und Mandeln und den Truthahn, gefüllt mit Backpflaumen und Äpfeln. Es gab noch Klöße, Rotkohl, Plumpudding und Eierpunsch. Alle setzten einen Papp-Hut auf und jeder hatte ein Dutzend Knallfrösche. Am fünfundzwanzigsten Dezember, so gegen drei Uhr am Nachmittag spricht die Queen ihre Weihnachtsansprache.

Unter einem Mistelzweig küssten sich die beiden und umarmten sich. Das war ein romantischer Augenblick. Harvey sah tief in die Augen seines Verlobten. Was sah er da? Am ersten Weihnachtstag waren zwei gute Freunde zum Essen eingeladen. Am zweiten Weihnachtstag waren sie bei Jonas, John und Mike eingeladen und das Feiern ging weiter. Ruby und Grace sahen sich noch einmal ihre Uhren an und strahlten. Es wurde viel erzählt und gelacht. Abends brachte Harvey Joe in ein kleines Bed-and-Breakfast-Hotel und gab ihm Geld. Die Überraschung war so groß, dass Joe ihm einen dicken Kuss gab. »Ich küsse dich, weil ich dich mag und du ein gutes Herz hast, mein Lieber.« »Danke Joe, bis bald. Frohe Weihnachten.« Die beiden Mädchen fuhr er nach Hause. »Frohe Weihnachten euch allen und bleibt anständig zu euren Eltern.« Er kam zurück und sie saßen am Kamin und tranken ein Glas Wein. Jetzt wurde es besinnlich und sinnlich. Sie waren allein und Dexter klammerte sich an Harvey. »Du lässt mich doch nicht allein, Harvey, oder?« »Wie kommst du jetzt darauf, am Heiligabend doch nicht«, sagte er etwas verschmitzt. »Wie fühlst du dich, Dexter?« »Es geht mir soweit gut, nur Weihnachten habe ich manchmal ›graue Wolken‹ in meinem Kopf und bin ein wenig traurig.« »Das passiert schon mal bei dem dunklen Wetter, Dexter. Im Januar wird es wieder heller und am einunddreißigsten März auf dem Standesamt wird ein Licht um deinen Kopf leuchten. Glaube mir, das wird der schönste Tag in unserem Leben.« Was habe ich gesagt und warum denke ich jetzt so positiv?, dachte Harvey. Ist er noch der festen Überzeugung, dass Dexter der richtige Mann für ihn ist? Er schob den Gedanken beiseite. »Komm, lege dich in meinen Arm und denke an etwas Schönes. Wie gefällt dir der Gedanke St. Moritz. Dort wird dich fast jeder kennen. Sei gewarnt. Wir werden die Tage dort genießen und dann zurück in das alltägliche Leben. Wie immer. Ich weiß, dass du die Anerkennung von Menschen benötigst und

Glanz und Gloria um dich sein muss. Ich kann es sogar ein bisschen verstehen.« »Ja. Ich werde versuchen, positiv zu denken und zu fühlen. Bitte, ich möchte jetzt Sex mit dir. Ich bin zu allem bereit.« Dexter ließ sich verwöhnen und Harvey bekam auch das, was er sich wünschte. Die nächsten zwei Tage verbrachten sie mit Freunden. Harvey rief seine Eltern und seinen Bruder an. Dexter konnte nur seine Mutter anrufen.

Harvey hatte die Einladung zur Silvesterparty bei der Familie Grantham erwähnt und Dexter stimmte zu, dass sie zusammen zu diesem Fest hingehen werden. Der Tag kam und sie zogen ihren dunklen Smoking an. Sie sahen sehr gut darin aus. Von Herrn Dr. Grantham und der Gattin wurden sie freundlich begrüßt. Ein Champagner-Empfang. Viele Leute waren zu diesem Bankett eingeladen. Darunter waren auch viele Kunden, die Harvey begrüßt und Dexter zu seinem letzten Film beglückwünscht hatten. Es wurde getanzt. Dexter wurde von einer Lady Daisy aufgefordert. Sie schwärmte so von ihm und wusste aber nicht, dass er homosexuell ist. Er blieb der wahre Gentleman. Das Essen war vorzüglich und die Getränke kamen alle aus Frankreich. Es war fast null Uhr und das baldige Brautpaar stand bereit, um sich ein gutes neues Jahr zu wünschen und sich zu küssen. Sie zählten laut: five, four, three, two, one. Kuss. »Ein gutes neues Jahr für dich, Harvey.« »Für dich auch, Dexter«. Sie unterhielten sich noch mit dem Gastgeber und einigen anderen Gästen und fuhren dann zurück zu ihrem Anwesen.

Die Arbeitswelt hatte sie wieder und alles lief seinen gewohnten Gang bis zum neunundzwanzigsten März. Das war der Tag der Gleichstellung bei Homosexuellen.

Die Hochzeit war schon im Sommer mit einem Weddingplanner besprochen worden und alles war für den einunddreißigsten März ausgerichtet worden.
Die Gäste erhielten eine Einladung und in einem noblen Hotel sollten die Festlichkeiten stattfinden. Auf dem Standesamt erschienen sie in

einem dunkelblauen Anzug, und zwei gute Freunde waren die Trauzeugen. Die Eltern beider Männer nahmen Platz und folgten der Zeremonie. »Sie dürfen den Mann jetzt küssen.« Dexter gab Harvey den Hochzeitskuss und umarmte ihn. Für Dexter war es die Erfüllung seiner Seele. Im Hotel gab es Austern, Jakobsmuscheln an einer Erdbeer-Vinaigrette, Hummer, Lammkarree. Japanisches Kobe Beef und verschiedene Beilagen. Ein Erdbeersorbet und eine Créme Brûlée. Einfach alles, was Gaumensex auslöst. Viele Blumen schmückten den Private Dining Room. Es wurde erzählt, getanzt und viel gelacht. Das Brautpaar eröffnete mit einem Walzer das Parkett, und bis zum Nachmittag hatten viele einen leichten Schwips. Jetzt half nur noch die dreistöckige Hochzeitstorte in verschiedenen Ausführungen. Oben gab es eine Erdbeer-Sahne-Torte, dann eine Pralinentorte sowie eine Apfeltarte. Dieser Tag bescherte beiden jede Menge Geschenke. Bis in die Nacht wurde gefeiert und dann zogen sich Harvey und Dexter zurück in eine Suite in diesem Hotel und verbrachten eine glückselige Hochzeitsnacht und keine Spielart wurde ausgelassen. Jetzt waren sie Mann und Mann sowie gleichgestellt für ihr gemeinsames Leben.

Mit dem Flugzeug ging es in die Schweiz zum Engadin Airport St. Moritz. Ein Taxi brachte sie dort in das Hotel Gondano. Es gefiel ihnen sofort und sie checkten ein. In dem Café bestellten sie Kaffee mit Whisky und aßen eine Champagner-Trüffel-Tarte mit Himbeeren. Köstliche Idee. Sie hatten die Sicht auf die Engadin Berge und am nächsten Tag sollte es auf den Berg gehen. Beide besuchten das Spa und den Fitnessraum. Danach einige Runden im Swimmingpool. Sie waren wieder fit und stürzten sich in das Nachtleben, in die Bar. Zuerst wollten sie ein Gay-Hotel buchen. Es gab sogar eines in St. Moritz. Doch sie liebten den Luxus und jetzt waren sie im Gondano. Sie suchten ja keine Partner. Das Essen war immer köstlich und opulent. Auch im Hotel gab es Menschen, die Dexter und Harvey kannten. Fans wollten von Dexter Autogramme. Auch das Hotel zeigte Interesse an den exklusiven Designer-Möbeln von Harvey. Man hatte dort von seinem Tischkunstwerk gesprochen. »Frau Grantham war letztes Wochenende hier bei uns. Sie hat uns von Ihren Designer-Möbeln berichtet. Haben Sie Fotos davon?« »Nein. Ich werde Ihnen einige schicken.« »Das ist ja fast anstrengend. Ich wollte hier meine Ruhe haben, Harvey.« »Komm, lass uns gehen.« Wenn beide Herren ihrer Arbeit nachgehen, haben sie oft wenig Zeit füreinander. Sie versuchen aber, ihre Intimsphäre zu bewahren. Sie liebten sich und erschienen erst wieder am Abend im Restaurant. Es gab zuvor Kaviar, Königskrabbe an Mango-Melonen-Trüffelsymphonie und Quinoa in einer Champagner-Sauce. Eine flambierte Obstschale und eine Vanille-Pistaziencreme wurden serviert. Sie tranken einen Weißwein aus Italien und danach einen Cognac. Aber bei einem blieb es nicht. In der Bar wurde es sehr gesellig und sie tanzten beide zusammen. Keiner rümpfte die Nase. Dazu waren auch alle viel zu sehr angeheitert. Flotte Tanzmusik, der Alkohol und nette Menschen verschönerten den Abend. Sie umarmten sich und fanden den Weg in ihre Suite. Jetzt musste der Rausch ausgeschlafen werden. »Ich vertrage gar nicht mehr so viel Alkohol. Du Harvey?« »Ich habe mich etwas zurückgehalten, um dich in unser Bett zu bringen. Liebst du mich?« »Natürlich Harvey. Wie kannst du mich das fragen?, lallte er. »Was liebst du am meisten an meiner Person?« »Alles. Du bist mein Leben. Du kennst mich so gut. Ich vertraue dir.« »Schlaf gut und träume von mir.«

Am nächsten Morgen fuhren sie mit dem Lift und ihren Skiern den Berg hinauf. War das eine Aussicht. Jetzt mussten Dexter und Harvey den Weg nach unten finden. Sie fuhren los und hatten viel Spaß. Am dritten Morgen fuhr Harvey allein auf den Berg und sah sich um, bevor er ins Tal fahren wollte. Zweihundert Meter weiter ..., er konnte es nicht glauben, stand Cole am Abhang. Er fuhr in seine Richtung und in seine Arme. »Cole, alter Freund, was machst du denn hier?« »Hallo Harvey, wie geht es dir? In welchem Hotel bist du? Bist du verliebt? Ich bin mit meinem Freund James hier in einem kleinen Hotel. Darf ich ihn dir vorstellen? Das ist Harvey, ein alter Freund.« »Hallo Harvey.« Harvey war ein wenig enttäuscht. Warum das? Er war nicht mit ihm zusammen. Mit

Cole hatte er seine zwanziger Jahre verbracht und viel mit ihm erlebt. »Ich, nein wir, Dexter und ich, sind im Gondano. Besucht uns doch einmal am Abend in der Bar. Ich würde mich freuen, mit dir wieder reden zu können, Cole.« »In Ordnung. Wir kommen einmal vorbei. Aber jetzt geht es abwärts. Bye Harvey.« Harvey stand da im Schnee. Etwas verwirrt. Cole hatte bei ihm alte Erinnerungen hervorgebracht. Aber jetzt bin ich mit Dexter verheiratet. Was soll das alles?, dachte er und fuhr ins Tal. Er hatte während der Fahrt ein Déjà-vu. Er konnte sich genau an den letzten Abend erinnern, als sie sich zum letzten Mal gesehen hatten. Das war vor langer Zeit und doch ist es in Erinnerung geblieben. Er fuhr weiter und dachte an Cole, der immer sehr gut zu ihm war und sich sehr in ihn verliebt hatte. Doch Harvey hatte ihm damals eine große Szene gemacht, als er einen Freund auf der Straße getroffen hatte. Bin ich denn jetzt auch noch so eifersüchtig?, dachte er nachdenklich. Nein. Da waren wir ja noch so jung und ohne viel Lebensweisheit. Er ging ins Hotel und suchte Dexter. Dieser war im Fitnessraum und der Schweiß perlte an seinem Körper herunter. Er sah gut aus. Und sein Geruch! Sie gingen an die Bar, tranken einen Fitnessdrink und der Weg führte sie dann auf ihr Zimmer.

»Ich habe jemanden auf dem Berg getroffen. Du wirst es nicht glauben. Es war mein damaliger Freund Cole. Er sah gut aus und hatte seinen Freund James mit hierher gebracht.« »Muss ich jetzt eifersüchtig werden? Du bist jetzt mein Partner. Warum sagst du es in einem anderen Ton? Magst du ihn noch? Das ist doch wohl nicht dein Ernst?« Harvey gab keine Antwort. Er legte sich auf das Bett und drehte sich auf die Seite und sah aus dem Fenster. Er schloss die Augen und dachte an ihn. An Cole. Harvey wünschte sich jetzt einen schönen Tagtraum und der überkam ihn auch. Er sah ihn und sich am Strand auf einer einsamen Insel. Und der Sex mit ihm war gigantisch. Er war so sanft und konnte gut küssen. Am nächsten Abend waren Cole und James in der Bar. Harvey stellte ihm die beiden vor. »Cole, du hast Harvey ganz schön irritiert mit deiner Anwesenheit. Was möchtet ihr trinken?« »Whisky, danke.« Harvey kam zu sich und sagte ihnen, dass das sein Partner Dexter ist und sie vor einigen Tagen geheiratet hatten. Sie gratulierten den beiden nachträglich und wünschten ihnen alles Gute. »Dexter, deine Filme gefallen uns. Du bist ein guter Schauspieler. Drehst du zurzeit einen neuen Film?« »Ja. Ich kann leider nichts verraten. Es ist phänomenal, eine gute Rolle zu bekommen.« Die Unterhaltung hielt sich in Grenzen. Jetzt hatte Harvey »graue Wolken am Himmel«. Was fühlte er in den Momenten? Ist er noch glücklich? War die Heirat eine gute Idee? Er stellte wieder alles infrage.

Harvey ging jetzt in die Offensive und fragte Cole nach der Adresse und der Telefonnummer. Er bekam beides. Hoffentlich kann ich ihn auch wirklich unter dieser Telefonnummer erreichen.

Er sehnte sich jetzt nach London zurück und wollte so schnell wie möglich wieder arbeiten. Die vier Männer sahen sich nicht mehr. »Harvey. Warum hast du dir die Adresse und die Telefonnummer von Cole geben lassen? Liebst du ihn etwa noch? Was ist los mit dir? Ich werde gleich wütend.« Er schrie ihn an und Harvey sagte keinen Ton. Die Stunden vergingen. »Ich weiß es selbst nicht, was mit mir los ist. Gib mir Zeit.« »Willst du alles aufgeben?« »Sei still und gehe in das andere Schlafzimmer. Ich möchte allein sein.«

In der Nacht packte er seinen Koffer und ließ sich mit einem Taxi zum Flughafen bringen. Er hinterlegte einen Zettel für Dexter. Darauf stand: »Ich musste jetzt weg. Verzeih mir. Ich brauche Zeit. Ich melde mich bei dir«. Am frühen Morgen ging es zum Flughafen London City. Er dachte die ganze Zeit abwechselnd an Dexter und an Cole. In ihrem Haus blieb er drei Tage im Bett, bis Dexter wiederkam. Sie begrüßten sich zaghaft, aber sprachen nicht miteinander. Dexter musste am nächsten Tag wieder zum Set und Harvey ging ins Büro und beschäftigte sich mit seinem neuen Auftrag. Eine außergewöhnliche Chaiselongue aus Mahagoni mit integriertem Tisch. Der Bezug aus schwarzem Brokat und Goldornamente im Barockstil sollten außerdem diese schmücken.

Mit Arbeit kann Harvey abschalten. Dexter war nicht zu hören. Auch am folgenden Tag ging Dexter, ohne ein Wort zu sagen.

Jetzt hatte Harvey den Hörer in der Hand und dachte an Cole. Sollte er ihn wirklich anrufen? Er überlegte. Was sollte er ihm sagen? Ich liebe dich? Er wählte die Nummer. »Smith« »Können wir uns treffen, Cole? Ich möchte mit dir reden.« »Ja. Wann hast du Zeit? Wie wäre es heute Abend um acht Uhr in der Bridge Winebar in Clapham. Ist es dir recht?« »Ja. Ich bin dann da.« Harvey saß mit Hochspannung an seinem Schreibtisch. Die Uhr lief schnell und der Abend nahte. Er stand pünktlich vor der Homo-Bar, öffnete die Tür und Cole stand an der Theke. Allein. Harvey war nervös und bestellte sich einen doppelten Whiskey. Sein Gesicht war starr. Er blickte Cole an. »Warte ein paar Minuten, ich muss in der Stimmung sein und trinke noch etwas. Danke.« »Lass dir Zeit, Harvey, so kenne ich dich gar nicht. Du bist sonst so cool gewesen.« »Ich bin verheiratet. Als ich dich gesehen hatte, bist du mir nicht mehr aus dem Kopf gegangen. Jede Minute hatte ich an dich gedacht. Liebst du James?« »Ich mag ihn, wir sind Freunde. Mehr nicht.« »Kannst du dir vorstellen, wieder mit mir zusammen zu sein, Cole?« Er zögerte mit seiner Antwort. Harvey sah ihn fast flehend an. »Ja. Harvey. Wenn ich ehrlich bin, hast du mir gefehlt. Ich habe gelitten, als du mich verlassen hast.« »Es tut mir leid.« Er umarmte seinen alten Freund Cole und gab ihm viele Küsse. »Wo warst du? Ich hatte dich nie mehr gesehen.« »Ich war lange Zeit in Manchester und arbeitete dort als Controller. Jetzt bin ich wieder in London bei einem Elektrokonzern. Du bist doch verheiratet, Harvey.« »Ja. Können wir es noch einmal versuchen. Wir nehmen uns zusammen eine Wohnung. Ich habe genug Geld. Sag ja.« »Ja. Dann haben wir jetzt eine Menge zu tun. Wir müssen uns wieder richtig kennenlernen.« »Dexter ist kein schlechter Mensch, doch seine exzessiven Partys und der Lebensstil passen nicht zu meinem. Verstehst du mich? Wie lebst du?« »Normal, in guten Verhältnissen. Aber Partys mag ich auch.« Sie tranken jede Menge Whisky auf ihr Wiedersehen und Harvey ging mit zu Cole nach Hause. Sie schliefen zusammen im Bett ein. Angezogen.

Als sie erwachten, lagen sie sich in den Armen und küssten sich. Der Sex war zärtlich und doch intensiv. Beide Männer waren glücklich.

Harvey trennte sich langsam von Dexter. Innerlich war er aber schon bei Cole angekommen. Er war selten in dem Anwesen von Dexter und ihm. Harvey wollte die Scheidung. Das war ihm schnell bewusst geworden.

Die Beziehung von Cole und Harvey steigerte sich und sie liebten sich jeden Tag mehr. Bald waren die Partner der beiden vergessen und sie zogen in eine schöne Villa, weit weg von Dexter. Harvey wollte nicht mehr heiraten. Doch Cole wollte ein Kind, und sie haben dann später geheiratet. Der kleine Oliver wurde durch eine Leihmutter ausgetragen mit dem Sperma von Cole. Sie bauten sich einen neuen Freundeskreis auf und besuchten beide Familien. Die Eltern von Harvey freuten sich über den kleinen Oliver und die Eltern von Cole waren stolz auf ihren und seinen Sohn. Jeder ging seinem Beruf nach. Harvey war jetzt endlich zu Hause angekommen, im Hafen der Liebe. In seinem neuen Büro war er nun eingezogen und Violet gab Acht auf den Kleinen. Sie berichtete ihm manchmal von Dexter, der auch einen neuen Freund fand.

Auch eine homosexuelle Ehe kann glücklich werden. Sie kann auch scheitern. Auf den Partner kommt es an und die Feinheiten. Die Gefühle einer großen Liebe müssen ein Leben lang bestehen. Was denken Sie?

Louna und Mathis

Unter dem weißen Tischtuch hatte er seine Beine zwischen ihre gestellt. Er wollte Sex mit ihr haben. Mathis hätte es ihr sagen können. Sie fand seine Art, es ihr so mitzuteilen, profan.

Die Brasserie du Théâtre auf dem Boulevard Victor Hugo 22, im Stadtviertel Comédie, bietet französischen Charme, und ihr Zuhause befand sich in Montpellier, einer der größten Städte an der französischen Mittelmeerküste, in der Region Languedoc-Roussillon. Louna gefiel ihre Stadt und sie liebte ihren Freund Mathis. »Hör auf damit. Lass meine Beine los. Die Leute sehen uns schon an.« Der Kellner monierte sein Verhalten. Mathis lachte nur. »Stell dich nicht so an. Die Herrschaften waren auch einmal jung. In zehn Jahren würde ich das nicht mehr machen. Dann bin ich dreiunddreißig Jahre und du wärst mir dann dafür auch zu alt.« »Wie bitte? Zu alt? Möchtest du sagen, dass du mich in zehn Jahren nicht mehr liebst?« Ein Streit entfachte und eskalierte. Louna war sehr impulsiv, aber sie wusste, was sie wollte. Sie stand auf und verließ das Lokal. Mathis saß sprachlos da und lief ihr dann hinterher. Aber draußen sah er sie nicht mehr. Seinem Freund Jean erzählte er von ihrem Auftritt im Restaurant. »Natürlich liebe ich sie. Gerade weil in ihr so viel Feuer steckt. Sie küsst so gut und die Nächte ... Du weißt, was ich meine.«

Es war schwülwarm und die Sonne wollte einfach nicht untergehen. Mathis legte sich auf die Couch und Jean brachte ihm ein kaltes Bier. So hatte er sich den Samstag nicht vorgestellt. »Geh und suche Louna. Sie möchte bestimmt, dass du sie vermisst, und gehe doch einmal zu ihren Eltern. Vielleicht ist sie ja nach Hause gegangen. Rufe mich später an.« Mathis kämmte seine verschwitzten Haare und gelte sie zur Abkühlung. Das machen manche Südländer.

Er studierte an der Université I Medizin und Louna an der gleichen Université Verwaltungswissenschaften. Seine Eltern sind geschieden und er wohnte bei seinem Vater Victor. Er arbeitete bei der Gendarmerie. Lounas Eltern, Florence und Henry, hatten ein Schreibwarengeschäft.

Bei ihren Eltern war sie nicht. Ihre Freundin Lola öffnete die Tür. »Louna, warum bist du fortgelaufen? Ich habe dich überall gesucht.« Der Anblick dieser schönen Frau löste bei ihm Begierde aus. Sie war zweiundzwanzig Jahre jung und glich einer Rosenknospe kurz vor der Öffnung. Sie bemerkte sein starkes Verlangen und wollte den Abend aber mit ihrer Freundin verbringen. Sie war eine junge Frau mit Respekt und sie ließ es ihn wissen. Er wusste, wann er gehen musste. Die beiden jungen Frauen wollten daraufhin tanzen gehen und besuchten die Diskothek »Lonely Planet«. Hübsch sahen beide aus. Die jungen Männer sahen hinter ihnen her. Als sie an einem Tisch saßen, kam ein junger Mann zu ihnen und stellte sich als Gavin vor. Mit beiden ging er auf die Tanzfläche. Doch als die Musik langsamer wurde, fragte er Louna, ob sie mit ihm tanzen wollte. Eng umschlungen bewegten sie sich zu diesem Rhythmus. Er umarmte sie. Sie ließ es zu und dachte dabei an Mathis. Er hätte es jetzt sein können. Gegen drei Uhr morgens verließen sie das Tanzlokal. Mit Gavin ging sie die Straße entlang und er brachte Louna heim. Mathis hatte die ganze Zeit draußen versteckt auf sie gewartet und war jetzt den Tränen nahe. So schnell tauscht sie mich gegen einen anderen aus, dachte er. Die Dunkelheit tauchte die ganze Stadt in ein tiefes Schwarz. Ich bin hier, hätte er ihr gerne sagen wollen. Am Haus ihrer Eltern verabschiedete sich Gavin mit einem Kuss auf die Wange. »Können wir uns morgen wiedersehen, Louna?« »Nein, dann kann ich nicht. Ich gebe dir meine Telefonnummer, wenn du möchtest?« »Gerne. Ich danke dir. Der Abend war schön. Ich rufe dich bald an.« Am Sonntag wollte sie noch einmal mit Mathis reden und sich Klarheit verschaffen. Es ist nichts mit Gavin gewesen, nur ein Kuss. Das ist kein Fremdgehen, dachte sie. Der erlösende Regen prasselte gegen ihr Fenster und sie öffnete es ein wenig. Die Luft war stickig.

Am nächsten Morgen klingelte bei Mathis das Telefon. Doch er ignorierte das Klingeln. Er hatte es sofort ausgeschaltet. Sie versuchte es den ganzen Tag. Abends ging sie mit Lola in ihr Bistro »Chez Boris, Esplanade« und da sah sie Mathis mit einer jungen Frau im Arm. Sie ging zu ihm hin und wollte ihn sprechen. »Ah, mein Lieber, so schnell findest du eine andere.« »Wieso? Du warst doch noch schneller als ich und hast dich gestern mit einem Mann in der Diskothek amüsiert.« »Da war nichts. Ich könnte nicht mit einem anderen zusammen sein, weil ich dich liebe, Mathis.« »Ich verbringe den heutigen Abend mit Nicole. Sie ist nicht so zickig wie du. Au revoir, Louna.« Das konnte Mathis nicht mit ihr machen. Da hatte er sie einfach an die Seite geschubst. Und das kleine Tattoo mit seinem Namen wollte sie am liebsten rückgängig machen. Sie hatte leider nicht die Telefonnummer von Gavin und musste warten oder auch nicht. Louna fühlte sich jetzt einsam.

Am nächsten Tag, auf dem Weg zur Universität, sah sie von weitem Mathis. Er lief aber nicht in ihre Richtung. Der Tag verlief langsam und gegen Abend rief Gavin an. Er war sechs Jahre älter als sie, und Gavin sprach eine Einladung zu einem Abendessen aus. In einem exklusiven Restaurant nahmen sie ein opulentes Drei-Gänge-Menü ein. Er war kultiviert, und sie lernte ihn in den nächsten Wochen immer besser kennen. Von Mathis hatte sie nichts mehr gehört. Sie läuft keinem Mann hinterher.

Eines Abends, sie spazierten am Strand entlang, nahm Gavin ihre Hand und bat sie, ihn zu küssen. »Gib mir bitte heute einen richtigen Zungenkuss. Bitte. Ich kann es kaum erwarten, dich zu schmecken und zu spüren.« Sie sah zu der Beleuchtung am Hafen und sie setzten sich zusammen in einen Liegestuhl. Sie küsste ihn und war wollüstig auf seinen Körper geworden. Louna streichelte sein Gesicht und die behaarte Brust. Schnell gingen sie zu ihr nach Hause, rissen sich die Kleider vom Leib, küssten sich und er liebte sie verführerisch. Sie genoss es und dachte dabei kurz an Mathis. Eine kleine Lampe brannte in ihrem Zimmer und sie tranken Wein. Die Nacht gehörte den zwei Liebenden.

Doch auf einmal rief Mathis: »Louna, mache die Tür auf. Ich bin es, dein Mathis. Ich liebe dich.« Er kletterte die Brüstung herauf und sah durch das Fenster. Er entdeckte den Mann und sie. Beide waren nackt und nur mit einem Laken waren ihre Unterkörper bedeckt. »Also doch, du hast einen neuen Mann an deiner Seite.« Er hatte sie in flagranti wahrgenommen und seine Enttäuschung stand ihm im Gesicht geschrieben. »Ich liebe dich jetzt nicht mehr. Aber bitte gib mir noch einen Kuss, einen letzten Abschiedskuss.« Sie öffnete das Fenster und er stieg in ihr Zimmer. Sie bekam eine Ohrfeige und dann küsste er sie zum Abschied. Das war der letzte Kuss. Gavin hatte er beschimpft und gab ihm einen Schlag ins Gesicht. »Mathis, bleib hier. Komm zurück. Ich liebe dich auch.« »Adieu, Louna.« Das waren seine letzten Worte. Er war fort. Mathis gewöhnte sich langsam an Nicole, und Louna versuchte, sich in Gavin richtig zu verlieben. Ob diese Beziehungen halten werden? Kommen Louna und Mathis sich irgendwann wieder näher?

Überall warten immer neue Liebschaften. Sie sind noch so jung und alles ist möglich. Aber wenn eine Liebe stark genug ist, finden Louna und Mathis wieder zueinander. Bestimmt.

Sandy und Amadeus

Sandy war untröstlich, als sie Amadeus in der Diskothek »Ranadeschda« in einem afrikanischen Land kennenlernte.

Harun war ihr damaliger Mann und zwei Söhne namens Samir und Amir hatte sie ihm geboren. Eines Tages kam es zu einem Affront gegen Sandy. Sie machten derzeit Urlaub bei seiner Familie und nach ein paar Tagen zeigte ihr Mann zwei Pässe und damit waren die Kinder Eigentum des afrikanischen Staates. Die Hölle hat Sandy mitgemacht und sie durfte nicht mehr mit ihren beiden kleinen Babys das Land verlassen. Sie alleine wohl. Harun hatte die Pässe beim Konsulat in Deutschland ausstellen lassen. Ihre Unterschrift wurde nicht benötigt. Sie dachte dann auch, dass Frauen dort nichts wert sind. Zwanzig Jahre hielt Sandy den Kontakt zu ihren Kindern und besuchte sie zweimal im Jahr, immer zu den Geburtstagen. Auch ein ausländischer Rechtsanwalt konnte nicht helfen. Zwanzig Jahre hatte sie nicht gelebt, nur getrauert und sich schlimme Vorwürfe gemacht, damals in dieses Land geflogen zu sein. Kindesentführungen und Kindesentzug passieren immer wieder in muslimischen Ländern, aber auch in den USA und Europa. Deutschland hat kein Abkommen mit muslimischen Ländern. Die Kinder sind die Leidtragenden, bis sie volljährig sind, und die Religion, Kultur und Mentalität stecken dann in ihnen. Es hat sie geprägt. Die Kinder« können nichts dafür. Gutes wird seine Familie nicht über Sandy gesprochen haben. Sie dachte auch schon damals darüber nach, dort zu wohnen. Aber das wäre ein Inferno geworden. Sandy merkte, dass sie sich nach vielen Jahren immer mehr von den Kindern mental und seelisch entfernte, je älter sie wurden. Aber die Hoffnung, ihre Söhne später bei sich zu haben, in Deutschland, gab sie nicht auf, und die Hoffnung stirbt zuletzt.

Ihre beiden Söhne kamen nach Deutschland und fanden sich nicht zurecht, auch mit Sandy nicht, denn sie hatten sie nicht als Mutter angesehen. Sie war nur eine Frau aus Deutschland mit Geld. Schnell waren sie wieder weg in ihrem Heimatland. Der Kontakt brach dann ab und Sandy war sehr traurig. Sie meldeten sich bei ihr, wenn sie etwas von ihr benötigten. Die zwanzig Jahre fehlten ihr jetzt. Sie hatte nicht »gelebt«. Es war ein Dahinvegetieren.

Aber während der Besuche in dem afrikanischen Land stand auf einmal Amadeus vor ihr. Ein Medizinstudent aus einem anderen afrikanischen Land. Seine krause Löwenmähne fiel ihr sofort auf. Er hatte eine hellbraune Hautfarbe und schwarze Augen. Außerdem war er jünger als sie, nämlich zehn Jahre. Sie trug an diesem Abend eine Jeans und ein besonderes T-Shirt mit einer intuitiven Botschaft. Auf dem Shirt waren zwei lange Beine mit knallroten High Heels. Ein Baby war in einer Windel eingepackt, welches sich an den Beinen der jungen Frau festhielt und lächelte. Es sah so süß aus. Das Gespräch führten Sandy und Amadeus auf Englisch. Er trug eine weite Hose mit einem längeren blau-weißen Gewand, ganz die schwarzafrikanische Tradition. Wie sich herausstellte, hatte er kein Geld. Dafür zeigte er ihr sehr viel Gefühl. Sein Vater hatte ihm lange kein Geld mehr geschickt und der Reisepass war längst abgelaufen. Er war wütend auf seinen Vater.

Sie gingen Arm in Arm auf die Tanzfläche und tanzten nach internationaler Musik. Sandy war von seinen guten Manieren und seiner samtweichen Stimme mit dem Akzent sehr angetan und sein Blick traf sie mitten ins Herz. Sandy entwickelte im Laufe der nächsten Tage auch Gefühle für Amadeus. Zuerst war sie sehr skeptisch, weil sie ja von einem Mann wegen Kindesentzug betrogen worden war. Sie merkte aber schnell, dass Amadeus es gut mit ihr meinte. Er hielt sich mit dem Küssen zurück, weil Sandy ihm nach dem Tanzen die Geschichte ihrer Söhne erzählte. Er war darüber erzürnt. Sie konnte ihm die Ehrlichkeit ansehen. Aber da er selbst Ausländer in diesem Land war, konnte er ihr nicht helfen. Amadeus schrieb für sie einen Brief an das Justizministerium, von dem sie aber nie eine Antwort erhielt. Das hatte sie auch nicht erwartet.

Ganz langsam kam er ihr beim zweiten Anlauf auf der Tanzfläche näher und drückte Sandy etwas vorsichtig an sich. Da kamen ihr die Tränen und sie hielt sich an ihm fest und benetzte mit den Tränen sein langes Gewand. »Don't cry, Sandy!« Er nahm sie bei der Hand und sie fuhren mit dem Taxi in das Studentenviertel. Er hatte ein Zimmer in einer Wohngemeinschaft, ausgestattet mit einem Schrank, Tisch, Stuhl und natürlich einer Musikanlage. Er bezog sofort das Bett mit frischer, hellblau geblümter Bettwäsche, und Sandy sollte auf dem Bett Platz nehmen. Er hatte den Raum gemütlich dekoriert. Musik von Alpha Blondy lief und er sang mit. Er bot ihr Limonade und Gebäck an. Es war schon weit nach Mitternacht. Sie lagen angezogen auf dem Bett. Er beugte sich über ihren Kopf und gab ihr einen langen Kuss mit seinen breiten, wohlgeformten Lippen. Er hatte so einen sinnlichen Mund. Der Kuss war leidenschaftlich und schmeckte nach Gebäck, vermischt mit Zahnpasta. Beim zweiten Kuss war Sandy außer Atem und überwältigt. Sandy wollte sich aber Zeit lassen. Nur nichts überstürzen. Nicht auf dem afrikanischen Kontinent.

Mit dem Taxi fuhr sie dann zu ihrem Hotel, weil sie so polizeilich angemeldet war. Über die Geschichte mit ihren Söhnen hätte sie ein Buch schreiben können, aber das wäre zu schmerzlich für sie gewesen, obwohl sie schon zirka dreißig Seiten geschrieben hatte.

Am nächsten Tag traf Sandy am Abend den sympathischen Amadeus. Er saß schon auf der Terrasse ihres Hotels und brachte einige Freunde mit, die auch Medizin studierten. Es war ein gemütlicher Abend und eine Band spielte Musik von den Dire Straits, Bob Marley und Folklore. Er trank keinen Alkohol und sie auch nicht. Sandy sah niemanden mit einer Zigarette in der Hand. Amadeus bestellte für sie und sich eine Limonade, blau gefärbt. Sandy war der Mittelpunkt mit ihren roten Haaren und einer schönen Figur. Aber sie war ganz bescheiden und eine angeregte Unterhaltung begann mit ihm und den Freunden. Eine Mitbewohnerin des Hauses schenkte ihr ein Armband aus dem Panzer eines Tieres mit Silberintarsien. Sie bedankte sich bei ihr mit einem strahlenden Gesicht. Noch heute liegt dieses Armband bei Sandy im Schmuckkästchen, und wenn sie es sich einmal ansieht, denkt sie an eine schöne Zeit.

Danach gingen sie gemeinsam in die Diskothek und Amadeus hatte nur Augen für die kleine Sandy. Gegen ein Uhr nachts, wenn das letzte Lied gespielt wird, es ist ein Liebeslied, klammern sich die Tanzpaare aneinander und küssen sich. So war es bei Sandy und Amadeus auch.

Die Tage vergingen schnell. Sie war tagsüber bei ihren Söhnen und abends bei Amadeus. Der Tag des Abschieds nahte und Amadeus stellte bis dahin keine Ansprüche. Doch am letzten Abend vor dem Abflug blieb sie bei ihm bis in die frühen Morgenstunden. Sie liebten sich. Amadeus zeigte Sandy seine Hingabe und Zuneigung. Er war in Schweiß gebadet, als er und sie ermattet auf dem Laken lagen. Sie hatten sich ineinander verliebt. Die Gesichtszüge von Sandy waren so ausdrucksvoll und eine Glückseligkeit lag über ihr. Amadeus lächelte Sandy freudig an und drückte sie fest an sich. »Je t'aime, Sandy.« Sie ließ ihm Geld für ein Ticket da und er sollte Weihnachten bei ihr verbringen. Bis dahin wollte er im Besitz eines neuen Reisepasses sein. Sie küssten sich noch einmal ganz innig und sie streichelte seine Löwenmähne. Und weg war sie.

Als Sandy wieder daheim war, rief sie ihn jeden Tag an und lauschte dieser wundervoll klingenden Stimme. Und erst einmal sein fröhliches Lachen, an das sie immer denken musste.

Am dreizehnten Dezember holte sie ihn vom Flughafen ab.

Am Flughafen überreichte er ihr eine Rose, die schon etwas gelitten hatte. Sandy kochte daheim eine Champignonsuppe, Lammragout mit grünen Bohnen und Kartoffeln. Als Dessert gab es eine Créme Brûlée. Sie hatten sich viel zu erzählen. Dabei nahm er ihre Hand und küsste sie immer wieder. Er wusste ja jetzt, dass sie sich noch einmal ein Kind wünschte. Er sagte einmal, dass das T-Shirt, welches sie am ersten Tag der Begegnung trug, ein Zeichen für ihn war. Sandy und Amadeus liebten sich täglich. Er feierte mit ihr Weihnachten. Amadeus bekam Geschenke, ja alles, was er benötigte, und sie hatte seine Liebe. Er sah etwas von der Stadt und Umgebung, in der Sandy wohnte und fühlte sich wohl. Ihm gefiel, was er sah. Am zweiten Januar musste er wieder zurück und weiterstudieren. Als er wieder in dem Gastland war, bedankte er sich noch einmal telefonisch für die schöne Zeit.

Bei Sandy blieb die Monatsregel aus und sie machte im Februar einen Schwangerschaftstest, der positiv ausgefallen war. Sie freute sich sehr und rief ihn sofort an. Er freute sich. Doch während der Schwangerschaft entfernten sie sich beide immer mehr. Er schrieb ihr noch einmal und teilte mit, dass er Schwierigkeiten hätte und noch ein Jahr länger studieren müsste. Wie sich später herausstellte, hatte er eine feste Freundin.

Aber Sandy hatte das schönste Geschenk bekommen, das sie sich noch einmal gewünscht hatte, und das Beten ist doch wichtig, wie sie festgestellt hatte. Sie wurde mit einem Baby belohnt, einer Tochter, die sie Sandy Chérise nannte, und dieses Baby blieb immer in Deutschland, wenn sie die Söhne besuchte. Dieses Baby durfte ihr niemand wegnehmen, und heute ist sie zweiundzwanzig Jahre alt. Chérise ist das wertvollste Geschenk von Amadeus und dem lieben Gott. Sie ist glücklich mit der Entwicklung ihrer Tochter, und Chérise ist begeistert über eine Ausbildung als Logopädin.

Amadeus ist nun Facharzt für Innere Krankheiten, hat geheiratet und ist Vater von einigen Kindern. Den Kontakt hatte er abgebrochen. Chérise war sehr traurig, dass sie nie ihren Vater kennengelernt hatte, und jetzt will sie das auch nicht mehr.

Passen Sie bitte gut auf Ihre Kinder auf! Immer! Überlegen Sie lange genug, wie Sie ihr Leben mit einem Ausländer gestalten möchten. Aber es wird auch korrekte Männer im Ausland geben. Sandy weiß, wenn eine Frau einen hübschen Mann kennenlernt und die rosa Brille aufgesetzt wird, können viele Dinge übersehen werden. Die Frau sollte sich von der Ratio leiten lassen, dem Verstand.

Viel Glück wünscht Ihnen Sandy.

Felicidade und Maicon

»Diesen Kaffee habe ich für dich mit viel Liebe zubereitet.« Durch das Verrühren des Zuckers mit dem Milchschaum werden die beiden Herzen aus Schokoladenpuder vermischt und dann verschmelzen sie. Felicidade wusste um die Bedeutung der Herzen.

Als sie erwachte, ihre Augen waren noch geschlossen, hörte sie das Meer rauschen. Wie sie dann feststellte, fiel ihr Blick auf den sich drehenden Ventilator. Schlaftrunken rieb sie sich die Augen und freute sich über die schönen Träume, die noch in ihrer Erinnerung waren. Es war schon fünf Uhr am Nachmittag. Ihr Körper fühlte sich warm an. Sie war erregt und hatte rote Wangen, als der Spiegel ihre nackte Silhouette zeigte. Felicidade war eine junge Frau mit langen, gelockten Haaren, eine schillernde Erscheinung. Sie lebte in einem schönen Haus am Stadtrand mit einem blühenden Garten in der Stadt Braga. Im Sommer pflückte sie die knackig großen Kirschen vom Baum und hängte sie an ihre kleinen Ohren. Eine Schaukel stand noch im Garten, die ihre Eltern nie entfernt hatten. Auch jetzt noch setzt sie sich darauf und träumt von ihrem Prinzen. Mutter und Vater waren bei einem Flugzeugabsturz ums Leben gekommen. Sie waren auf dem Heimweg von Sydney nach Lissabon gewesen. Patentante Corália lebte eine Zeit lang mit Felicidade zusammen und gab ihr dann, als sie einundzwanzig Jahre wurde, den Schlüssel für das Haus. »Vielen Dank, Tante Corália, dass du immer bei mir gewesen bist. Du warst eine zweite Mutter für mich.« »Felicidade, das hätte deine Mutter auch für mein Kind getan. Ich liebe dich und weiß, dass dein Leben erfüllend sein wird.« Es fiel ihr sehr schwer, die geliebten Eltern nicht mehr zu sehen, und das machte sie oft traurig und auch wütend. Sie besuchte den Friedhof und sprach mit ihnen. Regelmäßig besuchte sie die Heilige Stadt Fátima. Am 13. Juli 1917 soll eine dritte Marienerscheinung mit den drei Hirtenkindern stattgefunden haben. Dieses durfte im Jahr 1917 nicht veröffentlicht werden. Erst später. Viele Päpste besuchten bis heute diesen Wallfahrtsort. Portugal ist eines der ältesten Länder Europas und viele Seefahrer besuchten dieses Land seit Hunderten von Jahren.

Ihr Wunsch ist es, ab dem nächsten Semester Jura zu studieren an der Universidade do Minho. Ihr weiblicher Charme, gepaart mit Wagemut und Intelligenz, öffnet ihr die Türen der feinen, gehobenen Gesellschaft. Sie wird mit ihrem Licht als Erscheinung jedes Dunkle erhellen. Schön ist sie anzusehen, und die Upperclass wird ihr später als Juristin wohlgesonnen sein. Ihr Name bedeutet Glück.

Im Moment war sie traurig gestimmt und wollte den Tag noch mit dem Lesen eines hoffnungsvollen Buches verbringen. Sie wurde aus diesen leidenschaftlichen Gedanken durch einen Telefonanruf herausgerissen. »Hallo Felicidade. Ich bin es, Cinthia. Was machst du gerade? Sollen wir ausgehen?« »Hallo, ich hatte ein Buch gelesen, aber deine Idee, auszugehen, bringt mich wieder auf andere Gedanken. Treffen wir uns in einer Stunde in unserem Café?« »Bis gleich. Sei aber nicht zu schön. Ich möchte auch noch flirten.« In diesem Sommer waren die Temperaturen angenehm. Sie liebte die Abende in der lauen Luft und die exotischen Düfte. In der Dunkelheit fühlte sie sich wohl und lauschte dann der Musik aus den Bistros. Es gibt auch Partys auf den Straßen und die Menschen scheinen glücklich mit ihren Partnern zu sein. Sie tanzen und küssen sich. Warum hatte sie keinen Freund? Dabei gab es einige, die gerne ihre Freizeit oder das Leben mit ihr teilen würden. Aber sie hatte nur einen Mann im Kopf – Maicon. Er war Barkeeper in dem Nachtclub »Dramaniho« und immer trendy angezogen, wobei seine fast schwarzen Augen sowie die glänzenden Haare sich dem Auge darboten. Die Blicke der Frauen blieben auf seinem Gesicht und Körper haften. Auch sie war ihm optisch verfallen. Was hat er vielleicht zu verbergen?, dachte sie manchmal. Er zeigt bestimmt nur seine Fassade. Maicon war immer freundlich hinter der Theke, flirtete mit ihr und gab Felicidade manchmal einen Cocktail als Geschenk. Meistens trank sie einen Milchkaffee. Er sah sie zärtlich an, wenn sich ihre Blicke zufällig begegneten. Sind sie ineinander verliebt oder war es nur die einfache normale Freundlichkeit dem Gast gegenüber. In ihren Gedanken war er stets anwesend und in ihren Tagträumen war er zum Greifen nahe. Sie sprachen über alltägliche Dinge, aber er wurde nie konkret. Felicidade hatte sich in ihr Bett gelegt. Durch ihre Vorstellungskraft sah sie Maicon in ihrem Bett. Mit diesen Momenten schlief sie dann ein. Nur Maicon konnte sie sich als Verehrer vorstellen.

Ein Barmann lernt viele Menschen kennen und ihm werden Hunderte von Geheimnissen anvertraut. Er sollte eloquent sein und das große Buch der Allgemeinbildung gelesen haben. Ebenso sind psychologische Kenntnisse von Vorteil und im Trösten muss er ein Genie sein. Er ist ein Mensch, mit dem man sich gerne unterhalten möchte. Aber wenn viele Besucher den Club besuchen, hat er wenig Zeit für einzelne Gäste. Am frühen Morgen, so ab vier Uhr, konnte sie sich mit ihm unterhalten. Er hatte sie auch schon zu einem Tanz aufgefordert. Das Lied »I'm your man« war damals zu hören, als sie allein waren. Melancholie war bei ihm zu spüren. Er hielt sie dabei fest an sich gedrückt. Sie machte sich oft Gedanken.

Die beiden Freundinnen trafen sich im Café. »Du siehst hinreißend aus, Felicidade. Ist das Kleid neu? Pink steht dir gut und der Schnitt ist sexy. Da kann meine Jeans nicht mithalten.« »Die Hose sitzt gut. Deine Proportionen sind einwandfrei und dein Oberteil aus Chiffon lässt dein Darunter erahnen.« »Danke. Gehen wir später noch in den Club?« »Ja. Ich möchte meinem heimlichen Liebling noch begegnen.« »Er sieht wirklich gut aus. Aber ich mag einen richtigen Kerl. Von mir aus kann er auch ein Macho sein. Maicon wird bestimmt nicht nur eine Freundin haben. Was versprichst du dir von diesem Mann? Denkst du etwa, der würde nur dich lieben?« »Ich kann es versuchen. Ich weiß ja noch nicht einmal, ob er schon eine Freundin hat. Ich werde ihn raffiniert um den Finger wickeln und noch heute wissen, ob er mich wirklich mag. Schon lange möchte ich es herausfinden, ob ich ihn erobern kann.« Sie verließen das Café und gingen in ein Weinlokal und bestellten zwei Gläser mit einem süßen Likör. Das nächste Glas folgte. In guter Stimmung brachen sie auf, setzten sich an die Theke des »Dramaniho« und wurden von Maicon freundlich begrüßt. »Was darf ich den Damen mixen? Ihr seht aber wieder gut aus«, und er rieb seine Nase. »Zwei Caipirinha, bitte.« Felicidade sah ihn an, wenn er nicht zu ihr hinsah und beschäftigt war. Dass er sechs Tage in der Woche, Nacht für Nacht arbeitete, störte sie nicht. Er ist vielleicht ein Nachtmensch. Ihr Jurastudium fängt bald an und dann hat sie auch nicht mehr so viel Zeit. Sie möchte eine eigene Kanzlei. Sie ist sehr zielstrebig und was sie anfängt, bringt sie auch zu Ende. Und jede Sache muss hinterfragt werden. »Hast du später Zeit für ein Gespräch, Maicon? Ich möchte dich etwas fragen.« »Ja, gerne.« Mit ihrer Freundin unterhielt sie sich den ganzen Abend sehr angeregt. Als diese Nacht endete, fragte Maicon, ob sie mit ihm gehen würde. Seine Wohnung sei zwar nicht aufgeräumt, aber einen Kaffee habe er immer im Schrank. Sie brachten Cinthia heim und sie ging mit ihm. Er schloss die Tür der Wohnung auf und eine Katze kam ihm entgegen. »Das ist Sem. Einer, der immer auf mich wartet.« Er servierte ihr den Kaffee und fragte sie dann, was sie auf dem Herzen hätte. »Magst du mich, Maicon? Wir kennen uns schon so lange. Hast du eine feste Freundin?« »Felicidade, du bist eine schöne und intelligente Frau. Siehst du nicht, wie es mir geht? Wirklich geht?« »Nein. Was hast du für ein Problem?« »Um diesen Job durchstehen zu können, brauche ich Hilfe. Jede Nacht, bevor ich gehe, nehme ich Kokain und es hält mich wach. Und mein Schlaf ist gestört. Jeder Mensch schläft nachts. Ich am Tag, wenn ich kann. Ich möchte aus dieser Hölle herauskommen.« »Soll ihr dir dabei helfen, dass du nicht mehr die Drogen einnimmst? Du musst einen Entzug machen.« »Bitte hilf mir doch.« »Du brauchst eine Arbeit am Tag. Das ist dann die zweite Veränderung in deinem Leben.« »Ich weiß, dass du mich sehr magst. Eine Freundin habe ich nicht. Ich hätte ja auch kaum Zeit für sie gehabt. Wenn du den ganzen Abend bis morgens in der Frühe mit Menschen redest, brauchst du am Tag deine Ruhe. Ich erzähle dir am besten gleich alles über mich. Ich habe einen älteren, seriösen Freund. Er hat viel Geld. Wir schlafen manchmal zusammen. Du weißt schon. Als Barkeeper lernst du eine ganze Menge vom Leben. Ich möchte eine Freundin haben, aber manchmal zieht es mich zu einem schönen Mann. Es ist anders. Aber ich werde es beenden, wenn du es möchtest und mit mir zusammen sein willst. Ich möchte vom Kokain loskommen. Wirklich.« Das ist ein Schlag für sie gewesen. Der Mann hat ja nur Probleme. Möchte ich das alles?, fragte sie sich dann. Sie trank den Kaffee und er wollte sie am nächsten Tag anrufen. Sie verließ seine Wohnung und fuhr mit dem Taxi nach Hause. Sie konnte nicht schlafen und grübelte. Alles doch nur Fassade. Sie zog die Vorhänge zu, denn die ersten Sonnenstrahlen fielen in ihr Zimmer. Ich muss Schäfchen zählen. Die stellte sie sich vor und dann kann sie immer einschlafen.

Gegen vier Uhr am Nachmittag rief Maicon an. »Hallo Felicidade. Ich habe dich gestern sehr geschockt, oder? Aber alles ist wahr. Ich sage immer die Wahrheit. Wie geht es dir heute? Sollen wir uns treffen?« »Heute kann ich nicht. Morgen vielleicht.« »Ich habe verstanden. Bleib gesund und pass immer gut auf dich auf.« Dann beendete er das Gespräch. Sie konnte nichts sagen. Zeit zum Nachdenken brauchte sie, und war sie mental so stark, ihm wirklich helfen zu können? Ich muss an mein Studium denken. Und sein Freund, ein Mann, wie ekelhaft. Sie vergaß ihn und traf sich mit Cinthia, anderen Freunden und ihrer Tante Corália. Sie musste daran denken, dass eine Freundschaft viel wichtiger ist als eine neue Liebe. Den Freund hast du vielleicht für immer, doch eine Liebe kann zerschellen. Eine ewige Verbundenheit zweier Menschen ist doch das Schönste im Leben.

Vier Monate später.
 Eines Abends war sie mit einem Nachbarn aus dem Nebenhaus in einem Restaurant. Er hieß Bras und lud sie zu einem Essen ein, da sie für vier Wochen während seiner Abwesenheit den Garten pflegte. Eigentlich war es nicht ein Garten, eher eine Terrasse mit Blumen und Grünpflanzen auf dem Dach des Hauses. Bras studierte Medizin an

der Universidade do Minho. Sie hatten sich eine Fischplatte bestellt und tranken Weißwein dazu. Bras überraschte sie noch mit einem Dessert. »Obrigado.« Als sie die Toilette aufsuchte, sah sie Maicon mit dem Freund. »Hallo, Felicidade. Wie geht es dir? Das ist mein Freund Cristiano, von dem ich dir erzählt hatte. Setze dich zu uns.« »Nein. Ich bin nicht alleine hier. Ein Freund begleitet mich.« »Kann ich dich anrufen?« »Ja.«

Sie ging zu ihrem Tisch zurück und seine Augen leuchteten, als er sie ansah. Bras war etwas schüchtern. Sie redete wie ein Buch und er sah sie nur an und strahlte. »Hallo. Du musst auch mal etwas sagen. Das wird sonst zu langweilig. Erzähle mir aus deinem Leben.« »Ich habe nicht viel zu sagen. Meine Kindheit war schön, meine Eltern sind jetzt geschieden und ich studiere und möchte später Augenarzt werden und eine Praxis leiten. Ich befasse mich fast Tag und Nacht mit Büchern und freue mich jetzt, dass du bei mir sitzt und ich mit dir speisen darf. Hast du einen Freund?« »Nein Bras. Ich warte auf den Tag, dass ich auch studieren kann. Jura.« Jetzt wurde er etwas mutiger. »Du gefällst mir, Felicidade. Wir wären vielleicht ein gesellschaftsfähiges Paar. Magst du Kinder?« »Später vielleicht.« »Es mundet mir so gut in deiner Gesellschaft. Darf ich dich öfter einladen?« »Gerne. Du bist ein ruhiger Mensch und das mag ich.« Ich mag ruhige Menschen. Was war denn das für eine Antwort, dachte sie. Sie liebt das Leben, vor allen Dingen schöne und interessante Menschen. Ihre Gedanken waren durcheinandergeraten. Bras war nett, aber mehr? Dabei dachte sie wieder an Maicon. Sie konnte ihn nicht vergessen. Bras brachte sie heim und wünschte ihr eine gute Nacht.

Er rief an. »Ja, Maicon. Hallo, schönes Fräulein.« Sie musste lachen. Doch dann dachte sie sofort wieder an die Drogen. »Nimmst du noch das Kokain?« »Nein, Cristiano half mir beim Entzug. Ich arbeite jetzt in einem Gourmetrestaurant und schlafe nachts wieder ein. Bist du verliebt?« »Liebst du Cristiano?« Er zögerte. »Bleib bei ihm. Ich denke, du bist schwul oder vielleicht bisexuell. Damit kann ich nichts anfangen.« »Halt. Hör mir doch bitte zu. Ich habe dich vermisst und jeden Tag musste ich an dich denken. Cristiano war wirklich ein hilfsbereiter Freund. Er hat jetzt einen gleichaltrigen Mann gefunden. Wir haben keinen Sex mehr.« »Das soll ich dir jetzt glauben. Und vielleicht hast du Aids.« »Was sagst du da? Ich habe einen Test gemacht und ich bin gesund. Was denkst du, warum ich dich anrufe. Nur um dich zu fragen, ob du einen anderen Freund hast? Ich möchte eine Beziehung mit dir eingehen und dich kennenlernen, Felicidade. Ich habe meine Welt wieder im Griff und du fehlst zu meinem Glück.« Sie dachte nach. »Gib mir Zeit. Kann ich dich morgen anrufen?« »Ja bitte, ruf mich an. Ich warte, dass mein Telefon klingelt und ich dann dein Bild auf dem Smartphone sehe.« »Du hast ein Foto von mir gemacht? Wann?« »In dem Club. Du hattest es nicht bemerkt. Wie oft habe ich mir dieses Foto angesehen während des Entzugs. Ich habe es geschafft mit deinem Foto.« »Wir treffen uns im Café ›Soffia‹ um zehn Uhr. Hast du dann Zeit?« »Wir sehen uns dann.«

Sie trug eine silbergraue Satinbluse mit schwarzen glänzenden Knöpfen und einen kurzen Rock mit schwarzen Pumps. Er begrüßte sie mit Blumen und sah sie immer an. Sie tranken Milchkaffee und aßen Kuchen. Er bezahlte und zog sie von dem Stuhl herunter. Ein Taxi fuhr zu seiner Wohnung. Er zog sie aus und sie musste ihn ansehen. Einen kleinen roten Slip trug er und stellte sich an die Wand. Er nahm sie und ihre Beine umklammerten seine Lenden. Er drang in ihren Schoß ein. Seine Potenz war beeindruckend, und nach zwei Stunden bat sie um ein Glas Wasser. »Das kannst du jeden Tag von mir bekommen. Liebe mich doch ein bisschen. Ich zeige dir, dass ich es ehrlich meine. Vertraue mir.« »Es war schön mit dir, weil wir uns endlich geliebt haben. Lange Zeit hatte ich mir einen Abend mit dir vorgestellt. Wie es sein würde. Wie du es machen würdest.« Sie küssten sich den ganzen Abend.

Später absolvierte sie ihr Studium mit dem Master magna cum laude. Er übernahm das Gourmetrestaurant, weil sein Chef in Rente gehen wollte und auf Fuerteventura ein Haus besaß. Sie heirateten und das tägliche Küssen zeigte, wie stabil ihre Beziehung war. Ihre Kanzlei lief gut und sie stellte einen Rechtsanwalt als Companion ein, damit sie und Maicon auch Zeit für sich hatten. Beide Partner müssen sich Zeit füreinander nehmen und kleine Rituale am Tag sind dann wichtig in einer Ehe. Ihr Sohn Tiago kam zur Welt und sie nahm ihn mit ins Büro und später ging er in den Kindergarten und eine Nanny wurde eingestellt. Drogen nahm er nie wieder, und sie denkt, dass er Cristiano vergessen hat. Er war ja immer ehrlich gewesen. Sie vertraut ihm. Wenn er sich doch noch einmal in einen Mann verlieben sollte, ließe sie sich von Maicon scheiden, und das würde teuer werden, hatte sie ihm gesagt und keine Miene dabei verzogen. Ihre Hochzeitsreise ging auf die Malediven. Ganz weit weg von zuhause, ohne Stress und Verpflichtungen. Beide nahmen sich die Zeit, den Partner auf jede Art zu verwöhnen, und liebten sich nächtelang. Sie genossen die kulinarischen Köstlichkeiten, die sie durch Maicon kennengelernt hatte. Und davon gab es reichlich. Tante Corália nahm für diese Zeit den kleinen Tiago zu sich.

Finger weg von Drogen, Zigaretten und Alkohol. Diese Suchtmittel könnten das Leben verkürzen, und wer möchte schon früh sterben. Und Nikotinküsse schmecken wirklich nicht.

Emilie und Maximilian

Emilie hatte eine Anzeige in der Tageszeitung aufgegeben. Sie wollte noch einmal so richtig geliebt werden und begehrenswert sein. Wollen wir Frauen, gleich jeden Alters, nicht alle geliebt werden und uns für die Gentlemen verführerisch anziehen, duften und frisiert sein? Emilie war so eine Frau und in den besten Jahren, jenseits der Vierziger, also genauer gesagt, sie war fünfzig Jahre jung. Sie hatte Niveau, war kultiviert in allen Bereichen und ein strahlendes Lächeln gehörte einfach zu ihr. Sie wusste, wie sie mit einem Mann umzugehen hatte. In diesem Alter kann die Lady sich noch den Mann aussuchen. Wenn nicht, sollten es die Männer mit Charme und Humor versuchen. Bitte meine Herren, auch die Damen ab fünfzig haben ihre Vorzüge. Sie lieben intensiver, küssen gerne, sind dankbarer, genießen und haben Bildung. Dank guter und teurer Kosmetik haben sie noch eine schöne Haut und die grauen Haare können in jedem Farbton glänzen. Die Menopause ist vorüber und so gibt es keine Monatsregel und Kinder mehr. Die Kinder sind erwachsen. Eventuell wird man Oma. Oma werden ja, aber nicht Omi gerufen werden. Dann lieber nur beim Vornamen die Oma benennen. Emilie möchte noch einmal durchstarten mit einem adäquaten Partner, wie man so schön sagt.

Es war jetzt Anfang der Woche und sie wartete auf Post vom Verlag der Zeitung, Abteilung Anzeigen unter Chiffre. Mitte der Woche bekam sie einen großen Umschlag und darin waren zwölf Briefe an sie gerichtet. Sie war gespannt auf den Inhalt der Briefe. Ja, wie die Männer sich beschreiben können und was sie suchen. Sie gaben sich alle Mühe, gut dazustehen. Ihre Anzeige war anspruchsvoll. Doch hatte sie vergessen, das Alter für den Traummann anzugeben. Sie wollte einen gleichaltrigen oder einen jüngeren Mann, wenn dies möglich war. Sie hatte durchaus optische Reize und ein gutes Bankkonto. Emilie war leider nicht schlank, eher etwas mollig. Die Männer möchten im Allgemeinen schlanke Damen. Aber die Herren sind auch nicht alle schlank, haben Bauch oder nur Resthaare, eine Glatze, Bart und Brille. Der Job ist für Emilie wichtig. Sie arbeitet bei einer Bank in der Kreditabteilung. Emilie entscheidet, wer einen bekommt oder auch nicht.

Sie las den ersten Brief. Zu primitiv. Der zweite zu unmoralisch. Der dritte Brief war zu hochgeschraubt. Dieser Mann sollte sich eine Frau backen. Ein Brief bestand nur aus Fremdwörtern. Grausig. Emilie hatte jetzt einen Brief in der Hand, der sie sehr angesprochen hat. Ein Mann mit Gefühlen. Ein selbständiger Elektromeister mit vier Mitarbeitern. Er suchte die Frau für den Herbst des Lebens. Ja, der Herbst hatte begonnen. Die Auswahl für sie war nicht sehr groß und viele Männer sind nicht beziehungsfähig. Aber sie wollte ja sowieso getrennt wohnen. Für diesen Mann hatte ein guter Kuss Priorität. Wie vielversprechend. Nur er war schon vierundsechzig Jahre alt. Emilie wollte noch Sex haben, aber nicht mit einem alten Mann. Unvorstellbar. Und der Altersstarrsinn! Die sind ja nicht mehr lernfähig oder kompromissbereit und sie wollte für keinen Mann mehr kochen oder Unterhosen und Socken waschen. Dieses hatte sie jahrelang für ihren Sohn getan.

Aber der Brief hatte Stil und sie legte ihn zur Seite. In einem anderen Umschlag lag nur ein Zettel mit einer Telefonnummer und dem Vornamen Friedrich. Ein anderer zweiundvierzigjähriger Mann hatte nett geschrieben und dieser hieß Charly. Weiß er, auf was er sich da einlässt? Der möchte vielleicht jeden Tag Sex haben? Das wäre schön, das mag Emilie. Aber es kommt auf die körperliche und geistige Verfassung, also auf die Tagesform zweier Liebenden an. Sympathie, Harmonie und Seelenverwandtschaft wären großartig. Zuerst wollte sie sich mit dem hoffentlich angenehmen Maximilian treffen. Sie rief ihn an und Freude hörte sie am anderen Ende der Leitung. Ein Foto lag dem Brief bei und er sah gut aus. Er hatte eine kräftige Figur, graue Haare, also kein zehn Jahre altes Foto. Alles stimmte. Eine nette Stimme hatte Max. So nannte sie ihn und er war einverstanden. Die

Unterhaltung war spannend sowie herzlich und sie trafen sich am Samstag in einem Café.

Max betrat zuerst das Café, hielt ihr die Tür auf und lief dann wieder vor. Ein Tisch am Fenster war frei und er rückte ihren Stuhl zurecht. Er war ein richtiger Verehrer. Als sie saß, setzte er sich ihr gegenüber auf eine Bank. Max bestellte für sie und sich ein Stück Käsekuchen mit Sahne und Kaffee. Ein Kännchen. Er lächelte Emilie unentwegt an und sie stellte ihm jede Menge Fragen. »Max, was liebst du an den Frauen?« »Ich mag Frauen, die mit beiden Beinen im Leben stehen und wissen, was sie wollen.« »Würde es dir etwas ausmachen, wenn die Frau liebevoll sagt, wo es langgeht?« Max war etwas irritiert. Mit dieser Frage hatte er nicht gerechnet. »Emilie, du überraschst mich sehr; aber es gefällt mir. Ich bin neugierig, was dir alles einfallen wird.« »Max, ich mag dich, und wenn ich ehrlich bin, macht es keinen Unterschied, ob du gleichaltrig oder etwas älter bist als ich. Zuerst hatte ich diese Bedenken.« Emilie stand auf, ging zu ihm und gab ihm einen Kuss auf die Wange. Da packte er sie, drückte sie fest an sich und gab ihr einen intensiven Kuss auf die rosaroten Lippen. Wie schön dieser Kuss doch war. Den wollte sie später noch einmal. Sie ging zu ihrem Platz zurück und lächelte ihn an. Vier Hände lagen auf dem Tisch und Max nahm ihre zwei und hielt sie in seinen Händen. Sie hörte ihn ganz leise sagen: »Sie braucht Sex. Das fehlt ihr bestimmt.« Lange Zeit hatte Emilie tatsächlich keinen Mann gehabt. Ihr Hobby ist das Malen und Fotografieren. Sie hat bis auf einen Freizeitpartner alles. Emilie hat aber noch offene Wünsche. »Wenn man dich so sieht, könnte ich nicht meinen, dass du ›das Sagen‹ haben müsstest. Wie war denn deine letzte Beziehung, Emilie?« »Intensiv, nie langweilig und doch war nach fünf Jahren die Liebe nicht mehr da. Er war in meinem Alter. Nein, vier Jahre jünger. Ich blicke aber auf eine schöne Zeit zurück. Schade. – Und wenn sie zu Ende ist, dann ist es so und Schluss. Deswegen sitzt du, Max, hier bei mir.« Er lächelte.

»Max, hast du Interesse mit mir eine Vernissage in Köln zu besuchen? Ein avantgardistischer Maler und Künstler stellt seine Werke vor und auch einige große Fotografien aus dem Leben in Italien. Venedig und Florenz. Wunderbar. Darf ich dich auch einmal fotografieren, Max?« Er lachte. »Aber nur angezogen.« »An was du denkst! Natürlich angezogen.« »Ich traue dir alles zu, Emilie! Du machst mich doch ein bisschen nervös.« »So, ich denke, dass wir jetzt bezahlen.« »Nein, ich bezahle Emilie.« »Nein, das möchte ich nicht.« Sie bezahlte ihre Bestellung. Er hielt ihr die Tür auf und sie verabschiedeten sich. »Ich rufe dich an, Emilie.« »Ja, tue das, Max. Danke für den schönen Nachmittag.« Als sie in ihrem Auto saß, hatte sie ein beschwingtes Gefühl. Der Gedanke, was er jetzt wohl von ihr dachte, ließ sie nicht mehr los und sie lächelte vor sich hin. Sie liebt gefühlvolle Männer. Dominanz ist für sie gar nicht essenziell. Sie wollte ihn etwas erschrecken. Er könnte vielleicht der nächste Mann in ihrem Leben werden.

Max rief schon am nächsten Tag an. Sie unterhielten sich über den Nachmittag im Café und er freute sich auf die Vernissage. Am Samstag fuhren beide zusammen nach Köln. Um elf Uhr waren sie da. Er war überwältigt von den farbenfrohen Bildern, die Menschen und Landschaften verkörperten, und die Fotografien, die Bauwerke und schöne Plätze in Italien darstellten. Das beeindruckte ihn sehr. Sie hielten ein Glas Sekt in der Hand, und Emilie unterhielt sich auf Italienisch mit dem Maler und Künstler Massimo.

Max verstand kein Wort. »Maximilian. Möchtest du mit mir in einem italienischen Restaurant speisen? Ich kenne ein sehr gutes. Es heißt ›Ristorante Venezia‹.« »Gerne Emilie. Mein Appetit ist groß, und wenn ich bemerken darf, bin ich gerne in deiner Nähe.« Sie aßen zuerst Antipasti di verdure, ein Carpaccio vom rohen Thunfisch, danach Honigmelone mit Parmaschinken. Es folgte eine gemischte Fischplatte, dazu Penne sowie ein Salat mit Tomaten, Gurken, Paprika und Ziegenkäse mit einer Erdbeer-Balsamico-Vinaigrette. Als Dessert servierte der Ober eine

Karamell-Panna-Cotta. »Grazie. Questo era eccellente.« Das war purer Genuss und sie hatten für dieses fulminante Fünf-Gänge-Menü alle Zeit der Welt. Es mundete deliziös. Der Chianti kitzelte ihre Gaumen. »Was sind wir doch für Gourmets, Max, oder?« »Ja, Emilie, du kennst dich im Leben gut aus und obendrein bist du auch eine Feinschmeckerin, das weiß ich jetzt. Verlass mich nicht.« Diese Worte wollte Emilie aber nicht hören. Sie passten einfach nicht zu diesem verspäteten Lunch. Emilie verabschiedete sich höflich mit einem »Arrivederci« im Restaurant. »Emilie, sei mir bitte nicht böse, aber ich habe auch auf dich Appetit bekommen. Ich könnte dich so anknabbern. Der Anblick, wie du gegessen hast, hat mich fasziniert. Bitte ... ich möchte ... du weißt schon ...« Eine Frau in diesem Alter hat keine Zeit, bis zum dritten Rendezvous warten zu müssen. Spontaneität hat immer den Vorrang. »Dann komm und wir fahren zu mir, Max. Ich wünsche mir einen aufregenden Abend mit dir.« »Ich bin ganz kribbelig, dich berühren zu dürfen und deinen Körper streicheln zu können. Ich habe mir diese Situation herbeigesehnt.« Daheim tranken sie noch ein Glas Rotwein und die Wangen der in Erwartung stehenden Emilie glühten. Ein erotischer Zauber lag auf ihren Gesichtern. Sie hatte eine große Regenwalddusche und beide standen darunter. Emilie beobachtete ihn beim Einseifen und er schaute auf ihren üppigen Busen. Ihre Gedanken waren bei Max. Wie wird er wohl für den ersten Sex gewappnet sein? Was hat er zu bieten? Nein, besser gesagt, wie er sie nehmen wird, dachte sie. Er wirkte jetzt auf der sonnengelben Samtcouch etwas unsicher. Der Salon war mit antiken Möbeln, einem schönen Kronleuchter über dem runden Tisch, einem großen Nepalteppich und einem herrlichen Tulpen-Gemälde ausgestattet. Es ähnelte etwas den Bildern von Claude Monet mit seinen berühmten Seerosen.

Sie zeigte Max ihr Atelier, den kreativen und inspirierenden Raum in der Wohnung. Er sah überrascht aus, als er das Zimmer betrat. Etliche Leinwände waren bemalt. »Max, mein Lieblingsbild ist dieser Veilchenohrkolibri in glänzenden Blau- und Grüntönen. Für mich bedeutet er

Schönheit, Liebe pur, Freiheit und Stolz. Aber ich möchte mich auch in einer Partnerschaft frei fühlen. Du auch?« »Ja. Es ist sehr schön, dieses Gemälde. Du faszinierst mich immer wieder. Grandios, diese leuchtenden Farben, Emilie.« Er ging zu den Fotografien und war sehr erstaunt, wie frappierend ihre Arbeit, ihre Kunst war und welches Ausmaß sie hatte. »Denkst du an eine Ausstellung, Emilie?« »Nein.« »Aber das musst du, glaube es mir. Die Bilder und Fotografien werden einen enormen Wert haben. Sie sind wunderbar, deine Arbeiten. Bist du am Tag oder in der Nacht kreativ?« »Geld ist mir nicht wichtig. Ich liebe diese Bilder und könnte mich nie von ihnen trennen. Sie bedeuten mir alles. Ich male nachts, wenn es dunkel und ruhig ist. Ich liebe die Nächte.« Max war schon tollkühn, ihr einfach zu sagen, dass sie die Bilder verkaufen sollte.

Sie stand auf, nahm seinen Arm, zog ihn zu sich. Der Weg führte ins Schlafzimmer. Die edle weiße Seidentagesbettdecke zog sie herunter und dann lagen sie im Bademantel aus rosa und schwarzem Satin auf dem Bett. Chinesische Schriftzeichen des Glücks waren auf der Rückenseite aufgestickt. Sie öffnete seinen Bademantel, doch bei Max war keine Erektion zu erkennen. Er war beschämt. Aber für sie war es nicht schlimm. Die Frauen müssen den Herren Zeit lassen, das ist wichtig. Emilie gab Max das Gefühl, dass er ein funktionsfähiger Mann ist, der sich an sie gewöhnen musste. Sie streichelte seinen Körper, aber nicht sein Geschlecht. Er fühlte sich geborgen. Etwas störte sie dann doch. Er bat um eine Entspannungsmassage. Was möchte er? Ich brauche Entspannung; er soll sich etwas einfallen lassen, dachte sie. Später stellte sich heraus, dass er auch lange Zeit keine Frau mehr gehabt hatte. Ihre Hand übernahm die Massage und er hatte einen Orgasmus. Er freute sich. Er wollte auch sie zufriedenstellen nach allen Künsten des Giacomo Casanova und sie genoss seine Zungenberührungen. Max wollte sie öfter sehen, doch für sie war der Akt nicht gut genug. Sie hatte mehr Pep erwartet. Emilie hielt ihn hin, was sonst die Männer ja gerne machen, schrieb ihm öfter eine E-Mail, und wenn der Tag kam, entschied sie sich gegen ihn. Er hätte sie gerne wiedergesehen. Max war traurig, doch sie telefonierten ab und zu, und für Emilie ist der Sex wichtig. Aber küssen konnte Max gut und seine Streicheleinheiten waren phänomenal.

Jetzt wird Emilie Charly treffen und sie wird sehen, was dieses Abenteuer oder auch *Experience* bringen wird. Sie ist schon richtig neugierig.

Aber eines kann sie sagen: Auch ältere Menschen wünschen sich noch Liebe, Sex und Streicheleinheiten. Was wäre das Leben ohne ein schönes Miteinander? Einsamkeit kann es nicht sein.

Emilie erhob daheim, allein, ihr Glas und sagte mit einem Lächeln: »Auf uns Frauen jeden Alters.« Wir entscheiden, ob wir uns einen jüngeren Adonis oder einen älteren Mann aussuchen.

Emilie wird Ihnen schreiben, wie die Begegnung mit Charly verlaufen ist.

Bis bald und viele Grüße.

Chiara und Tommaso

Wie definiert man Euphorie? Sie befand sich in einem Rausch! Dieses Hochgefühl durfte sie zum ersten Mal so extrem erleben. Gibt es eine antike, römische und euphorische
Mythologie? Denken wir an die Kraft der Götter, die alles realisieren konnten. Jeder der Götter und Gottheiten musste sein Metier beherrschen. Der Zwölf-Götter-Altar im Musée du Louvre in Paris ist einmalig. Der Künstler ist leider unbekannt, und dort können Sie sich die römischen Göttinnen und Götter wie die Venus, Mars, Jupiter, Minerva, Apollo, Juno, Neptun, Vulkan, Merkur, Vesta, Diana und Ceres ansehen.

An einem elften November um vier Uhr am Nachmittag haben sich Chiara und Tommaso kennengelernt. Chiara dachte an das Zitat von Konfuzius: Der Weg ist das Ziel. Dieses übersteigert heitere Hochgefühl der Unterhaltung ist zu diesem Zeitpunkt in eine überschwängliche und rauschhafte Begeisterung gelangt. Zwei symbiotische Seelen? Chiara bekam wirklich keine Euphorika! Sie hatte daheim nur ein Brot mit dem Bienengold gegessen. In der Antike diente es schon der Schönheitspflege. Honig war die Speise der Götter und das einzige Süßungsmittel.
Sie fühlte sich so lebendig. Das Ziel sollte lange auf sich warten lassen, dachte sie. Den Bestimmungsort erreicht zu haben, wäre vielleicht das Ende. Das Ende der Wegstrecke. Dort wollte sie nie mit Tommaso ankommen.

Hatte sie endlich den passenden, lang ersehnten und intellektuellen Seelenverwandten gefunden, der mit ihr einen Weg der Gedanken, Ideen und der Gefühle erreichen wollte? »Du bist eine interessante Frau«, flüsterte er ihr ins Ohr und drückte sie fest an sich. Für Chiara war es das beste Kompliment ihres Lebens. Schönheit vergeht. Für sie war es auch das beste Gespräch dieses Jahres. »Du siehst gut aus und bist ein Jungbrunnen.« So lautete ihr dritter Satz der anfänglichen Konversation. Das Kompliment nahm er sehr gerne entgegen. So spontan war sie immer. Sie liebt intelligente Männer und wird durch diese auf das Äußerste inspiriert. Sie denkt dann immer drei Schritte im Voraus. In diesem Gespräch, welches bis halb zehn am Abend dauerte, hatte sie nur Augen für diesen schönen Mann, so wie sie sich den römischen Gott Amor vorstellte. Viele Facetten ihres Lebens gingen ihr durch den Kopf und es sprudelte nur so aus ihr heraus. Oft wusste sie nicht mehr, was sie im letzten Satz gesagt hatte, und Tommaso war so geistreich und ein guter Zuhörer. Er brachte sie dann wieder in die Spur der Redewellen, zu den vielen Gedanken, die sich überschlugen. Ihr Herz befand sich an diesem Abend auf der Zunge. Sie spürte, dass sie wieder lebte, als sie in den guten Erinnerungen einiger Jahre schwelgen konnte. Es tat ihr einfach gut und dafür ist sie ihm sehr dankbar. Zum Abschied streckte sie ihm ihre Hand entgegen. Sie hat Tommaso in bester Erinnerung. War diese Konversation vielleicht eine Bestimmung? Sie möchte nie mehr auf ihn verzichten müssen. Das dritte Buch ist in Arbeit und jedes Buch ist ein neuer Weg. Es ist zum Nachdenken. Ist er ihr Weggefährte intellektueller Kompetenz? Das könnte sie sich auf höchster Ebene vorstellen. Sie möchte alles Geistige und Gefühle mit ihm teilen. Der bescheidene Geschmack des Genusses – die Gedanken. Kann sie sich diesen Wunsch erfüllen? Kritik ist für sie nur eine Art neue Idee, eine Meinung zu überdenken und dann zu entscheiden. Damit kann sie gut umgehen. Sie mag es, wenn ein Mensch kritisch ist und nicht alles hinnimmt. Das Leben sieht sie analytisch. Jeden intensiven Gedanken aus verschiedenen Perspektiven betrachten. Mit einfachen Worten gesagt.

Ist es dann der Kuss am Ende des Weges? Sie wäre glücklich, wenn ihr Leben eine Verbindung zu seinem Leben finden würde, in einem veränderten, neuen und jungen Körper. Aber das ist nur eine Vorstellung, eine Illusion!

Chiara wollte öfter ein Gespräch wie an diesem elften November. Sie hat sich in die angenehme Euphorie verliebt, den Rausch, von Sinnen zu sein, in einer höheren Bewusstseinsebene. Einmal in der Woche wünschte sie sich eine Unterhaltung mit Tommaso. Umarmungen sind für sie angenehm und ein zärtlicher Blick. Sein genaues Alter kennt sie nicht und er nicht ihres. Chiara sah verführerisch aus. Mit wahrhaftigen Schönheiten können viele Frauen nicht konkurrieren. Und die innere Schönheit gibt es wirklich nicht! Auch der Satz: Es liegt im Sinne des Betrachters. Alt ist alt. Ende. Die braunen Flecken auf den Händen sagen, dass die Frau keine dreißig mehr ist. Die Lesebrille ist auch ein Indiz dafür, dass die Frau die vierzig überschritten hat. Es zählt nicht in den Köpfen der Herren. Die Damen müssen aphrodisierend auf die Männer wirken, durch ein schönes Gesicht, Haare und die Figur selbstverständlich. Falten möchte niemand haben und auch keine unelastische Haut oder gefärbte Haare. Selbstverständlich gibt es auch Männer, die auf kurvige Frauen stehen. Der Trend geht zu dieser neuen Art von Schönheit. Sobald wir unseren Körper mit der Schönheitschirurgie verändern möchten, und sei es nur Botox, verändern wir uns, auch die Seele. Ob die Gesundheit darunter leidet, weiß nur die Patientin selbst. Ist es das wert? Wir können uns durch farbige Kleidung, eine Lederjacke mit Nieten oder eine neue Frisur stylen.

Und jeder Mensch ist ein bisschen bisexuell oder wünscht sich, einmal in dem jeweils anderen Körper stecken zu können, glaubt Chiara.

Wird es den Kuss geben? Spätestens am Ende des Weges? Natürlich darf ein Mensch nicht zu perfekt sein, denn sollte er alle Trümpfe in der Hand haben, kann es kein Kartenspiel geben. Ein Zitat. Möchten die meisten Männer intelligente Frauen? Das kann nur jeder Mann für sich entscheiden. Die meisten Gescheiten, ja natürlich. Bei dem Mann herrscht ein Beschützerinstinkt, aber auch Kontrolle. Sie bleibt immer und in jeder Hinsicht unabhängig. Das ist ihr Naturell. Natürlich möchte sie sich an einer starken Schulter anlehnen können und gibt den Männern auch das Gefühl, dass es stimmen könnte.

Er hatte sie umarmt. Diese Umarmung, in dem Moment, konnte sie gar nicht richtig wahrnehmen. Erst später, als sie allein in ihrem Auto saß. Sie hoffte, dass ihr Auto sie gut heimbringt. Bei diesem ersten Treffen war sie so durcheinander, dass sie vergessen hatte, wo ihr Auto stand. Seine Augen waren schwarz wie Opale und darin sah sie ein loderndes Feuer. Heiße Flammen. Daran erinnerte sie sich zu Hause. Das Gespräch war wie ein Orgasmus im Kopf. Das Verlangen, seine Haut zu berühren, ist stark. Die Euphorie der Gespräche ist stärker. Tommaso die Hand zu geben, bedeutete für sie größte Sympathie und Wohlwollen. Ein Handschlag ist für sie auch eine Abmachung, Zuneigung oder ein Anfang.

Ein Maler und Künstler sollte sein Bild oder Gemälde mehrfach in anderen Farbeinstellungen und Schattierungen kreieren. Es wird immer ein anderer Ausdruck verliehen und das ist interessant und es bleibt immer ein Einzelstück. Ein Künstler braucht die Kreativität, Liebe zum Detail, Innovationen, Ideen, einen scharfen Blick, Gefühle und Emotionen, Zufriedenheit, Glück, Zeitgeist und auch die Euphorie. Dann wird alles einzigartig.

Die Hände von Tommaso sind feingliedrig und sein Lachen ist wunderschön. Die etwas längeren Haare zeigten ein schönes Gesicht und der graue Pullover unterstrich sein gutes Aussehen. Er zeigte Gefühle, war eloquent und herzlich, ja auch neugierig und interessiert. Sie denkt oft an diesen Tag des Kennenlernens zurück. Es ist wohl anstrengend, über Stunden dieses übersteigerte und heitere Gefühl zu spüren. Es hielt bis zum nächsten Tag am Abend an. Der Blutzuckerspiegel sank durch das leidenschaftliche Gespräch. Chiara trank Orangensaft. Sie hatte angenehmes Herzrasen und strahlte noch nach Tagen.

Und sie liebt das Wort »Euphorie«, denn es vermittelt ungeahnte Gefühle. Haben Sie es schon so intensiv erlebt? Auf den Kuss verzichtet sie!
    Die Unterhaltung mit Tommaso siegte. Er ist ein platonischer Freund geworden.

Ihr Parfüm Coco von Chanel ist ihr kreatives und spirituelles Parfüm für die nächste Zeitreise.

Amrei und Tristan

Weiterhin möchte ich relativ gut schlafen und meine bösen Träume auslöschen können. Ich beschäftigte mich jeden Tag mit so vielen Dingen, dass ich abends hundemüde ins Bett gefallen bin und nicht mehr zum Nachdenken kam. Es ist wirklich besser so. Glauben Sie es mir bitte, liebe Leserinnen und Leser. Ich werde immer immuner gegen viele Zweifel und hoffe, dass mein Leben noch ein bisschen lebenswert bleibt.

Mein Name ist Amrei. Schon immer hatte ich im Luxus gelebt und brauchte die Perfektion.

Meine berufliche Karriere fand ich bei einem renommierten Immobilienmakler. Dort vermietete und verkaufte ich Wohnungen und Häuser. Von den Provisionen kann man sehr gut leben. Recherche ist alles und ich kenne mich in meiner Stadt sehr gut aus. Der Beruf beansprucht mich sehr und mein Mann Hasso ist über die wenige gemeinsame Freizeit verärgert. Eigentlich heißt mein Mann Tristan, doch ich nenne ihn Hasso. Manchmal hasse ich ihn für das, was er anstellt, wenn ich nicht da bin. Einer muss ja das Geld verdienen. Er ist Gabelstaplerfahrer und fährt Paletten von A nach B. Der nichts gelernt hat, muss das machen, was ihm angeboten wird. Zeitarbeitsfirmen können anfangs nützlich sein und einige Firmen stellen dann Mitarbeiter fest ein. Sein Chef ist ein Filou. Er nutzt ihn aus. Überstunden werden nicht bezahlt. Dafür kann er dann daheim bleiben.

Wir sind in den Vierzigern und ich habe im Gegenteil zu ihm etwas im Leben erreicht. Ein Kind wollte ich von diesem Mann nicht und nur Hausarbeit wäre nichts für mich gewesen.

In einem noblen Restaurant lernte ich ihn damals kennen. Schnell stellte er mich seinen Eltern vor und ein paar Monate später waren wir verheiratet. Jetzt leben wir in einem schönen Anwesen, welches uns die Eltern geschenkt hatten. Jede Menge Geld hatte ich aber außerdem noch in dieses Haus investiert, damit es mir gefällt und meinen Ansprüchen gerecht wird. Die erste Zeit waren wir relativ glücklich.

Danach suchten wir uns Abwechslung im sexuellen Bereich. Ich habe ihn abhängig gemacht. Das war ganz einfach. Zuckerbrot und Peitsche. Nein, ich wusste ja, auf was mein Hasso steht und so gab ich es ihm und verlangte dann Schmuck, Kleidung, Geld oder anderes. Seine Eltern hatten viel Geld. Wenn ich ihn demütigte und ich stellte mich als Sieger dar, sagte ich ihm oft, das er mein erschaffenes Wesen ist und ich ihn unter Kontrolle habe. Aber in anderer Hinsicht zeigte er schon den kleinen Macho und dann musste ich mir etwas einfallen lassen, dass er mich nicht hintergeht. Ich denke, er trifft sich mit anderen Frauen, obwohl ich die Person bin, die er benötigt. Dann bringt er mich zur Weißglut und ich könnte ... Na ja. Ich sage es lieber nicht. Manche Männer müssen auf den richtigen Weg gebracht werden. Ihm gegenüber bin ich sportlich, provokativ und besitze Durchhaltevermögen. Ich brauche einen richtigen Mann. Wenn ich zu einem Mann sage »Küss mich«, dann soll er es richtig machen. Der puertoricanische Schauspieler Benicio del Toro sagte einmal: »Ein Gentleman beschützt eine Frau so lange, bis er mit ihr allein ist.« So etwas gefällt mir. So stelle ich mir einen richtigen Mann vor. Aber manchmal bin ich auch gerne allein, lege mich auf mein Bett und denke über mein schönes Leben nach. Wenn ich ehrlich bin, kann man das Leben mit viel Geld gut gestalten. Was macht glücklich? Auch Freude, Liebe und Gesundheit. Es kann auch ein Gespräch mit älteren Herrschaften sein, die viel aus ihrem Leben erzählen können. Für mich wäre eine familiäre, künstlerische, mystische oder religiöse und journalistische Unterhaltung interessant. Aber dann kommt manchmal etwas dazwischen und alles wird umgestürzt. Man muss dann immer von vorne anfangen! Viele Tore können den Menschen geöffnet werden. Treten Sie durch das »indogermanische Portal«. Probieren Sie es aus. Horchen Sie in Ihr Inneres. Lesen Sie einmal, was Sokrates und Platon gesagt hatten. Diese Welt gefällt mir. Tun Sie nur das, was Sie wirklich möchten! Nichts gegen den Strich ausrichten. Ich lebe manchmal nach Zitaten des Tages. Es kann helfen.

Mein Leben und das meines Gatten verliefen damals ganz brav in guten Bahnen. Wir gingen zur Arbeit, kamen abends zurück und machten es uns vor dem Fernseher bei exklusiven Menüs gemütlich. So verging die Zeit. Mir war das dann zu wenig. Ich wollte leben und überlegte mir meine Strategie für das zukünftige Leben und mit wem ich es erleben wollte und mit wem nicht. Doch da kam eines Nachts Hasso ganz leise in mein Schlafzimmer, betäubte mich und als ich wieder wach wurde, saß er vor mir in einem Sessel. Die Kälte aus seinem Gesicht konnte ich fühlen und er sah mich spöttisch an. »Na, jetzt bist du mir ausgeliefert. Endlich kannst du kein Wort mehr reden. Ich bin dich so leid. Alles habe ich dir gekauft und du hast genug Geld von mir und von meinen Eltern erhalten. Mit nichts warst du zufrieden. Ich hatte manchmal andere Frauen, die netter waren als du. Ob ich dich je losbinden werde, weiß ich noch nicht. Verdient hast du Prügel, sonst nichts.« Ich war gefesselt und geknebelt. Ich konnte spüren, dass er diesen Anblick genossen hat. »Ich habe dich auch gevögelt. Hast du Schmerzen? Ach, das interessiert mich sowieso nicht.« Befreien wollte ich mich, doch ich hatte keine Chance. Das werde ich ihm nie verzeihen. Ich hatte Angst, dass ich nicht frei war. Wie lange wollte er mich gefangen halten? Das ist ein Affront! Wie konnte er es nur wagen! Sollte ich jemals freikommen, mache ich ihn fix und fertig. Das wird er bereuen, dachte ich. Bin ich ein Ekel gewesen? Er nahm den Knebel nun doch ab und ich durfte trinken. Den letzten Schluck spuckte ich in sein Gesicht. Er ohrfeigte mich. Einen Tag lang bekam ich weder zu trinken noch etwas zu essen. Er ließ mich liegen und eine dünne Decke lag über mir. Ich fror. Nach zwei Tagen ließ er mich frei. Ich konnte kaum sitzen, geschweige denn laufen. Alles tat mir weh. Ab jetzt war ich auf der Hut und beobachtete ihn auf Schritt und Tritt. Nichts durfte mir entgehen.

Kann man mein Schicksal an meinen Augen erkennen? Mit keinem Menschen konnte ich über diesen Vorfall reden. Mein Herz wurde immer steiniger. Seine Nähe konnte ich nicht mehr ertragen.

Jetzt ging ich wieder arbeiten. Entweder ich gehe weg, oder es muss etwas passieren. Mein Schlafzimmer schloss ich abends ab. Er hatte nie mehr mein Zimmer betreten. Ich hatte es mehrfach absichern lassen. Der Hass war so schlimm, dass ich ihm manchmal Hundefutter unter sein Essen gemischt hatte. Wenn ich ihn beim Kauen beobachtete, musste ich innerlich lachen. Ich verkaufte heimlich ein Ölgemälde bei einer Auktion und das Geld überwies ich auf eine Bank in Luxemburg. Dort hatte ich ein Konto. Er schikanierte mich vor meinen Freunden, meiner Familie und fremden Menschen. Irgendwann war mir das alles zu viel. Ich konnte seine Visage nicht mehr sehen. Ich geriet außer Kontrolle. Eine Kollision war nicht mehr aufzuhalten.

Meine Rache war erst süß und dann eiskalt. Doch ich gab ihm jeden Tag einen Kuss der Rache zum Frühstück. Er dachte, mein Kuss sei echt, und streichelte meine Wange. Da ich intelligent bin, suchte ich mir einen Liebhaber und habe mir einen charakterlich schwachen Mann ausgesucht. Ich hatte ihn manipulativ verführt. Mein Blick sagte ihm, was er machen musste. Manche Männer sind doch so leicht gefügig zu machen, wenn sie einer Frau durch optischen Reize verfallen sind. Und ich gab ihm Geld. Er brauchte es dringend. Sexuell war es nett zwischen uns beiden. Ich besitze Scharfsinn, bin skrupellos und hart, wenn es erforderlich ist. Dem Tod war ich so nahe. Das durfte mir nicht mehr passieren. Gibt es denn keine lieben und netten Männer mehr? Wo seid ihr? Das Vertrauen zu Tristan war nicht mehr vorhanden. Es ist bestimmt besser so.

Tristan hatte wohl schon einmal den Gedanken geäußert, ob ich ihn vergiften wollte. Er hatte Angst vor Gift. Vor vielen Jahren hatten wir einmal eine Unterhaltung darüber. Tabletten oder eine Pistole könnte man auch anwenden. Meine Hände sollten sauber bleiben. Ich mache so etwas nicht. Dafür gibt es Leute, dachte ich. Mein Liebhaber sollte es erledigen.

Ich bestand darauf, dass mein Mann und ich abends immer gemeinsam unser Dinner einnehmen. Eine Zeit lang gab ich ihm ein Gift ins Essen. Es hatte keinen Geruch und ist geschmacksneutral. Er bekam

Bauchschmerzen, war weiß im Gesicht und sah kränklich aus. Er kam, glaube ich, doch auf mein Geheimnis und er musste weg, ganz verschwinden. Ich brachte ihn dann ins Bett und irgendwann schlief er ein. Mein Liebhaber drückte ihm ein Kissen ins Gesicht und er bekam keine Luft mehr. Kurze Zeit später war sein Atem nicht mehr hörbar. Ich gab ihm den letzten Kuss – den Todeskuss. Wir versteckten ihn an einem sicheren Platz.

Der Sinn des Sterbens ist, nicht mehr leiden zu müssen. Er litt nicht mehr und ich auch nicht. Der Tod kann uns täglich überraschen. Auf einmal gibt es keinen Morgen mehr. Alles ist zu Ende, dachte ich. Wie schnell das passieren kann. Er war so gleichgültig. Das störte mich sehr. Jetzt war ich befreit. Jeder sieht in mir eine elegante Erscheinung und ich lebe im Luxus. Dafür tue ich alles. Die schönste und teuerste Kleidung hängt in meinem Ankleidezimmer. Die Designermöbel gehören jetzt mir allein und das Haus sowieso. Den Eltern erzählte ich, dass er eine Reise nach Thailand gebucht hatte. Ein Ticket hatte ich für ihn gebucht. Doch angekommen ist er dort nie. Was ist ihm Schreckliches passiert? Ich spielte die traurige Ehefrau ohne Tristan. Mein Freund durfte die nächsten Monate nicht in meiner Nähe sein. Wir trafen uns in einem Hotel in einer anderen Kleinstadt.

Das hast du verdient, Hasso, und ich bereue gar nichts, dachte ich mir. Damit ich ganz frei war, musste auch mein Partner aus meinem Leben verschwinden. Ich erschoss ihn und ließ ihn im Kofferraum nachts in einen Fluss fahren. Ich hatte mich von beiden Männern befreit. Das Gefühl war zuerst angenehm, doch dann spürte ich doch manchmal Gewissensbisse. Für ein paar Minuten. Was war mit mir los? Gibt es das perfekte Verbrechen? Nein.

Ich war eine Frau, die die Männer benutzte und sich dann dieser entledigte. Es ist unvorstellbar, eine so schwarze Seele zu haben. Ich gehörte erst in das Fegefeuer und dann in die Hölle. Ein Bad entspannte mich, und die letzte Zeit wollte ich in meinem Haus verbringen. Ich wusste, es war nur eine Frage der Zeit. Es gab dann zu viele Ungereimtheiten. Was hatten die Nachbarn gesehen? Ich stellte mir dann so viele Fragen. Aber manchmal gibt es für die Taten keine Antworten. Das Leben ist manchmal ungerecht. Gerne würde ich alles rückgängig machen. Zu spät für mich? Ja.

Die Polizei kam mir auf die Spur und fand meinen Mann in der Garage. Wir hatten ihn in ein Fass mit Salzsäure gelegt. Ich wurde von der Mordkommission vernommen und dann kam die Verhaftung. Ich sitze jetzt in einer Zelle hinter Gittern. Am meisten vermisse ich den Luxus. Doch wer Geld hat, lebt auch luxuriös im Gefängnis. Da ich den Mord an meinen Mann in Auftrag gegeben hatte, war ich zur Beihilfe des Mordes angeklagt, und meinen Bekannten hatte ich ja ebenfalls getötet.

Für alles gibt es eine gerechte Strafe. Das hatte ich gelernt. Besuch bekam ich hier nie.

Klüger wäre es gewesen, wenn ich mir ein neues Leben in einer anderen Stadt aufgebaut hätte.

Ich denke, hier hinter den »Schwedischen Gardinen« werde ich nicht mehr herauskommen und träume wenigstens von einem schönen Leben. Ich lese viel. Allerdings habe ich hier kaum Freundinnen. Mit Paula verbringe ich den Abend vor Zelleneinschluss. Aber ich darf in der Wäscherei arbeiten und in den Pausen rauche ich genüsslich meine Zigarette.

Mein Charakter ist schwarz wie die Nacht, das weiß ich jetzt. Wie konnte es nur so weit kommen? Manchmal drehe ich fast durch und sehe Insekten und Mäuse, die auf mich zukommen. Hilfe!

Letizia und Jean-Isidoré

Ein unvorstellbares Ausmaß der Gefühle erlebte Letizia mit ihrem Freund. Sie wollte sich fast aufgeben. Doch eine innere Stimme sagte ihr, dass es immer einen nächsten Tag gibt. Sie stand auf der breiten Fensterbank im Wohnzimmer eines Altbaus in der dritten Etage, sah herunter und ihre Beine zitterten. War er das wert, dieser Jean-Isidoré?

In einer kleinen französischen Provinz bei Dijon blickte er zum ersten Mal in die Augen seiner resoluten Mutter. Hatte sie ihm diese negativen Eigenschaften vererbt?

Er sagte ihr, dass sie doch aus dem Fenster springen könnte. Sie wäre kein Verlust für diese Welt. »Dich braucht niemand und für wen bist du schon nützlich? Du bist ein Nichts. Dummheit ist dein zweiter Vorname und du kannst gar nichts. Ich könnte dich so verprügeln, dass du nicht mehr aufstehen kannst.« Sie prägte sich seine Worte ein und dann drehte sie sich langsam, hielt sich am Fensterrahmen fest und ging in das Zimmer. »Raus und lass dich hier nie wieder blicken. Ich hasse dich. Ich hoffe, irgendwann bist du mir gleichgültig. Dein Herz und deine Seele sind aus Stein. Nein, aus hartem Granit. Eher bewegt sich ein Felsen im Meer. Wie konnte ich dich nur nett finden. Aber wenn ich darüber nachdenke, habe ich dich nie geliebt und das werde ich auch nicht in den nächsten einhundert Jahren. Ich wünsche dir den langsamen Tod mit den schlimmsten Qualen und dass du dann an mich und an meine Worte denkst, du Schwein.« »Bist du jetzt fertig? Das imponiert mir überhaupt nicht. Du wirst es zu nichts bringen, das weiß ich. Du brauchst mich doch. Denk mal darüber nach.« Er ging zur Tür und zog sie laut zu. Sie ist nicht gesprungen. So ein Glück. Das war er nicht wert. Aber die vernichtenden Worte schmerzten sie sehr. Sie setzte sich noch immer zitternd auf die Couch, legte ein Kissen auf ihren Bauch und trank aus ihrem Glas. Jean-Isidoré konnte die Menschen richtig manipulieren und sie tief in ihrer Menschenwürde verletzen. Er war kein Mensch, sondern ein Tier ohne Instinkt und der Satan in Person. Letizia war noch ganz aufgewühlt und ihr Körper erschauderte, wenn sie an ihn dachte. Sie legte sich in ihr Bett und zog die Decke weit über sich, so dass sie nichts mehr wahrnehmen konnte. Nie mehr werde ich ihn hoffentlich sehen müssen, dachte sie.

Letizia war eine junge, einundzwanzigjährige Frau und Jean-Isidoré war fünfundvierzig. Sie arbeitete als Fremdsprachenkorrespondentin in einer Metallbaufirma und er war Kälte- und Klimaanlagenmonteur. Dieser Mann war groß und sah stark aus mit seinen schwarzen Haaren. Allein der Altersunterschied war zu groß. War er schon immer so ein Pessimist, und man könnte meinen, dass er Letizia nur benutzte, um ihr weh zu tun? Was hätte er ihr in der Zukunft bieten können? Beide besaßen getrennte Wohnungen. Ein einziges Mal war sie in seiner Wohnung gewesen. Warum, weiß sie bis heute noch nicht. Hatte er etwas zu verheimlichen?

Sie rief Brigitte an und diese kam zum Glück. Auch seiner eigenen Tochter Brigitte gegenüber zeigte er wenig Herz. Sie sagte Letizia, dass sie sich von ihm trennen sollte. »Ja, das werde ich tun. Er hat mir seelisch sehr wehgetan. Eigentlich schon immer. Ich werde es ihm zurückzahlen«, sagte sie ganz aufgewühlt. Wie recht seine Tochter doch hatte und zeigte der jungen Frau ihr Mitgefühl. »Ich habe mich von meinem Vater losgelöst und denke kaum an ihn. Uns verbindet gar nichts mehr.« Letizia saß nachdenklich auf dem Bett. Brigitte blieb noch eine Weile bei ihr.

Wenn sie zurückblickte, hatte sie eigentlich wenig, auf dass sie mit Freude zurückschauen konnte. Sie wollte nur noch schlafen und den nächsten Tag mit netten Freunden verbringen. Musik kann in diesen Stunden wahre Wunder vollbringen. Letizia war traurig und doch auch froh über diese Trennung. Von diesem Ekel wollte sie nichts mehr hören.

Er rief nicht an und sie schon gar nicht. Nach Wochen meldete er sich und wollte sie zum Essen einladen. Eine Versöhnung stellte er sich vor. In einem Restaurant speisten sie fürstlich und er gab ihr einen Kuss. »Entschuldige bitte, ich bin damals zu weit gegangen. Ich mag dich sehr und hoffe, du verzeihst mir.« »Natürlich, du bist mein Freund. Sie gab ihm einen Kuss auf die Wange und dachte dabei an den Judaskuss. Er wollte mit zu ihr nach Hause gehen. Stillschweigend dachte sie: Du Schwein. Ich hasse dich. Sie wollte sich an ihm rächen, aber der Verstand sagte ihr, dass diese Episode diplomatisch beendet werden musste.

Er dachte an einen schönen Abend. Den gab es aber für ihn nicht. »Ich muss jetzt zu meinem neuen Freund Julien. Er wartet jetzt schon sehnsüchtig auf mich.« »Du hast einen neuen Freund? Das hättest du mir sagen können, dann hätte dieses Treffen nicht stattgefunden. Du bist ein Miststück der untersten Kategorie. Warum hast du mich noch geküsst?« »Das war ein Judaskuss, Jean-Isidoré. Du weißt doch, was das heißt, oder? Charmante Eigenschaften eines Franzosen besitzt du leider nicht. Das hätte mir schon viel früher auffallen müssen. Aber Liebe macht manchmal blind und der Verstand wird ausgeschaltet. Adieu. Mit dir bin ich fertig.«

Sie ging und umarmte Julien. Er lachte Letizia an und nahm sie in die Arme. Er war ein netter junger Mann mit Anstand und Moral und liebte seine neue Freundin von ganzem Herzen.

Das Gute setzt sich doch immer wieder durch und Letizia ist mit Julien glücklich.

Chantal und ihre Freundin Jessica

Das war nie meine Absicht, dachte sie. Chantal hatte einem Mann in den Penis gebissen.

Sie musste sich im Morgengrauen leise aus seinem Haus schleichen. Alkohol kann manchmal ein Lebensretter sein. Er trank in dieser Nacht viel Wodka. Ihre körperliche Hülle, worin ihre Seele war, stand ganz dicht vor einem Abgrund. Die Eleganz hatte sie verloren mit ihren achtundzwanzig Jahren. Sie brauchte jetzt absolute Ruhe. Sie war die Mätresse für alle Männer; eine Prostituierte. Eigentlich heißt sie Jana, aber die Männer kannten sie nur als Chantal. Sie konnte der Karambolage im letzten Moment entgehen und war auf der Flucht. Im Rolls-Royce wird geweint; vielleicht sogar mehr als in einem Bus. Ein Zitat von Françoise Sagan. An dieses Zitat musste sie denken. Sie weinte noch immer. Durch die Tränen verlief der schwarze Eyeliner über das untere Gesicht und das Make-up war nicht mehr zu erkennen. Eine blutige Verletzung an Auge und Mund waren zu sehen. Er hatte fest zugeschlagen. Es musste ihr große Schmerzen bereitet haben. Sie war ganz allein in einem Park in dieser Großstadt und wollte nachdenken, zu wem sie jetzt gehen konnte.

Ihre Mutter ging morgens in einem Bürogebäude putzen und der Vater saß im Gefängnis seine Strafe ab. Er zündete Häuser an. Einfach so. Es sah schön aus, wie er ihr einmal sagte, und er rief sogar selbst die Feuerwehr. Deswegen konnte er überführt werden. Ihr Vater, der Versager. Für sie ist er ein krimineller Pyromane, der seine drei Kinder nie geliebt hat. Einige Jahre wird sie ihn sicherlich nicht wiedersehen. Besuchen wird sie ihn nie. Sie war froh darüber, dass er da festsaß. Wenn er schon kein guter Familienvater war, hätte er wenigstens intelligent sein müssen, um einer Karriere nachzugehen. Er ist ein Nichts. Zum Glück ist dabei nie ein Mensch zu Tode gekommen. Was würde ich jetzt für ein

Stück Torte geben, dachte sie. Ihre Mutter hätte besser keine drei Kinder in die Welt gesetzt. Ihr Leben wäre dann vielleicht besser verlaufen. Jana war die Älteste. Vater hatte Mutter immer unterdrückt. Sie besaß noch nicht einmal einen Führerschein. Jetzt wurde Chantal auch noch nass. Es regnete in Strömen. Sie machte sich auf den Weg zu der Wohnung ihrer besten Freundin Jessica. Chantal wurde von Jugendlichen auf der Straße angepöbelt. Sie klingelte. Jessica sah durch den Spion der Türe und öffnete diese. Sie zog sie in ihre Wohnung und umarmte sie herzlich. »Du blutest ja. Brauchst du Hilfe? Wie siehst du denn aus? Was hat man mit dir gemacht?« Sie erzählte ihr von der letzten Nacht. »Willst du dir den Tod holen? Immer diese Zigaretten.« »Ich mache sie wieder aus, Jessica. – Ich habe alles falsch gemacht. Der Schlüssel ist zu dominieren und nicht, dass die Kerle mir wehtun. Das war jetzt mein letzter Besuch als Prostituierte gewesen. Du bist meine einzige Hoffnung, Jessica. Ich vermisse eine gute Ausbildung. Dann wäre aus mir etwas Anständiges geworden. Wo war da mein Verstand, mein kollektives Unterbewusstsein?« Jessica servierte Chantal einen Kaffee. Sie saß jetzt eine lange Zeit wortlos da und dachte über ihr Leben nach. Sie brauchte jetzt eine revolutionäre Idee. Eine Idee, die ihr Leben veränderte. Einen guten Mann hätte sie fast geheiratet, nur um das Elternhaus zu verlassen. Aber die Bindungsängste waren stärker. Sie liebte ihre Freiheit. Jessica gab Chantal ein Handtuch zum Abtrocknen und neue Kleidung. »Ich danke dir, Jessica. Du bist meine beste Freundin.« »Was ist genau passiert. Erzähle es mir.« »Der Kunde verlangte einige Extras, die ich aber nicht machen wollte. Er legte auch zweihundert Euro auf den Tisch. Zuerst habe ich das gemacht, was er wollte. Ich schäme mich, es dir zu erzählen. Aber mit wem soll ich sonst darüber reden. Er penetrierte mich in Fesseln ohne Bewegungsfreiheit, und er hat es so lange gemacht, dass es mir Schmerzen bereitete, und hielt mir oft die Hand auf mein Gesicht. Er lachte nur und benutzte auch Sex-Utensilien. Richard nannte er sich und trank die ganze Nacht. Ich nippte an dem Sektglas. Nüchtern hätte ich es kaum ertragen. Auf einmal sagte er mir, dass ich ihm Handschellen umlegen sollte, und ich habe es getan. Er fragte mich dann, wie es ist, wenn man jemanden gefesselt hat. Mir war es egal. Ich sollte ihn jetzt küssen. Das hatte ich vehement verneint. Ich küsse nie den Kunden. Da ist er wütend geworden und meinte, ich sollte ihn wieder befreien. Er tobte und schrie mich an, dass ich es ihm mit der Hand machen sollte. Ich nahm seine Tasse Kaffee, die auf dem Tisch stand. Sie war schon lauwarm, und ich schüttete sie ihm über den Penis. ›Spinnst du‹, sagte er, und er war immer noch gefesselt. Jetzt hätte ich ihn verlassen müssen. Ich wollte ihn aber so nicht alleinlassen. ›Mach weiter‹, sagte er. Ich tat dies. Dann sollte ich noch etwas machen, was mir nicht gefiel, und habe ihn schließlich gebissen. Ich ließ ihn letztendlich frei. Er packte mich ganz derbe am Arm und schlug mir ins Gesicht. Er verschloss die Tür, und ich legte mich auf eine Couch und tat so, als ob ich schlief. Er ging in sein Bett und beruhigte sich. Nach einiger Zeit stieg ich durch das Fenster in die Freiheit. Wie ich aussehe, siehst du ja jetzt.« »Das ist ja eine Geschichte. Soll ich mit dir ins Krankenhaus fahren?« »Nein, ich gehe ins Bad und reinige meine Wunden und wasche das Make-up von meiner Haut.« Chantal hatte nie Hilfe von ihren Eltern bekommen. Sie kannte keine Förderung. Durch dieses Elternhaus ist sie aber auf die Idee gekommen, Bücher zu lesen, die ihr den Alltag in Gedanken etwas schöner machten. Sie lebte in den Büchern in einer anderen Welt. Sie war schlank, hatte grüne Augen und rot schimmernde Haare. Wenn sie Kunden besuchte, trug sie eine blonde Perücke, einen Pagenschnitt. Das sah brav aus und so war sie in Wirklichkeit auch. Sie tat dies, weil sie so schnelles Geld verdiente und ihre Mutter und Geschwister unterstützte. Der Vater war ihr egal. Aber dieses Business hatte jede Menge negative Seiten. »Du verkaufst doch deine Seele, Chantal. War dir das nie bewusst gewesen?« »Ich benötigte Geld. Dieser Mann hatte ein Haus, sah normal aus und seine Frau war zwei Tage nicht zu Hause. Er war verheiratet. Mit einer Nobelkarosse holte er mich ab. Ich erkundige mich schon vorher, zu wem ich gehe, und führe vor meinem Besuch mehrere Telefonate und achte genau darauf, was gesagt wird.« »Mir wäre das zu gefährlich. Ich hätte Angst.« »Angst hatte ich selten. Sex macht ja auch manchmal mit den Kunden Spaß. Viele geben es nur nicht zu.

Sieh dir ältere Frauen an, die sonst mit keinem anderen Mann mehr Sex haben würden. Es gibt sehr nette Männer darunter. Sie wollen dir sogar helfen, diesem Milieu zu entkommen. Aber Geld ist doch nicht alles. Das weiß ich jetzt.« »Aber warum hast du ihn gebissen?« »Ich weiß nicht, es sollte vielleicht eine Strafe für diesen Mann sein. Der sollte keiner Frau mehr etwas antun. Ich wollte, dass er immer an diesen Biss erinnert wird und dass die Männer nett zu den Frauen sind.« »Hattest du dich schon einmal in einen Kunden verliebt?« »Ja, ein Mal. Diesen einen Mann habe ich auf die Wange geküsst. Das war alles. Er wollte mich dann richtig küssen, doch dann gab ich ihm eine Ohrfeige. Er entschuldigte sich sofort und kannte diesen Kodex. Er war es auch, der mir einen Heiratsantrag machte.« »Vielleicht war es doch noch nicht der Richtige, Chantal. Er kommt bestimmt.« »Es gibt aber auch kultivierte Männer. Die waren teilweise sehr sympathisch. Aber manche waren auch sehr süffisant und ließen es mich richtig spüren. Die waren wohl nur in sich selbst verliebt. Diese Männer mag ich gar nicht und habe sie das auch beim Liebesspiel spüren lassen, ohne dass es manche wahrgenommen hatten. Ich wusste immer, fast immer, was ich tat und habe es manchmal mit Dominanz bestimmt. Die Männer schenken den Frauen zu wenig Wärme. Ich werde jetzt von vorne anfangen und mir einen Ausbildungsplatz suchen. Vielleicht als Tierpflegerin im Zoo. Ich liebe Tiere. Sie sind die besten Freunde. Und du natürlich. Dieses Leben ist jetzt absolut Vergangenheit. Ich brauche wieder Prinzipien und andere Strukturen für mein neues Leben. Mein Entschluss steht fest. Morgen, nein, wenn alles verheilt ist, gehe ich zum Arbeitsamt und sehe mir in den Zeitungen die Inserate an. Auch mit achtundzwanzig kann man sich ändern. Da ich immer ein Kämpfer war, werde ich es schaffen. Ich bin unzerstörbar, oder was meinst du?« »Ja, Chantal, und ich helfe dir bei deinem neuen Lebensabschnitt.« »Danke, Jessica. Im Park habe ich ganz laut geschrien. Es war wie eine Befreiung. Doch dann musste ich weinen. Hast du etwas Süßes für mich? Mein Adrenalinspiegel braucht es. Vielleicht ein Stück Kuchen?« »Hier, ich habe noch ein Stück Bienenstich. Meine Mutter war da.« »Danke.« »Hast du viele Varianten der Erotik erlebt?« »Ja. Alles. Das einzig Gute daran, ich kenne jetzt viele Praktiken und einiges ist in Ordnung und anderes mag ich nicht.« »Möchtest du mir etwas Interessantes erzählen?« »Vielleicht später.«

Chantal hielt sich an den richtigen Weg. Sie erwartete stoisch ihr Schicksal. Ihre Träume kannten keine Grenzen. Sie musste noch vier Wochen warten und dann konnte sie im Zoo ihre Ausbildung antreten. Das Gehege mit den Raubtieren war jetzt ihre Aufgabe. Genauer gesagt, mit den Leoparden. Durch diesen Ausbildungsplatz bekam sie Hilfe vom Sozialamt und von der Wohngeldstelle. Mit einem Wohnberechtigungsschein konnte sie so in eine kleine Wohnung in der Nähe des Zoos einziehen. Sie nahm Abstand von ihrem Familienkreis und sah diese nur noch selten. Chantal hatte sich ihre Wohnung mit ein paar preiswerten, aber schönen Accessoires eingerichtet, und sie traf oft ihre Freundin Jessica. Beide Frauen besuchten Tanzveranstaltungen, gingen ins Café, auch ins Theater oder zu einem Musikkonzert. Sie sahen sich Filme im Kino an. Jessica hatte Fingerspitzengefühl und Anstand. Niemandem erzählte sie von dem Vorleben ihrer Freundin. Es existiert nur noch der Name Jana. Sie war eine neue, aparte Frau geworden. Jana kleidete sich jetzt wieder elegant und kaufte ein neues Kleid im Second-Hand-Geschäft. Selbstbewusst war sie ja schon immer und sie gewöhnte sich schnell an das neue Leben. Auf Sex konnte sie erst einmal verzichten. Ihr Leben hatte sich grundlegend geändert und irgendwann sprach sie einmal ein junger Mann im Café an. Jessica war mit ihrem Freund dort und dieser junge Mann stellte sich ihnen vor. »Sie haben eine schöne Ausstrahlung, Jana.« »Es freut mich, Christian. Danke. Ich gebe das Kompliment an Sie zurück.« Zu viert verbrachten sie den Tag. Christian arbeitete bei einer Werbeagentur und war dort für die Planung der Kunden-Objekte zuständig. Er fühlte sich mit Jana wohl. Die beiden ließen sich mit dem Sex viel Zeit. Jana verriet Christian nie ihr Geheimnis. Doch er profitierte später von ihren Erfahrungen, die sie damals als Prostituierte erlebt hatte. Er trug sie auf Händen und sie erlebte zum ersten Mal Zärtlichkeit. Sie waren glücklich. Wünschen wir uns das nicht alle? Unsere Kinder brauchen täglich unsere Liebe. Das dürfen wir nie vergessen.

Das neue Leben hatte begonnen.

German, Ariana und Belina

»Du wirst immer bei mir bleiben – mein Leben lang und du bekommst einen Platz an meiner Seite.«

Putzen, das Aufräumen der Wohnung und Schränke-Aussortieren, all das reinigt auch die Seele. Jeder sollte sich von unerträglichem Ballast lösen und dann wird man wieder aufatmen können. Wir sollten nicht stöhnen oder uns beklagen, wenn das Leben uns manchmal nicht gut gesonnen ist. Es gibt immer wieder einen neuen Tag, den wir anders gestalten können. Den anderen Menschen kann es noch schlechter ergehen als einem selbst. Wohlbefinden ist das höchste Gut. Und Glück gehört auch zum Leben, doch es kommt nicht immer, manchmal auch gar nicht.

German war ein fleißiger Mann und stand kurz vor der Rente. Seine Frau Ariana war immer an seiner Seite und sie liebten sich. Ihr Sohn war ihr Mittelpunkt. Die silberne Hochzeit hatten sie vor einigen Jahren im Kreise der Familie gefeiert. Er war ein Geschäftsmann und liebte seinen Beruf. Die eigene Firma forderte oft Überstunden. Er war glücklich, wenn Maschinenteile hergestellt waren und diese an die Textilfirmen verschickt wurden. Danach war er erst zufrieden mit sich selbst und der Welt. Er liebte Fußball, die Natur, das Radrennen – die Tour de France – und das Leben. Das Paar fuhr gerne in die weite Welt hinaus, um neue Menschen und Abenteuer zu erleben. Ariana war die Freundin von Belina, die sich jetzt seit über zwanzig Jahren kennen.

Eines Tages, German hatte seit längerer Zeit, nämlich seit Jahren, einen Leistenbruch. Er wollte im Krankenhaus endlich die nötige Operation vornehmen lassen. Die Chirurgen holten an diesem Morgen die Urologen dazu und schlossen wieder die Bauchdecke. Diagnose: Prostatakrebs und Metastasen. Nach der Entlassung aus dem Hospital gab es Medikamente. Regelmäßige Kontrolluntersuchungen folgten. Alle waren geschockt über diese Diagnose. Er wurde immer ruhiger, arbeitete weiter und sah sehr nachdenklich aus. Von allen bekam er die Aufmerksamkeit und Mitgefühl. Sein Leben stand Kopf. Oft war er wütend und ohnmächtig, nichts tun zu können, außer abzuwarten. Er hatte Angst vor dem Tod und seine Familie zu verlieren. Er wollte auf keinen Fall aufgeben und nahm den Kampf des Überlebens in Angriff. In solchen Zeiten zweifelte er, ob es einen Gott gibt. Belina glaubt an eine höhere Macht. German hatte dabei nichts zu verlieren und sie machte ihm Mut. Er wollte alles Mögliche tun, damit die Krankheit der Verlierer ist und nicht der Patient. Gott wird mit ihm sein und er wird dann den »weißen Turban« der Ruhe tragen, dachte Belina. Eine Chemotherapie kam nicht mehr infrage.

»Ich muss sterben und die anderen leben weiter. Das ist ungerecht.« Worte des Trostes von Ariana und Belina. »German, ich lasse dich nie allein. Ich und Belina werden immer bei dir sein.« Die beiden Frauen wollten immer für ihn da sein. Er magerte nach einem Jahr schnell ab und Belina hatte nicht mehr die Kraft, ihn zu besuchen. Es tat ihr sehr leid, doch sie wollte ihn so in Erinnerung behalten, wie sie ihn zuletzt gesehen hatte. Ariana gab ihm jeden Tag den Kuss – ein Schwerkranker im Endstadium. Zuletzt stand er vor der Resignation und gab sich dem Schicksal hin und doch fragte er sich: Warum gerade ich? Warum? Ich bin zweiundsechzig Jahre alt. Manchmal wurde er wütend und warf mit Geschirr um sich und dann saß er nichtsprechend auf einem Stuhl. Zu Anfang hatte er sich auch gefragt, was mache ich jetzt mit der restlichen Zeit? Arbeiten, Urlaub, Geld ausgeben? An einen freiwilligen Tod dachte er niemals. Er achtete darauf, dass alles geregelt war, wenn er nicht mehr da war. Patientenverfügung, Lebensversicherung, Feuerbestattung, die Musik, die bei der Beerdigung gespielt werden sollte. Es war südamerikanische Musik. Den letzten Kuss für immer, bis in alle Ewigkeit, schenkte ihm seine Frau jeden Tag. Und sein Sohn stand machtlos an seiner Seite.

»Andere sprechen vom Klimawandel und ich muss sterben!«

»Wir sind immer bei dir und für dich da, German.« Man musste die richtigen Worte wählen. So viel Trauer ist auf der Welt. Und wie viele Menschen erleiden das gleiche Schicksal? Das macht nachdenklich. Manchmal konnte er noch genüsslich eine halbe Zigarette rauchen. Er aß und trank nichts mehr. In einem Hospiz fand er die letzte Hilfe von sehr netten Menschen. Belina rief ihn noch einmal an. Er wog nur noch knapp über dreißig Kilo, bekam hochdosiertes Morphium und seine Atmung wurde schwächer.

An einem Sonntag gegen elf Uhr am Abend ist er gestorben. Es war der 12. April 2009 – ein Ostersonntag. Sie vermissen German jeden Tag.

Einen Kuss in Gedanken bekommt German immer. »Die Zeit war schön mit dir, German. Wir vermissen dich täglich.« Seine Urne mit einem Tipi und frischen Blumen stehen auf dem Sideboard von Ariana. Und ein schönes Foto. Er ist also immer in ihrer Nähe. Es war eine Bestattung in den Niederlanden.

Sogar dieser Schmerz kann nach vielen Jahren weniger werden, jedoch bleibt German immer im Herzen. Das ist der Lauf des Lebens. Wir werden geboren, um später wieder zu sterben. »Nutzen Sie den Tag ausgiebig. Ganz nach Ihren Möglichkeiten. Leben Sie heute.«

Er ist nie aus ihrem Gedächtnis entschwunden. Öfter, wenn es regnet, meint Ariana zu Belina, dass German mit Petrus sprechen soll, damit die Sonne wieder scheint. Dann lacht sie und spricht über ihn.

Diese Geschichte ist Gerd R. in ewiger Erinnerung gewidmet.

Gwenaelle-Indiana (Die Gesegnete)

Der Kuss

Den Kuss gibt es überall auf der Welt. Dafür bedarf es keines bestimmten Ortes. Jeder Quadratmeter der bewohnten Erde in unserem Universum ist dafür vorgesehen. Sei es zuhause, in einem Gebäude, im bequemen Hotelbett, in einem schönen Garten, versteckt in einem Strandkorb oder auch in der Öffentlichkeit. Der Kuss der Liebe ist allgegenwärtig mit Leidenschaft, vielen Emotionen und Zärtlichkeit.

Es gibt den hingebungsvollen, leidenschaftlichen, engagierten, enthusiastischen, begierigen, verlangenden, sehnlichen, passionierten, inbrünstigen, aber auch den traurigen Kuss, vielleicht bei einem vorübergehenden Abschied der Liebenden.

Einen Kuss wünscht sich jeder Mensch. Ein Liebespaar sollte sich einmal vor einem großen Spiegel beim Küssen betrachten. Was sehen sie? Zwei Menschen voller Freude, Unschuld, strahlende Gesichter, in einem Erregungsvorgang, und sie hat vielleicht rote Wangen und eine Gänsehaut. Vielleicht sieht das Liebespaar aber beim zweiten Blick in den Spiegel einen Zweifel an der großen Liebe. Was denken sie jetzt? Ein »Gewitter« sehen sie und einer der beiden stellt ihre Liebe infrage. Dort könnte dann die Angst grassieren. Oder wollen die beiden es einfach auf sich zukommen lassen und sehen, wie sich ihre Liebe weiterentwickelt?

Sehen Sie genau in den Spiegel! Fühlen Sie sich dabei wohl? Was denken Sie in diesem Moment? Sind Sie glücklich? Möchten Sie jetzt Ihrer Liebsten oder Ihrem Liebsten sagen, was Sie ehrlich in diesem Moment denken? Natürlich, wenn es etwas Schönes und Besonderes ist. Aber sollte einer von Ihnen schon etwas unzufrieden sein und oft auf Kompromisse eingehen müssten, hätte dieser nicht mehr die Leichtigkeit der Liebe und die rosa Brille würde sich verdunkeln. Der Spiegel gibt uns das wieder, was wir wirklich sehen müssten. Dieser betrügt uns nicht. Wir können den anderen betrügen, sogar wenn wir dabei fast kein schlechtes Gewissen hätten. Beim Hinsehen in den Spiegel können wir lachen, weinen und Grimassen schneiden. Wir sehen die Äußerlichkeit. In uns meldet sich aber ein Gefühl der Ehrlichkeit. Der Spiegel kann nichts sagen. Er kann nichts verraten. Ein Glück für alle Betroffene. Sprechen Sie mit dem Partner. Küssen kann die beste Medizin sein!

In vielen Ländern gibt es bestimmte Bräuche für das Küssen. Der Kuss ist ein Zeichen der Liebe. Auf der Erde küsst man sich fast überall. Sie würde interessieren: Wie viele Küsse würden sich alle Menschen auf der ganzen Welt in vierundzwanzig Stunden geben? Die Liebe ist entflammt und so stark wie Magma, wenn wir uns verlieben. Glückshormone schütten wir aus. Alles ist am Anfang wunderschön und später, wenn eine Zeit verstrichen ist, wird es sich schön gesehen und geredet. Auch wenn Kleinigkeiten schon ins Gewicht fallen.

Das Liebespaar zieht sich jetzt langsam aus. Er sie und sie ihn. Dabei schauen sie immer wieder in den Spiegel. Schöne Körper streicheln sie beide. Der ganze Mensch wird betastet. Dabei wird ein angenehmer Duft verströmt. Pheromone, Noradrenalin und Dopamin sowie viele andere. Das Verlangen des körperlichen Aktes steigert sich. Sie küssen sich erst langsam, dann schneller und überall. Der Geruch und der Geschmack werden von beiden wahrgenommen. Die Herzfrequenz steigt und das Blut pulsiert im ganzen Körper. Eine wohlige Wärme breitet sich aus. Ständiges Küssen gewinnt an Relevanz. Wie wunderbar doch die Liebe sein kann. Wie schön, dass es verliebte Paare gibt.

Unser höheres Wesen schenkte uns Adam und Eva. Es begann ein Entwicklungsprozess. Wir sind alle Nachkommen dieser beiden.
   Das Meer, das wild und tosend ist, macht Angst und doch liebt sie es.

Die kleinen Wellen und auch die Gischt, die auf die Felsen schlägt. Das Meer sieht heute Abend so aus, als wäre ein Gefäß mit schwarzer Tinte ausgelaufen. Das Feuer wärmt. Es kann aber auch alles verbrennen. Die Luft brauchen wir zum Atmen, und der Wind kann aufbrausen, als ob er uns böse gesinnt ist. Ein Orkan ist verheerend. Und auf der Erde leben wir. Was für ein Glück wir haben. Das Leben ist eine ständige Wandlung. Den Kuss darf und wird man nie vergessen, weil es immer Liebende gibt. Hat man keinen Partner, küssen Sie Ihre Kinder, Enkel oder Freunde. Glücklich sei derjenige, der eine(n) Liebste(n) hat.

Dann folgt oft eine Hochzeit. Der Höhepunkt einer Liebe. Sie denkt, dass die Liebenden jetzt die höchste Steigung erklommen haben. Die Zeit bleibt einige Jahre konstant. Sie sind im siebten Himmel. Die Sonne scheint warm und hell. Das Ehepaar hat schon sehr viele Küsse ausgetauscht.

Aber nach dem Sonnenschein folgt irgendwann schlechtes Wetter. Das ist so. Es stürmt und regnet; die Erde wird nass. Aber unsere Liebe und die Küsse könnten bestehen bleiben, wenn man gemeinsam sich dem Wetter entgegenfrönt. Manche Liebenden schaffen es durch Liebe und Rücksichtnahme und können das ganze Leben gemeinsam genießen. Was für ein Segen für diese Paare. Sie werden sich immer geküsst haben und sich wirklich gernhaben. Da könnten einige neidisch werden. Wie oft haben sie sich geküsst und ihren Partner damit glücklich gemacht? Vielleicht ist es die Zahl Unendlich ∞.

Gerne wäre sie manchmal ein starker Vogel, der dem Regenbogen entgegenfliegt. Fliegen ist für sie das Schönste. Das Gefühl des Freiseins, trotz eines lieben Partners. Ab und zu. Das wäre ein Traum. Träume sind schön und können manchmal auch zu einem Albtraum ausarten. Aber sie sind wichtig. Durch diesen verarbeiten wir in den frühen Morgenstunden den gestrigen Tag und der neue Tag kann beginnen. Oft wacht sie mit dem Traum auf und kann sich erinnern und schreibt ihn dann auf.

Beim Küssen neigen beide ihren Kopf. Eine Verneigung gebührt dem Partner Respekt. So sieht sie es. Die Zuneigung ist wichtig. Es fängt ja alles mit der Sympathie an. Das ist der erste Weg. Nein, der Blick ist der erste Weg für alles Weitere.

Die Stille kann durch viele Dinge gestört werden. Schon ein Räuspern kann es sein oder ein Vogel, der alle weckt. Gegen höhere Gewalten können wir nichts tun. Aber die Stille kann durch schöne Familienereignisse, aber auch durch Trauer oder durch einen Aufschrei, und wenn dieser nur in unserem Herzen stattfindet, gestört werden. Für einige Menschen kann er die Erlösung sein. Der Abschiedskuss. Was für ein bitteres Ende für einen Kuss. Ein rettungsloser Gedanke, wenn ein Leben zu Ende geht.

Gestalten wir positiv unser Leben, damit uns nichts entgeht, und wir bekommen dadurch mehr Küsse unserer Liebsten.

Die Impression, die Sinneswahrnehmung ist immer mit uns, wenn wir sie aktivieren. Was wir damit alles erleben können! Die bewusste Bewusstseinserweiterung kann sich einstellen. Wir müssen denken und philosophieren; dann passiert es. Lassen Sie Kunst auf sich wirken, ob es Gemälde sind, Bücher, Gespräche, Musik, der Tanz oder sogar die Mode. Wir werden jeden Tag inspiriert. Jedes Teil ist ein Design. Unsere Welt ist das größte dieser Art. Wir gestalten die Erde.

Das Universum, die Milchstraßen und die Galaxien erahnen wir höchstens, oder auch nicht. Der Weg führt zum Himmel. Wie viele Sterne sehen wir? Es gibt Trilliarden! Unser Leben schenkt uns viele Jahre. Was bedeutet dann die Lichtgeschwindigkeit? Wir sind nicht immer auf diesem Planeten. Leben wir noch ein wenig intensiver.

Und doch müssen wir manchmal alles infrage stellen. Das ist normal. Es gehört zum Leben dazu. Wie flüchtig kann ein Kuss sein oder eine Berührung. Oder uns kann es passieren, dass wir denken, er dauert eine Ewigkeit. Sie hatte sich schon oft gefragt, ob sie ewig leben möchte. Sie weiß es immer noch nicht. Was müsste sie alles erleben? Die Ewigkeit kann dann lange und vielleicht anstrengend sein.

Gwenaelle-Indiana liebt die Nacht. Die dunkle Seite. Sie gibt ihr viel Energie. Und Ihnen? Vielleicht schlafen Sie, was ja auch normal wäre. Bleiben Sie einmal eine Nacht auf. Verbringen Sie diese in aller Ruhe, ohne Hektik, mit den Genüssen Essen und Trinken, Musik, Lesen, vielleicht Schreiben, Malen, Fotografieren oder sich einen guten Spielfilm ansehen. Die besten Filme zeigt das Fernsehen sowieso nur nachts. Oder fahren Sie in der Dunkelheit durch die beleuchtete Stadt und singen ganz laut ein Lied mit oder schreien Sie ganz laut in Ihrem Auto. Das tut gut. Sie bekommt oft Fernweh und möchte dann durch Europa reisen. Wenn Sie eine schöne Nacht hatten, wecken Sie Ihren Partner zur gewohnten Zeit mit einem Kuss, bereiten Sie das Frühstück zu und denken Sie immer an diese Nacht. Vielleicht wird es ja nicht die erste bleiben.

Haben sich Ihre Gedanken über das Leben geändert? Liebe, Körper und Seele sind im Einklang. Zufriedenheit pur. Leben Sie vielleicht schon im Geiste Ihr neues Leben? Vergessen Sie nie den Kuss. Vielleicht hat Sie ja die Metamorphose, wie bei einem Schmetterling, schon überrascht. Magnifique.

Der Kuss ist ein intensives Lebensgefühl und kann auch ein Kommunikationsmittel der Liebenden sein. Der Kuss heilt auch »Wunden«. Ist ein Kuss leidenschaftlich, verschenkt er damit Geborgenheit und Anerkennung.

Zoey und Liam

Diese Geschichte spielt in den USA, im Bundesstaat Colorado. Dieser Staat liegt im zentralen Teil der Vereinigten Staaten von Amerika.

»Komm zurück. Es wird dir noch leidtun.« Das waren damals ihre Worte.

Zoey und Liam hatten sich in einer Bar in Denver/Colorado kennengelernt.
   Dort war die Rockerkneipe »BOB« und etliche Chopper standen davor. Zoey hatte auch dieses Motorrad und ihre Freundin Abigail war ihre Sozia.

Morgens jobbte sie aushilfsweise ab acht Uhr in einer Bäckerei. Hauptberuflich arbeitete sie ab dreizehn Uhr in einer sozialen Einrichtung mit Kindern und abends trug sie ihre Lederbekleidung. Dann stieg sie aus ihrem konventionellen Leben aus und schlüpfte in die Rolle einer Rockerin. Sie war die Anführerin. Die Frauen hatten die Aufnäher »Big Cat« auf der Kutte. Diese ist eine Lederweste mit vielen Abzeichen und Metallteilen. Sie wollten sich erkundigen, wann wieder ein Motorradtreffen und das nächste Motorradrennen stattfinden wird. Bei einem Glas Bier wurde Zoey von Liam angesprochen, der sich mit seinem Freund Jayden dort aufhielt. Jayden besitzt auch eine Chopper, doch diese befindet sich in einer Reparaturwerkstatt bei einem Freund. Die beiden Männer trugen das Abzeichen mit einem Zyklopen auf der Kutte und auffälligen Kennzeichen in Clubfarben, Tätowierungen und Verwendung von provozierenden Symbolen, Metallketten und eine Flagge von Colorado.

Zoey assoziiert die Rockerin mit Lebensstil, Kameradschaft und intensiver Lebendigkeit, Freiheit sowie Familie.

Das führte zurück auf Ausschreitungen bei dem Motorradtreffen »Hollister Bash« in Kalifornien vom 4.7.1947 (Rocker-Subkultur). Bei vielen Motorcyle-Clubs organisieren sich diese Menschen. International bezeichnen sich die Vertreter des entsprechenden Lebensstils als Biker oder Bikies. Mit einem Chopper wird in erster Linie ein Motorrad aus der Produktion der amerikanischen Schmiede Harley Davidson in Verbindung gebracht.

Liam war Mitglied der Rockerszene »Fighting Zyklop«. Sie trafen sich schon öfter, doch heute hatte Zoey ihn endlich angesprochen. Sie fand ihn nett, und er gab ihr die Termine für zukünftige Unternehmungen. Sie erhob ihr Glas Bier und prostete ihm zu und er schlug mit seinem Glas gegen das ihrige. Habe ich mich doch überwunden, ihn jetzt anzusprechen, dachte sie. Die Rockerin hatte ihn immer ohne Freundin gesehen. »Wie heißt du denn?« »Liam. Und du?« »Zoey.« »Das ist ein schöner Name. Er passt zu dir und zu deinen langen dunklen Haaren mit den grünen Augen. Ja. Du bist eine Big Cat. Ich hatte schon gesehen, dass du die Chefin bist. Was habt ihr denn bis jetzt alles unternommen?« »Fast alles. Es dauert zu lange, dir alles zu erzählen. Aber wir können uns ja einmal woanders treffen. Am frühen Abend. Wenn du Zeit haben solltest?« »Ja, das lässt sich einrichten. Schreibe mir mal deine Telefonnummer auf.« »Hier hast du sie.« Sie hatte jetzt von Liam erfahren, dass am Samstagabend das nächste Treffen ist, und Sonntag war ein Motorradrennen. Viele der Rockermitglieder haben auch noch andere Motorräder. Diese beiden Rockergruppen gehen normal miteinander um. Abigail wunderte sich nicht darüber, dass ihre Freundin ihn jetzt angesprochen hatte. Sie kannte Zoey zu gut. Die beiden Frauen liebten es, auf dem Motorrad zu sitzen und Spritztouren zu unternehmen und nette Freunde zu treffen. Sie tranken ihr Bier aus. Zoey und Abigail fuhren wieder in die Stadt. Zoey musste zu ihrer

Großmutter, um dort ihren kleinen Sohn Mason, der fünf Jahre jung ist, abzuholen. In ihrer kleinen Dreizimmerwohnung fühlten sie sich wohl. Leider gab es keinen Vater für Mason. Dieser hatte sie schon kurz nach seiner Geburt verlassen und es gab auch keinen Ersatzvater. Von da an war es ihr Wunsch, eine Rockerin zu werden, und sie gründete ihre Organisation. Acht Frauen folgten ihr. Sie war eine gute Mutter, die aber auch ihren Freiraum benötigte und dann auf ihr Motorrad stieg. Sie war noch jung, und die Oma nahm ihren Urenkel für diese Zeit zu sich. Das war in Ordnung.

Liam rief noch am Abend an. »Hallo Zoey, meine Schöne. Wo bist du?« »Zuhause. Und wo bist du?« »Bei einem Freund. Kann ich zu dir kommen?« »Nein. Das geht nicht. Ich muss Morgen um acht Uhr arbeiten und mein kleiner Sohn schläft schon.« »Das schaffst du alles? Arbeiten gehen und einen Sohn erziehen. Das hätte ich dir nicht zugetraut. Du bist eine starke Frau.« »Danke Liam. Arbeitest du?« »Nein. Dafür habe ich keine Zeit. Aber ich habe meine Geschäfte und die müssen laufen. Eine Eule habe ich auf deiner Kutte gesehen. Das hat mir imponiert. Eulen sind das Symbol der Weisheit. Habe ich es da mit einer intelligenten Frau zu tun?« Zoey lachte und gab ihm darauf keine Antwort. »Zoey, kann ich morgen nach deiner Arbeit zu dir kommen?« »Um sechs bin ich daheim. Rufe bitte vorher noch einmal an. Dann bleibt mein Sohn bei seiner Urgroßmutter. Hast du eine feste Freundin, Liam?« Er überlegte kurz und verneinte dies. Es gab aber einen Unterton, von dem sie annahm, dass er nicht ganz die Wahrheit gesprochen hatte. Sie wollte herausfinden, ob es da eine Frau gibt. »Bye, Zoey.« »Bye.«

Liam war ein smarter Rocker, wenn es so etwas geben sollte. Er sah jedenfalls gut aus. Gepflegt. Blonde Haare und groß war er. Sie war jetzt doch etwas nachdenklich und stellte sich aber einen schönen Abend mit ihm vor. Lange Zeit lebte sie allein mit ihrem Sohn. Sie konnte sich Sex mit Liam vorstellen. Sie wollte ihn unbedingt. Ich bin jung. Sie hatte das Gefühl, dass er sie respektiert.

Am nächsten Tag verrichtete sie ihren Job und rief Oma an. Mason blieb bei ihr. »Mache dir einen schönen Abend, mein Kind. Du hast es verdient. Wenn nicht du, wer dann?« »Danke. Ich melde mich dann wieder.« »Deine Mutter hat keine Zeit für dich. Aber ich bin immer für dich und deinen Sohn da. Vergiss das nicht, Zoey.« Als sie zuhause war, legte sie sich in die Badewanne und entspannte sich vom langen Arbeitstag. Ihr Telefon klingelte und er war am anderen Ende. »Hallo Zoey, ich habe von dir geträumt. Kann ich gleich zu dir kommen? Ich würde mich freuen.« »In einer Stunde kannst du da sein.« Sie gab ihm die Adresse. Es klingelte an der Tür, und Zoey hatte sich verführerisch angezogen. Ein kurzer Rock und ein Oberteil mit Reißverschluss sowie High Heels. Er stand vor der Tür. »Hallo. Die Blumen schenke ich einer hübschen Frau.« »Komm herein.« Der Tisch in der Küche war schön dekoriert, und sie hatte Spaghetti Bolognese zubereitet. Ein Tiramisu aus dem Supermarkt und eine Flasche Chardonnay. »Bist du eine Weinkennerin? Was weißt du noch alles? Ich möchte es herausfinden. Gib mir Zeit.« »Ich würde mich freuen, wenn ich dich näher kennenlernen dürfte. Guten Appetit, Liam.« »Es schmeckt ausgezeichnet. Kochen kannst du auch. Warum hast du keinen Mann? Oder hast du einen und versteckst ihn vor mir?« »Nein. Ich bin zurzeit allein. Spreche bitte immer offen mit mir. Ich kann viel vertragen. Spiele kein Spiel mit mir. Oder wir belassen es bei diesem Abend. Okay?« »Du sagst mir aber direkt die Spielregeln. Das finde ich gut. Ich werde ehrlich zu dir sein, Zoey.«

Sie hörten Musik von ZZ Top – La Grange, Golden Earring – Radar Love und von Steppenwolf – Born to be wild. »Das ist ja super Musik und so alt. Ich glaube, das war 1969.« Liam saß neben Zoey auf der Couch und streichelte ihre Wange. Ihre langen Haare hingen herunter und bedeckten ihren Busen unter dem engen Shirt. »Du siehst betörend aus. Was hast du vor?« Sie nahm ihm das Weinglas aus der Hand und küsste ihn. Ein langer Kuss folgte von ihm und ihre leidenschaftlichen Zungen berührten sich. Er zog ihr den Reißverschluss herunter und öffnete ihr vorne den Büstenhalter und streichelte ihre Brüste. »Mach weiter. Geh tiefer.« Liam zog ihr den Slip aus und legte sie auf die Couch. Dann zog er sich aus, und sie stöhnte laut bei diesem Akt. »Gut. Mach weiter. Es gefällt mir.« Dann gab sie ihm ein Kondom und er sah sie überrascht an. »Safer Sex, Liam«. Dann dauerte es nicht lange und beide hatten ihren Orgasmus. Sie klammerte sich an seine Schultern und bedankte sich für diesen schönen Sex. Die Flasche Wein wurde ausgetrunken und sie bat ihn kurz danach zu gehen, weil sie am nächsten Morgen wieder einen anstrengenden Tag haben würde. »Sind wir jetzt ein Paar?« »Ja, Zoey.« Sie küsste ihn noch einmal und er verließ ihre Wohnung. Den Klang seiner Chopper hatte sie wahrgenommen. Sie dachte noch einmal über den Abend nach und ging schlafen. Den kleinen Mason hatte sie vermisst. Ja. Er ist ein Teil von ihr.

In der sozialen Einrichtung für schwer erziehbare Kinder angekommen, sagte ihre Vorgesetzte, dass sie heute besonders gut aussieht. Ihre Kollegin Ava wollte wissen, wen sie am vorherigen Abend getroffen hatte. »Hast du jetzt einen Freund?« »Vielleicht?« Mehr ließ sie sich nicht entlocken. Die Haare waren zusammengebunden, und sie versuchte, den Kindern bei den Hausaufgaben zu helfen. Man kann froh sein, wenn das eigene Kind gut durch das Leben geht, und sie dachte dabei an Mason. Ihr Sohn war in einer Kindertagesstätte und wurde von der Uroma um vier Uhr nachmittags immer abgeholt. Ihren Sohn wollte sie Liam erst einmal nicht direkt vorstellen. Der heutige Abend gehörte nur Mason und sie wollte ihm eine besonders gute und strahlende Mutter sein. Morgen fahre ich wieder mit dem Motorrad und muss meine Mädchen treffen, waren ihre Gedanken. Sie wollte mit ihnen einkaufen gehen, und zwar in einem Biker-Shop. Geld muss sie für sich und ihren Sohn verdienen. Das Leben ist hart. Aber manchmal muss sie ihrem Wunsch nach schöner Kleidung nachgehen und Mason muss auch gut gekleidet sein. Er bekommt, was sein Herz begehrt. Darauf legt sie großen Wert. Sie fuhr zu ihrer Oma und diese lud sie noch zu Kaffee und Kuchen ein. Mason spielte mit seiner Autorennbahn und lachte, wenn sein Car aus der Bahn fiel, und er zählte die Runden. »Mom, komm zu mir und spiele mit.« Er legte das zweite Auto auf die Bahn und sie fuhren um die Wette. Er freute sich, und dann zeigte er ihr die neue Gitarre. »Hast du die Gitarre von Uroma Emma? Die sieht aber gut aus. Zeig mir, was du kannst.« Er klimperte darauf und sang ein Lied. Twinkle Twinkle little Star ... und beide sangen mit. Es ist ein Schlaflied und ein Stern nimmt eine Eule mit auf die Reise ins Universum. Dann verabschiedet der Stern die Eule und sie fliegt zurück zur Erde, einen Baum in der dunklen Nacht an. Singen fördert die Entwicklung eines Kindes. Lieder mit Refrain sind bei Kindern angesagt. »Mom, wir singen jeden Tag in der Tagesstätte. Es macht Spaß.« »Oma, du musst doch nicht so viel Geld für Mason ausgeben. Ich hätte sie ihm auch kaufen können.« »Kind, lass mir die Freude. Ich sehe gerne in sein glückliches Gesicht. Sie war gar nicht so teuer.« Beim Abschied gab er der Uroma einen dicken Kuss auf den Mund und winkte ihr zu. »Bis morgen, mein Mason.« »Bye.« Zoey umarmte ihre Oma und bedankte sich für den schönen Nachmittag. »Ich gehe später mit ihm Hamburger und Pommes frites essen. Er wird sich dann freuen. Besonders auf die Kinderüberraschung.« »Bis morgen, Zoey. Schlaft gut.« Sie liefen bis zum Restaurant, und dann strahlten seine Augen. Es gab ein Buch zu seinem Menü. Danach durfte er sich zuhause noch eine halbe Stunde Zeichentrickfilme ansehen. Dann waschen und ab ins Bett. Auch Mom bekam einen dicken Kuss und sie drückte ihn fest an sich. »Schlaf gut, Mason.« »Du auch. Mama.« Das Telefon blieb still.

Am nächsten Morgen brachte sie den Jungen in die Kita und ging anschließend in die Bäckerei. Es machte ihr Spaß, den Menschen schmackhafte Leckereien zu verkaufen. Mittags aß sie beim Chinesen Hühnchen und fuhr dann zu ihren Kindern in der Einrichtung. Sie rief Oma an und fragte sie, ob Mason über Nacht bei ihr bleiben könnte. Sie bejahte ihren Wunsch und Zoey freute sich. Am frühen Abend rief Liam an. »Hallo Zoey. Kann ich heute Abend zu euch kommen? Ich würde gerne deinen Sohn kennenlernen.« »Er ist bei meiner Oma. Mit meinen Mädchen möchte ich heute Abend shoppen und etwas trinken gehen. Sollen wir uns bei ›BOB‹ treffen? So gegen zehn Uhr?« Er überlegte ihr zu lange. »Ja oder nein?« »Okay. Bis später.« Der Tag neigte sich und die Frauen fuhren zu dem Biker-Shop und jede fand etwas Passendes für sich. Zoey kaufte sich eine rote Lederkorsage zum Schnüren. Das kann Liam dann machen, dachte sie. Sie fuhren zu »BOB« und sie trank eine Limonade. Abigail und Cathrin waren noch bei ihr. Jede fuhr jetzt ihr eigenes Motorrad. Sie sah schön aus. Liam kam direkt zu ihr und gab ihr einen Kuss. Jayden war dabei und Chris. »Morgen Abend ist das Motorradtreffen im Red Rock Park und ein Heavy-Metal-Konzert wird uns hoffentlich schöne Stunden bereiten.« »Das hört sich gut an. Ich freue mich. Fährst du mit mir dorthin? Und deinen Freunden und meinen Mädchen natürlich.« Ihr Motorrad erstrahlte in seinem Glanz. Eine Freundin hatte alle Chromteile an dem Chopper zum Glänzen gebracht. »Ja. Wir treffen uns bei ›BOB‹. Können wir gleich zu dir fahren, Zoey?« Sie nickte. »Komm, gib mal richtig Gas. Zeig es mir, Baby.« Sie gab Gas und er hatte Mühe, sie zu erreichen. »Ist die frisiert?« »Ja. Was denkst du denn.« Beide stellten ihre Chopper neben dem Haus ab und gingen in den zweiten Stock. Sie wollten chillen, ein Glas Wein trinken und reden. »Liam, wenn du ohne Kondom mit mir Sex haben möchtest, mache bitte einen Aidstest. Für mich ist das wichtig. Ich hoffe, für dich auch.« »Das werde ich machen.« »Ich werde den Test auch machen lassen.« Sie liebten sich. Der Abend hatte ihr gefallen und Liam wollte die ganze Nacht bei ihr bleiben. Am frühen Morgen verabschiedete er sich und sie ging duschen. Sie rief Oma an und Mason konnte das Wochenende bei ihr bleiben.

Sie trafen sich vor der Stammkneipe. Viele Chopper standen fahrbereit und warteten auf die Fahrt zum Heavy-Metal-Konzert. Eine junge Frau, sie hieß Charlotte, hatte es wohl auf Liam abgesehen. Oder kannten sie sich besser, als sie dachte? Sie sah, wie er ihr zuwinkte, und seine Lippen bewegten sich, als ob er ihr einen Kuss zukommen lassen wollte. Oder war Zoey nur zu misstrauisch? Sie wollte nicht mehr verletzt werden. Charlotte behielt sie im Auge. Im Red Rock Park angekommen, tanzten die Menschen und große Gläser Bier wurden ausgegeben. Die Stimmung war gut. Liam küsste Zoey. »Bin ich die Einzige? Oder gibt es noch mehr Frauen in deinem Leben?« »Du bist meine Königin.« Weit nach Mitternacht ging es zurück und Liam blieb wieder bei ihr. Das Motorradrennen war abends angesagt und jetzt sah man andere Motorräder, sehr schnelle. Eine Kawasaki ZX12R, eine Honda Fireblade 1000 RR, Yamaha Yzf R 1, Ducati 999R und viele andere. Ein Rennen mit zwei Fahrern. Zoey war das zu gefährlich, aber sie sah gerne die Duelle. Liam kam mit einer Kawasaki und gewann das Rennen. Sie umarmte und küsste ihn. Charlotte war auch da und sah zu ihm herüber. Er winkte kurz. »Ist sie eine Freundin?« »Nein, aber wir kennen uns schon länger.« Diese Nacht blieb Liam nicht bei ihr. Zoey war nervös und dachte an die eventuelle Rivalin. Er müsste sich am nächsten Tag um seine Geschäfte kümmern. Auch die nächsten Tage ließ er nichts von sich hören. Der normale Alltag mit Kind und Oma war wie immer. Sie hatte seine Telefonnummer nicht. Endlich rief er an. »Ich hatte einen schwierigen Auftrag zu erledigen. Ich habe den Aidstest machen lassen. Du auch?« »Ja.« »Wann sehe ich dich wieder, meine Katze?« »Ruf mich bitte an, wann du kommen möchtest. Und bring den Test mit.«

Eines Abends klingelte es an ihrer Tür. Er stand vor ihr mit einem Strauß roter Rosen und ein Umschlag war zwischen den Rosen. »Öffne ihn. Ich bin gesund. Und du?« Sie zeigte ihm ihren Test. »Heute Nacht lassen wir es krachen, meine kluge Freundin. Oder soll ich Frau sagen?« Sie ging ins Schlafzimmer und zog sich um. Die neue Lederkorsage zu einem Lederrock. »Du siehst super aus. Da werde ich aber Arbeit haben, die Korsage dir auszuziehen.« »Tue es einfach. Beeil dich.« Sie legten sich auf ihr Bett und liebten sich. Mason schlief im Kinderzimmer. Sie mussten leise sein. Er küsste sie überall und sie streichelte sein Gesicht. Als er ging, wurde ihr ganz schnell klar, dass sie zwar gesund war, doch an Verhütung hatte sie nicht gedacht. Sie hoffte, dass nichts passiert war.

Als sie Liam wieder lange nicht gesehen hatte, fragte sie Jayden, wo Liam sei. »Wusstest du das nicht. Er sitzt im Bundesgefängnis Florence.

Im sichersten Zivilgefängnis der Vereinigten Staaten. Waffenhandel war sein Geschäft. Hat er dir nie etwas darüber erzählt?« »Er hatte nur von Geschäften gesprochen.« Nach zwei Monaten wurde er entlassen, weil man ihm die Angelegenheit mit den Waffen nicht richtig nachweisen konnte. »Liam, da hast du aber Glück gehabt. Pass auf dich besser auf.« Sie feierten seine Freilassung. Am Tag danach war Liam nicht mehr zu sehen. Er rief sie auch nicht an. Jayden erzählte ihr, dass er bei einer Frau sei. »Hat sie lange blonde Haare und blaue Augen?« »Ja.« »Dann ist er bei Charlotte. Dieser Fremdgeher.« »Woher weißt du ihren Namen?« »Ich kenne sie aus der Ferne. Danke Jayden.«

Ihre Menstruation war ausgeblieben und sie fühlte sich nicht gut. Eine Magenverstimmung? Nein. Sie wusste, dass sie schwanger war. Er meldete sich einfach nicht. Sie war jetzt im 5. Monat, und da sah sie Liam. »Liam. Bleib stehen. Ich muss dir etwas sagen.« »Ich habe wenig Zeit.« »Wegen Charlotte, oder?« »Woher weißt du es?« »Ich spüre alles. Ich wollte dir nur sagen, dass ich schwanger bin und du der Vater bist. Bitte geh nicht fort. Bleib bei mir.« »Was? Das ist nicht dein ernst. Nimmst du nicht die Pille? Deswegen ist dein Bauch so rund. Da waren wir aber ein schönes kopulierendes Paar.« »Wo hast du denn das Wort her? Hast du Bücher im Gefängnis gelesen?« Ja, Zoey. Auch ich lerne dazu. Bin ich jetzt der Bösewicht?« Das Motorrad blieb in der Garage. Vielleicht wollte sie es verkaufen. Bald hat sie zwei Kinder. Oma wollte ihr helfen. »Du hast dich aus meinem Leben seit langem entfernt. Warum? Gefällt dir Charlotte besser? Wish you where here, Liam.« Jetzt war reden zwecklos. Ich habe immer Männer, die nicht zu ihrem Kind stehen, dachte sie und wollte keinen Mann mehr zulassen.

Sie sahen sich ab und an in der Stadt und sprachen nicht viel. Wie es ihr geht, war ihm egal. Doch als sie sich noch einmal sahen, sagte sie nur noch zu ihm: »Komm zurück. Es wird dir noch leidtun.« Er ging und ließ sie im Stich.

Als das Kind geboren war, es war ein kleines Mädchen, war Oma Tag und Nacht bei ihr. »Wie soll sie denn heißen, die Kleine?« »Liam-Sophia. Gefällt dir das, Oma?« »Das klingt sehr schön und passt zu deiner Tochter.« Zurzeit ging sie nicht arbeiten. Sie wollte in zwei Monaten auch ihre Tochter in der Kindertagesstätte unterbringen.

Durch Zufall trafen sich beide auf der Straße. Er stieg von seinem Motorrad ab und sah in den Kinderwagen. »Ist das meine Tochter?« »Ja.« Er streckte ihr einen Finger entgegen und sie klammerte sich an diesen und strahlte ihn an. Er überlegte kurz und sagte dann zu Zoey: »Ich werde die Verantwortung für unser Kind tragen, meine Schöne. Es tut mir leid. Marry me.« Er rief Charlotte an und sagte ihr, dass er zu seinem Kind stehen werde und sie nicht mehr sehen könne. Er entschuldige sich bei Charlotte. »Liam, ich wäre mit den Kindern zu meiner Oma gezogen und dann hätte ich dir nie mehr eine Chance für eine Versöhnung gegeben.« Er ließ das Motorrad stehen und ging mit ihr und den Kindern nach Hause. »Halleluja, Zoey.« »Weißt du, was du da sagst? Es heißt: Lobet Jah. Lobet Gott.« Er war überrascht, was sie wieder wusste.

Sie hörten Musik von Elvis Presley und küssten sich ununterbrochen. Er fragte nach dem Namen seiner Tochter und sie nannte ihn. Er war so stolz. »Ich bereue es sehr, Zoey, dass ich nicht immer bei dir geblieben bin. Du wirst mich jetzt nie mehr los. Lass mich immer in deiner Welt vorhanden sein. Die Zeit ist jetzt gekommen. Bitte.« Am nächsten Morgen frühstückten alle zusammen.

Nach dem gestrigen Regen klarte der Himmel auf und die Sonne schien den ganzen Tag. »Ich bereue jeden Tag, an dem ich nicht bei dir war. Vergib mir.« »Ich hatte ein tränendes Herz und du warst dabei, es aufzuessen. Dann hätte es kein Zurück gegeben.«

Sie heirateten, und alle Biker und Familienangehörige hatten sich im Restaurant eingefunden. Sie tanzten, lachten und waren glücklich.

Wer bereut, kann ein Gewinner sein.

Malou und Dean

Diese fröhliche und tanzfreudige Malou bereitete sich schon auf das Wochenende vor. Leider hatte ihre beste Freundin ein Familientreffen und so besuchte sie mit ihrer Freundin Enya die afrikanische Diskothek »La Pandozarin«. Dort wird Musik aus Togo, ebenso Reggae und Hip Hop gedreht.

Malou ist vierundzwanzig Jahre jung und Enya ist im gleichen Alter. Sie waren hübsch anzusehen mit ihren blonden Haaren und einem exklusiven Make-up für einen gelungen Look. Sie trugen ihre schwarzen Lederhosen mit einem Oberteil aus Cashmere und Lurex. Es war Herbst und die Abende kühlten sich schnell ab. Sie bestellten eine Limonade und tranken sie immer aus, bevor sie die Tanzfläche wieder betraten. Sie wollten keine K.-o.-Tropfen. Das hatte Priorität.

Malou wurde von Dean zum Tanzen aufgefordert, obwohl dieser ganz kleine Augen hatte und sich immer wieder die Nase putzte. »Wie heißt du? Bist du krank? Hast du die Grippe?« »Dean. Weiß nicht, vielleicht?« Sie bewegten sich im Rhythmus der afrikanischen Musik und Dean zog sie zu sich, hielt sie fest und gab ihr einen Kuss, der es in sich hatte. Das war der beste Kuss, den ich bis jetzt bekommen habe, dachte Malou. Davon wollte sie mehr haben. Sie wollte das Risiko einer Grippe eingehen, dem Kuss zuliebe. Er küsste so innig und mit viel Herz. Auf der Tanzfläche klebten ihre und seine Lippen zusammen. Beide bekamen nicht genug davon. Er bat sie an den Tisch und bestellte kalte Getränke. Sie weiß noch genau, wie er da saß. Vor ihr auf einem Stuhl mit geschlossenen Augen und seine prallen, rosa Lippen leicht geöffnet. Ihre Hände hielten seinen Nacken und sie küssten sich. Zwischendurch putzte er sich die Nase. Zuerst mit Taschentüchern und dann mit Servietten. Malou war mit jedem Kuss ein Stückchen weiter, nahe der bevorstehenden Grippe. Das war ihr klar geworden. Jetzt ist es auch egal, dachte sie. Dann liege ich eben im Bett und kuriere mit Dean zusammen die Grippe aus. Dean war ein liebevoller Afrikaner, und in seiner Freizeit spielte er Fußball in einer Kreisliga als Stürmer. Er war ohne List und Tücke. Enya kam zum Tisch der beiden und bestellte sich einen Kaffee. »Wie lange willst du noch bleiben, Malou?« »Ich fahre gleich, meine Nase fängt schon an zu kribbeln.« Sie tanzte noch mit Enya, bis die Power ausging, und dann ging es mit dem Auto nach Hause. »Kann ich mit euch fahren?«, fragte Dean. Sie ließen Enya daheim aus dem Auto steigen und das Liebespaar des Abends fuhr zur Wohnung von Malou. Sie kochte einen Tee für beide und rieb sich mit Minzöl ein. Zärtlich geschützten Sex hatten die zwei und tauschten noch immer innige Küsse aus.

Am nächsten Tag hatten beide einen Schnupfen und sie bekam noch Halsschmerzen dazu. Sie blieben im Bett, kuschelten aneinander und küssten sich weiter, bis Dean von Malou nach Hause gebracht wurde. Am nächsten Tag musste er wieder arbeiten und sie meldete sich in der Firma krank und kurierte die Grippe aus mit Hühnersuppe und Tee. Einen Vorteil hatte dieses Erlebnis: Sie hatte zwei Kilo vom Küssen und den Halsschmerzen abgenommen.

Am nächsten Wochenende trafen sie sich wieder in der Diskothek »La Pandozarin« und er küsste eine andere Frau. Diese hatte Glück. Seine Grippe war verflogen.
 Das Leben ist doch wie bei einer Honigbiene. Sie bestäubt jede gut duftende Apfelblüte und viele andere. Das ist lange her, aber sie denkt immer noch an den »Grippe-Kuss«. Er war es ihr wert.

Rabea, Isabella und Riley

»Mutti, das ist jetzt relevant, dass du das Prestigedenken abschaltest.« Das waren die Worte von Tochter Leonie. Sie weiß immer, wann ihre Mutter verreisen muss und neue Länder kennenlernen sollte. Rabea liebt es, wenn Menschen anderer Nationalitäten sich um sie versammeln. Dann reist sie mit ihrer Freundin Isabella. Sie sind unzertrennlich. Die beiden Damen hatten schnell eine Reise nach Barbados gebucht. Sie waren bis jetzt noch nicht in der Karibik. Englisch sprechen sie perfekt. Rabea ist Eigentümerin eines Juweliergeschäftes und Isabella besitzt ein Spezialgeschäft für edle Pelzmäntel, in dem zwei Angestellte arbeiten. Beide wurden von ihren gleichaltrigen Männern einfach gegen eine junge Frau ausgetauscht. Der Ex-Ehemann von Rabea ging finanziell leer aus und Isabella hatte damals einen Ehevertrag mit bestimmten Klauseln unterschrieben. Das mit in die Ehe eingebrachte Vermögen behielt sie natürlich. Sie sind finanziell unabhängige Frauen. In einer Woche wollten die Damen in den besten Jahren, so Ende vierzig, alleine reisen. Rabea war heroisch und stellte sich jeder Herausforderung. Angst kannte sie nicht. Sie ist eine Kämpferin und ihre Freundin ist die ursprüngliche Ergänzung zu ihrer Person.

Sie packten jetzt ihre Koffer. Jeder zwei, und noch hatten sie Zweifel, ob sie für drei Wochen mit Chanel-Kleidern sowie edlen Taschen versorgt waren. Bademoden durften nicht fehlen. Am nächsten Tag wollten Rabea und Isabella zusammen das Reisebüro aufsuchen und die Tickets abholen. »Wir können uns darauf einrichten, dass auf Barbados das Leben wie in Großbritannien ablaufen wird. Nur anders. Tea Time ist also angesagt.« »Das hört sich gut an, Rabea. Ich mag es vornehm und gemütlich. Hoffentlich finden wir einen netten Strandboy, der uns den Rücken am Beach eincremt.« Dabei lachte sie. »Wenn ich meinen Charme spielen lasse, wird sogar ein Hund nett zu uns sein.« »Du bist immer so sarkastisch. Sei doch einmal netter zu den Menschen. Sie sind nicht alle so reich wie du, meine Teuerste. Nicht jeder kann sich alles kaufen und delegieren. Ist Leonie dann in deinem Geschäft?« »Ja, natürlich. Mein Sohn Manuel hat keine Ahnung von Geschäften. Er weiß aber wohl, wie er seine Mutter um den kleinen Finger wickeln kann, wenn er Geld benötigt. Er ist der ewige Student. Ich weiß nicht, die Universität müsste ihn eigentlich bald entlassen. Aber so lange sie Geld bekommen, werden sie sich ruhig halten, und ich hatte auch schon ein Gespräch mit seinen Professoren Weich und Sandkorn für Kunst. Er kann wohl gut malen. Von wem hat er das wohl? Vielleicht von seinem Vater, dem Trottel. Der hat es auch zu nichts gebracht. Aber jetzt höre ich damit auf, sonst bekomme ich noch schlechte Laune. Wir denken jetzt an Barbados, Isabella. An mein Zuhause werde ich im Flugzeug nicht mehr denken. Für drei Wochen stelle ich mir vor, Single zu sein ohne Anhang. Wir könnten mit einem Katamaran einen Ausflug nach Guadeloupe unternehmen. Du sprichst doch gerne Französisch. Hast du Lust?« »Das ist eine schöne Idee von dir. Den Abstecher werden wir von Barbados aus organisieren. Ich freue mich.«

Die beiden sehen noch mit ungefärbten Haaren jugendlich aus. Rabea ist dunkelhaarig und trägt die Kleidergröße 38. Isabella hat die gleiche Kleidergröße, aber sie schmücken blonde Haare. Es gibt bei ihnen immer etwas zum Lachen oder zum Schmunzeln. Die Menschen fühlen sich bei ihnen wohl. Frauen wie Männer und sogar Kinder, obwohl Kinder manchmal ganz schön nervig sein können. Zum Glück sind ihre Kinder erwachsen, und Isabella hat einen unabhängigen Sohn, der Philipp gerufen wird.

»Isabella, ich muss jetzt das Telefongespräch beenden und noch einmal die Liste durchgehen, ob ich alles eingepackt habe. Mit Leonie werde ich noch etwas Geschäftliches besprechen müssen für die Zeit meiner Abwesenheit. Können wir uns heute im Café treffen? Dann werden wir die Unterhaltung fortsetzen.« »Ja, Rabea. Bis um drei Uhr in unserem Café.« Leonie musste für ihre Mutter oft den Chauffeur spielen. Sie hat noch keine Kinder, weil sie ihren Freund Ben in die Wüste geschickt hatte, und soll sich so schnell auch keine anschaffen, meinte ihre Mutter. Rabea besitzt zwar einen Führerschein, aber wofür hat man Kinder. Ein großes Auto ist für sie ein Statussymbol. Wir waren schon lange nicht mehr im Hotel »Vier Jahreszeiten«, dachte sie. Bald steht Weihnachten vor der Tür und sie wollte dann einen *Private Dining Room* reservieren und dort eine kleine Feier realisieren. Alle sollen kommen, auch die Familie von Isabella und einige Verwandte und Freunde. Ja, das wäre eine schöne Idee. Dann ist sie in ihrem Element, und die Menschen danken es ihr. Sie initiiert gerne irgendwelche Festlichkeiten. Die Lady wohnt in einer Villa im Lehel wie Isabella auch. Für sie ist es selbstverständlich, dort zu wohnen. Wo auch sonst. Ihre Kunden kaufen den Schmuck mit Rabeas Kenntnissen, ihrem Lebensgefühl und vertrauen ihr. Sie hat einen festen Kundenstamm. Kaffee oder ein Glas Sekt wird zur Begrüßung angeboten und ein privates Gespräch ist obligatorisch. Sie verkauft »Träume« und Geldanlagen. Rabea bekommt auch öfter von namhaften Juwelieren aus der Schweiz Schmuck für Ausstellungen. Sie nennt es eine Schmuck-Vernissage, die alle Unikate sind. Sie ist Goldschmiedin und designt selbst auch Schmuck und lässt ihn dann nach ihren Vorstellungen herstellen. Die Zeit der Erschaffung überlässt sie jetzt einer anderen Freundin. Es sei denn, sie verspürt die Lust, das Schmuckstück selbst zu kreieren. Sie hat ein Faible für Cocktailringe. Man benötigt Fingerspitzengefühl und Fantasie. Prominente Kundinnen und Kunden schauen auch gerne einmal herein und kaufen dann exklusive Colliers, Ohrringe, Armbänder, Ringe und Uhren. Sie ist schon in jungen Jahren eine Geschäftsfrau gewesen. Wenn sie nach Barbados fliegt, wird sie ihren Modeschmuck mitnehmen.

Einen Mann an ihrer Seite, und der auch noch in ihrem Haus lebt, kann sie sich gar nicht vorstellen. Ihre Villa ist doch keine Seniorenresidenz. Ihr reicht ein nettes Gespräch oder vielleicht eine Einladung in ein Restaurant. Aber ohne Verpflichtungen. Es sei denn, sie könnte sich eine nette Nacht mit einem adäquaten Galan vorstellen. Der müsste aber mindestens zehn Jahre jünger sein. Eine Nacht, und noch vor dem Frühstück hätte sie leise das Hotel verlassen.

Leonie bringt ihre Mutter zum Café und winkt ihr dann noch einmal zu. »Du hast eine liebe Tochter, Rabea. Sie ist sehr stark und geschäftstüchtig. Das hat sie von dir.« »Ja, auf Leonie ist Verlass. Ich vertraue ihr. Sie wird später einmal fast alles erben, wenn sich Manuel nicht anstrengt. Hast du alles gepackt?« »Ja. Gehen wir gleich noch zum Reisebüro?« »Natürlich. Wozu sind wir denn jetzt unterwegs? Wir müssen heute noch etwas Interessantes erleben. Was meinst du dazu, Isabella? Ich hätte Spaß daran, etwas Ausgefallenes für den Urlaub zu kaufen, womit wir die reichen Herren an uns binden können. Vielleicht ganz erotische Dessous? Wir sind ja noch nicht alt und in den besten Jahren.« »Das machen wir. Aber ein Besuch in einer schicken Bar und mit den Männern flirten, würde mir Spaß bereiten.« »Isabella, so kenne ich dich gar nicht. Ist bei dir der dritte Frühling ausgebrochen? Aber die Idee ist summa cum laude. Schauen wir doch mal, ob wir noch betörend auf die Männer wirken.«

Sie hatten ihre Reisedokumente abgeholt und einen amüsanten Abend in dem »Fleuminx« mit exklusiver Küche verbracht. Beide Damen hatten ihr Vergnügen bei einem Mandellikör. Es folgte ein edles Tröpfchen vom Merlot, ein gutes Steak mit Beilagen und sie führten eine angeregte Unterhaltung mit Bernd sowie Xaver. So war es doch noch ein gelungener Abend für die beiden Damen. Mit dem Taxi fuhren sie heim. Bernd hätte gerne die Telefonnummer von Rabea gehabt. Sie wollte aber nicht. »Man sieht sich«, meinte sie nur. Sie kicherten im Taxi so vor sich hin und gingen den Abend noch einmal durch. »Der Bernd war gar nicht mein Typ. Hast du bemerkt, wie ich mich über ihn lustig gemacht habe?« »Du bist doch wieder ein bisschen zu weit gegangen, meine Teuerste.« »Ach, lass mich doch. Die Welt braucht nur wenige Männer, aber dann müssen es auch echte sein. Sie brauchen Herz, Verstand und Humor. Siehst du das genauso? Sie eignen sich nur für die Fortpflanzung. Den

Rest schaffen wir Frauen auch alleine.« »Rabea, jetzt treibst du es aber zu bunt. Man könnte denken, du könntest die Männer hassen. Du bist so abwertend, wenn es um einen Herrn geht. Man sollte meinen, dass du eine Amazone aus der griechischen Mythologie bist und den Quantensprung ins Heute geschafft hättest.« »Wenn du ehrlich bist, gibst du mir doch Recht. Ich denke da an meinen Ex-Mann Josef. Aber die Geschichte kennst du ja. Ich möchte nach Hause.« »Fahren Sie bitte schneller, mein Mann wartet auf mich«, und lachte laut. »Ich glaube, ein Glas Wein war zu viel.« »Du hast einen Mann?« »Das sage ich nur so.« Isabella lachte. Daheim angekommen. »Servus Isabella. Lass dich gut nach Hause fahren. Wir telefonieren morgen. So gegen zehn Uhr?« »Schlafe gut, meine Liebe.« Rabea wankte doch ein bisschen zu ihrem Haus. Leonie war noch wach und öffnete ihrer Mutter die Tür. »Wo kommst du denn jetzt her?« »Ich habe etwas mit Isabella gegessen und getrunken. Bernd und Xaver haben wir kennengelernt.« »Wen?« »Ach, ist egal. Schlaf gut, meine süße Tochter. Bis morgen zum Frühstück. Du bist die Beste.« »Danke Mutti, du kannst ja sogar mal nett sein und mir ein Kompliment aussprechen.« »Du kennst mich doch. Gute Nacht.«

Am nächsten Morgen fühlte sich Rabea leicht verknittert und brauchte eine Anti-Aging-Gesichtsmaske und viel Make-up. Ihr Bad ist ihr Atelier für Verschönerungen. Sie hatte noch ihre Zähne, die alle überkront waren. Sie lachte in den Spiegel und zeigte sie. Beim Duschen wusch sie die Creme aus dem Gesicht. Das Make-up war heute einen Ton dunkler als sonst. Die Augenringe mussten weg. »Ja. Jetzt gefalle ich mir.« Sie kämmte ihre mittellangen Haare an ihrem Frisiertisch. Der intensive Parfümduft ließ sie das Lied »Let her go« singen. Ein edles Kostüm trug sie heute und legte ihren teuren Schmuck um den Hals. Ihre rosa Zuchtperlenkette, es war das Geschenk eines damaligen Liebhabers, trug sie täglich. Da war ich noch jung. Vielleicht wäre er der bessere Mann gewesen, waren ihre Gedanken. Sie ist sich selbst immer treu geblieben und steht zu dem, was sie denkt und sagt.

Das opulente Frühstück war von ihrer Hausangestellten Ernestine angerichtet worden. Ernestine ist schon seit fast zehn Jahren bei ihnen und versorgt den Haushalt. Sie ist eine liebe Fee. Die neue, junge Putzfrau aus Afrika, Jeannette, war sehr ordentlich und hübsch. Ja. Zu meinen Angestellten bin ich nett, wenn ich mit ihnen zufrieden bin. Dann gibt es auch ein extra Taschengeld, dachte sie.

Sie aß und trank von jedem etwas und ließ sich noch eine Tasse heiße Schokolade nachschenken. Rabea las die Zeitung und gab zu einigen Themen ihren maliziösen Kommentar dazu. Ihre Tochter kam und setzte sich dazu. »Wir fahren übermorgen mit dem Taxi zum Flughafen. Schlaf dich aus und sei pünktlich im Geschäft.« »Natürlich Mutti. Ich vertrete dich ja nicht zum ersten Mal. Stelle dein Mobiltelefon nicht aus. Ich hoffe, dass der Urlaub dir so gut bekommt, dass du lange davon zehren kannst. Bald ist das Weihnachtsgeschäft und dann haben wir Hochkonjunktur. Erhole dich gut.« »Darauf kannst du dich verlassen, Leonie. Wir werden Spaß haben.«

Sie ging in ihr Juweliergeschäft und setzte sich auf die Couch aus gestreiftem Samt. Wenn es ruhig ist, legt sie sich manchmal auf diese Chaiselongue. Rabea rief an. »Hast du jetzt alles gepackt? Deinen Pass und deine Kreditkarten?« »Ja, Rabea, ich habe alles zusammen.« »Ich auch. Alles wartet auf unsere Reise. Treffen wir uns um acht Uhr beim Italiener?« »Ja gerne. Bis später.«

Vor dem Restaurant »Osteria Italiana« fielen sich beide um den Hals und Küsschen links und rechts. Sie bestellten eine Vorspeise mit Escargots und ein Steinbeißer-Filet mit Trüffelpüree und einen Salat. Als Dessert servierte man ihnen eine Kokos-Panna-Cotta mit einem Kokoslikör. »Übermorgen fliegen wir. Ich habe das Taxi für halb acht bestellt. Danach kommen wir zu dir. Am Flughafen haben wir dann noch Zeit, einen Kaffee zu trinken. Hast du deine Medikamente im Koffer?« »Ja. Ich kann es kaum erwarten, wieder am Strand zu liegen und das Meer zu riechen. Und auf das warme Klima freue ich mich sowie auf nette

Herrenbekanntschaften.« »Das Essen war schmackhaft und jetzt fahren wir heim. Ich muss noch mit Leonie sprechen. Wir holen dich dann von zuhause ab. Morgen gehe ich nur ins Geschäft und werde die Seele baumeln lassen. Wir werden telefonieren. Schlafe dich morgen aus, Isabella.« »Bis Freitag, Rabea. Schlaf gut.«

Am Flughafen angekommen, gerieten beide Damen doch etwas in Ekstase. Endlich dem Alltag einmal entrinnen, dachte Rabea. Sie flogen mit dem Airbus A 380. Fast elf Stunden werden sie in der Luft sein. Beide hatten sich für diesen Langstreckenflug Thrombosestrümpfe angezogen. Man konnte sie nicht unter ihren Hosenanzügen sehen. Sie hatten einen großzügigen Sitzplatz und waren nun hoch in der Luft. Jetzt durfte Rabea etwas sagen. Isabella leidet unter Flugangst. Fünfzehn Prozent aller Deutschen leiden darunter. »Isabella, stelle dir jetzt am Strand heißblütige Rhythmen vor, junge farbige Männer, von denen du träumst, und wunderschöne Strände sowie die herzliche Art der dunkelhäutigen Menschen. Einen Rum-Cocktail genießen, und die Sonne versinkt am Abend rot glühend. Barbados ist ein Paradies. Sie ist die britischste Insel der Kleinen Antillen und lockt immer mit zahlreichen Attraktionen und der berühmten kreolischen Küche. Zum Glück ist die Insel nicht überlaufen.« »Ja. Das hört sich schön an. Ich werde froh sein, wenn wir gelandet sind.« Isabella steht doch etwas neben sich, dachte Rabea. Der Brunch schmeckte hervorragend.

Das las sie Isabella aus einem Prospekt vor. »Der Flughafen heißt Grantley Adams International Airport. Die Zeitverschiebung beträgt minus sechs Stunden. Barbados ist nicht weit von Venezuela entfernt. Venezuela soll auch ein Urlaub für Insider sein. Barbados ist die östlichste karibische Insel und liegt im Atlantischen Ozean. Staatsoberhaupt ist Königin Elisabeth II. Die Hauptstadt heißt Bridgetown. Die Fläche beträgt ca. vierhundertdreißig Quadratkilometer. Man nennt die Einwohner Barbadier. Die Temperatur beträgt im ganzen Jahr ungefähr sechsundzwanzig Grad Celsius. Die Einwohner sind Nachkommen der afrikanischen Sklaven. Barbados ist die Perle der Kleinen Antillen. Interessant, oder? Was meinst du dazu, Isabella?« »Es hört sich gut an, aber im Moment fühle ich mich unwohl.« »Wir sind ja bald da.« Sie sah auf die Uhr.

»Im Hotel werden wir in einer Suite wohnen. Da wird es dir bestimmt gut gehen. Isabella, haben dir die Bilder im Katalog von Barbados zugesagt?« »Selbstverständlich. Ich hatte jetzt eine Woche diese Insel im Kopf. Ich denke, wir haben uns für den richtigen Ort entschieden. Hoffentlich sind wir bald da.« »Siehst du da den Mann in der kurzen Hose mit dem bunten Hemd? Der sieht aber nicht gerade zivilisiert aus. Hoffentlich gibt es da auch Urlauber, die schick aussehen und Manieren haben. Schau mal, der fummelt da an seiner Nase herum. Man sollte ihm ein Taschentuch geben. Hoffentlich hat er keinen Schnupfen und steckt noch die Passagiere an.« »Rabea, was du dir alles so zusammendenkst. Sehe doch einfach nicht hin.« Die Lady sah sich im Flugzeug um und ihr fiel ein attraktiver Mann auf, den sie anlächelte. Er lächelte zurück und dann war Rabea nicht mehr aufzuhalten. Wenn sie im Urlaub ist, nimmt sie eine andere Identität an. Man kann aber nie wissen, welche. Sie setzte sich an die Bar und bestellte einen Sekt. Sie schaute sich diesen Mann noch einmal an und prostete ihm mit dem Glas zu. Er stand doch tatsächlich auf und setzte sich neben sie. »Gnädigste, Sie sehen bezaubernd aus. Darf ich mich vorstellen? Frederik Verhoeven. Ich bin Verkaufsmanager eines Autokonzerns. Ich brauche unbedingt einmal zwei Wochen Urlaub. Der Stress muss schwinden. Ich liebe die Sonne, das Meer und nette Menschen.« »Da sind wir schon zu zweit, Frederik«, sagte Rabea. »In welchem Hotel residieren Sie denn, Frau?« »Entschuldigung, mein Name ist Rabea Händel. So wie der Komponist Georg Friedrich Händel aus dem 17. Jahrhundert. Ein Nachkomme bin ich leider nicht, oder vielleicht doch?« Sie lachten beide laut. Er bestellte sich einen Orangensaft und für Rabea noch einen Sekt. »Ich wohne mit meiner Freundin im Hipton Hotel.« »Ich auch. Dann können wir ja einmal gemeinsam zum Strand oder in die Stadt gehen, wenn Sie mögen,

Verehrteste.« »Können Sie tanzen? Wir sehen uns bestimmt wieder.« Dann ging sie zurück zu ihrem Sitzplatz und erzählte Isabella von der Begegnung. Diese hatte versucht, ein bisschen zu träumen. »Er macht einen sympathischen Eindruck. Tanzen kann er auch. Gleich kommt unser Nachmittagskaffee. Hoffentlich serviert man uns etwas Besonderes dazu.« »Warte doch erst einmal ab. Du musst immer erst alles monieren.« Sie sah aus dem Fenster und summte ein Lied von Adriano Celentano. Müdigkeit machte sich bemerkbar.

In der Hotelsuite warfen sich beide Damen auf das Bett und wollten ein wenig schlafen. Zuvor telefonierte Rabea mit ihrer Tochter Leonie und schwärmte von dieser Insel. »Mutti, ich habe einige Diamanten verkauft. Ich vermisse dich. Alles Gute dir und Isabella. Rufe mich wieder an. Ich liebe dich.« »Ich dich auch. Pass gut auf dich auf, meine einzige Tochter. Ich brauche dich und bin stolz auf meinen Engel. Tschau.« Isabella stellte den Wecker. Der erste Tag war zum Anpassen an die neue Ortszeit geplant. Der Zeitunterschied plagte sie.

Am nächsten Morgen ging es in die Stadt. Aus einer einheimischen Bar hörten sie Gitarrenmusik und Trommeln. »Da gehen wir hinein, Isabella. Ich bin neugierig.« Ein junger Mann spielte auf der Gitarre und sang dazu Reggae-Lieder. Auch Calypso-Musik war zu hören. Zu dieser Musik wiegt sich der Körper wie in einer wogenden Welle. Den Gästen hatte es gefallen. Die Sängerin »Rihanna« ist in Saint Michael auf Barbados mit Reggae geboren und groß geworden. Eddy Grant nicht zu vergessen.« Rabea fühlte sich hier sehr wohl. Während einer Pause ging sie zu dem jungen Mann und fragte ihn nach seinem Namen. »Ich bin Riley und spiele hier am Wochenende. Während der Woche arbeite ich in einem Supermarkt.« Er ist dreißig Jahre jung, schlank, hat eine dunkle Hautfarbe, schwarze Augen, kurze gepflegte Haare. Ein dünner Bart um den Mund herum verschönerte sein sympathisches Gesicht. Er spielte wieder auf seiner Gitarre, und das Publikum sowie auch Rabea und Isabella sangen mit oder sie trällerten ein »la la la«. Dann sprach

Rabea ihn noch einmal an und wollte auch einige Akkorde spielen und sang dazu. Ja. Sie kann Gitarre spielen. Man staunte. Die Gäste klatschten Beifall und dann sangen beide ein Duett »Somethin' Stupid« wie mit Robbie Williams und Nicole Kidman. Rabea sang: »Like I love you« und sah ihn dahinschmelzend an. Applaus und lautes Getöse der Gäste. Der Rum floss und die Stimmung explodierte. Die Besucher tanzten ausgelassen und man konnte in glückliche Gesichter sehen. Beide Damen hatten Schwierigkeiten, normal zu gehen, und konnten sich einem Taxifahrer noch soeben mitteilen, dass sie ins Hotel gebracht werden wollten. Dieser lachte nur und bekam auch ein gutes Trinkgeld. Für den nächsten Nachmittag hatten sie sich mit Riley verabredet. Vor der Bar wollten sie ihn treffen. Mit Kleidern gingen sie ins Bett und schliefen ein. Am nächsten Morgen konnten sie sich an den letzten Tag noch erinnern. Sie hatten den ganzen Tag dort in der Bar verbracht und zwischendurch hatte Riley ihnen etwas zu essen gebracht. »Zum Glück hatten wir keinen Filmriss, Rabea. Wann wollten wir Riley wiedersehen?« »Heute Nachmittag. Gefällt er dir? Ich könnte ihn schon vernaschen. Er ist ein Künstler der Musik und kann die Menschen verzaubern. Dass er sonst in einem Supermarkt arbeitet, stört mich nicht. Er muss mir ja nicht ebenbürtig sein. Außerdem ist er erst dreißig Jahre alt und wir machen hier nur drei Wochen Urlaub. Aber er hat Manieren und zieht sich schön an. Das gefällt mir. Ich werde ihm ein Parfüm kaufen. Was meinst du?« »Mir gefällt er auch sehr gut. Über einen Duft wird er sich bestimmt freuen.« »Am Strand können wir ihn zu einem Cocktail einladen, und du wolltest doch eingecremt werden. Wir werden ihn für uns gewinnen müssen. An so einen jungen Mann kommen wir so schnell nicht wieder heran. Ein Amor wurde uns geschickt. Das passiert nur im Urlaub. Wir geben ihm Geld für drei Wochen und er soll für diese Zeit den Supermarkt vergessen und an unserer Seite sein. Was denkst du?« »Das ist eine gute Idee, meine Teuerste. Ich denke gerade an Frederik. Hast du ihn schon gesehen?« »Nein, der interessiert mich jetzt auch nicht mehr. Willst du ihn haben?« »Rabea, wie sprichst du mit mir. Willst du ihn haben? Nein, ich möchte einen Einheimischen.« Sie gingen zum

Lunch und aßen Fisch mit Reis und Salat. Auf die Tea Time verzichteten sie. Beide tranken sowieso Kaffee. Rabea und Isabella liefen zu der Bar und man erwartete sie schon. Riley gab den Damen zur Begrüßung einen Kuss auf die Wange. Sie waren auf das Höchste erfreut. Beide hakten sich bei ihm unter und sie gingen auf der Promenade spazieren. Er zeigte ihnen Bridgetown und den Supermarkt. Rabea bot ihm an, dass er der Fremdenführer gegen Bezahlung für drei Wochen sein sollte. Er schlug in ihre Hand und der Handel war perfekt. Riley stand Rabea und Isabella jetzt zur Verfügung. Aber auf die musikalischen Abende am Wochenende in der Bar freuten sie sich. Er konnte sich ein Parfüm aussuchen und es hatte Rabeas Vorstellung entsprochen. Sehr männlich. Sie wollte ihm das Geld wochenweise geben. Er war damit einverstanden. Sie kleideten ihn neu ein. Jetzt sah er wie ein Gentleman aus, richtig britisch. Der hellblaue Anzug stand ihm gut und er strahlte mit dem weißen Hemd noch mehr. Dazu passend die gelbe Krawatte. Sie trugen heute beide ein Etuikleid in Beige und Lindgrün. Viel Modeschmuck hing an Rabeas Körper. Sogar einen Florentinerhut trug sie. Ohne Sonnenbrille kann man hier nicht auskommen. Sie luden ihn zum Dinner ins Hipton ein. Die vielen Cocktails waren zu viel des Guten. Sie nahmen ihn mit in ihre Suite und er staunte über so viel Luxus. Alle drei standen auf dem Balkon und sahen auf das Meer. Dann drehte sich Rabea zu Riley und hielt sich an seiner Taille fest und bat ihn um einen Kuss. Er küsste sie und umfasste ihren ganzen Körper. Sie hatte weiche Knie bekommen und setzte sich in den Sessel. Dann küsste er Isabella und legte seinen Arm um die Schultern. Sie war ganz angetan von Riley. »Du hast einen schönen Namen. Wer hat ihn dir gegeben?« »Meine Oma. Sie ist ganz modern.« Jetzt war Isabella einmal neugierig. Der Fernseher wurde angestellt und ein Musiksender war zu hören. Sie tranken weiter Wein und lagen gemütlich zu dritt auf dem großen Bett. Er nahm beide in seine Arme und fühlte sich wohl. Nach dem dritten Glas gab er ihnen einen Kuss und Rabea brachte ihn bis an die Eingangstüre des Hotels und verabschiedete sich von ihm. »Schlaf gut und träume von mir. Komme gut nach Hause. Bis Morgen um elf Uhr.

Bye.« »Good night, Rabea. Bye.« Die Ladys unterhielten sich noch über Riley und dann ging jede in ihr Bett. »Gute Nacht, Rabea.« »Gute Nacht Isabella. Schlaf gut.«

Sie ließen sich heute das Frühstück in ihre Suite bringen und saßen dabei auf dem Balkon. »Ist heute nicht ein herrlicher Tag? Ein junger Mann hat mich geküsst, Isabella. Und dich auch. Wie gefiel dir sein Kuss?« »Superb. Er kann mich immer küssen. Ich freue mich, wenn wir ihn gleich sehen. Was sollen wir denn heute machen?« »Wir lassen uns von ihm den Rücken eincremen. Mal sehen, womit der Tag uns überrascht. Ich hätte viel mit ihm vor.« »Was heißt mit ihm? Dem Tag oder mit Riley?« »Mit Riley natürlich. Was sonst.« Gegen elf Uhr war er pünktlich am Hotel. »Können wir zum Beach gehen? Wir möchten uns ein wenig sonnen.« »Ja, ich trage eine Badehose unter meiner Jeans. Es geht in Ordnung.« Sie legten sich etwas abgelegen vom Hotel auf ihre großen Badetücher und hatten Getränke und Sandwiches dabei. Ihr Kopf lag im Schatten. Riley hatte seine Soundmaschine dabei und sie hörten Reggae Music. Immer wieder küsste er sie und dann streichelte er Rabea. Sie genoss es, von einem jungen Mann begehrt zu werden. Hier waren die drei ganz allein. Sie gingen zu dritt ins Meer und waren ganz ausgelassen. Rabea nahm ihn mit ins Hotel und wollte eine heiße Nacht mit ihm verbringen. Isabella saß auf der Terrasse bei einem Cocktail. Rabea stand da in schwarzen Dessous und er sah begehrlich auf ihren gepflegten Körper. Im Slip stand er vor ihr und dann legten sie sich auf das Bett. Er verführte sie. Die Schwarzen sind doch so einfühlsam und charmant, dachte sie. Sie küssten sich und dann zog er ihr den Slip mit seinen Zähnen herunter und zog seinen schnell aus. Er nahm ein Kondom und drang stürmisch in sie ein. Ein lautes Stöhnen. Der erste Akt verging schnell, doch beim zweiten war er lange in ihrer Scham und befriedigte sie bis zu einem kurzen Aufschrei. Sie lagen eng aneinander und küssten sich immer wieder. Sie bedankte sich und er strahlte sie an. Endlich ein guter Orgasmus, dachte Rabea. Sie duschten, zogen sich an und trafen Isabella auf der Terrasse. Sie speisten im

Hotel. Sie war glücklich und hatte einen zufriedenen Gesichtsausdruck. Riley war ein guter Liebhaber. Am späten Abend ging er wieder fort. »Isabella, sollen wir einmal eine Nacht zu dritt verbringen?« »Was hast du gesagt?« »Du hast mich richtig verstanden. Sei nicht so genant! Hast du mehr als ich? Nein. Also. Sollen wir ihn an seine Grenzen bringen? Sexuell natürlich? Ich möchte wissen, ob er da nicht überfordert wäre. Du kennst mich doch. Ich bin immer direkt und sage, was ich denke. Möchtest du? Schwarze Männer können stundenlang, habe ich gehört.« »Ich hätte nichts dagegen.« »Also gut, die nächste Nacht gehört Riley uns beide in meinem Bett. Er wird bestimmt überrascht sein. Vielleicht wäre das sein erstes Mal? Für mich ist es das jedenfalls.« »Für mich dann auch. Hier auf Barbados bist du gar nicht so zynisch. Das gefällt mir.« »Ich gefalle mir auch. In meinen Dessous.« »Gute Nacht, Rabea, bis morgen früh.« »Gute Nacht, Isabella.« Rabea sah noch einmal aus dem großen Fenster hinaus auf das Meer und hörte diesem Rauschen zu. Sie ging auf den Balkon. Der Mond hatte schon zugenommen und ihre Gefühle und Gedanken für Riley machten sie sehnsüchtig nach diesem schönen Mann. Es sollte ja nur ein Urlaubsflirt sein. Die Sterne funkelten am Himmel und einige strahlten besonders hell.

Morgen wollte sie einen Sonnenuntergang mit Riley auf sich wirken lassen und dabei einen Champagner trinken. Sie war glücklich, dass ihre Freundin Isabella mitgeflogen war. Riley sollte die Damen am Meer an den Händen halten und ihnen etwas Romantisches ins Ohr flüstern. In vierundzwanzig Stunden ist die besondere Nacht, die Ménage à trois auf Barbados. So stellte sie sich das jedenfalls vor.

Sie schlüpfte unter ihre dünne Decke und träumte so vor sich hin. Mit einem Lächeln schlief sie dann ein. Isabella weckte sie so gegen acht Uhr. Rabea wollte aber noch eine halbe Stunde im Bett bleiben und räkelte sich hin und her. »Also gut, ich stehe jetzt auf und wir gehen frühstücken. Aber bitte rede noch nicht so viel. Ich trage noch meine rosa Brille und bin noch nicht wach.« Auch der Kaffee brachte sie nicht auf Touren. Isabella gab keinen Mucks von sich und sah sie nur an. Rabea trug ein rosafarbiges Kleid mit doppelreihigen Filigranträgern und eine Sonnenbrille. Isabella hatte eine weiße Capri-Hose und ein rotes Top am Körper. Nach dem Breakfast legte sich Rabea noch einmal auf ihr Bett und schlummerte wieder ein. Sie hatte immer diesen jungen Mann Riley im Kopf und das wollte sie ihrer Freundin nicht eingestehen. Hatte sie sich in ihn verliebt?

Isabella weckte ihre Freundin, weil Riley in der Hotellounge im Anzug auf die Urlauberinnen wartete. »Rabea, was ist los mit dir? Bist du verliebt? Ich kann es dir ansehen und sage jetzt nicht nein.« »Ich glaube ja. Dabei möchte ich mich doch nicht in eine Urlaubsbekanntschaft verlieben. Und dann noch auf Barbados. Das geht gar nicht und doch bin ich ihm verfallen. Er ist so schön jung.« »Möchtest du, dass er zu dir nach München kommt? Ist es das, was du dir vorstellst?« »Isabella. Denke doch ganz einfach an unsere Nachbarn. Ein Farbiger im Lehel und dann bei uns im Haus.« »Du kannst ihm doch ein Apartment mieten und ihr könntet euch oft sehen.« »Ich habe ein Geschäft und einen guten Ruf. Außerdem möchte ich nicht immer Englisch reden müssen. Was Leonie wohl dazu sagen würde und von mir aus auch Manuel. Der hat ja sowieso nichts zu sagen. Nein. Es bleibt eine amouröse Affäre hier auf dieser Insel und mehr nicht.« Isabella schmunzelte und sah sie an. Rabea schien zu leiden. Ihr Teint sah wunderschön aus zu ihrem Kleid und den lackierten Fußnägeln. Ich denke, das Ende ist noch lange nicht in Sicht, und wer weiß, wozu Rabea imstande ist. Bei ihr ist alles möglich, dachte Isabella. Die Lacklederhandtaschen sahen brillant zum Outfit aus. Ausgefallene Ohrringe hatte sich Rabea ausgesucht. Das Trio fuhr mit dem Taxi zu der Bar. Sie tranken dieses Mal nur Saft. Rabea spreizte den kleinen Finger nach oben, als sie das Glas in der Hand hielt. War in ihr ein Tröpfchen »blaues Blut«? Ihre Vorfahren trugen den Titel »von« und sie hatten ein eigenes Wappen mit einem schwarzen Araberhengst.

Ihre forsche Art wurde durch das »Verliebtsein« unterdrückt. Sie war im Moment eine andere Dame. Sie hörte der Musik zu und war in

Gedanken ganz weit weg. Das konnte Isabella ihr ansehen. Nach dem Lunch in einem Restaurant liefen sie durch Bridgetown und setzten sich auf die Terrasse eines Cafés. Riley nahm die Hand der Ausländerinnen, streichelte sie und legte sie an seine Wange. »Sollen wir ihm jetzt von dem Abend erzählen?« »Nein, wir überraschen ihn damit. Was für einen Slip er wohl trägt?« »Frag ihn doch.« »Was machen wir jetzt? Wir könnten doch jetzt schon in unsere Suite gehen.« »Dann tun wir es, meine Teuerste.« Zu dritt waren sie im Hotel angekommen und sie tranken Sekt. »Alkohol lockert die Zunge und die Sinne. Auf unser Wohl.« Die Verdunkelungsvorhänge wurden zugezogen und Isabella und Rabea zogen sich die Kleider aus. Isabella trug einen roten Büstenhalter und den passenden Slip dazu, und Rabea glänzte in Dessous in Silber mit Lila und ließ die Pumps an. Riley war sichtlich nervös, sagte aber nichts. Sie legten sich auf das Bett und jetzt hatte Riley viel zu tun. Im Hintergrund lief schöne Musik. Er zog Rabea den Slip aus und dann Isabella. Er streichelte den Schoß der beiden und küsste sie. Beide hatten eine Intimrasur und Riley war wohl davon angetan. Er stürzte sich auf Rabea, der es gar nicht schnell genug ging. Sie hätte ihn am liebsten ganz verspeist. Sie verspürte einen Orgasmus, gab sich ihm hin und genoss es sehr. Isabella wurde auch geliebt. Er gab ihnen ein Glas Sekt. Sie küssten sich, die drei Liebenden. Sie sahen den Untergang der rot glühenden Sonne. Es sah paradiesisch aus. Sie cremten Riley unter der Dusche ein und streichelten ihn. Seine Männlichkeit war gewaltig. Riley verließ die Frauen bis zum nächsten Abend. »Morgen möchte ich lange ausschlafen. Bestelle das Frühstücke auf unser Zimmer.«

Am übernächsten Tag besuchten sie die Insel Guadeloupe und waren begeistert. Riley gaben sie am letzten Abend das Geld. Er bedankte sich auch für den Bonus. Es waren drei schöne Wochen, dachte Rabea. Der Tag des Abschieds nahte und sie küssten und umarmten ihren Liebhaber. Sie hatte seine Telefonnummer und eine Adresse bekommen. Sie wollte sich bei ihm melden.

Der Abflug verlief reibungslos und endlich waren sie wieder in München. Leonie freute sich und gab ihrer Mutter einen Kuss. Isabella fuhr nach Hause und am nächsten Tag telefonierten die beiden. Alles war wieder wie vor dem Urlaub. Doch an Riley dachte Rabea immer noch und rief ihn nach ein paar Tagen an und kaufte ihm ein Ticket. Ein paar Wochen sollte er ihr Gast sein. Ihre Kinder mochten Riley und sie kannten ihre Mutter. Wenn sie sich einmal etwas in den Kopf gesetzt hatte, muss sie es auch umsetzen können. Leonie stand öfter im Juweliergeschäft, als ihr lieb war. Sie hatte sich mit Ben wieder versöhnt und gestand ihrer Mutter, dass sie schwanger von ihm sei. Das war sie aber auch schon vor dem Urlaub. »Jetzt werde ich auch noch Oma! So alt bin ich doch noch gar nicht. Das Älterwerden ist so schon schwierig genug.« »Mama, du hast doch auch uns. Wir sind deine Kinder!« Aber sie freute sich dann doch und nahm Leonie in den Arm und gab ihr einen Kuss. Riley gewöhnte sich sehr schnell an das Leben in dem schönen Haus und den Komfort. München gefiel ihm sehr gut. Weihnachten saß er mit ihrer ganzen Familie und Freunden im Hotel »Vier Jahreszeiten«.

Wie lange wird Riley in München bleiben? Bekommt er doch noch Heimweh? – Ja.

Den Kuss bekam sie jeden Tag! Und tatsächlich, sie ließ später den netten, etwas jüngeren Leopold in ihr Haus einziehen. Leonie bekam eine kleine Tochter namens Vivienne Rabea und Omi war ganz stolz.

Netty und Hannah sowie Ricardo

Liebesküsse aus Portugal!

»Was wissen Sie von mir?« »Nichts. Außer dass Sie schön sind! Trinken Sie ein Gläschen Wein mit mir?«

Netty und Hannah sind beide Mittvierzigerinnen und ihr Erscheinungsbild ist elegant. Netty hat die Kleidergröße 48 und damit ist sie nicht zufrieden. Sie möchte abnehmen, doch das ist nicht so einfach. Abends freut sie sich auf ihren Stubentiger und ein Aromawohlfühlbad. Sie macht abends noch ein wenig Gymnastik. Das ist alles. Sie besitzt eine gutgehende Boutique für größere Größen und Hannah hat ein modernes Schuhgeschäft mit Designer-Waren. Hannah ist mit Rudi verheiratet, der sich zurzeit auf einer dreiwöchigen Dienstreise in Singapur befindet. Er ruft sie jeden Tag an. Ihre Boutiquen liegen nebeneinander auf der gleichen Straße und sie hatten sich damals bei den Veranstaltungen des Werberings der Einzelhandelsgeschäfte beim Sektempfang kennengelernt. Die Freundschaft besteht schon seit einigen Jahren.

Sie gehen öfter in das schöne Eiscafé Cortina. Im Frühling sitzen beide draußen an der frischen Luft neben Palmen in großen Töpfen. Der Eigentümer ist natürlich Italiener. Dort werden sie von dem Kellner Enrico oder Gianni bedient und Ana ist für den Eisverkauf zuständig sowie Nuno für die heißen Getränke. Rui stellt die exklusiven Eissorten her. Der Favorit der beiden Damen ist das Pistazieneis. Sie fühlen sich dort sehr wohl und besuchen es mindestens zwei Mal die Woche. Sobald die letzten Gäste gegangen sind, fängt die internationale Verständigung statt. Sie genießen die Unterhaltung auf Englisch, Französisch und auch Deutsch. Es gibt immer etwas zu lachen. Netty und Hannah finden erst spät die Tür nach Hause.

Es war November. Die Bäume hatten kaum noch Blätter und die Temperatur war auf vier Grad gesunken. Alles war grau in grau und Nebel hatte sich gebildet. Sie frönten sich dem Wetter entgegen und machten sich auf den Weg. Sie aßen immer zuerst ein Eis mit zwei Kugeln. Jetzt mit Pistazie und Zimt oder Stracciatella und Trüffel, eine heiße Schokolade und ein selbstgebackenes Stück Kuchen mit Sahne nach dem Rezept von Mutti. Was für ein Gaumenschmaus! Vielleicht kommt daher der Hüftspeck?!

Geschlossen wird das Eiscafé am zweiundzwanzigsten Dezember und dann fliegen alle heim. Am einundzwanzigsten Dezember werden Netty und Hannah sich von allen verabschieden und dann werden auch die Restbestände an die Gäste verschenkt. Nette Geste, findet Netty. Grazie. Im März sind dann alle wieder da.

Ana und Nuno sind verheiratet und wohnen in Albufeira/Algarve/Portugal und hatten Netty und Hannah zu sich nach Hause eingeladen.

Dann am einundzwanzigsten Dezember wurde richtig Abschied gefeiert und Nuno hatte eine Flasche Madeira auf den Tisch gestellt. Die Jalousien gingen herunter, die anderen Gäste waren außer Haus und sie alle machten es sich gemütlich in doch etwas wehmütiger Atmosphäre. Seit März waren sie da und jetzt sollte auf einmal Schluss sein? Ein unschöner Gedanke für Netty und Hannah. Sie verließen mit vielen Küsschen das Eiscafé.
   Einen Tag vor Silvester flogen die Freundinnen nach Faro und wurden von Ana und Nuno abgeholt. Eine herzliche Begrüßung und dann ging es nach Albufeira. Die Stadt liegt ungefähr fünfzig Kilometer von Faro entfernt. Temperaturen von maximal sechzehn Grad sind dort eventuell zu erreichen. In Deutschland waren es jetzt Minustemperaturen.

Netty überreichte Ana eine schicke Uhr und für Nuno hatte sie einen edlen Tabak im Gepäck. Von Hannah bekamen sie einen Umschlag mit

Geld. Materielle Wünsche hat man doch immer. Beide fühlten sich wohl und dachten gar nicht mehr an zuhause. Die Luft roch so gut und die Sonne schien. Urlaub pur im Dezember.

»Ana, ihr habt ein schönes Haus. Und der Ausblick auf das Meer. Fantastisch. Wo ist denn euer Sohn?« »Er kommt morgen. Er ist beim Militär. Was möchtet ihr trinken? Kaffee oder einen Ponche, das Nationalgetränk.« »Wir nehmen einen Ponche, Ana. Obrigado.« Hannah lächelte Ana an. Auf dem Tisch standen noch Erdnüsse und eingelegte Bohnen. Nuno wollte einiges grillen und war der Chef de Cuisine, wie Hannah sagte. Sie spricht mit Ana die französische Sprache. Die Damen saßen in einem bequemen Stuhl auf der Veranda und sahen Nuno zu. Portugiesische Fado-Musik war zu hören. Hannah sah alle melancholisch bei dem Lied an. »Morgen ist Silvester und wir sind endlich einmal im Ausland, so wie ich es mir schon lange gewünscht hatte«, sagte Netty auf Englisch. Nuno servierte gegrillte Langusten, Krebse, Sardinen, Ananas und dazu gab es Salat und Pommes frites. Sie saßen jetzt alle am Tisch und für einen Moment war kein Wort zu hören. Ein Zeitpunkt des Genießens. So muss frischer Fisch schmecken, dachte Netty und sprach einen Dankesspruch. »Dankbarkeit ist das Gedächtnis des Herzens.« Das sagte schon Jean Baptiste Massillon. Alle strahlten, als sie ihn auf Englisch sprach. Ana ist eine liebe Frau. Netty hat sie in ihr Herz geschlossen und auch Nuno. Er macht den besten Kakao. Den bekamen sie nämlich nach dem Toucinho do cèu, auch »Himmelsspeck« genannt. Die Portugiesen lieben süße Desserts und Kuchen. Diese hatten die Mauren damals in dieses Land mitgebracht, und jetzt weiß Netty auch, warum sie in Deutschland alles so süß zubereitet hatten. Sirup in den Milch-Shake und über die Sahne. Schokolade ist in Portugal auf dem Vormarsch. Jetzt mussten sie auch den Obstschnaps »Medronho« trinken. Hannah war nach dem dritten Glas leicht angeheitert. Beide fanden aber noch den Weg in ihr Schlafzimmer. Sie mussten sich erst einmal etwas ausruhen und schliefen ein bis zum Abendessen.

Als die beiden ihren kleinen Rausch ausgeschlafen hatten, zog es sie in die Küche. Sie vernahmen einen verlockenden Duft von einem Muscheltopf mit Schweinefleisch, Speck und Zwiebeln (Ameijoas na cataplana). Danach servierte Ana Cabrito (Ziegenfleisch) mit Bohnen, Bratkartoffeln und Oliven. Sie mussten wenigstens alles einmal probieren. Als Nachtisch gab es Pudim Caseiro (Eierpudding mit Karamellsauce). Marzipan mögen die Menschen an der Algarve auch und Pastel de Nata (Blätterteig-Pudding-Törtchen). Ana bat uns an den schön gedeckten Tisch und es kamen auch noch Gäste. Die beiden Damen begrüßten Ricardo. Er ist der Bruder von Nuno. Ana hatte ihre Schwester Filipa eingeladen. Ein Paar aus der Nachbarschaft gesellte sich dazu. Sie hießen Susana und Armando. Die Menschen in Portugal sind sehr gastfreundlich. Hannah und Netty freuten sich über den Besuch. Es wurde gut gegessen und getrunken, aber auch viel geredet. Die Musik war jetzt romantischer geworden. Netty wurde von dem feurigen Ricardo zum Tanz aufgefordert. Sie war von ihm ganz angetan und ließ sich führen. Seine braunen Augen sahen sie unentwegt an. Danach setzten sich die beiden zusammen und unterhielten sich. Er sprach Deutsch und sagte ihr, dass er 2010 in München in der Gastronomie gearbeitet hatte. Er sah gut aus; seine Hände waren Pranken und er hatte eine Narbe am Kinn. Ein richtiger Kerl, dachte Netty. Im Gespräch zeigte er ihr, was er wollte, und gab sich auch etwas bestimmend. Das gefiel ihr. »Sie verzaubern die Männer. Sie lachen und strahlen Zufriedenheit aus, Netty. Das ist eine Gabe. Ich mag Sie, meine Liebe.« Das sagte Ricardo ihr nach dem fünften Portwein. Sie lachte nur leise und legte ihre Hand auf seine Schulter. »Haben Sie einen Mann, Netty?« »Nein, aber einen schwarzen Kater Timo.« Da musste er laut lachen und sah sichtlich erleichtert aus. »Morgen feiern wir und ich möchte mit Ihnen in das neue Jahr gehen.« »Sehr gerne, Ricardo.« Er lud alle Anwesenden zu sich nach Hause ein und Ana, Nuno und Hannah nahmen die Einladung freundlich an. »Netty, bei Ricardo werden wir morgen richtig verwöhnt. Und Hannah, du wirst viel tanzen können.« Ana musste es ihr sagen. Netty bekam einen Kuss von Ricardo. Was hatte dieser Schwerenöter noch alles vor?

Sie tanzte wieder mit ihm wie schwerelos über die Veranda und ihre Arme legte sie ihm um die Schultern. Netty sah aber auch verführerisch aus in ihrem eleganten blassgelben Kleid und den hellgrauen Pumps. Ihre Haare hatte sie zu einer Hochsteckfrisur drapiert und sie trug eine alte Münze aus Gold mit einer langen Halskette. Hannah hatte im rosafarbenen Kleid und Schmuck aus Muscheln mit Silber eine elegante Erscheinung abgegeben. Ana trug ein schickes blaues Leinenkleid und die Männer glänzten in einem Anzug.

Die Sonne zeigte sich heute am Tage von ihrer besten Seite. Es war Silvester und sie trafen bei Ricardo ein, der mit einem Glas Mandellikör die Damen empfing und ein Bockbier für die Herren ausschenkte. Ricardo hatte einen Küchenchef für diesen Abend engagiert, der sich um das leibliche Wohl der Gäste kümmern sollte. Der Hausherr selbst war für die Getränke zuständig. »Netty, ich liebe Ihre weiblichen Kurven. Ich liebe eine Frau mit Fülle. Die Dünnen sind oft zickig und achten auf jedes Blatt Salat. Eine Frau muss essen und gut aussehen, so wie Sie. Netty, sie sehen heute Abend fabelhaft aus. Ich mag starke Frauen.« »Wirklich?« »Ja. Meine Schöne.« Sie tranken jetzt einen Sekt, und wenn das der Fall ist, kann sich Netty in eine mystische Gottheit verwandeln. »Netty, am Anfang sind wir alle mit einem kleinen Rucksack. Das Leben füllt sich mit der Zeit und ein Rucksack wird voller und schwerer, bis er nicht mehr getragen werden kann und man ihn hinter sich herziehen muss.« »Hoffentlich sind nur schöne Dinge darin, Ricardo.« Sie hatte sich vor einem Jahr wegen einer unglücklichen Liebe von Benno getrennt und sie wollte nicht noch einmal enttäuscht werden. »Können Sie singen, Netty? Wenn Sie mit mir reden, ist Ihre Stimme so einzigartig.« »Ja. Ich singe unter der Dusche. Mein Kater hat sich noch nicht beschwert und mein Schimpanse schwingt sich von Lampe zu Lampe, bis er im Bad angekommen ist, und bekommt dann eine Banane.« »Sie sind aber eine witzige Frau.« »Alkohol enthemmt den Geist, und was meinen Sie, wenn ich eine ganze Flasche getrunken habe. Dann sprechen Sie vielleicht anders über mich. Sie müssen mich erst einmal kennen,

Ricardo.« Er sah doch ein bisschen verwirrt aus und man sah, dass er nachdachte. »Sind Sie geneigt, mit mir zu tanzen?« »Ja.« Er beruhigte sich wieder und sprach dann so, als ob die beiden schon ein Liebespaar wären. Doch Netty ging es zu schnell. »Mögen Sie die Stille, Ricardo?« »Ja. Manchmal brauche ich sie sogar und auch, dass ich einmal allein bin. Sie auch?« »Ja. In der Stille kann ich meine Gedanken sortieren und mich wieder meinen Aufgaben hingeben. Sie haben schon die erste Hürde geschafft. Aber Ricardo. Die Liebe kann man nur einmal im Leben erfahren. Wie viele Frauen hatten Sie schon?« Er lächelte sie nun an. »Mein Leben war bis jetzt ein unglückliches Desaster. Ich möchte mit Ihnen tanzen, Netty.« Über meine Vergangenheit will ich nicht reden, dachte er. Danach setzten sie sich wieder zu den anderen Gästen und unterhielten sich über den Rückblick des alten Jahres. Ana und Nuno waren ausgeglichen und froh, wieder daheim zu sein. Netty merkte, dass Ricardo Fernweh hatte und vielleicht ein anderes Leben führen wollte. Die Gäste hatten gut gespeist und getrunken und jetzt um null Uhr stießen sie auf das neue Jahr an. Zuerst waren es Hannah und Netty, dann mit Ana und Nuno und mit Ricardo. »Ein gutes, neues, erfolgreiches und gesundes Jahr wünsche ich allen Anwesenden.« »Danke Netty. Das wünsche ich dir auch«, meinte Hannah. Netty gab Hannah einen Kuss auf die Wange und dann kam Ricardo mit geschlossenen Augen und einem spitzen Mund. »Bitte, ich auch Netty. Mein Mund wartet auf Ihre Lippen.« Sie gab ihm den ersten richtigen Kuss und er berührte mit seiner Zunge ihren Mund. Ihre Zunge berührten seine Zähne. Sie waren alle echt. Ricardo hatte eine maskuline Figur und seine Resthaare waren schwarz und kurz geschnitten. Sein Blick war so intensiv und gefühlvoll. Ein richtiger Charmeur. Seine Haut war gebräunt, und in seiner Umgebung fühlten sich Hannah und Netty wohl. Er erzählte auch schmutzige Witze und jeder musste darüber lachen, wenn er sie für die Portugiesen übersetzt hatte. Es war schon so gegen fünf Uhr morgens und sie gingen heim. Zuvor verabschiedeten sie sich von Ricardo und dankten ihm für den schönen Jahresanfang. Sie wollten sich am nächsten Nachmittag in einem Café treffen. »Netty, ich vermisse Sie jetzt schon. Sind wir auf dem richtigen Weg? Sagen Sie ja.« »Bis Morgen, Ricardo.« Sie lagen endlich in ihrem Bett. »Warum duzt ihr euch nicht?« »Mir gefällt es so, Hannah. Du weißt doch, ich habe lange allein gelebt und gehe ganz langsam an die Sache heran. Aber wir sind in ein paar Tagen wieder in Deutschland. Was soll dieser Urlaubsflirt bringen? Danach werden wir uns nicht mehr wiedersehen.« »Netty, ich habe das Gefühl, dass Ricardo es mit euch ernst meint. Ich denke, er will mit dir nach Deutschland. Ana und Nuno kennt er ja sehr gut. Nuno ist doch sein Bruder. Da fällt das Heimweh nicht so ins Gewicht, wenn er bei dir ist.« »Glaubst du das wirklich?« »Ja.« »Gute Nacht, Hannah. Schlaf gut.« »Schlaf besser, Netty.«

Am nächsten Tag fuhren sie mit dem Auto zu dem Café am Meer und dort saß Ricardo. Sie bestellten die leckeren Éclairs und Kaffee. Es wurde über die schöne Zeit in Albufeira und die Abreise gesprochen. Am übernächsten Tag ging es heim. »Netty, ich habe eine Frage. Kann ich zu Ihnen nach Deutschland kommen? Ich lebe hier allein und fühle mich einsam. Sie sind in mein Leben gekommen und ich habe mich in Sie verliebt. Mögen Sie mich? Was sagen Sie dazu?« Netty musste erst einmal über die Worte nachdenken. »Geben Sie mir Zeit bis morgen, Ricardo. Dann sage ich es Ihnen. Im Moment bin ich so überrascht. Ich denke darüber nach.« Nuno sprach mit ihm portugiesisch. Aber ganz ernst. Sie gingen hinaus, steckten sich eine Zigarette an und redeten ununterbrochen. Ana lachte. »Ich glaube, er mag dich wirklich, Netty. Was sagen deine Gefühle? Er ist keine schlechte Partie. Aber du musst ihn lieben, sonst geht es nicht.« »Ich mag ihn, aber ob es für eine Beziehung reicht? Ich denke, dass ich zurzeit auch nicht beziehungsfähig bin. Ich habe jetzt allein gelebt. Ich sage es dir auch morgen.«

Der Koffer war gepackt, und Ricardo bat Netty, sie anrufen zu dürfen. Sie gab ihm die Telefonnummer. Nuno und Ana konnten noch sechs Wochen in ihrer Heimat bleiben. Sie fuhren die beiden zum Flughafen, und Ana meinte, dass sie sich bald wiedersehen werden. »Bis bald, ihr

Lieben. Wir rufen an, wenn wir daheim sind, Ana.« Mit dem Taxi fuhren sie vom Flughafen nach Hause. Zuerst holte Netty ihren Kater von den Nachbarn ab. Wie der sich freute. Und auf die Ölsardinen. Hannah rief ihre Freundin an. »Wie geht es dir heute? Hat Ricardo schon angerufen? Soll er zu dir in dein Haus ziehen? Das wäre doch schön, dann könnten wir mit den Männern manchmal etwas unternehmen.« »Ich weiß nicht, Hannah. Ich fühle mich auch zu dick. Vielleicht will er nur mein Geld und ein schönes Leben? Dein Rudi ist doch auch so oft unterwegs. Wir Frauen sind unabhängig und wir können machen, was wir wollen. Das muss man bedenken. Sobald ein Mann in deinem Leben ist, können wir, nein, müssen wir uns anpassen. Ich weiß es nicht.« »Du machst es dir wirklich nicht einfach. Ich fand Ricardo nett und er sieht gut aus.« »Ich liebe die Freiheit. In der Nacht kann ich mein Hobby wahrnehmen und lesen. Liegt ein Mann im Bett, muss ich vielleicht das Licht ausmachen, weil er schlafen möchte. Nein, ich bleibe allein.« Ricardo rief an und freute sich, ihre Stimme zu hören. »Haben Sie es sich überlegt, ob ich kommen soll?« Sie wechselte das Thema und sprach über ihre Boutique. Jetzt war für ihn klar, dass er um sie kämpfen musste.

Am fünfzehnten März öffnete das Eiscafé und sie begrüßten alle. Nuno und Ana sahen gut erholt aus und sie umarmten die Damen. Sie bestellten eine heiße Schokolade. Hannah sah sich einen Prospekt an und Netty las in ihrem Terminkalender. Der Kakao kam und Ricardo servierte ihn den Damen. »Ricardo. Was machen Sie denn hier?« »Ich muss Sie doch von mir überzeugen, dass ich der Richtige bin. Ich hatte so eine Sehnsucht, Sie wiederzusehen, und jetzt bin ich hier.« Er setzte sich zu ihnen und sie unterhielten sich. Netty war immer noch erstaunt, dass er wirklich neben ihr saß. »Ist Ricardo bei euch untergebracht?« »Ja.« Lange sah Ricardo Netty an und lächelte. »Was soll ich machen, Hannah?« »Hör auf dein Herz. Ganz einfach. Versuche doch das Glück zu erleben. Wenn es nicht so sein sollte, muss Ricardo wieder gehen.« Er nickte. Sie unterhielten sich noch in der Eisdiele und dann ging Ricardo mit Netty nach Hause. Sie schloss auf und er öffnete ihr die Tür.

»Schuhe ausziehen, sonst leidet das Parkett. Das ist Timo, mein Kater.« Er schnurrte und sah ihn an. Sie zeigte ihm ihr schönes Anwesen und er staunte. Netty zog sich um. In einem Hausanzug stand sie in der Tür. »Wo ist denn das Bad?« »Um die Ecke und direkt rechts.« Sie hatte das Gefühl, keinen Hautkontakt zulassen zu können. Im Urlaub war das Tanzen etwas anderes. Jetzt sind wir hier, und nun?

Er kam wieder. »Was wissen Sie von mir, Ricardo?« »Nichts. Außer, dass Sie schön sind. Trinken wir ein Gläschen Wein?« »Ja. Das tun wir jetzt.« Er gab ihr nun einen langen Kuss und fragte sie endlich, ob er sie duzen kann. Sie gestattete es ihm, und er durfte abends mit ihr die neue Bettwäsche einweihen. Sie war mit roten Pfingstrosen bedruckt. In der ersten Nacht war sie doch noch schüchtern. »Ich liebe deinen Körper, Netty. Geniere dich nicht. Ich liebe dich vom ersten Tag an.« Die Nacht war lang und sie tranken immer wieder ein Glas Wein. Sie liebten sich und so langsam öffnete sich Netty. Nach ein paar Tagen bekam er eine Arbeit in einem Restaurant. Die Arbeitszeiten waren unangepasst, und dann hatte sie die Idee, dass er mit in der Boutique arbeiten sollte und sich alles genau merken könne. Sie lässt nur Einzelstücke anfertigen. Ein Ladenlokal wurde einige Monate später frei und die beiden eröffneten eine Herren-Boutique auf der Straße um die Ecke. Er verkaufte mit immer besseren Kenntnissen und kannte sich jetzt mit dem Verkauf aus. Im Sommer veranstalteten sie ein Defilee, eine Modenschau mit Damen- und Herrenbekleidung, und Hannah stellte ihre neuen Designerschuhe mit der dunkellilafarbigen Ledersohle zur Verfügung. Der Abend in dem großen Saal des Stadthauses war ein voller Erfolg und die Gäste ließen sich die Ware zurücklegen oder kauften in den nächsten Tagen in den Boutiquen. Netty hatte ein Gespür für gute Geschäfte. Sie war zufrieden. Ricardo hatte Netty geheiratet. Ein Kind wollte sie nicht. Sie fühlte sich dafür zu alt, und dann musste Ricardo keine Angst haben, nicht mehr im Mittelpunkt zu stehen. Zu Ana und Nuno hatten sie ein herzliches Verhältnis und sie besuchten sich öfter und verbrachten schöne Abende. Hannah kam mit ihrem Rudi und dann brauchten sie in einem Restaurant oder einer Bar einen Tisch für sechs Personen.

Die Hochzeitsreise verbrachten sie auf der indonesischen Insel Bali und dort holte sich Netty Inspirationen für neue Kleider. Die Mode ist einzigartig. Viel Stoff wird benötigt und die Mode wird mit den Traditionen des Landes verbunden. Sie ließ nach Skizzen ihre Modelle schneidern. Eine andere neue Kreation ist das zweireihige schwarz-orangefarbige Mantelkleid mit dem dazugehörigen weiten Swing-Mantel in Schwarz mit einem schwarzen Hut und einer Handtasche in dem gleichen Orangeton. Hannah hatte orangefarbene Pumps bestellt. Die Mode war schnell verkauft und weitere musste hergestellt werden. Sie liebte Ricardo nach kurzer Zeit. Er war ein guter Mensch und liebte jedes Kilo an Netty. Kater Timo bekam von Ricardo immer etwas Besonderes zu seinen Mahlzeiten. Lachs. Und er schläft bei den beiden abends am Fußende. Wenn Netty morgens erwachte, sah sie ihren Mann an und mochte seinen Nachtgeruch und küsste ihn zärtlich. Er behielt sein heißes Feuer in seinem Körper und mit Netty war er glücklich. Sie sprachen Einladungen für Freunde aus und es wurde angenehm gefeiert – mit einem Glas Portwein. Alle mochten Ricardo, doch er liebte nur seine Netty, auf seine portugiesische Art und Weise.

Im Nachhinein war Netty doch glücklich, nicht allein durch das Leben gehen zu müssen.

Sie genierte sich nicht mehr wegen ihres Gewichts, sondern war jetzt selbstbewusst, weil Ricardo sie so liebte, wie sie war.

Auch kräftige oder pummelige Frauen können mit dem richtigen Mann glücklich werden. Wie heißt es noch: Die inneren Werte zählen. Leider aber nicht immer. Eine Alternative: Beide gehen zusammen ins Fitness-Studio oder viel Sex! Täglich!

Jenny und Cedric

Als Jenny ihren Arbeitsplatz im öffentlichen Dienst fand, lernte sie dort Cedric kennen. Er wollte ihrem Chef ein Angebot für neue Klinikbetten unterbreiten.

Sie trug an diesem Tag einen Pulli mit blauen und roten Streifen sowie eine rote Cordhose. Die Tür ging auf und er betrat das Zimmer. Jenny sah ihn an und schon war es passiert. Sie dachte sofort, dass er ihr gefallen könnte, und an Sympathie auf den ersten Blick.

Er hatte volles blondes Haar, blaue Augen und sah in seinem Anzug gut aus. Beide sahen sich ein paar Sekunden lang an. Lange kam es ihr vor. Fast zu lange für einen ersten Blick. Der Blitz hatte eingeschlagen, und ihm nachsehend, ging er zu ihrem Chef ins Nebenzimmer. Als er zurückkam, Cedric war ein Mann, der ohne Umschweife ans Werk ging, lud er sie zum Essen ein. Die Telefonnummer vom Büro hatte er ja. Jenny war damals fünfundzwanzig Jahre alt. Sie und Cedric dachten immer einmal an diese Verbindung und jeder meldete sich manchmal. Heute ist er im Vorstand der Firma. Cedric hatte Jenny einmal verraten, dass er damals dachte, diese Beziehung hätte nur aus Sex bestanden. Sie verneinte dies. Nur sie wusste, dass dies jedoch stimmte. Jenny liebt Sex wie ihr Lieblingslied »Sexy Eyes« von Dr. Hook. Sex sollte animalisch, intellektuell, witzig und sinnlich sein. Jenny hatte auch die Art, einen Mann zu annektieren. Wenn ihr ein Mann gefiel, musste sie ihn besitzen. Sie ist eine Jägerin. Wenn die Beute ihr gehörte, langweilte sie sich meist wieder. Sie fühlte sich immer stark und selbstbewusst. Sie war ja noch so unschuldig jung und vom Sternzeichen Wassermann.

Jenny hatte aber auch visuelle Reize. Blondes langes Haar, eine schlanke Figur und grüne Augen.

Bei dem ersten Rendezvous trug sie ein hellblaues Bouclé-Kostüm mit weiß-hellblauen Pumps.

Er holte sie mit einem sportlichen Wagen ab. Als Cedric aus dem Auto stieg, sah sie seine rot glühenden Ohren vor Erregung, und so war auch der erste Kuss. Leidenschaftlich, brennend und intensiv. Cedric gebärdete sich ihr gegenüber von Kopf bis Fuß. Sie liebte dieses heiße Schauspiel. »Der Löwe« sagt: Ich will. Und er ist wirklich ein Macher mit Feuer, Elan und Ausdauer.

Sie fuhren in die Stadt zu einem italienischen Restaurant und während des Essens kamen drei Geiger zu ihnen an den Tisch und spielten nur für sie beide. Sie strahlte und er genoss ihre Lieblichkeit, Anmut und Freundlichkeit.
　Er nahm ihre Hand, küsste sie und sah dabei in ihre funkelnden und großen Augen.
　Das Dessert gab es im Hotel.

Das Zimmer war exklusiv eingerichtet, und ihr Sex war glühend. Es war Frühling, den sie sehr liebt. Die Natur zeigte sich von der besten Seite eines Jahres.
　Die Leuchtreklame schien in das Zimmer, und sie dachten nicht einen Moment an die Ehegatten, sondern nur an das enthusiastische Vergnügen. Sie liebten sich für die Zeit des Zusammenseins. Cedrics Küsse waren einfühlsam. Sie lagen noch eng umschlungen im Bett und dann kam der Zeitpunkt, langsam Abschied zu nehmen. Cedric fuhr sie heim. Seine Frau war krank. Jenny wäre mit ihm überall hingegangen, wenn er sie nur gefragt hätte. Jeder ging zu seinem Partner. Zurück in die Höhle des Pumas. Jenny hatte wie immer ein schlechtes Gewissen. Sie lenkte sich damit ab, dass sie ein Bad nahm und in einem Buch las. Ein Glas Rotwein stand auf einem kleinen Tisch mit einer brennenden Kerze und Duft-Öl. Ihr Mann war an diesem Tag bei einer Sportveranstaltung. Er war abends selten daheim. Sie war unglücklich. Jenny war zu oft allein. Deswegen hatte sie sich in Cedric verguckt. Sie fühlte sich trotz Familie, Freunde, Bekannte und Ehemann einsam. Sie sagte sich immer: »Wenn ich älter bin, fängt das wahre Leben an.«

Sie entschied sich bis jetzt für das unabhängige Alleinsein und hoffte auf den wirklich richtigen Partner. Ja. Das war ihre Entscheidung gewesen. Wenn wir ehrlich sind, halten doch die wenigsten Beziehungen und Ehen. Aber sie wollte einen Partner für die Ewigkeit. Gibt es das noch? Ein Mensch sollte genau überlegen, ob er den jetzigen Partner wirklich verlassen möchte. Vertrauen und Harmonie sind wichtig. Denken Sie doch auch an die vielen guten Seiten und Gemeinsamkeiten. Und zum Lachen gibt es immer etwas. Wenn nicht, das Weite suchen! Wir lernen natürlich aus den Beziehungen und erfahren neue Dinge und das stärkt uns. Aber möchten wir aus den Beziehungen immer etwas lernen? Jenny nicht. Sie hat genug erlebt und Ratschläge bekommen. Das Wort Ratschläge besagt ja schon: Rat und Schläge.

Zum Relaxen hört sie gerne Meditationsmusik oder Chansons. Ein bisschen Frankreich ist immer gut.

Cedric wollte sie jetzt nach vielen Jahren einmal wiedersehen. Sie telefonierten oft und schrieben sich Tagtraum-E-Mails. Sie suchte doch nur einen platonischen Freund zum Reden. Einen Frauenversteher mit Charme. Aber welcher Mann möchte das? Er wollte sie küssen.

Aber Cedric hat ja seine Freundin Persa. Sie lebt mit ihm zusammen. Das war auch ein Grund, dass sie nicht von ihm gestreichelt werden wollte.

Diese Geschichte ist für immer beendet.

Felipe und Luis

Diese Geschichte fand in einem fußballbegeisterten Land statt.

Felipe und Luis sind zwei Fußballprofis in einem renommierten Club. Am Abend war ein Trainingsspiel angesagt. Die beiden kennen sich schon seit der A-Jugend. Sie hatten schnell gemerkt, dass sie sich sympathisch fanden, und oft überkam sie das Gefühl, sich näherkommen zu müssen. Viel näher. Ein seltsames Gefühl mit tiefen Empfindungen. Viel Zeit verbrachten die beiden mit fast täglichem Training. Wenn sie einmal Zeit hatten, waren sie bei ihren Familien, und im Winter spielten sie dann auch Basketball. Ein Ball war immer dabei. Sie liebten aber auch Musik von Manu Chao, Formel-1-Rennen und Auktionen für Kunst und Antiquitäten. Beide konnten sich stundenlang über Sport, Musik, Geschäfte und interessante, aktuelle Themen am Abend unterhalten. Fashiontrendsetter waren sie und edle Parfümnoten hafteten an ihrem Körper.

Die Lieblingsspeise von Felipe war zuerst eine gemischte Fischplatte, gegrilltes Hähnchen, als Dessert eine Cremespeise mit Ananas und ein gutes Glas Rotwein. Luis ließ sich gerne eine Gazpacho, gegrillte Sardinen, einen Eintopf mit Kalbfleisch, als Dessert Eis mit Früchten und dazu einen guten Wein munden. Sie liebten ihre traditionelle Küche.

Luis und Felipe waren durchtrainierte Männer. Beide Freunde hatten eine Freundin und sie sprachen darüber, wie der Sex mit ihnen war. Sie tauschten vorsichtig ihre Gefühle mit den jungen Frauen aus. Felipe sagte einmal zu Luis, dass ihm etwas fehlen würde. Er konnte es aber nicht genau erklären. Die Freundin von Luis zeigte Gefühle für ihn und er genoss es, geliebt und begehrt zu werden. Die Gefährtin von Felipe war manchmal langweilig. Er konnte nicht mit ihr kommunizieren. Er sprach nie viel über sie. Zwei bis drei Jahre waren sie mit den jungen Frauen liiert. Wo ist der Kick?, fragte sich Felipe, der ein Jahr älter war als Luis. Die Küsse mit Dania und Anna waren nicht der Hit. Sie hatten dafür Appetit auf Fleisch, Fisch und Nachspeisen.

Vor dem Spiel mit der Mannschaft und den Kontrahenten kam ihr Trainer zu den Spielern und erklärte die Strategie auf heimischem Terrain. Immer in die Offensive gehen und genügend Spieler am Tor. Den Gegenspieler nie aus den Augen lassen und Vorsicht vor der gelben und roten Karte. Jeder versuchte, sich an die Regeln zu halten, und sie dachten an die Worte ihres Coachs. Die Fans waren begeistert und der Club mit Felipe und Luis gewann das Spiel mit einem 3:1. Freude kam bei allen auf und der Stürmer Felipe und der Mittelfeldspieler Luis hatten ihre Torchancen genutzt und umgesetzt. Der Trainer war sehr zufrieden, ebenso der Manager. Luis und Felipe freuten sich und berührten einander ganz zufällig, klopften sich auf die Schulter und fielen sich dann doch um den Hals. Als beide unter der Dusche standen, nebeneinander, sahen sie sich in die Augen. Ohne Worte, aber mit einem eindringlichen Blick nahm Felipe Luis in die Arme und zog ihn zu sich und gab ihm einen festen Kuss auf seine Lippen. Luis sah keinen Mitspieler mehr in der Nähe und nahm ganz stürmisch Felipe in den Arm. Sie küssten sich lange und standen eng umschlungen einfach so da. Luis ließ seinen Freund nicht mehr los. Felipe meinte, dass er zum ersten Mal tief ergreifende Gefühle für einen Mann hatte, und Luis schüttelte bejahend den Kopf. Es war für ihn nicht kompromittierend. »Sind wir jetzt homosexuell, Felipe?« »Ja, Luis. Ich liebe dich – schon immer.« Jetzt war es aus ihm herausgesprudelt, was er schon lange mit sich trug.

Sie zogen sich an und fuhren zu der Bar, in der sich immer alle Spieler trafen, und viele tanzten mit jungen Damen. Sie gesellten sich unter die Menschenmenge und unterhielten sich oder suchten sich eine hübsche Frau aus, mit der sie auf die Tanzfläche gingen. Beide trugen exklusive Jeans mit Seidenhemden und Sakkos sowie italienischen Schuhe. Das Parfüm war dezent bei beiden aufgesprüht. Das muss für immer ein Geheimnis bleiben, dachte Felipe. »Felipe, was fühlen wir? Was machen wir?« »Luis, ich denke, wir sind sehr verliebt. Ich kann es kaum beschreiben.« Sie waren enthusiastisch, so voller Freude und Glückseligkeit. Achten Sie stets auf Ihre Gefühle.

Es war schon drei Uhr morgens und die beiden verabschiedeten sich von den Freunden und Felipe nahm Luis mit zu sich nach Hause. »Ich will dich, Luis!« Luis strahlte ihn an. Sie zogen sich aus und berührten vorsichtig den anderen Körper. Er nahm Luis und legte sich zu ihm auf das Bett. Ein immenses Bad der Gefühle. Sie ließen sich treiben. Felipe und Luis küssten sich und dann konnte Felipe nicht mehr an sich halten und sie vollzogen den Akt unter liebenden Männern. »Darüber dürfen wir nie reden, Luis.« »Ich weiß.« »Wir behalten unsere Liebe nur für uns. Keiner darf es nur erahnen, dass wir uns lieben. Es ist doch Liebe, Luis, oder?« »Ja. Ich liebe dich mit meiner ganzen Seele. Aber es ist schon ein gewagtes Gefühl zwischen uns.« »Wir müssen aufpassen, dass man es uns nicht anmerkt. Das wäre fatal. Es hätte bedenkliche Folgen für uns. Sollte ich es zulassen können, hatte ich mich gefragt.« »Ist es nur der Sex oder ist es auch Liebe, Felipe?« »Beides, Luis. Aber glaube mir, wir sind nicht die einzigen Homosexuellen in diesem Sport. Nur keiner sagt etwas. Auch in anderen Sportarten gibt es die gleichgeschlechtliche Liebe, denke ich. Die meisten outen sich nicht. Wir auch nicht. Fußball ist eine Männerdomäne und da gibt es das nicht.« »Was machen wir jetzt? Suchen wir uns eine Frau?« »Ja, das müssen wir tun, Luis.« »Aber ich liebe dich, nur dich.« »Wir werden uns immer lieben, Luis. Aber heimlich, im Verborgenen. Wir haben genug Geld, so dass wir uns ein schönes Haus mieten können und wir uns dort immer treffen werden, wenn wir uns nach dem Partner sehnen.« »Ich habe schon jetzt Sehnsucht nach dir, Felipe.« »Komm Luis, ich möchte dich noch einmal spüren und werde dich wie Eros verwöhnen. Das wirst du nie vergessen.« Nach dem Akt waren sie nassgeschwitzt und sahen glücklich aus. Das erste unvergessliche Sexabenteuer. »Sind es die Gene oder sind wir vielleicht auch bisexuell?« »Ich weiß es nicht. Ich weiß nur, dass ich einen Mann liebe.« »Was hat uns zusammengeführt? Ausgerechnet jetzt.« »Wie schön. Es war einfach so über mich gekommen, dich zu küssen, und ich habe gewusst, dass du es auch möchtest. Es ist schön, dass wir uns schon so lange kennen. Seitdem wir uns kennengelernt hatten und Fußball spielen, lieben wir uns. Wir hatten es nur bis dahin nicht gewusst. Viele Male berührten sich unsere Körper und keiner von uns dachte daran, dass es passieren könnte. Bis heute.« Felipe nahm den Kopf von Luis, zog ihn zärtlich zu seinem Gesicht und küsste ihn leidenschaftlich. »Ich liebe dich. Bleib bei mir, Luis.« »Ja. Ich liebe dich auch, mein Felipe.« Der zärtliche Kuss von zwei Fußballprofis. Wie viele werden folgen?

Also gibt es auch die große Liebe unter den Männern beim Profisport. Es ist nicht nur immer die Triebhaftigkeit, wie es die Frauen sehen.

Luis ist ein sehr introvertierter, liebenswerter Mann, 1,86 m groß, sechsundachtzig Kilo schwer, braune Augen, mit subtilen Attributen ausgestattet. Er hat etwas längere schwarze Haare und seine Augenbrauen sehen aus, als wären sie mit einer Pinzette behandelt worden. Er ist ein gut aussehender, junger Mann.

Felipe ist Stürmer und eine Kampfmaschine, 1,90 m groß, dreiundneunzig Kilo schwer, braune Augen mit einem Stich Grün. Seine Haare sind kurz geschnitten und sein Lachen ist ansteckend. Die Frauen lieben ihn.

Doch er hat nur noch Augen für Luis. Felipe ist sich bewusst, dass an das Vereinsleben und an die Fans gedacht werden muss. Sie könnten vielleicht Damen Geld geben, die sich dann als ihre Spielerfrauen ausgeben. Mit Geld ist alles möglich. Die Damen werden vielleicht sehr enttäuscht sein, wenn sie nur als Fassade für ein Leben zweier Männer ausgesucht werden. Jeder von ihnen trägt dann außerhalb der vier Wände eine Maske. Aber nur Gott weiß, wo die Liebe hinfällt. Zu Felipe und Luis natürlich. Sie sind noch so jung und die Weichen für das andere Leben sind höchstwahrscheinlich schon gestellt. Warum sollten sich nicht zwei Männer lieben dürfen? Jeder Mensch soll so leben können, wie es ihm gefällt. Das Leben nach seiner eigenen Façon ausrichten. Mann–Frau, Frau–Frau oder auch Mann–Mann. Unsere Hormone und mehr oder weniger Testosteron können dafür verantwortlich sein und der Androgen-Spiegel. Homosexualität ein komplexes Phänomen? Vielleicht auch der Einfluss von Hirnstrukturen. Wir schieben alles auf die Evolution. Keine Gedanken darüber verschwenden. Es ist zu schwierig, auch für die Forscher, denke ich. Aber vielleicht kennen wir einmal des Rätsels Lösung.

Das wäre bestimmt eine Revolution, wenn es öffentlich werden würde, dass verschiedene Fußballspieler homosexuell sein könnten. Politisch ist dieses kein Thema mehr. Schwule und Lesben können jetzt auch heiraten. Die Paare müssen aber auch auf der ganzen Welt gleichgestellt werden, wie zum Beispiel in Großbritannien und Irland. Ich bin dafür, dass die Spieler sich outen sollten und es dann keine Depressionen oder auch Suizide unter Umständen geben wird. Die Fußballprofis stehen schon so unter starkem Druck, Leistungen zu bringen. Dann sollte das Privatleben den Ausgleich schaffen.

Irgendwann müssen Felipe und Luis sich entscheiden. Ist die gleichgeschlechtliche Liebe immer stark? Was sagt die Menschheit dazu? Die Religionen? Es wird Menschen geben, die damit ein Problem haben oder hätten. Ich kann mich in meine beiden homosexuellen Freunde Felipe und Luis gut hineinversetzen und kann es nachvollziehen, was sie fühlen, mitmachen müssten, eventuell auch abschrecken kann.
 Liebt euch Männer! Neue Männer braucht die Welt! Zeigt Gefühle!
 Luis und Felipe würden Courage beweisen, den Fußballstars diesen anderen Weg zu ebnen. Danach könnten die Sportler auf der ganzen Welt so leben, wie sie es lieben. Dann kann man wirklich sagen: »Der Fußball wird von den Männern regiert«. Das ist nicht nur ein Klischee. Also immer fair bleiben. Was für ein Glück für Felipe und Luis. Aus Liebe schenkte Felipe seinem Lebenspartner ein Amulett mit dem heiligen Christophorus.
 Und Eifersucht gibt es auch bei den heterosexuellen Partnern. Das sollte Sie nicht davor abschrecken, den Weg dieser einmaligen großen Liebe zu gehen.

Wie wird sich alles nach dieser Geschichte weiterentwickeln? Seid glücklich, Männer!

Zeigen Sie Herz und Verständnis, wenn die Herren es machen – sich der Welt offenbaren. Oder ist es ein Kap ohne Hoffnung?

Ein Mensch, der sich vor nichts beugt, kann niemals die Last seiner selbst tragen. Das sagte schon Laotse. Nur ein einziger und intensiver Kuss kann die Welt verändern!